LA BARONESSA

C.C. BERGIUS

LA BARONESSA

Roman

Weltbild

Besuchen Sie uns im Internet:
www.weltbild.de

Genehmigte Lizenzausgabe für Verlagsgruppe Weltbild GmbH,
Steinerne Furt, 86167 Augsburg

Umschlaggestaltung: Studio Höpfner-Thoma, München
Umschlagmotiv: Corbis, Düsseldorf
Gesamtherstellung: TSB, 06721 Schleinitz
Printed in Germany
ISBN 3-8289-7860-6

2008 2007 2006 2005
Die letzte Jahreszahl gibt die aktuelle Lizenzausgabe an.

I

Die Räder pfeifen. Der Lichtkegel des Porsche, mit dem Curd Dessau über die Autostrada Como-Milano der Hauptstadt Oberitaliens entgegenrast, verliert im nassen Asphalt seine Leuchtkraft. Die Straße dampft. Der Himmel zuckt unter den Blitzen eines abziehenden Gewitters. Die Scheibenwischer hinterlassen blinde Streifen und verschlechtern die Sicht.

Der Deutsche verringert die Geschwindigkeit und kurbelt sein Fenster herunter. Kühle, würzige Luft schlägt ihm entgegen. »Ah, tut das gut«, sagt er an seinen italienischen Begleiter gewandt.

Der Italiener nickt.

Curd Dessau weist auf die Scheibe. »Daß man gegen den Fliegendreck noch nichts erfunden hat.«

Sein Begleiter, ein älterer Herr mit schmalem, blassem Gesicht, eisgrauem Spitzbart und schlohweißem Haar, entgegnet lächelnd: »Es gibt ein Mittel.«

Der Deutsche sieht ihn erwartungsvoll an: Im Gegensatz zu dem Italiener ist er in den besten Jahren, braungebrannt, groß und breitschultrig.

Der alte Herr schmunzelt. »Sie brauchen nur weniger Gas zu geben, und schon bleiben die Scheiben sauber.«

Curd Dessau schneidet eine Grimasse und läßt den Wagen auf das Ende der Autobahn zurollen. Er passiert die Ausfahrt in geringem Tempo und übergibt einem Kontrolleur den Gebührenschein. Dann kurbelt er das Fenster wieder hoch. »Bin ich zu schnell gefahren?«

»Nein, nein«, antwortet der Italiener. »Ich kenne ja Ihr Temperament und weiß, daß Sie früher als Flugkapitän mit drei- bis vierhundert Sachen …«

»Tempi passati!« fällt der Deutsche ein. »Wir haben ausgemacht, die vergangene Zeit zu vergessen. Wenn Sie sich nicht danach richten, spreche ich Sie wieder mit ›Barone‹ an. Und das vor allen Menschen, Barone Antonio de Bor!«

Die schmalen Finger des alten Herrn greifen in seinen Bart. »Und wofür pflege ich den seit fünfzehn Jahren?«

»Wenn Sie es nicht umsonst getan haben wollen, müssen Sie sich an unsere Abmachung halten, mein lieber Signore Vallese!«

Der Italiener entnimmt seiner Westentasche ein goldenes Etui. »Möchten Sie eine Zigarette?«

»Nein, danke«, antwortet Curd Dessau und biegt in den Corso Sempione ein.

Am Straßenrand stehen meterhohe Reklame-Kaffeekannen, aus deren Tüllen braune Bänder zu Boden fließen. Es folgt eine Reihe edel geformter Beine, deren Schenkel sich in den Buchstaben ›Calze Be‹ verlieren. Dann tauchen Arme auf, die Dosen emporrecken. Fabeltiere fauchen mit gespaltenen Zungen: ›Super ...!‹

Gelbe Lampen, die auf gefährliche Kreuzungen hinweisen sollen, versuchen mit rhythmischem Geblinzel gegen den Reklamewald anzukämpfen.

Curd Dessau streicht sich über die Augen. »Es fehlt nicht viel, und ich sehe nur noch tanzende Kreise.«

»Da haben wir's!« ereifert sich der alte Herr. »Es wäre besser gewesen, wenn wir es uns in Moltrasio gemütlich gemacht hätten.«

»Unsinn, Antonio! Sie können sich nicht ewig hinter Ihren vier Wänden verstecken. Ich muß Sie einmal wieder unter Menschen bringen. Außerdem haben wir allen Grund, zu feiern. Jahrelang haben wir uns nicht gesehen.« Er tritt auf die Bremse und schaut hinter einer jungen Italienerin her, die mit wiegenden Hüften die Fahrbahn kreuzt.

»Ich empfehle Ihnen, mehr auf die Straße zu achten«, bemerkt Antonio Vallese, alias Barone de Bor.

Curd Dessau bleckt die Zähne. »Spielverderber!«

Der Italiener lacht.

Langsam fährt der Deutsche wieder an. »Wie wär's mit der kleinen Bar in der Nähe des ›Bella Napoli‹?«

»Ich bin mit allem einverstanden.«

»Waren Sie jemals wieder dort?«

»Nein.«

»Ich auch nicht.«

»Das wundert mich eigentlich. Damals zählten Sie zu den Stammgästen.«

»Nur sporadisch. Ich hatte ja auch noch andere Strecken zu fliegen.«

Der alte Herr blickt nachdenklich vor sich hin. »Es ist unglaublich, wie schnell die letzten fünfzehn Jahre vergangen sind.«

Curd Dessau biegt in die Via Dante ein. »Erinnern Sie sich daran, daß wir damals hier immer nach rechts ...«

»Tempi passati!« unterbricht nunmehr der Barone den ehemaligen Flugkapitän.

Von diesem Augenblick an hängt jeder eigenen Gedanken nach. Im Geiste folgen sie der Straße, die nach rechts führt. Dadurch wird ihnen kaum bewußt, daß sie die Piazza del Duomo überqueren, in die Via Reale einbiegen und schließlich in einer kleinen Seitengasse unter dem grünen Neonlicht einer Bar anhalten.

Verwundert schaut der Italiener auf. »Ihr Orientierungssinn hat offensichtlich nicht gelitten.«

»Dafür waren wir zu oft hier.«

Curd Dessau ist dem alten Herrn, der ein Bein nachzieht, beim Aussteigen behilflich. Als sie aber die Stufen zu dem in einem Keller gelegenen Nachtlokal hinabsteigen wollen, sehen sie sich verblüfft an.

»Das ist doch nicht unsere Bar«, sagt Signore Vallese und betrachtet mißtrauisch die abgeschabten Wände des Eingangs.

Der Deutsche tritt einen Schritt zurück und schaut zum Haus hoch. »Es ist die Bar! Sie macht allerdings einen verdammt heruntergekommenen Eindruck.«

Eine Dirne mit verlebten Gesichtszügen und grell bemalten Lippen steigt die Treppe herauf. Ihre Augen sind unnatürlich geweitet. Als sie die beiden sieht, verlangsamt sie ihre Schritte.

»Wir sollten weiterfahren«, flüstert der Barone.

Curd Dessau zögert und läßt die Frau, die ihm einen vielsagenden Blick zuwirft, vorübergehen. »Mich interessiert, was aus dem schicken Lokal geworden ist. Riskieren wir einen Cognac?«

»Ich weiß nicht …« Signore Vallese, alias Barone de Bor, ist anzusehen, daß er kehrtmachen möchte.

»Ach, kommen Sie, Antonio«, ermuntert ihn der ehemalige Flugkapitän. »Schlimmstenfalls kippen wir den Cognac im Stehen an der Theke herunter. Ich will wissen, wie es drinnen aussieht.«

Der Italiener gibt nach. »Va bene.«

Curd Dessau geht voran. Mit jeder Stufe, die er hinabsteigt, wird die Luft stickiger. Unten angekommen, öffnet er eine kupferbeschlagene Tür, an die er sich genau erinnern kann, obwohl er sie nie berührte. Das Öffnen besorgte früher ein hünenhafter Portier in einer goldstrotzenden Phantasieuniform.

Eine Woge von Tabaksqualm, gemischt mit dem Geruch von abgestandenem Wein, süßlichem Parfüm und penetrantem Schweiß schlägt ihnen entgegen. Der Raum ist in ein schummriges Licht getaucht. An runden Marmortischen hocken Dirnen in prall anliegenden Kleidern. Aus dem Hintergrund erschallt gemeines Lachen.

Hierher hätte ich den Barone doch nicht führen dürfen, denkt Curd Dessau betroffen und dreht sich nach ihm um.

Der alte Italiener sieht ihn verwirrt an.

Eine Zuhältervisage taucht zwischen ihnen auf. »Prego, signori!« Der Mann weist zur Theke hinüber. »Nehmen Sie drüben Platz.« Mit einer unmißverständlichen Geste fegt er zwei unförmige Weiber von ihren Hockern.

»Lassen Sie uns gehen«, bittet der Barone sichtlich nervös.

»Dafür ist es jetzt zu spät«, entgegnet Curd Dessau in deutscher Sprache. »Einen Drink müssen wir nun schon nehmen.« Er tritt an die Theke, den einzigen Gegenstand im Raum, der an frühere Zeiten erinnert. »Bemühen Sie sich nicht«, sagt er dem übel aussehenden Italiener. »Wir wollen nur schnell einen ›Fernet‹ trinken. Allem Anschein nach haben wir etwas gegessen, das uns nicht bekommen ist.«

Der Kerl klopft ihm vertraulich den Rücken. »Versteh schon, Signore. Mit mir können Sie reden.« Leise fährt er fort: »Wenn Sie das Gewünschte hier nicht finden, besorge ich es Ihnen. Ich hab' ein paar knusprige Sachen in petto.«

Curd Dessau läßt ihn stehen und legt seinen Arm wie schützend um den alten Herrn. Mit sanfter Gewalt schiebt er ihn an die Theke, hinter der eine Padrona hockt, die an einen überquellenden Hefeteig erinnert. Oder an ein Walroß. Um nicht befangen zu wirken, nickt er ihr zu. »Buona sera. Due Fernet.«

»Subito, signore!« erwidert sie, rückt einige Gläser zur Seite und wischt über die Theke.

Ein junges Mädchen mit aufgeworfenen Lippen, blau bemalten Augenlidern und strohgelben, weit über die Schultern herabhängenden Haaren mokiert sich: »Für feine Pinkels machst du sauber. Für uns aber ...« Sie schnippt die Asche ihrer Zigarette auf den Boden. »Und dafür müssen wir unser Geld hier versaufen.«

»Halt die Klappe!« faucht das Walroß und schenkt ein.

Curd Dessau raunt: »Nichts anmerken lassen!« Er führt den alten Herrn an einen Hocker heran. »Setzen Sie sich.«

Barone de Bor zögert. »Wozu? Wir gehen ja gleich wieder.«

Der Zuhälter folgt ihnen hartnäckig. »Nun, Signori ...? Was darf der Spaß kosten?«

Auf der Stirn des Deutschen bildet sich eine Unmutsfalte. »Habe ich Ihnen nicht gesagt, daß wir nur einen Fernet trinken wollen?«

Der Mann mustert ihn von oben bis unten.

Die Strohgelbe lacht. »Bist du blöde, Mario? Man sieht doch auf zehn Kilometer, daß das keine Lustmolche sind. Die haben sich in der Tür geirrt. – Stimmt's?« fragt sie Curd Dessau.

Der fühlt sich irgendwie befreit. »Genau«, antwortet er und fügt, einer plötzlichen Eingebung folgend, verbindlich hinzu: »Ein Drink gefällig?«

»Da sage ich nicht nein.«

»Brandy?«

»Si, signore.«

Er gibt einen entsprechenden Auftrag.

Der Zuhälter zuckt die Achseln und geht.

Curd Dessau rutscht auf einen Hocker. »Unglaublich, was aus dieser Bar geworden ist.«

Der Barone nickt.

»Salute!« ruft die Gelbe und hebt ihr Glas.

Der alte Herr wagt kaum, zu ihr hinüberzusehen.

»Salute!« erwidert Curd Dessau und wendet sich halb zur Seite, um einen Blick in das Lokal zu werfen. Aber kaum schaut er in den Hintergrund, da stutzt er. An einem der Tische sitzt eine Frau mit knallrotem Haar und starrt ihn aus ungewöhnlich blauen Augen an. Offensichtlich ist sie verwirrt. Mit nervösen Bewegungen greift sie in ihre Frisur, die sich gelockert hat und strähnig herabfällt. Ihr enges, giftgrünes Kleid ist stark dekolletiert und gibt mehr preis, als es verhüllt.

Curd Dessau dreht sich schnell zurück und schiebt seinen Oberkörper so vor, daß sein Begleiter verdeckt ist. »Nicht zu mir rüberschauen«, flüstert er erregt.

Der Barone hebt unwillkürlich den Kopf.

»Lassen Sie um Gottes willen Ihr Gesicht nicht sehen!« warnt Curd Dessau augenblicklich. »Zsaga ist hier!«

Der Italiener zuckt wie unter einem Peitschenhieb zusammen. »Wer?« fragt er entsetzt.

»Zsaga de Bor!«

Die Hände Signore Valeses, alias Barone de Bor, zittern.

»Ruhig Blut!«

»Hat sie mich erkannt?«

»Ich glaube nicht. Mich aber bestimmt.«

»Dann ist alles aus.«

»Unsinn.«

»Was sollen wir machen?«

Curd Dessau greift in die Tasche seines Jacketts, holt seinen Autoschlüssel heraus und schiebt ihn unauffällig dem alten Herrn zu. »Da, nehmen Sie. Tür und Anlasser haben den gleichen Schlüssel.« Er neigt sich noch mehr zu ihm hinüber. »Sie übernehmen das Steuer. Wenn ich bezahlt habe, gehen wir gemeinsam hinaus. Ich bleibe hinter Ihnen und gebe Rückendeckung. Notfalls laufen Sie vor und lassen den Motor an. Die andere Tür von innen öffnen, damit ich reinspringen kann. Dann aber Vollgas. Verstanden?«

Der alte Italiener ist leichenblaß. »Ich weiß nicht ... Wenn Zsaga mich erkennt, gibt es keine Rettung mehr.«

»Bis jetzt kann sie nur mich gesehen haben. Und sie wird Sie so schnell nicht erkennen. Sie trugen früher ja keinen Bart.« Er wendet sich an die Padrona hinter der Theke. »Was hab' ich zu zahlen, Signora?«

»Trecento, signore.«

Er zieht seine Brieftasche.

In diesem Augenblick tritt die Rothaarige hinter ihn. »Interessant«, sagt sie mit dunkler Stimme. »Curd Dessau wagt sich nicht nur nach Mailand, er besitzt sogar die Unverfrorenheit, den Ort seiner früheren Schandtaten aufzusuchen.«

Er spürt, daß die Situation gefährlich wird, und zwingt sich, gelassen einen Tausend-Lire-Schein auf den Bartisch zu legen. »Cinquecento«, sagt er und erhebt sich so, daß der Barone noch stärker abgedeckt wird. Dann dreht er sich langsam um.

Die Rothaarige sieht ihn verbissen an. Ihr Gesicht liegt hinter einer Schicht von Schminke und Puder, ihre Augen aber haben das faszinierende Blau eines von der Sonne bestrahlten Gletschers.

Curd Dessau tritt drohend an sie heran. »Unverfrorenheit, haben Sie gesagt? Und Ort meiner Schandtaten?« Er macht plötzlich einen Schritt vorwärts, so daß die Frau nichts anderes tun kann, als zurückzutreten. »Umgekehrt wird ein Schuh daraus! In Ihrer Situation hätte ich mich klein gemacht. In den letzten und schäbigsten Winkel dieser Spelunke wäre ich gekrochen!«

Sie schreit auf. »Was …? Spelunke nennen Sie dieses Lokal?« Mit einer heftigen Bewegung wendet sie sich an die Anwesenden. Ihre Augenglühen. »Wißt ihr, wer das ist? Meinen Mann hat er umgebracht! Unser ganzes Vermögen hat er verschoben! Einer der übelsten Gestapo-Hengste ist das! Tausende von Italienern hat er auf dem Gewissen!« Sie gebärdet sich wie eine Wilde, wirft sich gegen ihn und versucht ihn zu fassen. »Laßt ihn nicht raus! Holt die Polizei!«

Der unerwartete Angriff läßt Curd Dessau zurückweichen.

Barone de Bor kann sich nicht mehr verstecken.

Die Rothaarige erstarrt. Ihre Augen weiten sich. Fassungslos sieht sie den Spitzbärtigen an.

Der Mann mit der Zuhältervisage stürmt auf den ehemaligen Flugkapitän los.

Der stößt ihn gegen die Theke. »Raus!« ruft er Signore Vallese zu und wehrt eine Dirne ab, die ihn umklammern will.

»Der da drüben ist mein Mann!« schreit die Rothaarige. »Die Hunde haben mich betrogen! Mein Mann ist am Leben!« Sie stürzt sich auf ihn.

Curd Dessau fängt sie ab.

Der alte Herr erreicht die Tür.

Der Deutsche springt hinter ihm her und verstellt den Ausgang.

Die Rothaarige ist wie von Sinnen. »Haltet die Schweine!« kreischt sie. »SS-Gangster sind das!« Sie krallt sich in Dessaus Jackett und versucht ihn zu Boden zu reißen.

Er weiß sich nicht anders zu helfen, als zuzuschlagen.

Sie taumelt.

Als wäre damit das Zeichen zum Angriff gegeben, schreien plötzlich alle auf.

Aus dem Hintergrund stürzen zwei Männer: ein hagerer mit einem Raubvogelgesicht, und ein dicker, dessen Wangen feist glänzen.

Curd Dessau ist froh, den Rücken frei zu haben. Er weiß, daß seine Arme wie Windmühlenflügel wirbeln müssen, wenn er mit heiler Haut davonkommen will. Weit ausholend schlägt er zu. Der Barone muß Zeit gewinnen. Ein Volltreffer landet im Gesicht des Zuhälters.

Erschrocken weichen einige Weiber zur Seite.

Nicht so die Rothaarige. Sie wirft sich auf den Boden und umklammert ein Bein des Deutschen. »Los!« ruft sie. »Ich hab' ihn!«

Vergeblich versucht er, sie abzuschütteln.

Der Hagere stürzt auf ihn zu.

Curd Dessau teilt einen Kinnhaken aus. Gleich darauf aber zuckt er zusammen: Zsaga de Bor beißt in seine Wade. Er greift nach der Tür, gewinnt Halt und tritt in den Leib der am Boden Liegenden.

Sie bäumt sich auf.

Er kommt frei und stürmt die Treppe hinauf.

Die Meute rast hinter ihm her.

Er hört, daß der Motor seines Wagens angelassen wird, und sieht den Barone hinter dem Steuer sitzen. Die rechte Tür steht offen. Er versucht, sich in den Wagen zu werfen, doch einer seiner Verfolger erreicht ihn. Es ist der Hagere mit dem Raubvogelgesicht.

Die Rothaarige kommt hinzu.

Er fegt beide zur Seite und springt in den Wagen. »Weg, nichts wie weg!«

Der Barone verliert die Nerven. »Wo ist der erste Gang?«

»Kuppeln Sie!« ruft Curt Dessau und schiebt den Ganghebel vor. »Gas! Der zweite ist unten!«

Der alte Herr läßt den Wagen mit einem Ruck vorschießen.

Im selben Moment taucht Zsaga de Bor im Lichtkegel auf. Nur für den Bruchteil einer Sekunde ist sie zu sehen. Ihre Arme fliegen hoch. Ein markerschütternder Schrei hallt durch die Nacht.

Curt Dessau zieht erschrocken die Handbremse.

Draußen kreischen Weiber.

»Sie bleiben sitzen!« ruft er dem Barone zu, öffnet die Tür und springt aus dem Wagen.

Die Rothaarige liegt unter dem linken Vorderrad.

»Zurück!« Er stemmt sich gegen das Fahrzeug. »Handbremse auf! Los, helft mir!« fährt er die wie erstarrt dastehenden Dirnen an.

Einige greifen zu.

Als Zsaga de Bor befreit ist, beugt er sich über sie.

Abgrundtiefer Haß schlägt aus ihren weitgeöffneten Augen. Über ihre Lippen sickert helles Blut. Sie stöhnt.

Keinen Gedanken kann Curd Dessau in diesem Augenblick fassen. Er streicht sich über die Stirn.

»Mörder!« keift eines der Weiber.

»Mörder! SS-Gangster!« ertönt es von allen Seiten.

Das Geschrei bringt ihn in die Wirklichkeit zurück. »Mit eurem Geplärr helft ihr nicht!« ruft er aufgebracht. »Holt einen Krankenwagen!«

»Der Kerl will abhauen!« schreit der Zuhälter wutentbrannt.

»Das ist doch Blödsinn!« wettert er dagegen. »Ich will, daß der da geholfen wird. Versteht ihr denn nicht? Verständigt auch die Polizei. Wir bleiben hier!«

Eine unwirklich anmutende Stille tritt ein. Ungläubig starren alle den Deutschen an.

»Nun macht schon! Jede Minute kann entscheidend sein!« Einige Dirnen eilen in den Keller zurück.

Vom Straßenende erschallt der schrille Ton einer Polizeipfeife.

Die Männer aus der Bar rennen davon.

Hastige Schritte klappern durch die Nacht. Ein Polizeibeamter taucht im Lichtkegel des Wagens auf.

Die Weiber schreien wild durcheinander:

»Nimm die Hunde fest!«

»Das sind Gestapo-Schweine!«

»Die haben Waffen!«

»SS-Mörder sind das!«

»Absichtlich haben sie Zsaga überfahren!«

»Sie hatte die beiden erkannt und wollte die Polizei holen!«

Der Beamte sieht die am Boden Liegende. »Silenzio!« donnert er gebieterisch.

Curd Dessau geht auf ihn zu.

Der Polizist zieht die Pistole. »Hände hoch! Haben Sie eine Waffe?«

»Nein«, antwortet er betont ruhig und hebt die Arme. »Alles, was hier geredet wird, ist Unsinn. Bitte, untersuchen Sie mich und sorgen Sie dafür, daß ein Krankenwagen kommt. Die Frau dort braucht dringend Hilfe. Sie geriet unter ein Rad. Ihr Brustkorb wurde eingedrückt.«

Der Beamte tastet flüchtig über die Taschen des Deutschen und fragt: »Ist das Ihr Wagen?«

»Ja.«

Auf der Treppe zur Bar erscheint die aufgeschwemmte Padrona. »Ich hab' telefoniert. Unfallwagen und Polizei kommen.« Sie schiebt einige Dirnen zur Seite, wie sie zuvor Gläser fortgeschoben hatte. Vor der Rothaarigen bleibt sie stehen und bekreuzigt sich. »Arme Zsaga! Du warst unsere Beste.«

Ich möchte nicht wissen, in welchem Sinne, geht es Curd Dessau durch den Kopf. So furchtbar es ihm ist, daß Zsaga de Bor überfahren wurde, er hat nicht das geringste Mitleid mit ihr. Flüchtig denkt er: Nun ist sie buchstäblich unter die Räder gekommen.

Von der Via Reale ertönen Sirenen.

Der Beamte wendet sich erneut an den Deutschen. »Haben Sie den Wagen gefahren?«

»Nein, das heißt, ich hab' den Gang eingelegt, habe ihn also in Bewegung gesetzt. So gesehen, habe ich ihn wohl doch gefahren.«

Der Polizist betrachtet ihn unwillig. »Was soll der Quatsch? Ich will wissen, wer von Ihnen am Steuer gesessen hat.«

»Mein Freund.« Curd Dessau weist auf den Wagen. »Er hat aber ...«

»Ist Ihr Freund ebenfalls Deutscher?« unterbricht ihn der Beamte.

»Nein. Signore Vallese ist Italiener.«

Eines der Weiber schreit: »Der hinter dem Steuer ist der Mann von Zsaga! Absichtlich hat er sie überfahren!«

Der Polizist stutzt.

»Zsaga hat die beiden erkannt!« kreischt das Weib weiter. »Die haben sie überfahren, damit sie nicht mehr reden kann.«

Mit jaulenden Sirenen biegen einige Fahrzeuge in die Straße ein.

»Platz da!« ruft der Beamte und drängt die Dirnen zurück. Curd Dessau tritt an den Barone heran, der wie gebrochen hinter dem Steuerrad hockt. Er will ihm etwas sagen, doch sofort ist der Polizist neben ihm und zieht ihn zurück. »Kein Wort, Signore! Nach allem, was ich gehört habe, kann ich nicht dulden, daß Sie sich unterhalten.«

Ein Sanitätsfahrzeug hält neben der Rothaarigen. Ihm folgen zwei Kombiwagen, aus denen Carabinieri herausspringen.

Der neben Curd Dessau stehende Beamte winkt sie heran. »Hier, diesem Deutschen gehört der Porsche, mit dem die Frau überfahren wurde. Es handelt sich um die stadtbekannte Zsaga. Der am Steuer ist Italiener. Die Weiber behaupten, er sei der Mann der Überfahrenen. Außerdem sollen die beiden ehemalige Gestapo-Männer sein. Angeblich haben sie die Verunglückte absichtlich überfahren. Was davon stimmt, weiß ich nicht. Aber irgend etwas ist faul an der Sache. Der Deutsche wollte mir klarmachen, daß er den Wagen in Bewegung gesetzt hat. Dabei saß er überhaupt nicht am Steuer.«

Curd Dessau schüttelt den Kopf. »Signori, hier auf der Straße werden Sie die Sache nicht klären können. Es wird das beste sein, wenn Sie meinen Freund und mich mitnehmen.«

Seine Worte machen die Carabinieri skeptisch. Normalerweise will niemand mitgenommen werden.

Der Polizist mischt sich ein. »Ich habe die beiden nicht miteinander reden lassen. Verdunklungsgefahr!«

»Va bene.«

Der Fahrer des Sanitätswagens tritt hinzu. »Wir sind soweit.«

»Was ist mit der Frau?«

Er zuckt die Achseln. »Ich glaube, da kommt jede Hilfe zu spät.«

Ein Offizier der Carabinieri weist den Fahrer an, die Verunglückte schnellstens ins Hospital zu bringen. Einigen seiner Untergebenen gibt er den Auftrag, die Bremsspur zu messen.

»Die werden Sie vergeblich suchen«, wirft der Deutsche ein. »Die Frau sprang im Augenblick des Anfahrens vor den Wagen.«

»Stimmt es, daß Sie sie gekannt haben?«

Er zögert. »Wie Sie hören, spreche ich nur leidlich Italienisch. Da kann es leicht zu Mißverständnissen kommen, die unter Umständen meinen Freund und mich belasten. Ich möchte deshalb auf Fragen erst antworten, wenn ein Tonbandgerät die Vernehmung aufnimmt. Dies erscheint mir um so wichtiger, als vermutlich Dinge zur Sprache kommen müssen, die mit dem Unfall – es war wirklich ein Unfall! – nichts zu tun haben.«

»Es ist also etwas faul an der Geschichte.«

Curd Dessau hebt die Schultern. »Ich werde offen sprechen, sobald das Tonbandgerät zur Verfügung steht.«

»Haben Sie sonst noch Wünsche?« mokiert sich der Offizier.

»Ja. Ohne zuvor mit meinem Freund gesprochen zu haben, werde ich überhaupt nichts aussagen«, antwortet er so laut, daß der Barone ihn hören kann. »Und solange wird auch er schweigen!«

Der alte Herr hebt den Kopf und sieht ihn verzweifelt an. »Sind wir uns einig?«

Signore Vallese nickt gottergeben.

»Das ist Beeinflussung, Nötigung!« braust der Offizier auf.

»Möglich. Mich veranlassen aber gewichtige Gründe, so zu

handeln. Ich werde sie Ihnen darlegen, sobald ich mit meinem Freund gesprochen habe.«

»Wie ist sein Name?«

»Vorerst habe ich nichts mehr zu sagen.«

Der Offizier spürt, daß er nicht hintergangen werden soll. Er dringt deshalb nicht weiter auf den Deutschen ein und behandelt ihn durchaus zuvorkommend. Aber er ist gespannt auf das, was er zu hören bekommen wird.

Eine Viertelstunde später steuert Curd Dessau seinen Porsche über die Piazza della Scala und biegt nach links in die Via Brera ein. Neben ihm sitzt der italienische Offizier. Vor und hinter ihnen fahren die Polizeiwagen. In einem hocken die Weiber, die als Zeugen vernommen werden sollen. Im anderen sitzt Signore Vallese, alias Barone Antonio de Bor.

Er sieht um Jahre gealtert aus und kann sich kaum auf den Beinen halten, als er den Wagen vor dem Polizeigebäude verläßt. Hier muß er noch lange warten, bevor er in das Zimmer des Offiziers geführt wird, mit dem Curt Dessau hart um die Erfüllung seiner Forderung gerungen hat. Nach langem Hin und Her hatte er sich bereit erklärt, in Gegenwart des Carabiniere mit dem alten Herrn zu sprechen, sofern auch dieses Gespräch auf Tonband aufgenommen werde.

Besorgt geht er dem Barone entgegen. »Kommen Sie, Antonio. Nehmen Sie Platz.«

Der Offizier tritt zwischen sie, als wolle er einen persönlichen Kontakt verhindern.

Curd Dessau lächelt. »Sie können unbesorgt sein, Signore. Ich denke nicht daran, Sie zu hintergehen.«

Der Carabiniere weist auf seinen Schreibtisch. »Das Tonbandgerät ist eingeschaltet. Bitte, fassen Sie sich kurz.«

»So kurz wie möglich«, erwidert Curd Dessau und wendet sich an seinen Freund. »Antonio, ich gab Ihnen vorhin zu verstehen, daß Sie schweigen sollen, bis man uns allein miteinander hat sprechen lassen. Ich tat dies, weil wir, zu Ihrem Schutz, übereingekommen waren, zu niemandem über all das zu reden, was mit Zsaga zusammenhängt. Nun aber sind Dinge eingetreten, die es notwendig machen, offen zu sprechen. Dies um so mehr, als das Spital soeben gemeldet hat, daß Zsaga tot ist. Ihnen droht also keine Gefahr mehr, und ich halte es unter den gegebenen Umständen für richtig, nichts zu verheimlichen. Im Protokoll, das erstellt werden muß, darf es keinen Punkt geben, der später zu berichtigen wäre. Wir würden sonst unglaubwürdig werden. Ich bitte Sie deshalb um Ihr Einverständnis, daß ich einen umfassenden Bericht erstatte. Ich möchte mich zwar nicht vordrängen, glaube aber, daß Ihnen so einiges erspart bleiben kann.«

Der Barone ist außer sich. »Über alles wollen Sie reden?« stöhnt er mit kläglicher Stimme.

Curd Dessau nickt. »Es geht nicht anders.«

»Dann hat Zsaga mich doch noch ins Gefängnis gebracht!«

»Unsinn!«

»Denken Sie an das Urteil!«

Curd Dessau strafft sich. »Ach was! Ich gehe jede Wette ein, daß das Urteil aufgehoben wird. Nach allem, was wir heute wissen ... Sie dürfen nicht vergessen, daß Conte und Contessa Valdeloni sowie mein Schulkamerad Veit Küster, die damals nicht vernommen werden konnten, uns heute zur Verfügung stehen.«

Signore Vallese, alias Barone de Bor, stützt seinen Kopf in die Hände. »Der Gedanke, daß alles zur Sprache kommen soll, erdrückt mich.«

»Hinterher werden Sie sich befreit fühlen.«

»Vielleicht haben Sie recht. Ich sträube mich auch nicht, die Wahrheit zu sagen. Es kommt nur so plötzlich.«

»Eben darum bat ich Sie, sich damit einverstanden zu erklären, daß ich den Bericht erstatte.«

»Es wird das beste sein.«

Curd Dessau wendet sich an den Offizier. »Signore, ich danke Ihnen für Ihr Entgegenkommen. Ich stehe zu Ihrer Verfügung.«

Der Carabiniere bittet ihn in den Nebenraum und sagt ohne Umschweife: »Der alte Herr tut mir leid. Ich möchte ihn schonen. Aber Sie müssen mir zumindest mit ein paar Stichworten sagen, um was es geht.«

»Um den Fall Barone de Bor.«

»Barone de Bor?« Die Stirn des Polizeioffiziers legt sich in Falten. »War der nicht vor vielen Jahren in einen Sittlichkeitsprozeß verstrickt?«

»Ja. Er wurde verurteilt, gegen Kaution freigelassen, unmittelbar nach der Freilassung jedoch von einem Wagen angefahren und – nie wieder gesehen.«

»Richtig! Jetzt erinnere ich mich. Aber was hat Signore Vallese mit dem Fall de Bor zu tun?«

Curd Dessau zündet sich eine Zigarette an. »Signore Vallese ist Barone de Bor.«

Der Offizier sieht ihn entgeistert an. Er greift nach dem vor ihm liegenden Paß und blättert darin. »Der ist doch echt«, sagt er nach einer Weile.

»Natürlich.«

»Und woher hat ihn der Barone?«

»Vom toten Antonio Vallese.«

Der Carabiniere schlägt auf den Tisch. »Wollen Sie mich zum Narren halten?«

»Nein, Signore. Um das Maß aber voll zu machen: die heute Überfahrene war die Frau des Barone.«

»Die Hure Zsaga war seine Frau?«

»Vor fünfzehn Jahren.«

»Dann stimmen ja die Aussagen der Weiber.«

»Nur zum Teil. Da Sie aber sehen, daß ich die Karten aufdekke und gewillt bin, Ihnen nichts zu verheimlichen, möchte ich einen Vorschlag machen. Entlassen Sie uns in ein Hotel. Ich komme dann morgen früh und gebe Ihnen einen ausführlichen Bericht.«

»Bedaure, den Wunsch kann ich nicht erfüllen«, antwortet der Carabiniere. »Nach allem, was ich gehört habe, muß ich Sie und den Barone dem Untersuchungsrichter vorführen. Ich kann Sie beim besten Willen nicht entlassen.«

2

An diesem Abend legt sich Curd Dessau mit gemischten Gefühlen auf das Feldbett der Untersuchungszelle, in die er geführt worden ist. Sein Blick fällt auf die Eisenstäbe, die das Fenster vergittern. Er hätte es nie für möglich gehalten, daß das verwirrende Geschehen, in das er verwickelt wurde, als die Amerikaner in Italien landeten, ihn einmal in eine Zelle bringen würde. Besorgt ist er allerdings nicht. Er versucht vielmehr, sich zu vergegenwärtigen, was sich in jenen Tagen ereignete und ihn in eine abenteuerliche Affäre verstrickte.

Begonnen hatte es am 27. Juli 1943 in Berlin. In aller Herrgottsfrühe rief ihn der Sekretär des Industriellen an, dem er als Flugkapitän zugeteilt worden war. »Haben Sie die Nachrichten gehört?« fragte er aufgeregt.

Curd Dessau warf einen Blick auf seine Nachttischuhr. »Eigentlich müßten Sie sich denken können, daß Sie mich aus dem schönsten Schlaf herausgerissen haben.«

»Mussolini ist verhaftet!«

Der Pilot wurde hellwach. »Von wem?«

»Die Alliierten sind in Italien gelandet. Der faschistische Großrat stellte sich gegen Mussolini. König Vittorio Emanuele ließ ihn festnehmen.«

»Und was geht mich das an?«

»Minister Speer verlangt sofort alle Wehrwirtschaftsführer zu sprechen. Unser Chef befindet sich jedoch im Urlaub. Sie müssen ihn bis elf Uhr nach Berlin schaffen.«

»Und wo steckt er?«

»In Poprad. Das ist das frühere Deutschendorf im Protektorat Böhmen und Mähren.«

»Gibt's da einen Flughafen?«

»Nein. Ich habe aber gerade mit dem Alten gesprochen. Er

läßt Ihnen folgendes ausrichten: Am Südhang der Tatra, und zwar genau gegenüber von Zakopane, befindet sich eine großzügig gebaute Kaltwasser-Heilanstalt, die aus vielen weißen Häusern besteht. Die sollen Sie anfliegen und so lange umkreisen, bis Sie sehen, daß er mit einem Tuch winkt.«

Curd Dessau lachte hell auf. »Auf die Schnapsidee kann nur der Dicke ...«

»Ich bin noch nicht fertig!« unterbrach ihn der Sekretär. »Wenn Sie den Chef winken sehen, sollen Sie abdrehen und im Tal auf einer geeigneten Wiese landen. Er wird Sie von oben beobachten und nach Ihrer Landung sofort hinunterfahren.«

»Soll das ein Witz sein?«

»Sie kennen doch den Doktor. Für ihn ist nichts unmöglich. Er erwartet, daß Sie in spätestens einer Stunde starten. Wann können Sie bei ihm sein?«

»Moment«, antwortete der Flugkapitän und fuhr sich durch das Haar. Vorsorglich mußte er in Prag zwischenlanden, um nachzutanken. Nur so war ein direkter Rückflug möglich. Er schätzte, daß es bis Poprád 600 Kilometer sein würden, also knapp zwei Flugstunden. Eine Stunde bis zum Start, eine Viertelstunde Aufenthalt in Prag ... »Schätzungsweise gegen neun Uhr«, antwortete er.

»Und wann sind Sie dann in Tempelhof?«

»Gegen elf.«

Der Sekretär atmete auf. »Na, bitte! Mehr wird von Ihnen ja nicht verlangt.«

»Sie haben gut reden.«

»Und Sie haben es in anderer Hinsicht gut. Eventuell müssen Sie heute auch noch nach Mailand fliegen.«

Curd Dessau horchte auf. »Das wäre eine feine Sache. Da gibt's wenigstens was Anständiges zu essen.«

»Die Entscheidung liegt beim Alten und hängt von der Besprechung mit dem Minister ab. Beeilen Sie sich also!«

»Ciao!« rief der Pilot übermütig, drückte auf die Telefongabel und wählte die Nummer seines Funkmaschinisten Oskar Hensel, den er über das Gehörte verständigte und aufforderte, schnellstens zum Flugplatz zu kommen.

»Mit welcher Maschine wird geflogen?«

»Natürlich mit der kleinen. Mit der großen können wir auf einer Wiese nicht landen.«

Knapp eine Stunde später schob Curd Dessau die Gashebel des schnellen fünfsitzigen Kurierflugzeugs Fh 104 nach vorn und startete direkt von der Sonderflugleitung quer über das Tempelhofer Feld hinweg mit Kurs nach Süden.

Der fast zwei Meter große Funkmaschinist, der in der kleinen Maschine gebückt sitzen mußte, machte eine bedenkliche Miene. »Da wird sich die Luftaufsicht aber freuen!«

Curd Dessau nahm die Gashebel zurück. »Um diese Zeit ist doch noch nichts los. Wenn wir erst zum Startplatz gerollt wären, hätten wir mindestens zwei Minuten verloren. Der Dicke soll sehen, daß er sich auf uns verlassen kann.«

Der Dicke, der Alte, der Doktor und der Chef war ein Württemberger, den das riesige Werk, das ihm unterstand, bei weitem nicht auslastete. Seine Vitalität und Intelligenz waren außerordentlich. Die Rücksichtslosigkeit aber, mit der er jeden einmal gefaßten Plan durchführte, würde ihm viele Feinde eingebracht haben, wenn bei ihm in Stunden der Entspannung nicht ein ungewöhnlich gewinnendes Wesen zum Vorschein gekommen wäre. Dr. Schuber wußte dies und nutzte den Charme, den er entwickeln konnte. Er tat es jedoch nicht, um zu gefallen, sondern im Interesse des Zieles, das er gerade ansteuerte.

Die Räder des Flugzeuges hatten kaum abgehoben und waren noch nicht ganz eingefahren, da meldete Oskar Hensel: »Es hagelt Beschwerden. Vom Peiler, weil wir uns nicht abgemeldet haben. Von der Wetterwarte, weil wir ohne Beratung gestartet sind. Von der Luftaufsicht ...«

»Stopfen Sie den Brüdern das Maul mit der Durchgabe: Dringender Regierungsflug!« unterbrach ihn Curd Dessau. »Und holen Sie nach, was wir versäumt haben. Vor allen Dingen die Meldung an die ›Fluko‹! Sonst schießt die Flak noch auf uns.«

»Wird erledigt.«

Der Flug verlief mit der Präzision eines Uhrwerks. Die Erde sah aus, als wäre sie unberührt. Taufrisch lag sie im seidigen Licht des Morgens.

Dresden wurde überflogen. Es folgte das Erzgebirge. Eine

Weile ging es am glitzernden Band der tief in das Gebirge eingeschnittenen Elbe entlang.

»Ich habe Prag an der Strippe«, meldete der Funkmaschinist.

»Geben Sie durch: Regierungsflug. Tanken vorbereiten. Beamter soll mit Stempel zum Flugzeug kommen. Weiterflug nach Popràd. Landung dort auf einer günstigen Wiese.«

Der Stadtdunst von Prag wurde sichtbar. Aus ihm erhob sich der Hradschin mit der Silhouette der Hofburg.

Wenig später berührten die Räder den Boden. Der Tankdienst war zur Stelle. Ein Unteroffizier der Luftaufsicht erledigte die Formalitäten. Bereits neun Minuten nach der Landung konnte Curd Dessau wieder starten.

»Die Kerle waren auf Zack«, sagte er anerkennend und betätigte die Hebel für die Luftschraubenverstellung.

Oskar Hensel, der nie so recht wußte, wie er seine Beine unterbringen sollte, setzte sich umständlich zurecht. »Der Peiler erbittet den Kartenkurs.«

»110 Grad!«

»Ungefähre Landezeit?«

»Gegen neun Uhr. Von hier nach Popràd sind es vierhundertdreißig Kilometer.«

»Man möchte auch wissen, wohin wir die Landung melden werden.«

Der Flugkapitän betrachtete die Karte. »Krakau liegt am nächsten. Die Bodenstation müßte uns von Popràd aus hören können.«

Der lange Hensel funkte und schimpfte über das enge Flugzeug.

»Vielleicht haben Sie es heute nachmittag besser«, tröstete ihn Curd Dessau. »Es kann sein, daß wir nach Mailand fliegen müssen. Da wird bestimmt die große Maschine genommen.«

Der Funkmaschinist tat einen Juchzer. »Und das sagen Sie mir erst jetzt?«

»Ich hatte noch keine Zeit dazu.«

»Fliegen wir mit dem Dicken?«

»Keine Ahnung. Sein Sekretär drückte sich nicht klar aus.«

Das tat auch Dr. Schuber nicht, als er kurz nach der Landung des Flugzeuges auf einer Popràder Wiese mit seiner Frau erschien. Ohne viel Worte zu verlieren, kletterte er mit einer Behendigkeit, die angesichts seiner Körperfülle in Erstaunen setzte, in die Kabine. Er trug die graue Uniform eines Brigadeführers der Waffen-SS. Der Rang war ihm ehrenhalber verliehen worden. Das Ritterkreuz zum Kriegsverdienstkreuz hing ihm seitlich aus dem Kragenrand.

Seine Frau wollte den Orden zurechtrücken.

»I kann dees net leide«, schwäbelte er ungehalten. »Dees Gelump kraschet mir alleweil am Kinn.« Aufseufzend ließ er sich in seinen Sitz fallen. »Geben Sie Gas! Mir pressiert's. Vittorio Emanuele hat Mussolim eingesperrt.«

»Ihr Sekretär sagte es mir«, erwiderte Curd Dessau und ließ die Motoren an.

»Dieser König ist mir ein Rätsel. Aber wir werden's ihm schon zeigen.«

»Müssen Sie nach Mailand fliegen?«

»Wie kommen Sie darauf?«

»Ihr Sekretär deutete an ...«

»A Dackel is dees«, unterbrach ihn der Industrielle. »Als wenn ich jetzt Zeit für einen Flug nach Mailand hätte.« Er schnaufte unwillig. »Werden wir bis elf Uhr in Berlin sein können?«

»Spielend.« Curd Dessau gab Vollgas.

Dr. Schuber lehnte den Kopf zurück. »Ach, ist das alles furchtbar. Unsere Planung ist völlig über den Haufen geworfen. Die italienische Industrie ... Richten Sie sich auf einen Flug nach Mailand ein. Aber ohne mich. Sie müssen einen wertvollen Transport übernehmen. Die Ware ist aber so groß, daß sie in diese Maschine nicht hineinpaßt. Sie werden die Ju 52 nehmen müssen.«

Seltsam, dachte der Flugkapitän und wählte den Kurs nach Berlin.

»Falls der Flug stattfindet – i muß noch mit dr Minister schwätze –, ist das Transportgut einem italienischen Juwelier zu übergeben.«

Verwundert fragte sich Curd Dessau: Einem Juwelier? Und die Sache ist so groß, daß sie nicht in dieses Flugzeug paßt? Jetzt bin ich aber gespannt.

»Hent Se a Tafel ›Schoka-Kola‹?«

»Selbstverständlich.«

»I han dr ganze Tag noch nix gegesse.«

Der Funkmaschinist stieß den Piloten verstohlen an und reichte eine Dose Schoka-Kola nach hinten. Sie kannten den Dicken. Er war scharf auf die Spezialschokolade, die an Flugzeugbesatzungen verteilt wurde, und behauptete mit schöner Regelmäßigkeit: I han dr ganze Tag noch nix gegesse.

Viertel vor elf landete die Maschine in Tempelhof, wo bereits ein Dienstwagen auf den Industriellen wartete. Dr. Schuber forderte Curd Dessau auf, ihn ins Ministerium zu begleiten. Oskar Hensel wies er an, sich bei der Sonderflugleitung aufzuhalten und jederzeit erreichbar zu sein.

Gut eine Stunde später rief ihn der Flugkapitän dort an. »Machen Sie die D-ASAF klar«, sagte er mit mürrisch klingender Stimme.

»Die Transportmaschine?« fragte der Funker verblüfft. »Für die ist doch Oberleutant Woller zuständig.«

»Ich weiß. Heute aber nicht. Befehl von oben!«

»Was ist denn los?«

»Das erfahren Sie später. Start um 14 Uhr 30. Besorgen Sie den Wetterbericht für die Strecke nach Mailand. Und melden Sie den Flug an. Ich kann erst kurz vor dem Start kommen.«

Merkwürdig, dachte Oskar Hensel und verließ die Sonderflugleitung.

Auch Curd Dessau war nachdenklich, als er den Telefonhörer auflegte. Mehr noch: er war nervös und wischte sich mit dem Taschentuch über die Stirn.

Die Sekretärin des Wehrwirtschaftsführers sah es und lachte. »Ich hätte nicht für möglich gehalten, daß Sie aufgeregt werden können.«

Er zündete sich eine Zigarette an. »Wenn Sie glauben, ich wäre es wegen der achthundert Millionen Lire, die ich transportieren soll, dann täuschen Sie sich. Achtzig Millionen Reichsmark können mir keinen Schweiß auf die Stirn treiben. Mich beunruhigt die Tatsache, daß ich das Geld drüben nicht einer Bank, sondern einem Juwelier namens Barone Antonio de Bor übergeben soll. Wenn der nachher sagt: Der Betrag hat nicht gestimmt, ich habe weniger bekommen, bin ich der Dumme.«

»Das wird der Barone schon nicht sagen.«

»Wissen Sie das so genau? Ich kann ihm die achthundert Millionen ja nicht vorzählen.«

»Das ist auch nicht notwendig. Das Geld ist in Kisten verpackt, die von der Deutschen Bank plombiert sind. Außerdem ist der Barone ein langjähriger Freund des Doktors. Und es wird einen Zeugen dafür geben, daß Sie die richtige Anzahl übergeben haben.«

»Sie denken an Hensel?«

»Ach wo. An die Gestapo! Von dem Augenblick an, da Sie das Geld in der Zimmerstraße übernehmen, werden Sie beschattet. Nicht jedoch, weil man Ihnen mißtraut, sondern weil Sie abgesichert werden müssen.«

»Sauber!« Curd Dessaus Kinnladen mahlten. »Ausgerechnet ich, der ich die Gestapo nicht ausstehen kann, soll mit dieser Schnüfflerbande Hand in Hand arbeiten?«

»Das verlangt niemand von Ihnen. Sie fliegen in unserem und nicht im Auftrag der Gestapo.«

»Und warum wird das Geld in Mailand nicht ordnungsgemäß bei einer Bank deponiert?«

Die Sekretärin setzte sich an ihre Schreibmaschine und spannte einen Bogen ein. »Nach allem, was in Italien in den letzten vierundzwanzig Stunden geschehen ist, können wir uns dort nicht auf Institutionen verlassen, die womöglich auf der Seite Umbertos und Badoglios stehen. Um die Industrie in Schwung halten zu können, müssen wir über einen Geldhahn verfügen, der uns nicht zugedreht werden kann. Deshalb der heutige Transport, dem weitere folgen werden. Wahrscheinlich dann auf dem Landweg.«

»Wenn die Dinge so liegen, sieht die Sache anders aus«, sagte der Pilot kleinlaut.

Die Sekretärin dämpfte ihre Stimme. »Der Dicke wurde mit der Überwachung der gesamten oberitalienischen Industrie beauftragt. In Mailand wird ein Sonderstab etabliert. Wir werden uns dort in Zukunft oft sehen.«

Er reichte ihr die Hand. »Wenn's so ist … Mir fällt ein Stein vom Herzen.«

Sie sah ihn fragend an. »Und weshalb können Sie die Gestapo nicht leiden?«

»Die hat einen Kollegen von mir, der die Strecke nach Athen beflog, ins KZ gebracht. Der Grund war lächerlich. Er hatte einen Teppich geschmuggelt, den er gegen Lebensmittel für seine Kinder eintauschen wollte.«

»Wegen eines solchen Vergehens kommt doch niemand ins KZ.«

Curd Dessau zuckte die Achseln. »Leider hatte er vorher den Fehler gemacht, sich zu weigern, in die Partei einzutreten.«

Die Sekretärin seufzte. »Machen Sie's gut. Und seien Sie pünktlich bei der Deutschen Bank. Ich rufe Barone de Bor an und sorge dafür, daß er Sie auf dem Flughafen Linate erwartet. Kennwort ›Stab RuK‹. Mit der Übergabe des Geldes endet Ihr Auftrag. Für Sie und Ihren Funker sind im Hotel Principe e Savoia Zimmer reserviert.«

»Wann müssen wir zurück sein?«

Sie blinzelte ihm zu. »Sofern Sie keinen anderen Bescheid erhalten, dürfen Sie morgen eine Ruhepause einlegen. Spätestens übermorgen mittag sollten Sie aber wieder zur Verfügung stehen.«

Er beugte sich zu ihr hinab. »Jetzt möchte ich nur noch wissen, welche Strumpfgröße Sie haben.«

»Neun«, antwortete sie lachend. »Passen Sie aber auf, daß die Gestapo Sie nicht erwischt.«

Reibungslos wie die Übernahme der 800 Millionen Lire verlief der Flug nach Mailand. Die Motoren dröhnten ihr monotones Lied. Über den Alpen herrschte strahlendes Wetter. Im Licht der untergehenden Sonne sah der Garda-See aus wie auf einer Kitsch-Postkarte. Kurz vor 19 Uhr berührten die Räder der Ju 52 italienischen Boden.

Oskar Hensel schob das Kabinendach zurück und rollte die Maschine zum Verwaltungsgebäude, vor dem ein Lastwagen stand. Neben ihm wartete ein kleiner, dunkel gekleideter Herr. Er hatte ein schmales blasses Gesicht. Seine Schläfen waren grau meliert.

Barone de Bor, dachte Curd Dessau und suchte unwillkürlich die nähere Umgebung nach einem Agenten der Gestapo ab. Es war jedoch niemand zu sehen, dessen Äußeres dieser Funktion hätte entsprechen können.

Der Funkmaschinist ließ die Motoren auslaufen und deutete nach draußen. »Der da wird's sein.«

»Sieht so aus.« Der Flugkapitän erhob sich, zwängte sich durch die von Kisten verstellte Kabine, öffnete die hinten im Rumpf befindliche Tür und sprang ins Freie.

Der ältere Herr ging auf ihn zu. »Signore Dessau?«

»Sì, signore.«

»De Bor.« Der Italiener reichte die Hand. »Darf ich mich ausweisen?«

»Ich bitte darum.«

Der Barone übergab seinen Paß.

Curd Dessau prüfte ihn und fragte nach dem Kennwort.

»Stab RuK.«

In diesem Augenblick trat aus der Tür des Verwaltungsgebäudes ein modisch gekleideter junger Mann, der mit dem Gehabe eines Grandseigneurs auf das Flugzeug zuschlenderte.

Curd Dessau stutzte. Er glaubte seinen stets etwas geckenhaften Klassenkameraden Veit Küster zu erkennen, der in die SS eingetreten war und im Sicherheitshauptamt Karriere gemacht hatte. Vor Jahren hatten sie sich das letzte Mal getroffen. Sie waren glücklich über den Job gewesen, den sie 1933 erhalten hatten.

Der Klassenkamerad schien ebenfalls erkannt zu haben, wen er vor sich hatte; denn er beschleunigte plötzlich seine Schritte und ging zielstrebig auf Curd Dessau zu. »Hallo!« rief er freudig überrascht. »Das ist aber ein Zufall. Ich brachte einen Bekannten zum Flugzeug nach Rom, das vor wenigen Minuten gestartet ist, und da sehe ich dich aus der Ju herauskommen.«

Mir brauchst du keinen Sand in die Augen zu streuen, hätte Curd Dessau am liebsten geantwortet. Statt dessen reichte er die Hand und fragte: »Was machst du in Mailand?«

»Ich bin erst seit kurzem hier stationiert.«

Der Pilot wandte sich an den älteren Herrn. »Entschuldigen Sie, Signore. Dies ist ein Klassenkamerad von mir. Wir haben zusammen die Schulbank gedrückt. Darf ich bekannt machen: Veit Küster – Barone de Bor.«

Beide verneigten sich.

»Barone de Bor?« wiederholte Veit Küster nachdenklich. »Ich bilde mir ein, Ihrem Namen in Rom begegnet zu sein.«

Der Italiener nickte. »Das ist gut möglich. Ich bin Juwelier und besitze dort mein Hauptgeschäft.«

»Ja, richtig. Auf dem Corso Venezia. Ich war früher in Rom tätig und kenne mich dadurch gut aus.«

»Hoffentlich wird um die Stadt nicht gekämpft werden.«

Veit Küster hob die Schultern. »Damit müssen wir rechnen.«

Der Barone seufzte. »Ein Glück, daß ich hier eine Filiale habe und am Como-See ein Sommerhaus besitze.«

»Es heißt ...«

»Nimm's mir nicht übel, wenn ich dich unterbreche«, mischte sich Curd Dessau in das Gespräch. »Ich hab' mit dem Barone einige Formalitäten zu erledigen.«

»Bitte, laß dich nicht stören«, erwiderte Veit Küster konziliant und wollte sich schon zurückziehen, als die Ladeluke der Ju 52 geöffnet wurde. »Nanu«, sagte er angesichts der gestapelten Kisten, »fliegst du neuerdings Transporte?«

»Aushilfsweise. Das fliegende Personal wird immer knapper.«

»Du bist aber noch für das Ministerium tätig?«

»Gott sei Dank.«

Der Freund griff in die Seitentasche seines mustergültig sitzenden grauen Jacketts und entnahm ihr eine Visitenkarte, die er dem Barone überreichte. »Sollten Sie einmal etwas zu versichern haben«, er wies auf die Kisten, »ich vertrete eine der bedeutendsten Agenturen.«

Der Italiener warf einen Blick auf die Karte und spitzte die Lippen. »Ich werde gerne an Sie denken.«

Der Lastwagen fuhr an das Flugzeug heran.

Veit Küster verabschiedete sich.

»Kann ich die Ware übernehmen?« fragte Barone de Bor, als sie allein waren.

»Selbstverständlich. Mein Funker wird Ihrem Fahrer behilflich sein.«

»Das ist sehr liebenswürdig.«

»Wie werden Sie den Transport absichern?«

»Überhaupt nicht. So etwas muß entweder mit einem riesigen Polizeikordon umgeben oder aber wie Seife behandelt werden.«

Curd Dessau lachte. »Da mögen Sie recht haben.«

Die Kisten waren noch nicht alle umgeladen, da erschien Veit Küster erneut. Diesmal in einem rassigen Sportwagen. »Hör zu«, rief er, ohne auszusteigen. »Ich hab' eben überlegt, daß wir uns, wenn wir uns schon in Mailand treffen, wenigstens für ein Stündchen zusammensetzen sollten. Hast du heute abend Zeit?«

Übergenug, dachte Curd Dessau. Ihm aber scheint es nur darum zu gehen, den Transport zu überwachen. Bestimmt ist er der Mann der Gestapo, den die Sekretärin angekündigt hat.

»Du kannst auch bei mir wohnen«, fuhr der Klassenkamerad fort. »Mir steht eine prächtige Villa zur Verfügung.«

»Nett von dir, aber für meinen Funker und mich sind im ›Principe e Savoia‹ Zimmer reserviert.«

»Dann lade ich dich auf alle Fälle zum Essen ein.«

»Eigentlich sollte Signore Dessau heute abend mein Gast sein«, erklärte der Juwelier in einem Tonfall, der erkennen ließ, daß ihm die Einladung nicht ganz gelegen kam.

»Und wie wäre es, wenn wir gemeinsam essen würden?« schlug Veit Küster vor. »Sie werden verstehen, Barone, daß ich ...«

»Selbstverständlich. Ich möchte jedoch nicht stören.«

»Das tun Sie keineswegs. Im Gegenteil, ich freue mich, Sie kennengelernt zu haben.«

Curd Dessau irritierte die Geschäftigkeit des Jugendfreundes. Dies um so mehr, als er bezweifelte, daß Veit Küster eine Versicherungsgesellschaft vertrat. Er hatte doch in der SS Karriere gemacht! Um ihn zu prüfen, begab er sich nach dem Umladen der Kisten zur Flugleitung, wo er sich erkundigte, ob kurz vor seiner Landung eine Maschine nach Rom gestartet sei.

Er erhielt die Auskunft, daß die Strecke seit diesem Morgen bis auf weiteres nicht mehr beflogen werde.

Für Curd Dessau konnte kein Zweifel darüber bestehen, daß Veit Küster ihn belogen hatte. Er mußte jener Agent sein, der mit der Überwachung des Transportes beauftragt worden war. Es interessierte ihn plötzlich, die ›prächtige Villa‹ kennenzulernen, von der er gesprochen hatte, und in erster Linie aus diesem Grund nahm er den Vorschlag des Klassenkameraden an, mit ihm daheim einen Begrüßungsschluck zu trinken. Aber er stieg mit gemischten Gefühlen in den Wagen ein.

Auf dem Weg in die Stadt belog ihn Veit Küster ein zweites Mal. Er trat plötzlich auf die Bremse und behauptete, irgend etwas am Motor sei nicht in Ordnung.

Einem Flugkapitän kannst du das nicht weismachen, dachte Curd Dessau belustigt. Du suchst nur einen Grund, um hinter dem Lastwagen bleiben zu können, der, gefolgt vom schwarzen Alfa Romeo des Barone, vor uns herfährt.

Er täuschte sich nicht. Kaum war der Transporter in eine Hofeinfahrt eingebogen, die gleich darauf geschlossen wurde, da lief der Motor des Sportwagens einwandfrei, und der Klassenkamerad fuhr zügig und auf schnellstem Weg seinem Heim entgegen, das in einem Park lag, der seinesgleichen suchte. Das Haus glich einem kleinen Palast, und Curd Dessau fragte sich verblüfft, woher Veit Küster das Geld hatte, sich eine solche Villa leisten zu können. War er womöglich doch Versicherungsagent geworden? Einem Angehörigen des Sicherheitsdienstes wurde eine solche Besitzung kaum zur Verfügung gestellt.

Der Schulfreund wurde ihm unheimlich. Er verfügte über einen Diener, Gärtner und sonstiges Personal und bewegte sich in den geschmackvoll eingerichteten Räumen mit verblüffender Selbstverständlichkeit.

Noch mehr wunderte sich Curd Dessau über eine Feststellung, die er später im ›Bella Napoli‹, einem exklusiven Restaurant für Feinschmecker, machte. Sie saßen an der Bar und warteten bei einem Aperitif auf Barone de Bor, als dieser mit einer Dame erschien, die sofort die Augen aller Anwesenden auf sich zog.

Eine attraktivere und zugleich absolut damenhaft wirkende Frau glaubte Curd Dessau noch nicht gesehen zu haben. Ihr Haar leuchtete tizianrot, ihre großen und glänzenden Augen hatten das unbeschreibliche Blau eines von der Sonne bestrahlten Gletschers. Ihr Kleid war von einer raffinierten Schlichtheit, ein Perlenkollier ihr einziger Schmuck.

»Mich haut's um«, entfuhr es Veit Küster. »Zsaga ist in Mailand!« Er erhob sich, um auf sie zuzugehen, doch da wandte sie sich schnell an den Barone, der nun vortrat und die Führung übernahm.

Der Italiener entdeckte die Klassenkameraden und ging ihnen

mit ausgebreiteten Armen entgegen. »Signori«, sagte er lebhaft, »Sie werden es mir hoffentlich nicht verübeln, daß ich meine Frau mitgebracht habe. Sie traf heute abend überraschend aus Rom ein.« Er wandte sich ihr zu. »Zsaga, darf ich vorstellen: Flugkapitän Dessau – Versicherungsagent Küster.«

Der Pilot neigte sich über ihre Hand.

Sie beachtete ihn kaum, drehte sich vielmehr gleich Veit Küster zu, dem sie das Kompliment machte: »Ich freue mich Sie kennenzulernen. Mein Mann erzählte mir bereits von Ihnen. Sie lebten ebenfalls in Rom?«

»Bis vor wenigen Wochen, gnädige Frau.«

Curd Dessau sah, daß die Baronesse seinem Schulkameraden versteckt zulächelte. Die Farbe ihrer Augen veränderte sich: sie wurden dunkler und erhielten den Ausdruck eines auf der Lauer liegenden Raubtieres. »Daß wir uns in Rom nie begegnet sind!«

»Bei so viel Schönheit kann ich das nur lebhaft bedauern«, erwiderte Veit Küster galant.

3

Während des Essens, zu dem ein erlesener Wein kredenzt wurde, kam eine angeregte Unterhaltung zustande, an der sich Veit Küster nur zurückhaltend beteiligte. Zsaga de Bor beschäftigte ihn zu sehr. Verbissen dachte er: Dieses Luder! Jetzt ist sie doch Baronessa geworden! Allerdings auf andere Weise, als sie es ursprünglich wollte. Nun, mir soll's recht sein. Es trifft sich ausgezeichnet.

Ihm gingen tausend Dinge durch den Kopf. Es war nicht seine Sache gewesen, den Geldtransport persönlich zu überwachen. Ihm oblagen andere, wichtigere Aufgaben. Es würde völlig genügt haben, wenn er einen seiner Untergebenen beauftragt hätte, die ›Beschattung‹ der Kisten zu übernehmen. Er hegte jedoch schon seit geraumer Zeit den Wunsch, Barone de Bor kennenzulernen, und als ihm der Name des Flugkapitäns durchgegeben wurde, dem der Transport des Geldes anvertraut worden war, als er somit wußte, daß sein ehemaliger Schulkamerad mit dem Juwelier zusammenkommen würde, hatte er sich entschlossen, diesen günstigen Zufall für sich auszunutzen.

Dabei interessierte ihn weniger der Barone selbst als dessen Sohn Claudio. Zsaga, die in Rom seine Agentin geworden war, hatte den jungen Adeligen um jeden Preis heiraten wollen. Der aber hatte ihr den Laufpaß gegeben und eine Amerikanerin geheiratet, mit welcher er seit geraumer Zeit in Madrid lebte. An ihn wollte er herankommen, denn Claudio de Bor war Mitglied der amerikanischen Botschaft. Mit Hilfe von Zsaga hoffte er einen Fuß in die American Embassy setzen zu können. Nun aber sah er sich überraschend vor die Tatsache gestellt, daß Zsaga den Vater Claudios geheiratet hatte. Was mochte sie bewogen haben, das Glück an der Seite dieses alten Mannes zu suchen? Mindestens dreißig Jahre war er älter als sie. Hatte sie der Titel Baronessa so sehr gereizt? Oder das Vermögen de Bors?

Veit Küster war enttäuscht. Seinen großen Plan, einen Agenten in die amerikanische Botschaft einzuschmuggeln, mußte er unter den gegebenen Umständen wohl endgültig zu den Akten legen. Warum nur hatte Zsaga ihn nicht verständigt? Warum hatte sie ein Spiel hinter seinem Rücken getrieben? Er durfte sie nicht verlieren. Ihre Intelligenz war bestechend. Binnen weniger Wochen hatte sie an seiner Seite die deutsche Sprache so perfekt erlernt, daß sie sich fließend auf deutsch unterhalten konnte. Und welch großartige Erfolge hatte er mit ihr schon errungen! Rücksichtslos hatte sie ihre Reize eingesetzt, wenn es galt, schwer einnehmbare Festungen zu bezwingen. Wie damals an der Adria, wo es ihr gelungen war, eine seiner verrücktesten Ideen in die Tat umzusetzen. Dreihundertfünfzig Millionen gefälschte englische Pfundnoten, gedruckt im KZ Sachsenhausen, sollten in aller Welt in Umlauf gebracht werden, um die britische Währung zu unterminieren. Mit Devisenschieberei und Valutaschmuggel hoffte er zu bewerkstelligen, was die Wehrmacht nicht geschafft hatte. Er setzte Zsaga ein. Ohne selbst in Erscheinung zu treten, brachte sie es fertig, daß ein wegen des Handels mit ›Blüten‹ in Kärnten eingesperrter Verbrecher aus der Haft entlassen und beauftragt wurde, mit einer Luxusjacht die Küstenstädte der Adria abzuklappern und dort, gewissermaßen zur Probe, zunächst einmal fünfhunderttausend Pfund Sterling in Noten zu fünf Pfund an den Mann zu bringen. Die Sache klappte. Der Gangster verstand sein Geschäft, und die ›Blüten‹ waren erstklassig.

Später wurden Millionen in Umlauf gesetzt: in Italien, in der Schweiz, in Griechenland, Spanien und Portugal. Und schließlich wurden auf raffinierten Wegen sogar kofferweise falsche Pfundnoten nach Südamerika und Asien transportiert.

Doch das alles hatte Veit Küster nicht genügt. Nach ihrem großen Erfolg setzte er Zsaga in Kroatien und Serbien ein. Ihr Auftrag lautete, den auf dem Balkan kämpfenden Widerstandsgruppen, denen die Mittel zur Beschaffung dringend benötigter Nahrungsmittel fehlten, große Mengen von Waffen, die sie auf dem Luftwege von den Alliierten erhielten, gegen falsche englische Pfund abzukaufen. Ohne sich zu dekuvrieren, löste sie diese schwierige Aufgabe binnen kürzester Frist.

Veit Küsters Gedanken kreisten. Würde Zsaga, nachdem sie Baronessa und vermögend geworden war, ihre Tätigkeit für den Sicherheitsdienst für immer aufgeben? Er betrachtete sie prüfend.

Sie bemerkte es und blinzelte ihm zu, als wolle sie sagen: Mach dir keine Gedanken. Ich schätze deine Intelligenz und die Aufgaben, die du zu vergeben hast.

Curd Dessau entging das Augenspiel zwischen den beiden nicht. Obwohl ihm klar war, daß zwischen seinem Schulkameraden und der Frau des Juweliers eine Verbindung bestand, von der Barone de Bor nichts wußte, empfand er so etwas wie Eifersucht. Was gefiel dieser verwirrend schönen und charmanten Frau an Veit Küster? Er blickte zu ihm hinüber und konnte nicht umhin, sich einzugestehen, daß er blendend aussah und jenes gewisse Etwas besaß, das Frauen anzieht und Männer ratlos werden läßt.

Dem Barone gegenüber empfand er in dieser Minute Mitleid. Er schätzte ihn auf fünfundfünfzig bis sechzig Jahre, Zsaga de Bor hingegen höchstens auf fünfundzwanzig. So interessant die Unterhaltung gewesen war, er fühlte sich wie erlöst, als sich das Ehepaar kurz nach elf Uhr verabschiedete.

Wenig später verließ er mit Veit Küster das Lokal. Der Kamerad hakte sich bei ihm ein. »Trinken wir noch einen Espresso?«

»Gerne. Ich könnte jetzt doch nicht schlafen.«

»Hat die Baronessa dich so beeindruckt?«

»Das auch. Im übrigen aber beschäftigen mich einige Fragen.«

»Zum Beispiel, was ich mit Zsaga de Bor zu tun habe?«

»Du bist ein Hellseher. Kennst du die Baronessa schon lange?«

Veit Küster dirigierte ihn in eine Seitengasse. »Hier in der Nähe gibt es eine nette Kellerbar.«

»Weich mir nicht aus.«

»Warum sollte ich das?« Der Klassenkamerad lachte. »Ich werde dir schon alles erzählen. Zuvor solltest du mir aber sagen, ob du ein Weib haben möchtest.«

Curd Dessau blieb stehen. »Erstaunlich, daß wir uns immer gut verstanden haben. Wir sind doch völlig verschieden.«

»Haben beide aber nicht geheiratet!«

»Daraus läßt sich keine Gleichheit ableiten.«

»Stimmt.« Veit Küster grinste. »Wie ich dich kenne, hast du verzichtet, weil du die Richtige noch nicht gefunden hast. Ich hingegen habe den Stand der Ehe gemieden, weil ich mich nicht festlegen will. Mir macht's Spaß, überall herumzuschnuppern. Das Spiel mit den Weibern ist doch großartig. Übrigens hätte ich dir nichts Billiges angedreht. Ich kenne nur Damen der besten Gesellschaft.«

»Deren Männer im Krieg sind?«

»Vergiß nicht, daß du in Italien bist. Hier zieht sich die Gesellschaft an die oberitalienischen Seen zurück und schickt das Volk in den Krieg.«

Im Geiste hörte Curd Dessau die Sekretärin, die ihm bedeutet hatte, daß man sich in Italien auf niemanden mehr verlassen könne.

Der Freund wechselte das Thema. »Um auf deine Frage zurückzukommen: Zsaga de Bor war in Rom, wo ich über zwei Jahre lebte, meine Angestellte.«

»Deine was ...?«

»Nun ja, Angestellte sollte ich vielleicht nicht sagen. Mitarbeiterin. Oder Agentin. Das kommt der Sache näher. Ich schaltete sie bei größeren Abschlüssen ein. Eine schöne Frau im geeigneten Augenblick zu präsentieren, wirkt oft Wunder.« Er wies auf schwach erleuchtete Stufen, die in einen Keller führten. »Wir sind da.«

Ein Portier in goldstrotzender Phantasieuniform trat aus einer Nische und riß eine kupferbeschlagene Tür auf. »Buona sera, signore Küster.«

»Buona ..., Ricardo. Alles in Ordnung?«

»Sì, signore.«

»Die Frau wieder gesund?«

»In fünf Tagen darf sie aufstehen.«

»War der Arzt da?«

»Ja, gegen drei Uhr, Signore.«

Veit Küster zog einige Scheine aus der Tasche und gab sie dem Türsteher. »Grüßen Sie Ihre Frau. Und kaufen Sie ihr ein paar Blumen.«

»Zu gütig, Signore.«

Das seltsame Gespräch steigerte Curd Dessaus Mißtrauen. Nachdenklich fragte er sich: Ist Veit nun ein Menschenfreund, oder ist der Portier ein Agent, der in verschlüsselter Form Mitteilungen gibt und Anweisungen erhält?

Sie traten in ein gediegen eingerichtetes kleines Lokal. An der Bar saßen Herren, die Veit Küster zuwinkten.

Er grüßte zu ihnen hinüber und ging in den Hintergrund, aus dem gedämpfte Klaviermusik erklang. »Setzen wir uns drüben hin«, sagte er. »Dort können wir ungestört plaudern.«

Als sie Platz genommen und zwei Espresso und Grappa bestellt hatten, lehnte Veit Küster sich selbstherrlich zurück. »Na, was denkst du jetzt?«

Curd Dessau zuckte die Achseln. »Was soll ich schon denken?«

»Wie ich dich kenne, wirst du entsetzt darüber sein, daß Zsaga und ich dem Barone unsere Bekanntschaft verheimlicht haben.«

»Ihr werdet wissen, warum ihr das für ratsam haltet.«

»Du bist ja schlauer, als ich dachte. Aber ist sie nicht phantastisch?«

Der Flugkapitän gab sich gelangweilt. »Interessanter wäre die Frage, warum sie einen so alten Mann geheiratet hat.«

»Das ist doch klar. Frauen wie Zsaga heiraten keinen Mann, sondern Geld und Ansehen. Mir ist nur schleierhaft, warum es ausgerechnet Barone de Bor sein mußte. Wenn der erfährt, wen er geheiratet hat, wird er die Konsequenzen ziehen. Aus ist es dann mit dem Traum vom Vermögen.«

»Könntest du dich nicht verständlicher ausdrücken?« mokierte sich Curd Dessau.

Veit Küster, der kein bestimmtes Ziel ansteuerte, erkannte, daß sich ihm eine günstige Gelegenheit bot, die Überlegungen, die ihn seit Stunden beschäftigten, einem Test zu unterziehen. »Hör zu«, sagte er und griff nach dem Grappa, der gerade serviert wurde. »Ich werde dir eine kleine Geschichte erzählen. Vielleicht kannst du mir hinterher erklären, was Zsaga veranlaßt haben könnte, gerade Barone de Bor zu heiraten. Aber stoßen wir erst einmal an.«

Curd Dessau roch an dem Grappa. »Der riecht ja scheußlich.«

»Tut aber gut.«

Als sie getrunken hatten, zündete sich Veit Küster eine Zigarette an. »Und nun paß gut auf! Es war einmal ein bildhübsches Mädchen, das über erstaunlich viel Charme, Geist und Sex-appeal verfügte. Sein Charme war insofern verwunderlich, als es seine Reize ungeniert zur Schau stellte. Er war auch frappierend, weil dieses auf den Namen Maria getaufte Mädchen in einem armseligen Fischerdorf unter der Fuchtel eines Vaters aufwuchs, der zu Geld machte und versoff, was nicht niet- und nagelfest war.«

»Ist Maria der Taufname der heutigen Zsaga de Bor?«

»Ich bewundere deinen Scharfsinn«, frotzelte Veit Küster. »Der Namenswechsel spielt übrigens, wie du noch hören wirst, eine große Rolle. Denn Hals über Kopf verliebte besagte Maria sich in einen jungen Mann namens Claudio de Bor. Er lernte sie im Hafen des kleinen Fischerdorfes kennen, in dem er seine Motorjacht liegen hatte. Jahrelang trafen sich die beiden, und eines Tages erklärte Claudio seinem Vater – die Mutter war verstorben –, er habe eine gewisse Maria Cetana, ein zwar armes, aber sehr nettes und hochintelligentes Mädchen, kennengelernt, das er zu heiraten beabsichtige.«

»Woraufhin der alte Herr die Wände hochging.«

»Senkrecht! Ein Mädchen aus einem Fischerdorf, der Vater ein Säufer – das war zuviel für den Barone. Er stellte seinen Sohn vor die Alternative: Maria Cetana und Enterbung – oder standesgemäße Ehe und Vermögen.«

»Der Sohn zeigte sich standesbewußt ...«

»... und heiratete die Tochter eines in Rom ackreditierten amerikanischen Diplomaten.«

»Wie schön.«

»Bis hierher haben wir es mit einem Geschehen zu tun, wie es in der ganzen Welt in Tausenden von Varianten vorkommt. Nun aber beginnt ein Film, den ich in seiner ganzen Tragweite erst heute abend kennengelernt habe. Der Anfang war mir bekannt: Maria Cetana tauchte als Zsaga Morena in Rom auf, richtete sich dort ein exklusives Appartamento ein ...«

»... das Claudio de Bor zahlte ...«

»... und von dessen Beziehung zu Zsaga niemand etwas wußte. Er führte sie geschickt in die Gesellschaft ein, in der sie – Kunststück bei ihrem Äußeren – bald ein gerngesehener Gast wurde. Ich lernte sie auf dem Empfang eines hohen Würdenträgers kennen. Sie wurde meine Mitarbeiterin ...«

»... und Geliebte!«

»Erzählst du nun oder ich?«

»Du!«

»Dann unterbrich mich nicht!«

»Sie wurde deine Mitarbeiterin ...«

»... verdiente durch ein paar tolle Abschlüsse ein schönes Stück Geld, war dann aber vor einigen Monaten plötzlich spurlos verschwunden. Kein Wort der Erklärung – nichts! Du wirst dir vorstellen können, daß ich sauer war. Irgendeinen Bescheid hätte sie mir schließlich geben können. Zumal ich außer Claudio der einzige bin, der ihre Geschichte kennt. Und nicht nur das. Sie hatte mir sogar anvertraut, daß sie innerlich von ihrem Geliebten nicht loskomme. Ich vermutete sie deshalb an seiner Seite, und da ich wußte, daß er sich in der amerikanischen Botschaft in Madrid betätigte, wohin sein Schwiegervater nach dem Eintritt der Vereinigten Staaten in den Krieg versetzt worden war, gab es für mich keine andere Erklärung als die, daß sie ihm gefolgt sei. So, und nun bist du an der Reihe. Seit heute abend weiß ich, daß sie nicht in Spanien lebt, sich vielmehr die Freiheit nahm, den Mann zu heiraten, der ihr den Strich durch die erhoffte Ehe mit seinem Sohn gemacht hatte. Kannst du mir sagen, warum sie ausgerechnet Barone de Bor geheiratet hat? Stellung? Vermögen?«

Curd Dessau schüttelte den Kopf. »Wahrscheinlich beides nicht. Da steckt mehr dahinter. Meines Erachtens nimmt sie Rache an Vater und Sohn zugleich.«

Veit Küster stutzte. »Den Sohn liebt sie doch!«

»Eben. Er wird sie nicht mit nach Madrid genommen haben.«

Die Stirn des Freundes legte sich in Falten. »Da könntest du recht haben.«

Flugkapitän Dessau fand plötzlich Gefallen daran, seine Annahme weiter zu durchdenken. »Unterstellen wir einmal, es wäre so. Dann ist das, was du bis heute weißt, erst der Anfang eines klar geplanten Rachefeldzuges. Denn Zsaga de Bor kann sich an fünf Fingern abzählen, daß ihre Komödie einmal aufgedeckt werden wird. Und ich halte sie für zu klug und zu raffiniert, als daß ich glauben könnte, sie nehme ein solches Risiko ohne weiteres auf sich. Irgendeinen Trumpf wird sie in der Hand haben, da gehe ich jede Wette ein.«

Der Freund nagte an seinen Lippen. »Offensichtlich kann es nicht schaden, wenn Agenten sich gelegentlich mit Psychologen unterhalten.«

»Ich bin kein Psychologe. Bist du Agent?«

Veit Küster grinste und warf einen Blick auf seine Armbanduhr. »Bin gespannt, was Zsaga mir nachher erzählen wird.«

Curd Dessau war so überrascht, daß er die gestellte Frage vergaß. »Du triffst dich mit ihr?«

Der Kamerad legte einen Geldschein auf den Tisch. »Sie kommt um zwei Uhr in meine Wohnung.«

»Wann habt ihr das ausgemacht?«

»Ich habe ihr einen Zettel zugeschoben.«

»Das genügt?«

»Natürlich.«

»Und was wird ihr Mann dazu sagen?«

»Zsaga teilt allenfalls ein Lager, aber kein Schlafgemach.«

Darauf wußte Curd Dessau nichts zu erwidern. Es waren jedoch zwiespältige Gefühle, mit denen er den Freund zu dessen Wagen begleitete. Eifersucht nagte in ihm. Auch wenn er es sich nicht eingestand: er hätte viel dafür gegeben, sich mit Zsaga de Bor treffen zu können.

Kurz vor Erreichen des Bella Napoli, vor dem das Sportauto abgestellt war, griff Veit Küster plötzlich nach dem Arm des Kameraden, blieb stehen und deutete nach vorn.

Unweit von ihnen stand der Wagen. Am Nummernschild machte sich jemand zu schaffen.

Veit Küster legte den Zeigefinger auf den Mund, gab Curd Dessau ein Zeichen, zurückzubleiben und ging auf den Zehenspitzen weiter, bis er jäh einen Satz nach vorn machte.

Der Fremde flog herum.

Veit Küster schlug ihm mit einem harten Gegenstand auf den Kopf. Der Italiener, es war ein junger Mann, taumelte zu Boden.

Veit Küster warf sich über ihn, tastete seine Taschen ab und förderte eine deutsche Armeepistole zutage. »Du Partisanenschwein!« schrie er aufgebracht. »Wen hast du umgelegt, um dieses Schießeisen zu ergattern?«

Der am Boden Liegende versuchte sich aufzurichten.

Veit Küster versetzte ihm erneut einen Schlag und drückte Curd Dessau, der hinzugeeilt war, eine ›Walther-PPK‹ in die Hand. »Hau ihm das Ding zwischen die Rippen und zögere nicht zu schießen, wenn er Faxen machen sollte. Wir nehmen ihn zwischen uns.« Er stieß den Italiener in den Wagen. »Unterstehdich, zu flüchten! Du verlierst auf der Stelle dein Leben!«

Der junge Mann jammerte: »Lassen Sie mich laufen, Signore. Ich wollte bloß …«

»Schnauze!«

»Meine Familie hungert, Signore! Wir haben beim Bombenangriff …«

Veit Küster schlug ihm ins Gesicht. »Schnauze, hab' ich gesagt!« Er wandte sich an Curd Dessau. »Setz dich neben ihn. Aber mit der entsicherten Pistole in der Hand! Die Kerle stekken voller Tricks!«

Der Flugkapitän handelte wie in Trance. Das rücksichtslose Vorgehen empörte ihn, er lehnte sich jedoch nicht dagegen auf. Womöglich hat Veit recht, überlegte er. Er kennt die Verhältnisse hier besser als ich.

Der Freund klemmte sich hinter das Steuer, ließ den Motor an und fuhr los. Über die vereinsamte Piazza del Duomo und die Piazza della Scala jagte er in die Via Brera hinein, wo er vor dem Tor der Militärkommandantur anhielt und in kurzen Intervallen hupte.

Zwei SS-Männer eilten herbei.

»Übernehmt dieses Schwein. Anklage: Mord an deutschen Soldaten! Beweis: diese Pistole 08!« Er übergab die Waffe. »Festgenommen wegen Partisanentätigkeit. Er versuchte, das Nummernschild meines Wagens zu klauen.«

Die SS-Männer übernahmen den Italiener und drehten ihm die Arme auf den Rücken.

»Jagt die Richter aus den Betten. Das Urteil ist sofort zu vollstrecken! Gnadengesuch hiermit abgelehnt!«

Curd Dessau war entsetzt. »Wer bist du eigentlich?« rief er aufgebracht, als Veit Küster anfuhr.

»Unter anderem auch Soldat.«

»Der Waffen-SS?«

»Nein. Ich gehöre zum Sicherheitsdienst und will dir nicht mehr länger etwas vormachen. Heute überwachte ich deinen Geldtransport. An sich nicht meine Aufgabe. Es gab aber Gründe, die mich bewogen, selbst zum Flughafen zu fahren. Ich bin Standartenführer und unter anderem für die Sicherheit der in diesem Raum lebenden Deutschen verantwortlich.«

»Und die meinst du zu schützen, indem du einen Autodieb umlegen läßt?«

Veit Küster reagierte unwillig. »Wenn du glaubst, das sei ein Autodieb gewesen, dann täuschst du dich gewaltig. Wochenlang fanden wir auf den Strecken nach Como, Varese, Turin und Genua kampflos erschossene Wehrmachtsangehörige. Immer wieder fragten wir uns: Wie ist das möglich? Man läßt sich doch nicht einfach abknallen! Dann ging uns ein Licht auf. Die Partisanen fahren, verkleidet als Wehrmachtsstreifen, in Fahrzeugen mit Wehrmachtsnummern, die sie nachts von parkenden Wagen abmontieren. Kaltschnäuzig brausen sie damit durch die Lande, halten deutsche Fahrzeuge an und legen unsere Landsleute um. Soll ich da Samthandschuhe anziehen? Nein, mein Lieber. Mir scheint es sinnvoller zu sein, rücksichtslos vorzugehen.«

Curd Dessau war betroffen, lehnte sich aber trotzdem auf. »Wenn du schon solch grandiosen Posten hast, dann geh von mir aus rücksichtslos vor«, schrie er wütend. »Aber nur gegen Menschen, deren Schuld erwiesen ist!«

»Beweis denen mal was. So viel Zeit steht uns nicht zur Verfügung. Wir müssen Exempel statuieren! Es herrscht Krieg, Herr Flugkapitän! Ihr Piloten habt ja keine Ahnung, wie es am Boden aussieht. In euren Regionen gibt es weder Hecken noch Seitenstraßen, aus denen geballert wird. Ihr fliegt unter strahlendblauem Himmel dahin, werft Bomben und seht nicht, was die anrichten. Das geht euch ja nichts an. Komm mal runter auf die Erde, dann siehst du, was los ist.« Er bog in den Park des von ihm bewohnten Hauses ein.

»In gewisser Hinsicht muß ich dir recht geben«, stimmte ihm

Curd Dessau widerwillig zu. »Und dennoch«, er wies auf die Villa, »deine Art zu leben straft dich Lügen.«

»Ach, du lieber Gott!« Veit Küster hielt an und sprang aus dem Wagen. »Du meinst, weil ich über ein tolles Haus verfüge, einen schicken Sportwagen fahre und …«

»Die Dinge seien dir gegönnt, passen aber nicht zu deinen Worten«, fiel Curd Dessau erregt ein.

Der Klassenkamerad, der sich als Standartenführer entpuppt hatte, blieb vor ihm stehen. »Dann gestatte mir eine Frage: Nimmst du, wenn du in Paris bist, nicht ein paar Flaschen Wein und Cognac mit nach Hause?«

»Natürlich.«

»Und kaufst du nicht auch in Kopenhagen ein? Und in Amsterdam, Prag, Brüssel, Stockholm, Madrid – wo immer du hinkommst?«

»Gewiß. Aber was hat das mit dem zu tun, worüber wir sprechen?«

»Sehr viel. Ich erwähnte es, um dir vor Augen zu führen, daß andere daheim niemals haben werden, was du dir aufgrund deiner Stellung und Tätigkeit leisten kannst.«

Curd Dessau suchte nach einer geeigneten Entgegnung, fand aber nicht die richtigen Worte und war erleichtert, als er sah, daß ein Taxi in das Grundstück einbog.

»Nanu«, sagte Veit Küster verwundert und warf einen Blick auf die Leuchtziffern seiner Armbanduhr. »Es ist doch erst eins. Sollte das schon Zsaga sein?«

»Das wäre nicht schlecht«, erwiderte Curd Dessau. »Dann könnte ich ihr Taxi übernehmen. Ich wollte ohnehin nicht mit rausfahren. Die Sache mit dem Italiener hatte mich jedoch so durcheinandergebracht, daß ich nicht merkte …«

»Moment«, unterbrach ihn Veit Küster und eilte dem Wagen entgegen.

Er hatte richtig vermutet. Zsaga de Bor richtete sich nicht nach anderer Leute Uhren. Mit strahlender Miene stieg sie aus dem Wagen. Ihre Augen glänzten im Licht des Mondes, das ihrem tizianroten Haar eine exotische Note verlieh. »Mir scheint, du bist auch gerade erst gekommen«, rief sie und umarmte den Standartenführer.

»Ja, ich mußte noch jemanden verarzten.«

Sie blickte zum Haus hinüber, das völlig verdunkelt dalag. »Das Personal wird hier ebenfalls am Abend fortgeschickt?«

»Daran hat sich nichts geändert. Wie vorteilhaft das ist, erlebst du jetzt in schönster Form. Obwohl ich nicht ahnen konnte, dich heute wiederzusehen, ist alles zu deinem Empfang bereit.«

Sie schmiegte sich an ihn. »Als mein Mann mir erzählte, daß er dich kennengelernt hat und wir dich noch heute treffen würden, habe ich es kaum erwarten können, dein Gesicht zu sehen.«

»Und wie reagierte ich? Bist du auf deine Kosten gekommen?«

Sie küßte ihn. »Eigentlich nicht. Du hattest dich viel zu sehr in der Gewalt.«

»Was mir angesichts deiner erstaunlichen Eheschließung nicht gerade leichtfiel, Baronessa Zsaga de Bor.«

»Klingt gut, wie?«

Er nickte und deutete in die Richtung, in der Curd Dessau einige Schritte in den Park hinein tat. »Wenn ich gewußt hätte, daß du so früh kommst, würde ich ihn gleich ins Hotel gebracht haben. Aber er kann ja das Taxi nehmen.«

Sie schüttelte den Kopf. »Zahl den Fahrer und schick ihn weg. Vielleicht ist es ganz gut, daß du deinen Freund mitgenommen hast.«

»Wieso?«

»War er es nicht, der das Geld nach Mailand brachte?«

»Gewiß.«

»Also muß er eine Vertrauensstellung haben.«

»Na und ...?«

»Ich möchte, daß wir ihn uns warmhalten. Es könnte sein, daß wir in nicht allzu ferner Zeit einen zuverlässigen Piloten brauchen.«

»Wofür?«

»Darüber reden wir später. Ich habe große Pläne.«

Veit Küster entlohnte den Fahrer und ging mit Zsaga auf den Kameraden zu. »Komm her, Curd!« rief er. »Oder bist du schüchtern?«

Flugkapitän Dessaus Auflehnung erhielt neue Nahrung. Was

soll die Frage, empörte er sich. Will er mich vor Zsaga de Bor lächerlich machen? Unwillig drehte er sich um.

Die Baronessa reichte die Hand. Ihre Lippen hatten im Mondlicht einen verführerischen Glanz. »Sind Sie sehr verwundert, mich hier zu sehen?«

»Eigentlich nicht«, antwortete er fast aggressiv.

Sie stutzte, zwang sich dann aber zu lachen und hakte sich bei beiden ein. »Ihre Ehrlichkeit spricht für Sie.«

Er zuckte die Achseln. »Offene Fragen verlangen offene Antworten.«

Sie wandte sich an Veit Küster. »Der Park ist herrlich. Zumal in dieser Beleuchtung. Da gibt es keine starren Formen. Alles wirkt verzaubert.«

Er deutete auf ein Schwimmbassin. »Park und Piscina stehen dir jederzeit zur Verfügung.«

Zsaga de Bor zog beide an sich heran. »Sollen wir noch hineinspringen?«

»Mit oder ohne Badeanzug?« fragte der Standartenführer prompt.

»Wennschon, dann ohne«, warf Curd Dessau wie selbstverständlich ein.

Veit Küster lachte. »Ich sag's ja immer: Stille Wasser sind tief!«

»Gib nicht so an«, erboste sich der Pilot und wandte sich an die Baronessa. »Von mir aus können wir reinspringen.«

»Ganz ohne?«

»Wie Sie es wünschen.«

»Seid mal ruhig«, fiel Veit Küster ein und horchte. »Tatsächlich, ich hab' mich nicht getäuscht. Drinnen klingelt das Telefon. Entschuldigt mich einen Augenblick.«

Zsaga de Bor blickte hinter ihm her. »Bei ihm kommt immer etwas dazwischen.«

»Zur Not können wir auch ohne ihn baden«, erklärte Curd Dessau forsch.

Ihre Augen wirkten plötzlich katzenhaft. »Wirklich?«

»Warum nicht?«

Sie entnahm ihrer Handtasche ein Etui und bot ihm eine Zigarette an.

Er reichte ihr Feuer.

Um die Flamme zu schützen, legte sie ihre Hände um die seinen. Sie ließ sie auch nicht los, als er seine Zigarette anzündete.

Das verwirrte ihn. Er wurde unsicher.

Sie bemerkte es und dachte zufrieden: Der Mann ist in mancherlei Hinsicht zu gebrauchen.

»Sie waren noch nicht hier?« erkundigte er sich, um etwas zu sagen.

»Nein. Sie ebenfalls nicht?«

»Doch, bevor wir zum Essen fuhren.«

»Ich hörte, daß Sie einen großen Geldbetrag nach Mailand gebracht haben.«

»Ja.«

»Ihr Beruf muß großartig sein.«

Er nickte. »Ich kann mir keinen schöneren vorstellen.«

»Das glaube ich gerne. Fliegen Sie immer die gleiche Strecke?«

»Nein. Im Frieden war das meistens so. Da war ich im Liniendienst eingesetzt. Jetzt ist es etwas anderes. Wir sind, wie wir Piloten scherzhaft sagen: Heute hier und morgen gestern.«

»Aber Sie fliegen nur in den Staaten der Achsenmächte, nicht wahr?«

»Durchaus nicht. Ich bin zum Beispiel des öfteren in Spanien, Portugal und Schweden.«

»Beneidenswert.«

»Nicht in jedem Fall. Im Winter machen uns Vereisungen und Blindlandungen ganz schön zu schaffen.«

»Übrigens«, sie legte ihre Hand auf seinen Arm und sah ihn bittend an, »ich weiß nicht, ob Sie meinen Mann jemals wieder treffen. Sollte das der Fall sein ...«

»... dann werde ich nicht erwähnen, daß ich Sie hier getroffen habe.«

Die Baronessa deutete einen Kuß an.

Wenig später kehrte Veit Küster zurück. »Tut mir leid, Zsaga«, sagte er bedauernd, »ich muß nochmals ins Amt. Ein Anruf von Schellenberg. Er will mich dringend sprechen. Von hier geht das nicht. Die ›Zeppelin‹-Leitung kann nicht mit dem Normalnetz verbunden werden. In spätestens einer halben Stunde bin ich zurück.«

»Laß dir nur Zeit. Ich bin ja nicht allein und verstehe mich ausgezeichnet mit Signore Dessau.«

»Verschwinde aber nicht mit ihm. Ich hab' allerhand mit dir zu besprechen.«

»Dann gib mir den Hausschlüssel. Irgendwo müssen wir unsere Kleider ja ablegen. Wir sind eben übereingekommen, noch ein Bad zu nehmen.«

»Ganz ohne!« fügte Curd Dessau grinsend hinzu und dachte: Veit soll platzen vor Wut.

Der Standartenführer war aber weit davon entfernt, sich zu ärgern. Im Gegenteil, er übergab Zsaga de Bor die Schlüssel und sagte: »Ich bin froh, wenn du etwas Leben in ihn bringst.«

Sie befolgte diesen Wunsch in einer für Flugkapitän Dessau erstaunlichen Weise. Ungeniert ging sie mit ihm in das für sie völlig fremde Haus. Dort fand sie schnell das Badezimmer und erschien wenig später mit einem Frotteetuch, das ihren Körper nur spärlich bedeckte, in der Diele, wo Curd Dessau sie verabredungsgemäß erwartete. Er hatte sich ein Handtuch um die Hüfte gebunden und blickte ihr unsicher entgegen.

»Kommen Sie«, rief sie aufmunternd, eilte an ihm vorbei und lief über den Rasen auf das Schwimmbassin zu, vor dem sie ihre Hülle fallen ließ. Mit einem kühnen Satz stürzte sie sich ins Wasser.

Er folgte ihr mit einem Hechtsprung.

Sie tauchte unmittelbar vor ihm auf. »Herrlich, was?«

»Phantastisch!«

Als wären sie seit Jahren befreundet, griff sie nach ihm und drückte ihn unter Wasser.

Er spürte ihren Körper.

Sie umklammerte ihn.

Er machte sich frei und tauchte auf.

Ihr Gesicht war direkt vor ihm. Das nasse, glatt herabfallende Haar gab ihr ein verändertes Aussehen. Ihre slawisch anmutenden Backenknochen traten jetzt wesentlich stärker hervor. Ihr Mund war geöffnet. Tropfen perlten auf ihrer Haut.

Curd Dessau ergriff ihren Kopf, küßte sie und preßte sie an sich.

Sie umarmte ihn.

Ohne voneinander zu lassen, schwammen sie an den Rand des Bassins.

Ihr Kopf legte sich auf die Umfassung.

Seine Hände hielten ihre Schultern.

Sie saugte sich an seinem Mund fest.

Sein Denken setzte aus. Er gab sich ganz dem Augenblick hin.

Dann aber war es ihm, als erhielte er eine Ohrfeige. »Wir bleiben natürlich beim ›Sie‹«, sagte Zsaga de Bor, als der Rausch verflogen war.

Er starrte sie entgeistert an. Hatte sie ihm nichts anderes zu sagen?

»D'accord?«

Er schwang sich aus dem Wasser. »Darüber brauchen wir nicht zu reden.«

Curd Dessau hätte sich anspeien mögen, als er später im Gästezimmer stand und sich die Haare kämmte. Der ›Moralische‹ hatte ihn erfaßt. Am liebsten wäre er abgehauen. Wie sollte er sich nun Veit Küster gegenüber verhalten?

Er machte sich unnötige Sorgen. Der Standartenführer kehrte nicht allein zurück. Aus naheliegenden Gründen hatte er einen Bekannten mitgebracht, der sich erbot, Curd Dessau zum Hotel zu fahren. So tranken sie nur schnell noch einen Cognac, und dann verabschiedete man sich.

Die Baronessa drückte ihm herzlich die Hand. »Es war nett, daß Sie mir Gesellschaft geleistet haben. Hoffentlich treffen wir uns einmal wieder.«

Er ging auf ihre Art ein. »Das ist gut möglich, da ich voraussichtlich demnächst des öfteren nach Mailand fliegen muß.«

»Sehen wir uns morgen?« fragte Veit Küster. »Du bleibst doch noch einen Tag.«

»Gewiß, aber ich wollte mit meinem Funker durch die Stadt bummeln.«

»Vielleicht treffen wir uns zum Aperitif?«

»Wo?«

»Bei dir in der Hotelhalle?«

Curd Dessau war es recht. Er war froh, verschwinden zu können, und er fühlte sich wie von einem Ballast befreit, als er in den Wagen stieg.

Auch der Klassenkamerad war erleichtert. Er hatte Dringendes mit Zsaga de Bor zu besprechen. »Ich brauche deine Hilfe«, sagte er, kaum daß sie allein waren.

»Möchtest du mich nicht zunächst einmal gebührend begrüßen?«

Er schloß sie in die Arme. »Ich vergehe vor Sehnsucht.«

Sie küßte ihn. »Ich nicht minder. Besonders nachdem sich der Herr Flugkapitän als ein ziemlicher Versager erwiesen hat.«

Er stutzte. »Du hast ihn dir an Land gezogen?«

Sie gab sich entrüstet. »Mein lieber Veit! Wenn du schon neugierig bist, dann sei es mit Format!«

»Und wie mach' ich das?«

»Indem du mich fragst: Hast du dir Appetit geholt, chérie?«

»Deine Antwort?«

»Sehr viel, mon ami. Ich warte auf dich.«

Er lachte schallend. »Hat Curd wirklich ...?«

»Warum nicht?«

»Dieses verlogene Schwein! Als ich ihn vorhin fragte, ob er ein Weib haben möchte, erklärte er hochtrabend, wir seien doch wohl sehr verschieden.«

»Das seid ihr auch. Bei ihm kann man sich wirklich nur Appetit holen.«

»Ich werde mich morgen bei ihm bedanken.«

»Untersteh dich!«

»Jetzt aber zur Sache. Es geht um folgendes: Brigadeführer Schellenberg hat erfahren, daß der Chef der deutschen Abwehr, Admiral Canaris, übermorgen, also am 29., nach Venedig fliegt, dort im Hotel Danieli absteigt und sich mit einer italienischen Militärdelegation trifft. Für uns ist wichtig zu erfahren, was Canaris, der nach den Besprechungen garantiert ein für Hitler bestimmtes Abschlußkommuniqué diktieren wird, in dem sich beide Teile unverbrüchliche Waffenbrüderschaft zusichern werden, hinter der hohlen Hand mit dem Chef des italienischen Geheimdienstes, General Amé, geredet hat.«

Zsagas Gesichtsausdruck veränderte sich und zeigte Konzentration. »Vermutet ihr eine Schweinerei?«

»Zumindest wird sie erhofft«, antwortete er hintergründig.

»Von wem?«

Er schenkte sich einen Cognac ein. »Möchtest du auch noch einen?«

Sie nickte.

Er stellte die Flasche zurück. »Die Sache ist relativ einfach. Der neue Chef des Reichssicherheitshauptamtes, SS-Obergruppenführer Kaltenbrunner, möchte Schellenbergs Plan aufgreifen und einen einheitlichen deutschen Geheimdienst unter SS-Kontrolle schaffen. Dem steht natürlich der Chef der Abwehr im Weg. Wenn man ihm nun nachweisen könnte, daß er – was aus seiner Gesamteinstellung zu vermuten ist – sich eine Kapitulation Italiens erhofft ...«

»Weshalb sollte er das?« fiel die Baronessa verblüfft ein.

»Weil eine Kapitulation Italiens die deutsche Führung so stark schockieren würde, daß vermutlich auch im Reich, so wie es jetzt hier geschehen ist, einflußreiche Militärs eingreifen. Es gibt leider genügend hohe Offiziere, die Hitler neutralisieren und den Alliierten einen Waffenstillstand anbieten möchten.«

»Man hält Canaris für einen Widerstandskämpfer?«

Er hob die Schultern. »Ich weiß nur, daß die Lage brenzlig geworden ist. Da kann einer schnell umkippen. Denk an Mussolinis Polizeichef Carmine Senise! Er war am Sturz des Duce maßgeblich beteiligt!«

»Und du meinst, Kaltenbrunner und Schellenberg möchten Canaris vorsorglich erledigen?«

»Ja. Aber nicht hinterfotzig, sondern auf die vornehme Art, indem sie ihn eines doppelten Spiels mit den Italienern überführen.«

»Sind die Herren sich dessen so sicher?«

»Ich möchte sagen: hundertprozentig!«

Zsaga de Bor ging nachdenklich einige Schritte auf und ab. »Dann wäre euch ein positiver Bericht gewiß allerhand wert.«

»Gold wert!«

»Zahlbar in Schweizer Vreneli?«

»Einverstanden.«

Sie blickte grüblerisch vor sich hin. »Nach Venedig zu reisen, hat keinen Zweck. Dort könnte ich Canaris und Amé nur sehen, würde aber nichts erfahren. Ich kenne das. An Tagungsorten sind alle mißtrauisch. Außerdem paßt bei solchen Gelegenheiten immer einer auf den anderen auf.«

»Wie lautet dein Vorschlag?«

»Ich fahre nach Rom und knöpfe mir dort einen Freund des Generals vor. Amé ist, wie ich zufällig weiß, in einem bestimmten Kreis immer bestrebt, seine Leistungen ins rechte Licht zu rücken. Dann schwatzt er mehr, als er verantworten kann.«

»Und du meinst, daß sein Freund dich einweihen wird?«

»Nicht ohne weiteres. Ich werde mich schon einige Nächte um ihn kümmern müssen.«

Der Standartenführer grinste. »Hoffentlich fällt's dir nicht gar zu schwer.«

Sie lachte. »Ich komme schon auf meine Kosten, möchte den Fall allerdings nur übernehmen ...«

»Keine Bedingungen«, fiel er hastig ein. »Du erhältst dein Geld, und damit hat sich's.«

In ihre Augen kam ein kaltes Feuer. »Solche Töne liebe ich nicht! Außerdem wirst du deine Voreiligkeit bereuen, wenn du hörst, um was es geht.«

Veit Küster spürte, daß er einen Fehler gemacht hatte und lenkte ein. »Also gut, welche Bedingung stellst du?«

»Eine, die sich mit deinen Interessen deckt.«

»Um so besser!« Er hob sein Glas. »Stoßen wir darauf an.«

»Cheerio!«

»Und nun schieß los.«

Zsaga de Bor nahm auf einem Sofa Platz.

Er setzte sich zu ihr.

Sie lehnte sich zurück. »Wenn ich mich recht erinnere, ist es dein sehnlichster Wunsch, in der Madrider Botschaft der Vereinigten Staaten Fuß zu fassen, nicht wahr?«

Der Standartenführer hielt den Atem an. Er ahnte, was kommen würde. »Stimmt«, sagte er so beherrscht wie möglich. Zsaga de Bor sollte nicht merken, daß er innerlich jubelte. Auch brauchte er Zeit, um umzuschalten. Zu überraschend war es für ihn, daß sie einen Plan aufgriff, gegen den sie sich vor Monaten energisch gesträubt hatte. »Denkst du daran, Claudio einzuschalten?«

»Wen denn sonst?«

»Und woher kommt dein plötzlicher Sinneswandel?«

»Das ist meine Sache.«

»Gewiß. Du wirst es mir aber nicht verübeln, wenn ich Rachegelüste vermute.«

»Würden sie dich stören?«

»Keineswegs«, antwortete er.

»Also sprechen wir nicht darüber.«

»In Ordnung. Mir ging es nur darum, Klarheit zu schaffen.«

Sie leerte ihr Glas und überhörte seine Bemerkung. »Du sagtest damals, daß dein Hauptinteresse der Post gilt, die von Madrid nach Washington geschickt wird.«

Seine Augen weiteten sich. »Siehst du eine Möglichkeit, an sie heranzukommen?«

»Sogar eine sehr gute.«

»Mensch, Zsaga!« Er riß sie an sich. »Gerade jetzt könnte das ungeheuer wichtig sein. Die gesamte Post von Allen W. Dulles, dem Beauftragten Roosevelts in der Schweiz, läuft via Madrid nach Lissabon zum Yankee-Clipper. Dulles und sein Vertrauter Gero von Gaevernitz haben angeblich in der vorigen Woche Gisevius, einem Sonderführer der deutschen Abwehr in Zürich, zugesichert, daß sie zu politischen Gesprächen mit namhaften Persönlichkeiten bereit seien. Wenn wir an die Post herankommen, sind wir von Anfang an über alle konspirativen Verhandlungen informiert. Es wäre schon Gold wert zu wissen, wen Gisevius mit Dulles zusammenbringt. Spann mich also nicht auf die Folter. Was hast du für einen Plan?«

Ihre Gesichtszüge drückten Entschlossenheit aus. »Claudio zu zwingen, uns den Postsack der amerikanischen Botschaft jeweils für eine gewisse Zeit auszuhändigen.«

Er war enttäuscht. »Das macht er niemals.«

»Freiwillig bestimmt nicht. Deshalb muß er gezwungen werden. Natürlich nicht mit einer Drohung, sondern auf die weiche Tour.«

»Kannst du die näher beschreiben.«

»Mit einem Satz: Wir spannen seinen Vater vor den Karren.«

»Wen?«

»Meinen Mann!«

Curd hat recht gehabt, schoß es Veit Küster durch den Kopf. Sie nimmt Rache an Vater und Sohn zugleich.

»Der gestrige Geldtransport gibt uns die Möglichkeit hierzu«, fuhr sie gelassen fort und entwickelte einen Plan, der im Prinzip einfach, aber so teuflisch war, daß dem gewiß nicht zartbesaiteten Standartenführer die Stirnadern schwollen. Als Zsaga endete, sah sie ihn triumphierend an. »Nun, was sagst du dazu?«

Sie ist das abgebrühteste und rücksichtsloseste Weib, das ich kenne, dachte er mit gemischten Gefühlen und antwortete nach kurzem Zögern: »Dein Plan ist genial. Und da weder für deinen Mann noch für seinen Sohn eine direkte Gefahr heraufbeschworen wird, beide vielmehr nur düpiert und in seelische Nöte getrieben werden sollen, bin ich bereit, die Sache zu starten. Selbst auf die Gefahr hin, daß wir die im Postsack befindlichen Briefe nicht in Madrid röntgen können und sie zu diesem Zweck auf dem Luftweg kurzfristig hierher schaffen müssen.«

»Wovon hängt das ab?«

»Vom Durchleuchtungsgerät. Ich befürchte, daß wir nicht mehr die Möglichkeit haben, so ein Ding nach Spanien zu schaffen. Durch die unermüdliche Arbeit unserer V-Männer und Spezialagenten haben wir uns drüben so unbeliebt gemacht, daß wir kaum noch etwas unternehmen können. Vor kurzem sah sich sogar der Chef OKW genötigt, Sabotageakte, wie wir sie bisher in spanischen Häfen gegen britische Schiffe durchgeführt haben, für die Zukunft strikt zu untersagen. Franco ist nicht mehr der unbedeutende kleine Generalissimus. Er hat es fertiggebracht, unseren Geheimdienst lahmzulegen. Wir werden also voraussichtlich ein Flugzeug einsetzen müssen. Ob das möglich ist, und wie die Geschichte vor sich gehen müßte, sind andere Fragen.«

Die Baronessa lächelte süffisant. »Gab ich dir nicht den Rat, den Kontakt mit Curd Dessau zu pflegen, weil es sein könnte, daß wir ihn über kurz oder lang brauchen?«

Die Entwicklung paßte Veit Küster nicht. Zsaga de Bor hatte das Heft in die Hand genommen und dirigierte ihn wie eine Marionette. »Ich werde Schellenberg gleich morgen früh anrufen«, sagte er, um sich seine Verstimmung nicht anmerken zu lassen. »Er ist außerordentlich entschlußfreudig.«

Sie legte ihren Arm um seinen Hals. »Wie wär's, wenn du es ebenfalls sein würdest? Wir haben nicht mehr allzuviel Zeit. Für vier Uhr hab' ich mir ein Taxi bestellt.«

»Du weißt doch, daß ich dich nach Hause gebracht hätte.« Sie erhob sich. »Machen wir uns nichts vor, Veit. Danach schläfst du immer sofort ein.«

4

Curd Dessau atmete erleichtert auf, als ihm bei der Rückkehr aus der Stadt der Portier des Hotels meldete, Standartenführer Küster habe angerufen und um Entschuldigung dafür gebeten, daß er zum Aperitif nicht kommen könne. Leider sei er auch am Abend verhindert. Er wünsche ihm einen guten Rückflug und bitte sehr darum, ihn bei seinem nächsten Aufenthalt in Mailand anzurufen.

Dem Flugkapitän war es, als wehe ihm eine frische Brise ins Gesicht. Den ganzen Tag hatte er an den vergangenen Abend denken müssen: an Barone de Bor, an dessen verwirrend schöne Frau und an den bedauernswerten jungen Italiener, den Veit Küster den Schergen mit der Weisung übergeben hatte, ihn sofort zu liquidieren. Wie hatte er sich angesichts dieses Erlebnisses in das Schwimmbassin stürzen und mit der Frau des Mannes, dem er 800 Millionen Lire zu überbringen gehabt hatte, einlassen können. Der ›Moralische‹, der in der Nacht über ihn gekommen war, hatte sich weiterhin gesteigert und ihn mit Sorge der Stunde entgegenblicken lassen, da ihn der einstige Schulkamerad in der Hotelhalle aufsuchen wollte. Er war sich nicht sicher gewesen, wie er sich verhalten würde. Ihn kotzte alles an. Und dennoch beschäftigte ihn Zsaga de Bor so sehr, daß er sie am liebsten wiedergesehen hätte. Auch war er ehrlich genug, sich einzugestehen, daß ihm die Atmosphäre, in die er durch Veit Küster geraten war, zunächst behagt hatte. Im Bella Napoli war ihm zumute gewesen, als sei er einer bürgerlichen Welt entflohen. Dies war um so erstaunlicher, als seine fliegerische Tätigkeit es mit sich brachte, daß er vielfach in exquisiten Restaurants verkehrte. Es war eben das Fluidum der Baronessa gewesen, das ihm ein Gefühl der Befreiung vom alltäglichen Trott gegeben hatte.

Er wünschte sich, Zsaga de Bor würde neben ihm sitzen und mit ihm plaudern. Umarmen würde er sie allerdings kein zweites Mal. Ihr Satz: Wir bleiben natürlich beim ›Sie‹, hatte ihn zu sehr ernüchtert. Wie vielen mochte sie schon Ähnliches gesagt haben?

Der Rückflug nach Berlin, der von Curd Dessau für den nächsten Morgen auf neun Uhr festgesetzt worden war, sollte eine vierundzwanzigstündige Verspätung erfahren. Ursache war ein Anruf, der in der Nacht erfolgte. Am Apparat war die Sekretärin des Ministeriums für Rüstung und Kriegsproduktion. Aufgeregt fragte sie ihn, ob er im Laufe des Tages vielleicht zufällig nochmals mit Barone de Bor zusammengetroffen sei.

Er verneinte dies und fragte, weshalb sie das zu so später Stunde wissen wolle.

Sie zögerte. »Es ist etwas passiert, das wir uns nicht erklären können. Aber der Doktor wird Sie selbst informieren. Ich verbinde Sie mit ihm.«

In der Leitung knackte es.

Der Pilot schlüpfte aus dem Bett und setzte sich auf den Rand.

»Sind Sie's, Dessau?« fragte die gutturale Stimme des Industriellen.

»Ja, Herr Doktor.«

»Jetzt hören Sie mal gut zu! Gleichgültig, wieviel Zeit Sie benötigen und wie Sie es anstellen, Sie müssen in Mailand bleiben und versuchen herauszubekommen, was mit dem Barone los ist. Und mit dem Geld, das Sie ihm übergeben haben. Die Gestapo hat ihn heute nachmittag verhaftet.«

Curd Dessau glaubte nicht richtig zu hören.

»Das hiesige Sicherheitshauptamt, mit dem ich mich sofort in Verbindung gesetzt habe, behauptet, nichts zu wissen«, fuhr Dr. Schuber sichtlich erregt fort. »Angeblich wollte man sich unverzüglich in Mailand erkundigen. Das war um siebzehn Uhr. Bis jetzt aber, also nach sechs Stunden, hat man mir keinen Bescheid gegeben.«

Curd Dessau stutzte. »Entschuldigen Sie, Herr Doktor, aber das verstehe ich nicht. Wenn man Ihnen keinen Bescheid gegeben hat: Woher wissen Sie dann, daß der Barone verhaftet wurde?«

»Das ist das Mysteriöse an der Geschichte. Irgend jemand, wir wissen nicht wer, hat uns im Auftrag de Bors angerufen und informiert. Der Betreffende sprach gebrochen Deutsch. Es wird sich also um einen Italiener gehandelt haben. Leider hat er abgehängt, bevor wir Fragen stellen konnten. Da muß eine üble Schweinerei im Gange sein.«

»Und die soll ich aufdecken? Wie stellen Sie sich das vor?«

»Schwätze Se net so saudumm daher«, schimpfte der Württemberger. »Sie sollen nichts aufdecken, sondern herausfinden, was geschehen ist. Ich hab' versucht, den dortigen Leiter des SD zu erreichen. Vergebens. Meines Erachtens ließ er sich verleugnen. Suchen Sie ihn auf. Am besten ohne vorherige Anmeldung, damit er Ihnen nicht ausweichen kann. Fragen Sie ihn, was es mit der Verhaftung des Mannes auf sich hat, dem Sie im Auftrag des Ministeriums achthundert Millionen Lire überbracht haben. Sie seien verantwortlich für das Geld und somit legitimiert, Nachforschungen anzustellen. Der Leiter des Sicherheitsdienstes Mailand ist übrigens Standartenführer Küster.«

Curd Dessau griff nach seiner Zigarettenschachtel. »Ich weiß. Wir sind Schulkameraden und haben gestern abend zusammen gegessen.«

»Um so besser«, rief der Industrielle erfreut.

»Er war es auch, der den Transport überwachte.«

»Das trifft sich ja großartig. Dann wird er Ihnen bestimmt sagen, was los ist. Gehen Sie gleich morgen früh zu ihm. Und dann rufen Sie mich an. Und zwar vom Hotel Gallia aus. Dort hat der Stab RuK heute ein Büro etabliert, das über ›Zeppelin‹ direkt mit uns verbunden ist.«

»Ich werde Sie so schnell wie möglich verständigen«, versicherte der Flugkapitän.

Die nachfolgende Nacht wurde für ihn zur Tortur. Er traute Veit Küster das Schlimmste zu und überlegte immer wieder, weshalb ein Standartenführer, dessen Aufgabe es nicht sein konnte, den Transport von Geldkisten zu überwachen, es in Kauf genommen hatte, subalterne Dinge selbst zu erledigen.

Auch war es der Klassenkamerad gewesen, der de Bor zum gemeinsamen Abendessen überredet hatte. Bewogen ihn womöglich schon in jenem Augenblick undurchsichtige Gründe?

Bereits um acht Uhr meldete sich Curd Dessau in der Via Brera, doch wurde ihm bedeutet, daß der Leiter des Sicherheitsdienstes in Turin sei und erst gegen fünfzehn Uhr zurückerwartet werde.

Als er sich um diese Zeit erneut einfand, wurde er gleich vorgelassen. Das Herz klopfte ihm plötzlich in der Kehle. Um einem Gespräch über den vergangenen Abend auszuweichen, fragte er, noch bevor die Tür geschlossen war, ungebührlich aggressiv: »Was ist mit Barone de Bor?«

Veit Küster war anzusehen, daß ihn die Frage überraschte. »Was soll mit ihm sein?«

»Mich hat das Ministerium angerufen und beauftragt, bei dir nachzufragen, ob er verhaftet worden ist. Das Sicherheitshauptamt, das gestern nachmittag um Auskunft gebeten wurde, hat behauptet, nichts zu wissen. Es hat aber versprochen, unverzüglich hier nachzufragen. Eine Benachrichtigung ist jedoch nicht erfolgt.«

»Ich weiß«, entgegnete der Standartenführer sichtlich irritiert. »Der Barone ist tatsächlich verhaftet, und es liegt an mir, daß keine Auskunft erteilt wurde. Ich habe den Fall sozusagen ›unter Verschluß‹ genommen, das heißt, ich behandle ihn persönlich. Du wirst dir denken können, warum. Meine Verbindung zu Zsaga ...« Er unterbrach sich und fragte wie nebenbei: »Woher weiß man in Berlin überhaupt, daß de Bor verhaftet worden ist?«

»Ein deutsch radebrechender Italiener hat das Ministerium in seinem Auftrag verständigt.«

»Und was hat er gesagt?«

»Nicht viel. Nur daß der Barone verhaftet worden sei.«

»Nun gut«, sagte der Standartenführer, wie es schien mit einer gewissen Erleichterung. »Mit dir kann ich ja offen reden. Du hast de Bor die achthundert Millionen gebracht. Er wurde auf meinen Befehl verhaftet, weil er sich an dem Geld vergriffen hat.«

»Das gibt's doch nicht.«

»Das hab' ich zunächst auch gedacht. Aber es ist so. Leider. Er muß uns für Anfänger gehalten haben. Jedenfalls hat er nicht damit gerechnet, daß wir – auf dem Transport hätte das Flugzeug ja abstürzen oder sonst etwas geschehen können – die Serien und Nummern der achthundert Millionen in Berlin notieren und vorsorglich bis auf Widerruf sperren ließen. Und was geschah gestern mittag? Da flattert mir die Nachricht auf den Tisch, daß ein hübscher Batzen der gesperrten und von mir noch nicht freigegebenen Serien auf das Konto eines gewissen Barone de Bor eingezahlt wurde. Mir blieb nichts anderes übrig, als ihn auf der Stelle festzunehmen.«

»Und wie hat er sich verteidigt?«

»Die Vernehmung steht noch aus. Aber was immer er auch vorbringen wird, die Tatsachen sprechen gegen ihn. Die Herren im Ministerium sollten sich also nicht aufregen, sondern mir dankbar sein. Die Sache hätte schwer ins Auge gehen können. Nun hingegen ist das Geld bis auf eine knappe Million sichergestellt, und es wird noch heute dem Leiter des Stabes RuK übergeben. Und den Fehlbetrag werde ich nachliefern, so wahr ich Veit Küster heiße.«

Curd Dessau war verwirrt. Er konnte sich nicht vorstellen, daß der alte Herr etwas Unrechtes tun würde.

»Whisky gefällig?« fragte der Standartenführer.

»Weiß Gott, den kann ich jetzt brauchen.«

Noch aufgewühlt von der offensichtlich unumstößlichen Gewißheit, daß Barone de Bor zu Recht verhaftet worden war, eilte Curd Dessau von der Via Brera zum Hotel Gallia, um seinen Vorgesetzten zu verständigen. Veit Küster hatte in seinen Augen gewonnen. Er sah ihn jetzt in einem etwas anderen Licht. Es versöhnte ihn, daß er Dinge tat, die zweifellos im Interesse der Allgemeinheit lagen. Er war sogar so überzeugt von der Notwendigkeit des Vorgehens seines Kameraden, daß er am Telefon energisch wurde, als die Sekretärin, die das Gespräch wegen der Abwesenheit Dr. Schubers entgegennahm, rundheraus erklärte, um nichts in der Welt an eine Schuld Barone de Bors glauben zu können.

»Die ist leider eine feststehende Tatsache«, beschwor er sie und schilderte ihr, was er in Erfahrung gebracht hatte.

Als er endete, hatte er sie noch immer nicht überzeugt. Lakonisch stellte sie fest: »Und ich bleibe dabei, daß er unschuldig ist.«

»Typisch Weib!« entflog es ihm. »Sie wollen nur nicht wahrhaben, daß Ihre Menschenkenntnis Sie im Stich gelassen hat.«

Die Sekretärin ignorierte diese Feststellung und fragte sachlich: »Wann werden Sie morgen zurück sein?«

»Genügt zwölf Uhr?«

»Ja«, antwortete sie, fügte ein kaltes: »Bis dann ...« hinzu und legte auf.

Curd Dessau knallte den Hörer wütend auf die Gabel. Da hatte er sich bemüht, etwas herauszubekommen, und zum Dank wurde ihm nicht geglaubt.

Am nächsten Morgen, etwa zu der Zeit, da Curd Dessau die Alpen überquerte, kam der Sekretärin ein Gedanke, den sie glaubte, schnellstens ihrem Chef vortragen zu müssen. Obwohl dieser gerade einer ihrer Kolleginnen einen Brief diktierte, betrat sie seinen Arbeitsraum und ging ungeachtet seines unwilligen Blickes mit festen Schritten auf ihn zu.

»Was gibt's?« fragte er.

»Ich hab' mir die Sache mit Barone de Bor nochmals durch den Kopf gehen lassen. Da stimmt einiges nicht.«

Sein Interesse war geweckt. »Darüber bin ich mir längst im klaren. Die Frage ist nur, wer dahintersteckt.«

»Standartenführer Küster!« antwortete sie.

Der Industrielle sah sie entgeistert an. »Sind Sie verrückt?«

»Nein, Herr Doktor. Überlegen Sie selbst: Ist es üblich, daß ein Dienststellenleiter eine Aufgabe übernimmt, die sonst von untergeordneten Organen erledigt wird?«

»Worauf wollen Sie hinaus?«

»Sagte Ihnen Flugkapitän Dessau nicht, daß Standartenführer Küster die Überwachung des Transportes übernommen hatte?«

Der Wehrwirtschaftsführer griff sich an die Nase. »Sie haben recht. Das ist ungewöhnlich.«

»Und es beweist, daß er ein spezielles Interesse am Geldtransport nahm. Welcher Art dies auch gewesen sein mag, de Bor muß gespürt haben, daß etwas nicht in Ordnung war.«

»Wie kommen Sie darauf?«

»Hätte er sonst im Moment der Verhaftung daran gedacht, das Ministerium zu verständigen?«

Dr. Schuber blickte grüblerisch vor sich hin. »Vermutlich denkt man in solchen Augenblicken an seine Familie.«

»Eben. Der im Auftrag von de Bor getätigte Anruf beweist seine Unschuld. Hätte er wirklich Geld unterschlagen, würde er uns niemals verständigt haben.«

Der korpulente Industrielle hob sich schwerfällig aus seinem Sessel und trat an eines der Fenster seines Arbeitsraumes. »Ich fürchte«, sagte er nach einer Weile, »ich habe einen Fehler gemacht. Ich hätte, nachdem ich hörte, daß Dessau und Küster Schulkameraden sind, den Auftrag zurücknehmen müssen. Die Gefahr, daß ein mit allen Wassern gewaschener Standartenführer seinem auf diesem Sektor unerfahrenen Freund ein Märchen auftischt, liegt auf der Hand.« Er drehte sich um. »Eine verkorkste Geschichte.«

»Wäre es nicht das beste, mit Brigadeführer Schellenberg zu sprechen?«

»Der würde mich genauso ...« Dr. Schuber unterbrach sich und schlug sich vor die Stirn. »Ich hab's. Es gibt eine Möglichkeit ...« Er eilte an seinen Schreibtisch. »Verbinden Sie mich mit der Deutschen Bank.«

Die Sekretärin sah ihn verwundert an.

»Nun machen Sie schon. Binnen weniger Minuten werden wir wissen, was gespielt wird.«

Der Wehrwirtschaftsführer täuschte sich nicht. Der Direktor der Deutschen Bank erklärte nach gewissenhafter Rückfrage, daß die Serien und Nummern der dem Ministerium zur Verfügung gestellten 800 Millionen Lire zwar erfaßt, jedoch weder dem SS-Sicherheitshauptamt noch einer sonstigen Dienststelle bekanntgegeben worden seien.

»So eine Gemeinheit!« rief Dr. Schuber rot vor Zorn, als das Gespräch beendet war. »Standartenführer Küster lügt! Der Barone ist unschuldig. Die Anklage gegen ihn ist eine unglaubliche

Intrige. Und damit steht fest, daß es nicht um das Geld, sondern um de Bor geht.« Er stützte seinen Kopf in die Hände.

»Was werden Sie tun?« fragte die Sekretärin kleinlaut.

»Im Moment nichts. Schicken Sie mir Flugkapitän Dessau, sobald er zurück ist. Ich werde nochmals ausführlich mit ihm reden. Und dann werden wir so bald wie möglich nach Mailand fliegen und uns seinen Schulkameraden vorknöpfen.«

Am Nachmittag des gleichen Tages suchte Veit Küster Barone de Bor auf und beklagte mit bewegten Worten das Mißgeschick des Juweliers. »Sie können sich nicht vorstellen, wie erschrokken ich war, als ich von Ihrer Verhaftung hörte«, sagte er theatralisch und umarmte den Barone nach italienischer Art. »Unvorstellbar, was man mit Ihnen macht! Ich bin gleich hierher geeilt.«

Der alte Herr war beglückt und betroffen zugleich. »Woher wissen Sie ...?«

Veit Küster, der einen leichten Sommeranzug aus Honanseide trug und durch nichts verriet, daß er der SS angehörte, dämpfte seine Stimme. »Ich unterhalte gute geschäftliche Beziehungen zum Chef des Sicherheitsamtes. Rein zufällig erwähnte ich unser gemeinsames Abendessen, da erzählt er mir – ich wage es kaum auszusprechen –, Sie hätten sich an Geldern vergriffen, die Ihnen anvertraut waren. ›Das ist unmöglich‹, habe ich sofort versichert. ›Ich kenne ihn von Rom. Keinen Centesimo würde er veruntreuen. Ein Witz ist das!‹«

Der Barone ergriff Veit Küsters Hände. »Ich danke Ihnen, Signore. Sie ahnen nicht, was mir Ihre Worte bedeuten. Aber was man mir vorwirft, ist kein Witz, sondern eine Konstruktion. Der Sinn ist mir allerdings unverständlich. Man behauptet, ich hätte ...« Er sprach nicht weiter und betrachtete den, wie er glaubte, Versicherungsagenten skeptisch. »Wieso dürfen Sie mich eigentlich besuchen?«

»Ich habe meinem Freund so lange zugeredet, bis er mir die Erlaubnis gab. Natürlich tat er es mit einem Hintergedanken. Er möchte wissen, was ich zu der Anschuldigung sage, nachdem ich mit Ihnen gesprochen habe.«

»Vielleicht sollte ich dann besser schweigen.«

»Haben Sie etwa Angst vor mir?«

»Nein. Aber womöglich verschlimmert es meine Lage, wenn man erfährt, was ich denke.«

»Unsinn!« Veit Küster führte den Barone zum Feldbett. »Setzen Sie sich erst mal. Und dann beantworten Sie mir in aller Ruhe einige Fragen. Bestimmt kann ich Ihnen helfen.«

Der Italiener ließ sich wie erschöpft auf das Lager sinken.

»Können Sie mir Ihr Wort geben, nichts Unrechtes getan zu haben?«

»Ich schwöre es bei der Mutter Gottes.«

»Dann versichere ich Ihnen, daß ich mich für Sie verwenden und alles in meiner Macht Stehende tun werde, um Sie hier herauszuholen.«

Der Barone wollte etwas erwidern, doch Veit Küster ließ ihn nicht zu Wort kommen. »Zweite Frage: Was wollten Sie zum Ausdruck bringen, als Sie von einer ›Konstruktion‹ sprachen?«

Der alte Herr straffte sich. »Stellen Sie sich vor, Ihnen würde ein namhafter Betrag anvertraut. Sie deponieren ihn an einem sicheren Ort und plötzlich – wohlverstanden zu einem Zeitpunkt, da Sie wissen, daß das Geld *in sicherem Gewahrsam* ist – wird die Behauptung aufgestellt, ein Teil der Ihnen anvertrauten Summe sei bei einer Bank auf ein Ihnen gehörendes Konto eingezahlt. Würden Sie das nicht auch eine infame Konstruktion nennen?«

»Allerdings.«

»Wenn ich nur wüßte, was das Ganze soll.«

Veit Küster setzte sich neben den Barone. »Könnte es nicht sein, daß ein Teil des Geldes gestohlen wurde?«

»Ausgeschlossen! Zum Zeitpunkt meiner Verhaftung war noch alles da.«

»Und wer wußte von dem Geld?«

»Außer mir nur zwei Personen: meine Frau, die wohl niemand verdächtigen wird, und mein Fahrer, für den ich die Hand ins Feuer lege.«

»Eine unglaubliche Geschichte«, entrüstete sich Veit Küster und erhob sich. »Ich versichere Ihnen, daß ich sofort mit meinem Freund sprechen werde. Wenn jemand etwas erreichen kann, dann ich.«

»Wie soll ich mich nur bedanken?«

»Am besten, indem Sie mir gestatten, daß ich Ihre verehrte Gattin aufsuche. Ich würde mich gerne um sie kümmern.«

»Sie machen mich glücklich, Signore Küster. Ich hätte nicht gewagt, darum zu bitten.«

Mit einer chevaleresken Geste entgegnete der Standartenführer: »Aber Barone, das ist doch selbstverständlich. Halten Sie den Kopf hoch und überlassen Sie alles Weitere mir. Bestimmt liegt hier ein Versehen vor. Oder eine Verwechslung.«

»Das habe ich zunächst auch gedacht. Nach den ersten Verhören bin ich jedoch anderer Meinung.«

»War man unfreundlich zu Ihnen?«

Die Lippen des Italieners spannten sich und machten deutlich, daß er zu dieser Frage nicht Stellung nehmen wollte.

»Ich komme wieder, Barone. Sie werden sehen, daß ich Sie hier heraushole.«

Der alte Herr drückte ihm schweigend die Hand.

Standartenführer Küster fühlte sich nicht gerade wohl in seiner Haut, als er die Untersuchungszelle verließ. Er machte sich über sein rücksichtsloses Vorgehen jedoch keine sonderlichen Gedanken. Es gehörte zu seinem Geschäft, in der Verfolgung bestimmter Dinge skrupellos zu sein. Um jeden Preis wollte er den Sohn de Bors zu seinem Agenten machen, und es berührte ihn nicht im geringsten, daß er den Vater aus taktischen Gründen seelischen Pressionen aussetzte.

Aber es ging ihm mächtig gegen den Srich, daß es dem Barone gelungen war, das Ministerium für Rüstung und Kriegsproduktion zu verständigen. Wie er dies fertiggebracht hatte, war ihm schleierhaft. Seine Weisung hatte gelautet, den Juwelier nach der Festnahme keine Sekunde allein und vor allen Dingen mit niemandem sprechen zu lassen. Trotzdem war es diesem gelungen, seinem Kraftfahrer einen klar umrissenen Auftrag zu erteilen. Die Folgen waren mehr als peinlich. Er hatte Brigadeführer Schellenberg reinen Wein einschenken müssen und stand nun unter Erfolgszwang. Gelang es ihm nicht, in der amerikanischen Botschaft in Madrid Fuß zu fassen, dann war er der Blamierte. Dahin durfte es keinesfalls kommen.

Besorgt begab er sich zum Untersuchungsrichter, den er aufforderte, dem Barone gründlich zuzusetzen. »Die Zeit drängt«, erklärte er. »Sie müssen ihn schnellstens weichbekommen. Es ist ungeheuer wichtig für uns.«

Der Sturmführer wies darauf hin, daß er sich bis jetzt habe zurückhalten müssen, weil ihm das erforderliche Belastungsmaterial noch nicht zur Verfügung gestanden habe. Besonders schwer sei die Beschaffung der Bankunterlage gewesen. Nun jedoch verfüge er über ein Schreiben mit dem Briefkopf des Geldinstituts, bei dem de Bor ein Konto unterhalte. In ihm heiße es, daß der Kraftfahrer des Barone eine Million Lire auf das Konto seines Herrn eingezahlt habe.

»Lassen Sie ihn den Wisch baldmöglichst sehen«, wies Veit Küster den Sturmführer an.

Der machte eine bedenkliche Miene. »Die Sache hat einen Haken. Wir müssen damit rechnen, daß der Barone erklärt: Der Brief beweist meine Unschuld! Mein Fahrer muß das Geld gestohlen haben.«

»Dem können Sie doch entgegenhalten, daß das Geld auf *sein* und nicht auf das Konto des Chauffeurs eingezahlt wurde«, brauste der Standartenführer auf. »Von Diebstahl kann somit keine Rede sein. Der Fahrer ... – Wie heißt er noch?«

»Assiano.«

»Also diesen Assiano müssen wir noch wesentlich stärker einbauen.«

»Ich verstehe nicht, wie Sie das meinen.«

»Lassen Sie mich einen Moment überlegen«, sagte Veit Küster und ging einige Schritte auf und ab. Kein Zweifel konnte darüber bestehen, daß der Kraftfahrer Berlin verständigt hatte. Wenn nun dem Barone, der erklärt hatte, er könne für Assiano die Hand ins Feuer legen, Einsicht in das Protokoll gewährt wurde ... »So geht's!« begeisterte er sich und wandte sich wieder dem Sturmführer zu. »Lassen Sie eine Vernehmung anfertigen, in der sein Fahrer beschwört, im Auftrage de Bors gehandelt zu haben. Darüber hinaus muß er erklären, er sei angewiesen worden, für den Fall, daß etwas schiefgehe, sofort Doktor Schuber im Ministerium für Rüstung und Kriegsproduktion anzurufen, was er auch getan habe.«

Der Sturmführer stieß einen Pfiff aus. »Das wird der Herr Barone so schnell nicht verdauen. Eine totale Verwirrung dürfte die Folge sein.«

Vor allen Dingen kann er dann nicht mehr von einer ›Konstruktion‹ reden, dachte der Standartenführer zufrieden und begab sich in bester Stimmung in sein Dienstzimmer. Hier stocherte er eine Weile unlustig in der Post herum. Er sehnte sich nach Zsaga de Bor und rief sie kurz entschlossen an. Doch sie meldete sich nicht. In der Annahme, daß sie sich bereits in seiner Wohnung aufhielt, zu der er ihr den Schlüssel gegeben hatte, beauftragte er die Fahrbereitschaft, seinen Wagen vorzufahren.

»Das ist erst in zwei Stunden möglich, Standartenführer«, erklärte der Werkmeister. »Wir mußten ...«

»Schon gut«, unterbrach ihn Veit Küster. »Schicken Sie mir einen anderen Wagen und lassen Sie mir meinen später bringen.«

Kurz darauf bestieg er einen Fiat und fuhr los. Er fieberte der Baronessa entgegen.

Während der Fahrt reizte ihn der Gedanke, sie zu überraschen. Er ließ den Wagen deshalb ein gutes Stück vor seiner Villa stehen und ging über den Rasen zur Haustür, die er behutsam öffnete und leise hinter sich schloß. Dann schlich er auf den Zehenspitzen durch die mit Fliesen belegte Diele. Dabei hörte er aus der Bibliothek das Geräusch von raschelndem Papier.

Nanu, dachte er irritiert. Was macht Zsaga in meinem Studio? Vorsichtig näherte er sich der offenstehenden Tür, warf einen Blick in den Raum und glaubte nicht richtig zu sehen. Die Baronessa kniete vor einer aufgeklappten Truhe, aus der sie ungeniert mehrere Bündel Geld herausnahm. Es waren englische Pfundnoten, die sie wahllos in ihre bereits prall gefüllte Handtasche stopfte.

Veit Küster wurde blaß. Den Schlüssel zur Truhe mußte sie dem Geheimfach seines Schreibtisches entnommen haben. Wie kam sie dazu, in seinen Sachen herumzuschnüffeln? Viel schlimmer aber noch: Wie konnte Zsaga, die die Frau des Barone geworden war und somit über reichliche Mittel verfügte und auch von ihm mehr bekam, als sie benötigte, so wahnsinnig sein, sich an seiner Dienstschatulle zu vergreifen? Noch dazu an

Pfundnoten, von denen sie wußte, daß sie infolge der Usancen der britischen Staatsbank nach dem Krieg keinen Cent wert sein würden. Warum nur tat sie das? Und was wollte sie mit dem Geld? Reizte sie das Wissen, daß er nur über Pfundnoten der Güteklasse I verfügte, die in Sachsenhausen von routinierten Bankbeamten so geprüft und ausgesucht waren, daß man mit ihnen keine Unannehmlichkeiten bekommen konnte? Sie waren für Spione im Ausland bestimmt. Die Scheine der Güteklasse II hingegen gelangten an Mitarbeiter in besetzten Ländern. Und die letzte, als Güteklasse III bezeichnete Sorte wurde für weniger wichtige Geschäfte benutzt.

Veit Küster war nahe daran, in den Raum zu stürmen und Zsaga de Bor rechts und links zu ohrfeigen. In letzter Sekunde aber beherrschte er sich. Unter Umständen war es gut, sie in der Hand zu haben. Ohne zu zögern, zog er eine kleine ›Minox‹, in die ein Infrarotfilm eingelegt war, aus der Tasche und machte blitzschnell drei Aufnahmen. Dann schlich er über die Diele zurück und war froh, daß es ihm gelang, ins Freie zu kommen, ohne ein Geräusch verursacht zu haben.

Draußen holte er zunächst einmal tief Luft. Es wollte ihm nicht in den Kopf, was er gesehen hatte. Sein Vertrauen zu Zsaga war erschüttert. Durfte er ihr weiterhin Aufträge erteilen und sie in wichtige Dinge einweihen? Er nahm sich vor, künftig sehr auf der Hut zu sein.

Nachdem er sich so weit gesammelt hatte, daß ihm nichts mehr anzumerken war, ließ er absichtlich seinen Schlüsselbund fallen. Sich Zeit lassend, hob er ihn wieder auf, öffnete die Tür und rief: »Zsaga ...?«

»Hier«, rief sie aus dem Kaminzimmer.

Er schloß die Haustür.

Sie kam ihm entgegen und fragte ihn verwundert: »Bist du ohne Wagen gekommen?«

»Das nicht. Aber ich mußte einen alten Fiat nehmen, weil mein Lancia noch nicht fertig war.« Er küßte sie. »Ich hab's einfach nicht erwarten können, dich zu umarmen.«

Sie preßte sich an ihn. »Denkst du an ein, zwei oder drei Stunden?«

»Das liegt bei dir. Wenn du verführerisch genug bist ...«

»Da brauchst du dir keine Sorgen zu machen«, fiel sie lachend ein. »Zuvor möchte ich jedoch wissen, ob du mit meinem Mann gesprochen hast.«

»Selbstverständlich.«

»Und ...?«

»Er ist entzückt darüber, daß ich mich um dich kümmern will.«

»Hoffentlich tust du's auch.«

»Im übrigen kann er nicht verstehen, wieso und warum er verhaftet wurde. Er sitzt ganz schön unter Druck.«

Sie zuckte die Achseln, als ginge sie das nichts an.

»Ich denke, daß wir ihn in einigen Tagen mürbe haben.«

»Davon bin ich überzeugt«, erwiderte sie leichthin. »Er ist alles andere als eine Kämpfernatur.«

Wie mit Veit Küster bereits verabredet, fuhr Zsaga de Bor am nächsten Morgen nach Rom, um herauszufinden, ob Admiral Canaris und der Chef des italienischen Geheimdienstes bei ihrem Treffen in Venedig Dinge besprochen hatten, die nicht in das für Hitler bestimmte Abschlußkommuniqué aufgenommen worden waren.

Dem Standartenführer ging es mehr denn je darum, Belastungsmaterial gegen den Chef der deutschen Abwehr zu erhalten. Brigadeführer Schellenberg hatte ihn wegen der de Bor-Affäre schwer gerüffelt. Sein Ehrgeiz verlangte, die Scharte so schnell wie möglich auszuwetzen.

Die Dinge entwickelten sich aber höchst ungünstig. Nachdem der Untersuchungsrichter den Barone in die Zange genommen und ihm nahegelegt hatte, ein Geständnis abzulegen und sich Straffreiheit dadurch zu sichern, daß er seinen Sohn Claudio bewege, für den deutschen Sicherheitsdienst tätig zu werden, hatte de Bor jedes weitere Gespräch abgelehnt und erklärt, er werde eher in den Tod gehen, als solchem Ansinnen zu entsprechen.

Veit Küster hatte ihn daraufhin aufgesucht und ihm empfohlen, sich Bedenkzeit zu erbitten und weniger starrköpfig zu sein, da es ihm sonst unmöglich werde, sich weiterhin für ihn einzusetzen. »Kommt Zeit, kommt Rat«, hatte er hinzugefügt, dabei allerdings an sich selbst gedacht. Ohne Zsaga wußte er nicht weiter. Er erwartete sehnlichst ihre Rückkehr. Sie kannte ihren Mann besser als er und würde wissen, was nun zu tun sei.

Um den Kontakt zu de Bor nicht zu verlieren, suchte er ihn zwei Tage später ein drittes Mal auf. Er hätte es besser nicht getan; denn der Barone empfing ihn mit einer Bestimmtheit, die nicht zu erwarten gewesen war und Zsagas Auffassung, er sei alles andere als eine Kämpfernatur, ad absurdum führte.

»Signore Küster«, sagte er eisig. »Ich bedaure, Ihnen sagen zu müssen, daß ich keinem Menschen mehr traue. Auch Ihnen nicht.«

Der Standartenführer war bestürzt. »Aber warum, Barone?«

»Weil Sie, entschuldigen Sie meine Offenheit, in das Horn der Gestapo blasen. Sie empfahlen mir bei Ihrem letzten Besuch, weniger starrköpfig zu sein, obwohl Sie wissen, daß man von mir verlangt, meinen Sohn, der in Madrid bei der amerikanischen Botschaft tätig ist, aufzufordern, sich als deutscher Agent zu betätigen.«

»Ich gab meine Empfehlung, weil ich mir Sorgen um Sie mache und weil mein Freund mir versprach, Sie sofort zu entlassen, wenn Sie ...«

»Aber ich habe doch nichts getan!« fiel der alte Herr unwillig ein.

»Ich bin davon überzeugt, Barone. Nur leider decken sich die Informationen, die dem Sicherheitsamt vorliegen, nicht mit Ihren Ausagen. Man kann die Dinge drehen wie man will: Sie sind schwer belastet, und ich sehe keine Möglichkeit, das vorliegende Beweismaterial zu entkräften. Über die Aussage einer angesehenen Bank kann man nicht einfach hinweggehen. Zudem wurde ermittelt, daß Ihr Fahrer tatsächlich in Berlin angerufen hat. Seine Glaubwürdigkeit ist damit unter Beweis gestellt.«

Barone de Bor griff sich an den Kopf. »Mir platzt noch der Schädel. Es ist mir einfach unmöglich, zu begreifen, wieso Assiano dazu kommt zu behaupten, ich hätte ihm eine Million Lire mit der Weisung übergeben, den Betrag auf mein Konto einzuzahlen.«

»Und was ist mit dem Auftrag, Berlin anzurufen? Haben Sie den erteilt?«

»Ja. Er wurde aber im Zusammenhang mit meiner Festnahme gegeben.«

Veit Küster tat einen wohlberechneten Seufzer. »Ich glaube Ihnen und wollte, ich könnte Ihnen helfen.«

»Das werden Sie nie können«, erklärte der alte Herr mit Nachdruck. »Denn ich denke nicht daran, meinen Sohn zu opfern. Lieber verbringe ich den Rest meines Lebens hinter Gittern, als mein eigen Fleisch und Blut in Gefahr zu bringen. Und dies ist das Letzte, was ich Ihnen zu sagen habe.«

Aus, dachte der Standartenführer. Ihm blieb nichts anderes übrig, als sich einen guten Abgang zu verschaffen. »Barone«, sagte er gepreßt, »ich habe meinem Freund bereits prophezeit, daß Sie nicht anders reagieren werden und auch gar nicht anders können. Die Gründe sind evident. Ihrem indirekt ausgesprochenen Wunsch, ich möge Sie künftig nicht mehr aufsuchen, werde ich entsprechen. Ich versichere Ihnen aber, daß ich Ihren Fall nun auf eigene Faust verfolgen werde. Heraus bekomme ich Sie – so oder so!«

Der Italiener sah ihn aus geweiteten Augen an. Er wollte etwas erwidern, doch da verneigte Veit Küster sich schon und verließ die Zelle.

Die Hoffnungen und Erwartungen, die Standartenführer Küster an Zsaga de Bors Reise nach Rom knüpfte, gingen in hohem Maße in Erfüllung. Wie vermutet, hatte General Amé, der Chef des italienischen Geheimdienstes, gleich nach seiner Rückkehr aus Venedig im Militär-Club den Mund nicht halten können und im Bestreben, sich mit der Aura der Wohlinformiertheit zu umgeben, Interna ausgeplaudert, die für Canaris gefährlich werden mußten. Die Fakten waren so brisant, daß Zsaga de Bor, als es ihr gelungen war, den Freund Amés auszuhorchen, vorsorglich noch eine zweite Quelle anzapfte, die sich ihr unverhofft bot. Der Chauffeur des Generals, der erstaunlicherweise über geheimste Dinge informiert war, unterhielt homosexuelle Beziehungen zu Männern, die sein Wissen ausnutzten. Von diesen erhielt sie bestätigt, was sie bereits erfahren hatte. Der Chef der deutschen Abwehr hatte dem italienischen General in einem vertraulichen Gespräch seine

Genugtuung über die Verhaftung Mussolinis zum Ausdruck gebracht und erklärt, auch in Deutschland seien namhafte Offiziere dabei, eine Entmachtung Hitlers in ähnlicher Form herbeizuführen. Wichtig sei jetzt, daß außer den drei Divisionen, die Deutschland bereits nach Italien verlegt habe, um bei einem Abfall des Bündnispartners sofort Norditalien, die ligurischen Flottenbasen und Rom besetzen zu können, keine weiteren deutschen Kräfte über den Brenner gelangten. Immer wieder habe Canaris betont, Italien solle erneute Militärtransporte nach besten Kräften verhindern und sich unbedingt aus dem nun beginnenden Getümmel mit den Amerikanern heraushalten.

»Das wird ihm das Genick brechen«, triumphierte Veit Küster. »Jetzt kann Canaris beschuldigt werden, in landesverräterischer Absicht gehandelt und die deutsche Führung mit einem nicht der Wahrheit ensprechenden Abschlußkommuniqué irregeführt zu haben.« Er umarmte Zsaga überschwenglich. »Wegen deines Mannes brauchen wir uns keine Sorgen mehr zu machen. Schellenberg wird zufrieden sein und uns in jeder Hinsicht ›plein pouvoir‹ geben.«

Sie stutzte. »Ist nicht alles so gelaufen wie es sollte?«

»Leider nicht.« Er ging zum Barschrank. »Einen Whisky haben wir uns trotzdem verdient. Findest du nicht auch?«

»Erzähl mir lieber, was los ist.«

Er schenkte ein, reichte ihr ein Glas und betrachtete sie bewundernd. »Hat dir heute schon jemand gesagt, daß du in diesem Kostüm mit den zarten rosa Streifen geradezu phantastisch aussiehst?«

Sie nickte. »Zwei Herren im Zug und der Taxifahrer, der mich hierher brachte, machten mir ihre Komplimente.«

Er stieß an ihr Glas.

Sie schaute in einen schräg über dem Kamin hängenden Spiegel. Ohne den Blick zu wenden, forderte sie Veit Küster auf, endlich zu erzählen, was geschehen sei.

Er leerte sein Glas. »Dein Mann will eher verrecken, als seinen Sohn auffordern, sich als Agent zu betätigen.«

Zsaga lachte verächtlich. »Und deshalb bist du besorgt?«

»Allerdings. Nach deiner Schilderung nahm ich an, er sei nicht standhaft. Jetzt stehen wir mit dickem Kopf da und wissen nicht, wie es weitergehen soll.«

»Das ist auch nicht notwendig, solange ihr mich habt.«

»Du siehst einen Ausweg?«

»Natürlich. Wir drehen den Spieß einfach um.«

Er sah sie verständnislos an.

»Kapierst du nicht? Wir werden meinem Mann nicht mehr zusetzen und uns Claudio zuwenden. Wenn der erfährt, daß sein Vater wegen Unterschlagung im Gefängnis sitzt, jedoch mit einer Freilassung rechnen kann, falls er, Claudio, sich bereit erklärt, für den deutschen Geheimdienst tätig zu werden, wird er es sich zweimal überlegen, den Alten schmoren zu lassen.«

»Und wer soll ihm die Geschichte überbringen?«

»Natürlich ich. Du wirst mich nach Madrid schicken.«

Standartenführer Küster glaubte plötzlich zu wissen, weshalb Zsaga die Pfundnoten an sich gebracht hatte. Sie wollte in Madrid imponieren und aus dem vollen schöpfen können. Keine Sekunde zweifelte er mehr daran, daß sie die Entwicklung vorausgesehen und de Bors Reaktion eingeplant hatte. Sie nahm Rache an Vater und Sohn zugleich. Jetzt kam Claudio an die Reihe. Ein diabolisches Spiel.

Wie um die Richtigkeit seiner Überlegungen zu bestätigen, sagte Zsaga de Bor: »Claudio ist mir nach wie vor verfallen. Er weiß nicht, daß ich seinen Vater geheiratet habe. Diesbezügliche Mitteilungen vertraute ich dem Feuer an. Die gleiche Behandlung erfuhren Briefe, die Claudio schickte. Wir leben schließlich im Krieg. Ich brauchte meinem Mann nur zu sagen, daß sein Sohn wahrscheinlich nicht schreiben dürfe. Oder nicht schreiben könne.«

Armer Barone, dachte Veit Küster mit gemischten Gefühlen.

Zsaga de Bor hingegen fuhr lebhaft fort: »Wenn ich nun in Madrid auftauche, verliebt wie nie zuvor und getrieben von der Sorge um Claudios Vater, der, wie ich sagen werde, unter dem Einfluß einer zweifelhaften Geliebten eine Riesendummheit gemacht habe und im Gefängnis seinem Ende entgegensehe, dann werde ich mein Ziel schon erreichen.«

Er schloß sie in die Arme. »Bei dir könnte der Teufel in die Schule gehen.«

»Keine schlechte Empfehlung«, erwiderte sie. »Und da wir gerade so schön im Zuge sind, wollen wir gleich auch die geschäftliche Seite regeln. Zahlst du in Gold, wenn ich den Auftrag zur vollen Zufriedenheit erledige?«

»Aber Zsaga! Ich kann Berlin gegenüber nicht dauernd ...«

Sie fiel ihm ins Wort. »Brigadeführer Schellenberg wird das Ergebnis meiner Recherchen in Rom zu würdigen wissen. Unabhängig davon ist zu berücksichtigen, daß ich euch im Fall des Gelingens deines neuen Planes einen unschätzbaren Einblick in die nach Washington laufende Post verschaffe.«

»Also gut«, sagte er nachgebend. »Zahlbar in Schweizer Vreneli.«

Sie gab ihm einen Kuß. »Bleibt noch zu klären, wie ich nach Madrid komme.«

»Das müßte mit der Lufthansa möglich sein. Soviel ich weiß, fliegt jede Woche eine viermotorige Ju 90 von Berlin via Stuttgart nach Barcelona und Madrid. Aber darum brauchst du dich nicht zu kümmern. Das erledige ich für dich.«

Der Flug nach Madrid sollte noch reibungsloser vor sich gehen, als Veit Küster es angenommen hatte. Ein Zufall brachte es mit sich, daß am gleichen Tag, da Zsaga de Bor aus Rom zurückkehrte, Dr. Schuber mit Curd Dessau und Oskar Hensel nach Mailand flog. Der Industrielle hatte sich inzwischen ausführlich mit dem Flugkapitän unterhalten und war über alles informiert, was sich am 27. Juli und in der folgenden Nacht ereignet hatte.

Als sie in Mailand gelandet waren, nahm Dr. Schuber den Piloten beiseite und bat ihn, sich nicht mit seinem Schulkameraden in Verbindung zu setzen, bevor er selbst mit ihm gesprochen habe. Er werde Veit Küster am nächsten Morgen kurzfristig zu sich bitten.

Der Standartenführer saß noch mit Zsaga de Bor beim Frühstück, als der Wehrwirtschaftsführer sich mit ihm verbinden ließ und in freundlichem Ton fragte: »Könnten Sie auf einen Sprung bei mir vorbeikommen? Ich wohne im Hotel Gallia.«

Veit Küster erklärte sich sofort bereit und sagte, als das Gespräch beendet war, an Zsaga gewandt: »Bestimmt will er wissen, was mit deinem Mann los ist.«

»Hoffentlich hast du eine glaubwürdige Geschichte parat«, erwiderte sie hämisch und erkundigte sich beiläufig, ob Curd Dessau den Doktor nach Mailand geflogen habe.

»Ich nehme es an«, antwortete er. »Dir möchte ich aber den Rat geben, ihn in Ruhe zu lassen. Damals hatte er einen Moralischen, das hab' ich deutlich gespürt.«

Sie lachte hell auf. »Wenn du recht hättest, könnte ich mich in ihn verlieben.«

Er erhob sich. »Bestimmt hat er sich wegen des neckischen Spiels, das du damals mit ihm getrieben hast, nicht bei mir gemeldet. Laß ihn also ungeschoren. Unser Plan geht dahin, uns seiner zu bedienen, sobald in Madrid der Film gelaufen ist.«

Sie nahm ihre Tasse in beide Hände und führte sie zum Mund. »Sei unbesorgt und vor allen Dingen nett zu Doktor Schuber. Ohne dessen Einwilligung werden wir Curd Dessau nicht bekommen.«

Eine Stunde später ließ sich Standartenführer Küster bei Dr. Schuber melden.

Der Industrielle empfing ihn sogleich und forderte ihn schwäbelnd auf, Platz zu nehmen. »I muß mit Ihne schwätze«, sagte er.

Veit Küster hatte sich eingehend über den urwüchsigen Württemberger informiert, staunte jedoch über dessen Leibesfülle und seltsame Eigenart, das Ritterkreuz zum Kriegsverdienstkreuz seitlich aus dem Kragen heraushängen zu lassen.

Der Brigadeführer steuerte ohne Umschweife auf sein Ziel los. »Wisset Se, es handelt sich um de Bor. Was hat's da gegeben? Für mich ist es einfach undenkbar, daß er Dreck am Stekken hat. Wir kennen uns seit Jahren.«

»Ich kann Sie beruhigen«, antwortete Veit Küster. »Seine Weste ist, das steht heute schon fest, absolut rein. Er wurde das Opfer einer höchst üblen Intrige. Wir sehen da inzwischen klar. Wenn wir ihn trotzdem noch nicht freilassen, zur Zeit sogar wenig nett behandeln, so ist dies eine taktische Maßnahme, um die wir nicht herumkommen, weil gewisse Dinge zu Ende geführt und einige Schurken in Sicherheit gewiegt werden müssen. Im Vertrauen gesagt: die Übeltäter befinden sich in unseren eigenen Reihen.«

»Ach, du lieber Gott!«

»Ich glaube, ich kann mir weitere Details ersparen. Zumal das dem Barone anvertraute Geld inzwischen ja dem Stab RuK zur Verfügung gestellt worden ist.«

»Gewiß.« Der Wehrwirtschaftsführer tat einen Seufzer. »Mir fällt ein Stein vom Herzen. Mein Flugkapitän hatte ...« Er unterbrach sich. »Sie haben zusammen die Schulbank gdrückt, nicht wahr?«

»Jawohl, Brigadeführer.«

»Diesen Titel habe ich nur ehrenhalber«, wehrte Dr. Schuber ab. »Aber was wollte ich noch sagen?«

»Sie erwähnten Ihren Piloten.«

»Ja, richtig. Also, Ihr Schulkamerad ist es gewesen, der dem Barone die achthundert Millionen Lire gebracht hat. Er ist übrigens ein hervorragender Flieger.«

»Ich weiß, und deshalb möchte ich ihn mir eventuell einmal für eine gewisse Zeit ausborgen.«

Der Industrielle lachte dröhnend. »Den gebe ich nicht her.«

»Ich glaube, jetzt sind Sie etwas voreilig, Brigadeführer«, entgegnete Veit Küster unbeirrt. »Es könnte sein ...«

»Nie und nimmer!« polterte Dr. Schuber.

Der Standartenführer gab sich optimistisch. »Da bin ich nicht so sicher. Es gibt Fälle, die ungewöhnliche Maßnahmen erfordern und Menschen verlangen, deren Verschwiegenheit ebenso garantiert ist wie ihre Treue zum Reich. Wir bereiten zur Zeit eine Sache vor, die nicht jeder x-beliebige Pilot ausführen kann. Ich kenne Curd Dessau seit meiner Jugend, weiß, daß er zuverlässig ist, und kann aus der Tatsache, daß er Regierungsmaschinen fliegt, Rückschlüsse auf seine fliegerische Qualifikation ziehen. Für mich ist er genau der Mann, den wir brauchen, und Sie werden gewiß Verständnis für mein Ansinnen haben, wenn ich Ihnen sage, daß ihm möglicherweise eine der wichtigsten Sonderaktionen dieses Krieges anvertraut werden soll.«

Dr. Schuber griff sich an den Hals. »Weiß er davon?«

»Nein. Ich wollte erst mit Ihnen sprechen und werde mich nicht an ihn wenden, bevor die Sache spruchreif ist.«

Der Industrielle wurde mürrisch. »Sonderaktion hin – Sonderaktion her. Auch meine Tätigkeit ist in höchstem Maße kriegswichtig. Ich denke nicht daran, auf Flugkapitän Dessau zu verzichten.«

Der Standartenführer hob die Schultern. »Dann werden wir kämpfen müssen. Hinter Ihnen steht Minister Speer, hinter mir Reichsführer Himmler. Sollte das nicht reichen, werde ich mich an Hitler persönlich wenden.«

»Schwätze Se net so geschwollen«, ereiferte sich der Württemberger. »Ich werde mich schon nicht sperren, wenn's so wichtig ist, mache aber zur Bedingung, daß Sie ihn mir so schnell wie möglich zurückgeben.«

»Das verspreche ich Ihnen, Brigadeführer.«

»Also gut, ich erwarte zu gegebener Zeit Ihren Bescheid.«

Veit Küster erhob sich. »Vielleicht sind Sie so liebenswürdig, Curd Dessau auf die Möglichkeit einer vorübergehenden Verwendung in meinem Bereich hinzuweisen. Wir verstehen uns gut, von meiner Tätigkeit ist er aber nicht gerade erbaut.«

»Dafür habe ich das größte Verständnis«, versicherte Dr. Schuber fast inbrünstig.

Der Standartenführer grinste. »Irgendwer muß die Dreckarbeit ja leisten.«

»Siehe den Fall de Bor!« Der Industrielle reichte die Hand. »Sorgen Sie bloß dafür, daß der Barone schnellstens auf freien Fuß gesetzt wird. Ich sagte Ihnen schon: wir sind befreundet!«

»Sie können sich auf mich verlassen.«

Dr. Schuber griff nach einer Akte.

Veit Küster deutete eine Verneigung an. »Da fällt mir gerade ein, daß eine charmante junge Dame, die mit der Aufklärung des Falles de Bor befaßt ist, dieser Tage nach Deutschland reisen muß. Könnten Sie sie mitnehmen?«

»Ha, wenn sie nicht so korpulent ist wie ich, werden wir schon ein Plätzchen finden. Wir fliegen übermorgen nach Frankfurt.«

»Wäre es dann möglich, die junge Dame in Stuttgart abzusetzen?«

»Dees wird sich mache lasse.«

»Herzlichen Dank, Brigadeführer.«

»Ich werde den Flugkapitän anweisen, Ihnen die Startzeit durchzugeben.«

Noch am selben Tag informierte Dr. Schuber seinen Piloten. Da er sich im Verlauf des Gesprächs wohlwollend über Veit Küster äußerte und durchblicken ließ, daß mit der Freilassung de Bors gerechnet werden könne, rief Curd Dessau den Schulkameraden mit einer gewissen Erleichterung an.

Der Standartenführer gab sich erfreut und schlug als Treffpunkt die Kellerbar vor, die sie schon einmal aufgesucht hatten. Er machte aber einen gehetzten Eindruck, als er kurz nach der verabredeten Zeit dort erschien.

»Was ist los mit dir?« fragte Curd Dessau verwundert.

Veit Küster fuhr sich durch die Haare. »Im Moment stürzt vieles auf mich ein. Seit der Verhaftung de Bors komme ich nicht mehr zur Ruhe. Aber ist das ein Wunder? Der Barone ist unschuldig!«

»Das hab' ich schon gehört«, erwiderte Curt Dessau. »Doktor Schuber deutete an, daß mit seiner Freilassung zu rechnen ist.«

»Ein paar Tage wird er sich noch gedulden müssen.«

»Wieso?«

Der Standartenführer gab die gleiche Geschichte zum Besten, die er dem Württemberger aufgetischt hatte. Gedämpft fügte er hinzu: »Ich muß dich übrigens bitten, dem Barone nicht zu sagen, welche Stellung ich hier bekleide. Dein Chef weiß Bescheid. Ich habe ihn deshalb nochmals angerufen.«

»Und wozu dieses Versteckspiel?«

»Staatspolitische Gründe zwingen mich, grundsätzlich nicht in Erscheinung zu treten. Darum bin ich auch immer in Zivil.« Er zündete sich eine Zigarette an. »Von der Baronessa soll ich dir Grüße bestellen. Wenn sie nicht gewesen wäre, würden wir ihren Mann wahrscheinlich verurteilt haben.«

Curd Dessau glaubte nicht richtig zu hören. »Jetzt kapiere ich nichts mehr.«

»Das ist auch nicht erforderlich. Ich kann ohnehin nicht darüber sprechen. Du sollst nur wissen, daß Zsaga wie eine Löwin um ihren Mann gekämpft hat und noch kämpft. Sie ist schon eine tolle Frau, wenngleich sie in gewisser Hinsicht ... Aber lassen wir das. Der eine ist so, der andere so. Auf alle Fälle hat sie eine Mordsschweinerei aufgedeckt und die Absichten der Gegner unterlaufen. Im Augenblick leitet sie Dinge ein, die unter Umständen für Deutschland von eminenter Bedeutung sein können.«

Curd Dessau dachte sich seinen Teil.

Veit Küster beobachtete ihn. »Beschäftigt sie dich sehr?«

»Wie kommst du darauf?«

»Ich glaube, in einer gewissen Nacht festgestellt zu haben, daß du und sie ... Du schienst mir einen Moralischen zu haben, als ich zurückkehrte.«

»Red keinen Blödsinn«, ereiferte sich der Flugkapitän.

»Wenn nichts zwischen euch war, ist ja alles in Ordnung. Ich wollte lediglich dafür sorgen, daß es zu keiner Komplikation kommt, wenn Zsaga übermorgen mit euch fliegt.«

»Ist sie es etwa, die in Stuttgart abgesetzt werden soll?«

»Ja. Und dort wird sie die Burschen überführen, die ihren Mann hochgehen lassen wollten.«

Curd Dessau war verblüfft. »Ich verstehe nicht, warum der Doktor kein Wort darüber verloren hat, daß sie es ist, die mit uns fliegt.«

Veit Küster lachte. »Das hab' ich ihm wohlweislich verschwiegen. Wenn der Barone erführe, daß seine Frau für den deutschen Sicherheitsdienst tätig ist, wäre der Teufel los. Sie reist deshalb als Maria Cetana.«

Der Flugkapitän verdrehte die Augen. »Welch ein Durcheinander! Aber was geht's mich an. Ich werde mir nichts anmerken lassen, bitte dich jedoch, mich künftig mit eurem Kram zu verschonen.«

»Ganz wie du willst. Ich habe dich auch nicht zu meinem Vergnügen informiert. Ich mußte es tun, weil du durch verrückte Umstände in gewisse Dinge hineingerochen hast. Bei eurem morgigen Zusammentreffen hätte es eine Panne geben können.«

»Also Schluß damit!«

Der Standartenführer bestellte zwei Cognac und sagte wie nebenbei: »Ich hab' übrigens einige Fragen an dich.« Er wirkte plötzlich nicht mehr abgespannt. »Sie sind fliegerischer Natur.«

»Dann werde ich sie wohl beantworten können.«

»Es geht um folgendes: Kann ein Flugzeug, das von Mailand

nach Madrid fliegt und dort gegen neunzehn Uhr landen soll, um eine Sache zu übernehmen, ohne zu tanken zurückfliegen?«

»Das ist abhängig vom Flugzeugtyp.«

»Technisch wäre es möglich?«

»Ohne weiteres. Hin und zurück dürften es zirka zweitausendfünfhundert Kilometer sein. Mit einer Do 17 z oder Ju 88 ließe sich der Flug durchführen.«

»Gut. Zweite Frage: Du warst bei der Legion Condor und kennst dich in Spanien aus. Besteht die Möglichkeit, in der Nähe von Madrid auf einem Platz zu landen, dessen Lage klar zu beschreiben ist? Es soll kein Flughafen sein, sondern ein zur Landung geeignetes Feld im freien Gelände.«

»Wofür willst du das nun wieder wissen?«

»Ist doch Wurscht.«

Curd Dessau nahm einen Schluck Cocgnac. »Die Frage ist nicht leicht zu beantworten. Ich wüßte nur einen Platz bei Torrijos, rund sechzig Kilometer südwestlich von Madrid. Wir benutzten ihn als Feldflughafen. Zur Zeit liegt er brach. Ich hab' ihn kürzlich auf einem Flug nach Lissabon überflogen.«

Veit Küster wurde lebhaft. »Der Platz scheint mir günstig zu sein. Dritte Frage: Kann das Flugzeug, falls es gegen neunzehn Uhr dort landet, so rechtzeitig wieder in Mailand sein, daß es, wenn es zwei Stunden später erneut nach Spanien starten würde, sich gegen vier Uhr morgens in der Nähe der portugiesischen Grenze befindet? Dort müßte an einer bestimmten Stelle etwas abgeworfen werden.«

»Und dann?«

»Kehrt auf der Hinterhand und zurück nach Mailand.«

»Reizvolle Sache. Eine Antwort auf diese Frage kann ich aber beim besten Willen nicht aus dem Ärmel schütteln. Das müßte ich berechnen.«

»Würdest du mir eine solche Berechnung erstellen?«

»Gerne. Du mußt mir nur sagen, mit welchem Flugzeugmuster geflogen wird.«

»Das überlasse ich dir. Die Aufgabe lautet schlicht und einfach: Ein Flugzeug soll in einer Nacht zweimal von Mailand nach Spanien starten. Beim ersten Flug ist in der Nähe von

Madrid im freien Gelände eine Sache zu übernehmen, beim zweiten Flug an der portugiesischen Grenze etwas abzuwerfen. Zwischen beiden Flügen müßten in Mailand zwei Stunden zur Verfügung stehen.«

Die Wangen des Piloten röteten sich. »Habt ihr so was vor?«

»Vielleicht. Sprich aber nicht darüber.«

»Und das Ganze soll ohne Fluganmeldung und Funkverkehr über die Bühne gehen?«

»Hättest du Bedenken?«

Curd Dessau grinste. »In technischer Hinsicht nicht. Zu dieser Jahreszeit bereitet das Wetter in Spanien selten Schwierigkeiten. Und die Luftkontrolle ...« Er machte eine wegwerfende Bewegung.

»Hast du deshalb gegrinst?«

Der Flugkapitän lachte. »Ich mußte daran denken, daß ich bei schlechten Wetterlagen einige Male nachts querbeet über die neutrale Schweiz nach Spanien geflogen bin. Das ist natürlich nicht erlaubt, doch ich sparte auf diese Weise jedesmal eine gute Stunde ein.«

»Wann könnte ich die besprochene Berechnung haben?«

»Schon morgen. Treffpunktaufgaben und ähnliche Scherze reizen mich.«

»Hättest du Lust, einen solchen Flug durchzuführen?«

»Und ob! Auftraggeber dürfte allerdings nicht der SD sein. Mit dem möchte ich nichts zu tun haben.«

»Deine Aversion ist lächerlich. Wir tun auch nur unsere Pflicht. Außerdem würde diese Aufgabe dem Abwehrdienst nützen, ohne den keine Nation auskommen kann.«

»Dennoch ...«

Aufgrund einer geschickt vorgetragenen Bitte Veit Küsters verlegte Dr. Schuber den für den übernächsten Tag auf zehn Uhr angesetzten Start um eine Stunde vor. Ganz paßte ihm dies nicht. Er erreichte sein Ziel dadurch eine Stunde zu früh. Doch er gab nach, weil der Standartenführer so raffiniert gewesen war, ihn zuvor mit Maria Cetana, alias Zsaga de Bor, bekannt zu machen. Angesichts ihres verführerischen Aussehens war selbst der ›Dicke‹ aus dem Gleichgewicht geraten. Breitbeinig hatte er sich vor ihr aufgebaut und sie so strahlend angelacht, daß die Klammern seiner Zahnprothese sichtbar wurden.

Zsaga de Bor hatte sofort erfaßt, wie der Württemberger genommen werden mußte. Sie schaute ihn bewundernd an und kommentierte schlagfertig: »Endlich kann ich einmal mit Napoleon ausrufen: ›Voilà un homme!‹«

Dr. Schuber zerfloß und genehmigte die erbetene Startverschiebung. Er war so beeindruckt von ›Maria Cetana‹, daß er der Stunde entgegenfieberte, da sie neben ihm Platz nehmen sollte.

Daraus wurde jedoch nichts. Als er sie am nächsten Morgen auf dem Flugplatz aufforderte, sich zu ihm zu setzen, blickte sie ihn wie ein Mädchen an, das um die Erfüllung eines Wunsches bangt. »Was soll ich nun tun?« sagte sie, sich ratlos stellend. »Mit Ihnen möchte ich mich unterhalten, dem Piloten aber zuschauen, da ich noch nie Gelegenheit hatte, einen Einblick in die technische Seite des Fliegens zu gewinnen.«

»Dann nehmen Sie nur vorne Platz«, erwiderte er gutmütig. »Dort sehen Sie mehr, und wir können uns trotzdem unterhalten.«

Ob ihr jemals verweigert wird, was sie haben will, fragte sich Curd Dessau, der bereits auf dem Pilotensitz Platz genommen hatte. Rechts hinter ihm saß Oskar Hensel, links hinter ihm befand sich der im vorderen Teil der Kabine noch freie Sessel.

Etwas Prickelndes lag in der Luft, als Zsaga de Bor einstieg.

Der lange Hensel, für den es in der kleinen Maschine immer ein Problem war, seine Beine unterzubringen, schloß die Tür und würdigte die Italienerin keines Blickes. Bei jedem Gast verzichtete er gern auf ein bißchen Bequemlichkeit. Dieses ›Weibsbild‹ aber widerte ihn an, weil es rote Haare und lackierte Lippen hatte, in seinen Augen einem Schminkkasten glich und nach Parfüm ›stank‹. Zsaga war für ihn ein rotes Tuch. »Funkgerät klar!« meldete er verbissen.

Sie spürte seine Auflehnung und amüsierte sich darüber.

Curd Dessau ließ die Motoren an und rollte zum Startplatz.

»Start frei!« meldete Oskar Hensel.

Der Flugkapitän gab Vollgas. Die Motoren dröhnten. Das Flugzeug schoß vor.

Zsaga de Bor stemmte sich unbewußt zurück. Ihre Hände verkrampften sich in den Armlehnen.

Der Funkmaschinist registrierte dies mit Genugtuung und hoffte, daß es über den Alpen böig sein würde.

Die Stöße des Fahrwerks verringerten sich. Die Maschine wurde leicht. Curd Dessau hob sie ab und nahm die Gashebel zurück.

Dr. Schuber legte eine Hand auf Zsaga de Bors Schulter. »Wir steigen in Richtung auf Brescia. Dort kurven wir im großen Bogen um die Schweiz herum, und dann sind wir auch schon in Stuttgart.«

»Hoffentlich nicht so bald«, erwiderte sie zurückblickend. »Ich möchte den Flug möglichst lange genießen.«

»Tun Sie das.«

»Ist es gestattet, daß ich rauche?«

»Nein«, erklärte Oskar Hensel augenblicklich.

»Schwätze Se net«, wies ihn der Industrielle zurecht. »Biete Se Fräulein Cetana lieber a Zigarettle an.«

Der Funker klopfte mit rotem Kopf auf seine Taschen. »Ich hab' keine.«

Curd Dessau drehte sich halb zurück und reichte ihr eine Schachtel. »Sie dürfen auch mir eine anzünden.«

Sie quittierte diese Aufforderung mit der Andeutung eines Kusses.

Sehr zum Ärger Oskar Hensels, der die Italienerin insgeheim auf den Bocksberg wünschte.

Über den Alpen erhielt die Maschine einige Stöße. Zsaga de Bor blieb gelassen. Sie wurde erst nervös, als Curd Dessau sagte, daß die Landung in Stuttgart infolge starken Gegenwindes voraussichtlich zwanzig Minuten später als vorgesehen erfolgen würde. Um 11 Uhr 30 startete das Flugzeug der Lufthansa nach Madrid. Wenn sie nicht rechtzeitig landeten, saß sie fest. Am liebsten hätte sie hinausgeschrien, daß sie die Maschine unbedingt erreichen mußte, aber Veit Küster hatte ihr eingeschärft, keinesfalls erkennen zu lassen, daß sie weiter nach Spanien fliege. Auf ihre Frage, warum das niemand wissen dürfe, hatte er ruppig geantwortet:

»Denk nach! Curd Dessau könnte hellhörig werden!«

Sie hatte ihn verwundert angesehen. »Wieso?«

»Du weißt doch, daß er die geplanten Flüge übernehmen soll. Wenn er weiß, daß du nach Spanien geflogen bist, und am Ende durch einen dummen Zufall von der Existenz Claudios erfährt ...«

Dieser Möglichkeit wegen machte sich Standartenführer Küster ernstlich Sorgen und Vorwürfe. Warum nur hatte er die Dummheit begangen, dem Klassenkameraden von Claudio de Bor und dessen Tätigkeit bei der amerikanischen Botschaft zu erzählen? Wenn Curd Dessau von Zsagas Spanienreise erfuhr, würde er sofort Kombinationen anstellen und sich einen eigenen Reim über die Verhaftung des Barone machen.

Zsaga de Bor akzeptierte die ihr gegebene Erklärung. Sie sah ein, daß es besser war, über ihre Weiterreise nicht zu reden. Aber ihr fiel ein Stein vom Herzen, als die Landung in Stuttgart noch früh genug erfolgte. Auch traf es sich gut, daß Dr. Schuber und Curd Dessau in Anbetracht des geplanten Weiterfluges nach Frankfurt dankbar von ihrem Angebot Gebrauch machten, sich nicht weiter um sie zu kümmern. Nur der lange Hensel stand ihr noch im Weg. Dr. Schuber hatte ihn beauftragt, ihren Koffer zum Verwaltungsgebäude zu tragen. Er konnte sich nicht dagegen auflehnen, ließ sie aber grußlos stehen, als sie ihm in der Empfangshalle das Gepäckstück abnahm.

»Haben Sie herzlichen Dank«, rief sie hinter ihm her.

Er machte, daß er fortkam. Für ihn war es ein Spießrutenlaufen gewesen, an der Seite eines ›Farbkastens auf Beinen‹ über den Flugplatz gehen zu müssen.

Indessen eilte Zsaga de Bor zur Abfertigungshalle, wo sie bereits erwartet wurde. Man übergab ihr den Flugschein und ein versiegeltes Kuvert, in dem sich ein Kurierausweis und ein deutscher Dienstreisepaß befanden. Dann wurde sie zu der viermotorigen Ju 90 geleitet, die unmittelbar vor dem Empfangsgebäude stand.

Nur etwa dreißig Meter hatte sie zurückzulegen. Aber genau in dem Augenblick, da sie auf das Verkehrsflugzeug zuging, blickte Curd Dessau aus dem Fenster der Flugleitung.

Was ist das nun wieder, fragte er sich konsterniert. Veit hat doch gesagt, Zsaga de Bor würde in Stuttgart ...

Seine Gedanken überschlugen sich. Er hatte eine Berechnung für Flüge erstellt, die von Mailand nach Madrid und später nochmals zur portugiesischen Grenze führen sollten. Und jetzt flog Zsaga de Bor nach Spanien?

Das Gespräch über Claudio de Bor fiel ihm ein. Der Sohn des Barone war bei der amerikanischen Botschaft tätig. Und der Vater saß im Gefängnis!

Er glaubte Zusammenhänge zu erkennen. Welch einem scheußlichen Gewerbe hatte Veit sich verschrieben. Er wußte, daß es ohne Spionage und Abwehr nicht ging, sah den Klassenkameraden in dieser Minute aber wie eine häßliche Spinne in einer Ecke hocken und auf Opfer warten. Es schüttelte ihn. Nicht mehr denken, sagte er sich. Er war froh, Pilot geworden zu sein.

Während Curd Dessau Frankfurt ansteuerte, rekelte sich Zsaga de Bor in einem bequemen Sessel der Ju 90, die mit knapp dreißig Passagieren Kurs auf Barcelona nahm. Die Schweiz wurde westlich umflogen. Eine Zeitlang folgten sie dem Lauf der Rhône, dann tauchte der Golfe du Lion vor ihnen auf.

»Werden wir Madrid rechtzeitig erreichen?« fragte sie den Co-Piloten, der sich bei einem Gang durch die Kabine nach dem Befinden der Gäste erkundigte.

»Das kann ich Ihnen versprechen, gnädige Frau«, antwortete er zuvorkommend. »Wir haben ziemlichen Rückenwind und fliegen schon eine Weile mit gedrosselten Motoren, um Benzin zu sparen und den Flugplan einzuhalten.«

Netter Kerl, dachte sie. Irgendwie sind alle Flieger gleich. Geradeso, als stammten sie aus einer Familie.

Sie haßte plötzlich die Typen, mit denen sie zu tun hatte. Aber nur für einen Augenblick. Dann fand sie, daß das Leben mit ihnen herrlich aufregend sei.

Ihre Gedanken wanderten zu Claudio. Sie fürchtete, daß er verreist sein könnte. Gewißheit würde sie erst nach der Landung in Madrid erhalten. Veit Küster hatte der dortigen Außenstelle den Auftrag gegeben, sie noch vor ihrer Fahrt in die Stadt durch eine Vertrauensperson zu informieren.

Sie suchte deshalb nach der Landung als erstes das Flughafenrestaurant auf und hatte sich gerade einen Aperitif bestellt, als eine kleine ältere Dame an ihren Tisch trat.

»Perdón!« sagte sie. »Ist drüben der Platz frei?«

»Bitte«, antwortete die Baronessa.

Die Dame nahm Platz und murmelte in italienischer Sprache: »Sie kommen von Mailand?«

Zsaga de Bor horchte auf. »Sì.«

»Wir möchten, daß Sie in Madrid keinen Kontakt mit Angehörigen der Außenstelle aufnehmen. Im Hotel Crillon, Avenida José Antonio, ist ein Appartement für Sie reserviert. Stadtplan, diverse Adressen und Telefonnummern finden Sie in dem Umschlag, den ich hier liegenlassen werde. Bitte, sprechen Sie.«

»Wer hätte gedacht, daß wir gemeinsame Bekannte haben.« Zsaga de Bor stellte sich erfreut. »Die Welt ist wirklich klein.«

»Ja. Mein Neffe ist zur Zeit in Madrid. Er ist bei der amerikanischen Botschaft tätig.«

»Da hat er gewiß einen guten Posten.«

»Sogar einen sehr guten. Sein Dienst beginnt um zehn Uhr. Meistens kommt er aber eine Stunde später. Er hat einen Wagen. Einen Hudson. Von vierzehn bis siebzehn Uhr ist die Mittagspause, die er im Club verbringt. Am Abend bleibt er in der Regel bis zwanzig Uhr in der Embassy.«

»Wenn ich Zeit finde, werde ich ihn anrufen.«

»Tun Sie das. Er wird sich freuen.« Sie kramte in ihrer Handtasche. »Mein Gott, ich habe mein Geld bei der Abfertigung liegengelassen.« Die alte Dame erhob sich und hastete davon.

Zsaga de Bor legte ihre Handschuhe auf den Briefumschlag. Ein Glücksgefühl durchströmte sie. Claudio war in Madrid! Sie würde die Rache nehmen, die sie sich geschworen hatte.

5

Es war schon spät, als Zsaga de Bor sich von der Telefonzentrale des Hotels Crillon mit der amerikanischen Botschaft verbinden ließ. Ihr Herz schlug schneller. Wie würde Claudio reagieren, wenn er erfuhr, daß sie in Madrid war?

Eine männliche Stimme meldete sich: »American Embassy.«

»Ich möchte Mister de Bor sprechen.«

»Oh, wait a minute. Ich glaube, er ist gerade gegangen.«

Zsaga de Bor erschrak. Wenn sie ihn nicht mehr erreichte, lag die Schuld bei ihr. Zu lange hatte sie sich ihrer Toilette gewidmet.

Es knackte in der Leitung. Gleich darauf hörte sie Claudios weiche, angenehme Stimme: »de Bor.«

Für den Bruchteil einer Sekunde rang sie nach Luft. »Claudio!« Sie sprach den Namen so zart wie möglich aus.

Es war zu spüren, daß ihm der Atem stockte. »Mit wem spreche ich?«

»Mit Zsaga! Zsaga Morena!«

Ihm schien es die Stimme zu verschlagen. »Zsa ... Zsaga? Du ...?« Er raffte sich zusammen. »Wo bist du?«

»Im Crillon.«

»Wo ...?«

»Im Hotel Crillon, Geliebter!« Sie warf einen Blick auf den Hotelausweis, den sie an der Reception erhalten hatte. »Madrid. Avenida José Antonio 82. Appartamento 517.«

Er stöhnte. »Ist das die Wirklichkeit oder träume ich?«

»Um dies festzustellen, wirst du wohl zu mir kommen müssen.«

»Ja, natürlich. Ich ...« Er unterbrach sich. »Laß mich überlegen. Ich ...«

»Wenn du jetzt sagst, du hättest keine Zeit, erscheine ich in der Embassy!« fiel sie drohend ein.

Er wurde aufgeregt. »Nein, so ist das nicht. Ich muß nur …«

»Um dich wiederzusehen, bin ich heute von Mailand über Stuttgart hierher geflogen!« beschwor sie ihn. »Bitte, Claudio, enttäusche mich nicht.«

»Ich werde kommen«, versicherte er gedämpft. Es hörte sich an, als habe er die Sprechmuschel mit der Hand abgedeckt. »Du mußt mir nur Zeit lassen. Daddy … äh, mein Schwiegervater reist heute abend mit Esther zur Erholung nach San Sebastian. Es trifft sich also gut. Ich muß die beiden jedoch in einer Stunde zur Bahn bringen. Danach werde ich sofort zu dir kommen.«

Gesiegt, triumphierte Zsaga und rief impulsiv: »Ich kann dir nicht sagen, wie ich mich darauf freue, dich wiederzusehen.«

»Mir geht es nicht anders«, erwiderte er.

»Ich erwarte dich in der Hotelhalle.«

»Und du nimmst es mir nicht übel, daß ich dich fast zwei Stunden warten lassen muß?«

Sie lachte. »Aber Claudio! Wo sind deine Gedanken? Vor einem Treffen mit dir brauche ich bekanntlich mindestens zwei Stunden, um mich zurechtzumachen.«

Wie erlöst, jedoch noch gedämpfter als zuvor, entgegnete er: »Du bist ein Goldstück, Zsaga! Ciao!«

»Ciao, Claudio!«

Sie hatte den Hörer kaum aufgelegt, da sprang sie auf das Bett und vollführte einen wahren Veitstanz. Sie freute sich in diesem Moment ehrlich auf das Wiedersehen mit Claudio und vergaß die Aufgabe, die sie sich gestellt hatte.

Aber nicht lange währte dieser Zustand. Als sie sich im Bad in einem Spiegel betrachtete, der vom Boden bis zur Decke reichte und eine Seitenwand voll bedeckte, drängte sich ihr die Frage auf: Wird eine Drohne nach dem Hochzeitsflug von der Bienenkönigin aus Lust oder aus Gründen der Zweckmäßigkeit getötet? Sie versuchte ihre Gefühle zu analysieren und kam zu dem Ergebnis, daß sich eine Parallele zu ihr nicht ziehen lasse. Ihr ging es darum, Rache zu nehmen, Rache an zwei Menschen, die sich über sie hinweggesetzt hatten, nur weil sie niederer Herkunft war. Ihren Körper aber hatten beide nicht verschmäht.

Als Zsaga de Bor später das Vestibül aufsuchte, zog sie die

Blicke aller Anwesenden auf sich. Niemand jedoch hätte es für möglich gehalten, daß hinter ihrer hohen Stirn Gedanken von erschreckender Grausamkeit und Kälte lauerten. Mit unverhohlener Bewunderung schauten die Spanier hinter ihr her. Ihre Frauen hingegen zogen das Kinn an den Hals und wurden steif wie Ladestöcke.

Dabei hatte Zsaga de Bor alles getan, um sich der Sitte des Landes anzupassen. Sie hatte ein Jackenkleid aus schwarzer Seide angelegt. Der von ihr gewählte Schmuck war zurückhaltend. Außer einem Brillantring und einer goldenen Brosche am Revers stellte sie nur ein schweres Armband zur Schau: Schmuckstükke, die Claudio ihr geschenkt hatte.

Sie nahm in einem Fauteuil Platz, der Ausblick auf den Hoteleingang bot. Von einem dienstbeflissenen Pagen ließ sie sich Feuer reichen. Sie hatte die Zigarette aber noch nicht zu Ende geraucht, da erschien Claudio bereits.

Er war größer als sein Vater und hatte, wie es schien, das Aussehen seiner Mutter. Jedenfalls erinnerten seine gleichmäßigen Gesichtszüge nicht an den Barone. Nur die fein geschwungenen Lippen und schmalen Hände hatte er von ihm geerbt. Er glich den Granden des spanischen Adels, trug einen kurzen dunklen Mantel und ging ohne Hut.

Zsaga winkte ihm entgegen.

Er eilte mit schnellen Schritten auf sie zu.

Sie drückte ihre Zigarette aus. Am liebsten wäre sie aufgesprungen, wie sie es früher als Maria Cetana getan hatte. Wieder spürte sie jenes Fluidum, das sie einst restlos verliebt gemacht hatte. All ihre Rachegedanken waren dahin.

Als Claudio sich aber galant über ihre Hand beugte, mußte sie an den Tag denken, da er ihr nach einer ähnlichen ritterlichen Geste in formellen Sätzen erklärt hatte, er könne sie nicht heiraten, weil der Vater ihn sonst enterben würde.

Zsaga ließ sich nicht anmerken, daß der Handkuß sie an die schlimmste Stunde ihres Lebens erinnerte. Es kostete sie keine Kraft, sich zu verstellen. Sie würde niemals Baronessa geworden sein, wenn sie über Klippen solcher Art nicht spielend hätte hinwegspringen können. »Geliebter!« flüsterte sie. »Endlich bin ich wieder bei dir!«

Er brachte kein Wort hervor.

Sie deutete auf einen Sessel. »Setz dich doch.«

Wie in Trance entsprach er ihrer Aufforderung.

»Du siehst blendend aus.«

Beinahe hätte er mit der Phrase geantwortet: Das macht die Ehe. Er rettete sich mit der Erklärung: »Angesichts deiner Schönheit ist es schwer, dir etwas Lobendes zu sagen. Noch schöner als du kann niemand sein.«

Sie belohnte sein Kompliment mit einem verliebten Blinzeln und fand es amüsant, daß er sich den Strauß Rosen, den er mitgebracht hatte, auf die Knie legte. »Jetzt bin ich aber gespannt, für wen die Blumen sind?« neckte sie ihn.

»Mein Gott, Zsaga!« Er erhob sich und reichte ihr die Rosen.

Sie roch an ihnen. »Sie sind prächtig! Da tut es mir fast weh, daß ich den Boy bitten muß, sie ins Zimmer zu stellen.« Sie stand auf und hakte sich bei ihm ein. »Ach, Claudio, es ist ja so herrlich, wieder in deiner Nähe zu sein.«

»Ich kann immer noch nicht begreifen, daß du in Madrid bist«, erwiderte er. »Wie bist du bloß auf die Idee gekommen, hierherzufliegen?«

Taktlosigkeiten scheinen seine Stärke zu sein, dachte sie nicht ohne Bitterkeit. Wenn ich nicht wäre, wie ich bin, säße ich daheim und heulte mir die Augen aus. Und der hohe Herr, der nicht daran dachte, auf seine Erbschaft zu verzichten, würde nie im Leben auf den Gedanken kommen, das dumme Geschöpf einmal aufzusuchen.

»Nun sag schon: Was hat dich hierhergetrieben?«

»Liebe!« flüsterte sie und schwor sich, jeden Kuß, den sie ihm geben würde, mit Gift heimzuzahlen.

Claudio schlug vor, in einem nur Kennern bekannten Spezialitäten-Restaurant zu essen.

Zsaga war mit allem einverstanden. Sie genoß die Fahrt durch Madrid. Faszinierend war es für sie, das Lichtermeer einer unverdunkelten Stadt zu erleben.

Claudio führte sie in ein kleines, typisch spanisches Lokal, in dem Zsaga sich von der ersten Minute an wohl fühlte. Man saß in holzgetäfelten Nischen, die eine ungestörte Unterhaltung gestatteten und auch einige Zärtlichkeiten erlaubten. Auf den

Tischen standen Windlampen, die ein angenehmes Licht verbreiteten.

»Nun mußt du aber von dir erzählen«, forderte Claudio sie auf, nachdem er den Wein gewählt und das Essen bestellt hatte. »Dir scheint es ja gutzugehen. Sonst hättest du dir den Flug kaum leisten können.« Er legte seine Hand auf ihren Arm. »Es ist phantastisch, wie du aussiehst.«

Sie brach ein Stück Brot und bestreute es mit Salz. »Mein Aussehen ist mein Kapital.«

Über sein Gesicht glitt ein Schatten. »Wie meinst du das?«

»Na wie schon?« Sie aß das Brot. »Ich bin manchmal sehr verzweifelt, Claudio. Aber was soll ich machen? Ich saß plötzlich allein in Rom ...«

»Und?« fragte er, da sie schwieg.

Zsaga senkte die Augen. »Zwangsläufig wurde meine damals noch rein geschäftliche Verbindung zu Veit Küster enger. Er ist gut zu mir, erfüllt mir jeden Wunsch. Ich kann mich wirklich nicht beklagen. Aber ich liebe ihn nicht. Außerdem fällt es mir schwer, heute diesem und morgen jenem schöne Augen machen zu müssen. Das gehört aber nun mal zu dem Metier, in das ich hineingerutscht bin.«

»Verlangt er von dir, daß du mit anderen Männern ...?«

»Für wen hältst du ihn und mich?«

»Entschuldige, Zsaga. Ich kam auf den Gedanken, weil du sagtest, dein Aussehen sei dein Kapital.«

»Das ist es auch. Aber nicht in dem von dir angedeuteten Sinne.«

»Gott sei Dank. Bei Agenten weiß man ja nie, woran man ist.«

»Da gebe ich dir recht«, stimmte sie ihm zu. »Agenten können unerhört skrupellos sein. Veit Küster gehört jedoch zu denen, die immer wieder menschlichen Regungen unterliegen. Trotz aller Härte, die er besitzt.«

Der Kellermeister brachte den Wein und unterbrach das Gespräch.

Als er gegangen war, machte Claudio einen bekümmerten Eindruck.

»Fehlt dir etwas?« fragte Zsaga, scheinbar besorgt.

»Das wäre zuviel gesagt.« Er griff nach dem Stiel des Weinglases und blickte versonnen vor sich hin. »Es bedrückt mich halt, daß du mit Veit Küster ...«

»Magst du ihn nicht?«

»Doch, doch. Nur ...«

»Hast du etwa erwartet, daß ich in ein Kloster gehe?«

»Aber, Zsaga!«

»Dann sei froh, daß ich an der Seite des Mannes lebe, der respektiert, daß ich ihn nicht liebe. Nicht jeder hat Verständnis für eine junge Frau, die von einem gewissen Claudio träumt.«

»Tust du das immer noch?«

»Das wird sich nie ändern.«

»Und er weiß das?«

»Ich habe von Anfang an kein Hehl daraus gemacht.«

Er ergriff ihre Hand. »Ist ihm auch bekannt, daß du jetzt hier bist?«

»Natürlich.«

Claudio rang sich zu der Erklärung durch: »Anständig von ihm.«

»Nur zum Teil«, schränkte Zsaga ein. »Ich habe keinen Grund, ihn besser zu machen, als er ist.«

»Das mußt du mir näher erklären.«

Sie sah ihn flehend an. »Bitte, laß uns in dieser Stunde nur von uns beiden sprechen. Es ist genügend da, was mich bedrückt. Ich werde morgen mit dir darüber reden. Heute möchte ich mich ganz meinen Gefühlen hingeben.«

Er beugte sich zu ihr und küßte sie. »Was immer du mit mir zu besprechen hast – ich kann mir nun schon denken, daß es etwas Unangenehmes, ja vermutlich sogar der Grund deiner Reise ist –, ich liebe dich und danke dir dafür, daß du gekommen bist. Warum nur durfte ich dich nicht heiraten?«

Sie hätte ihn ohrfeigen mögen, begnügte sich jedoch damit, seine Frage zu wiederholen: »Ja, warum durftest du das nicht?«

Es wurde ein von bösen Vorahnungen überschatteter Abend. Worüber mag sie mit mir sprechen wollen, fragte sich Claudio beunruhigt.

Zsaga de Bor stellte dies mit Genugtuung fest. Sie brauchte eine von Schmerz und Liebe geschwängerte Stimmung, um glaubhaft machen zu können, was sie vortragen wollte. Nur so war Claudio, dem sie sich immer zärtlicher zuwandte, für ihren Plan zu gewinnen.

Mitternacht war längst vorüber, als sie zum Hotel zurückfuhren.

Sie rückte im Wagen nahe an ihn heran. »Hast du dir die Nummer meines Appartements gemerkt?«

»Nein«, bekannte er offenherzig. »Als du mich anriefst, war ich viel zu aufgeregt.«

Sie küßte ihn, nannte die Nummer und fügte verheißungsvoll hinzu: »Folge mir in einer Viertelstunde. Ich möchte uns noch eine Flasche Champagner bestellen.«

»Da wird man dir aber nur ein Glas servieren.«

»Stört es dich, gemeinsam mit mir daraus zu trinken?«

»Wohl kaum. Deine Lippen sind ja nicht vergiftet.«

»Und wenn sie es wären?«

»Dann würde ich gerne an ihnen zugrunde gehen.«

Der Morgen graute bereits, als Zsaga de Bor nach einer von Leidenschaft erfüllten Nacht ihren Kopf auf Claudios Brust legte und mit allen Anzeichen der Verzweiflung sagte: »Warum nur muß immer etwas zwischen uns stehen? Wie herrlich könnte es sein, wenn wir ...« Sie schmiegte sich an ihn. »Ich wäre so gerne deine Frau geworden.«

Er strich zärtlich über ihr Haar. »Du weißt, daß ich dich heiraten wollte. Die Verhältnisse waren gegen uns.«

»Und das scheinen sie bis in alle Ewigkeit zu bleiben.«

»Was willst du damit sagen?« fragte er, obwohl er ahnte, worauf sie hinauswollte.

»Ich denke an das, was ich mit dir besprechen muß.«

Claudio richtete sich halb auf. »Dann rede. Mir liegt die Frage, was du mir zu sagen hast, ohnehin schon seit Stunden wie ein Stein im Magen.«

Zsaga seufzte.

»Gibt es einen Zusammenhang mit deiner Tätigkeit für den deutschen Sicherheitsdienst?«

Sie nickte.

»Und mit meiner Stellung in der Botschaft?«

Sie küßte seine Brust.

Er zog sie zu sich hoch. »Ich mache dir einen Vorschlag. Wir zünden uns jetzt eine Zigarette an, und dann wirst du in aller Ruhe berichten. Aber das sage ich dir gleich: dein Herr Küster täuscht sich, wenn er annimmt, daß ich mich auf krumme Sachen einlasse.«

Diese unumstößlich anmutende Feststellung irritierte Zsaga de Bor. Sie beeilte sich zu erklären: »Glaub mir, Claudio, ich bin nur dir zuliebe hierher gekommen. In unserem Fall habe ich weder Veranlassung, Veits Interessen zu vertreten, noch Grund, mich für deinen Vater einzusetzen. Der hat mir viel zuviel angetan.«

Seine Augen weiteten sich. »Was hat mein Vater mit Veit Küster zu tun?«

Sie stellte sich erschrocken. »Du bist nicht im Bilde?«

»Worüber?«

»Ja, hat dein Vater dir nicht geschrieben?«

»Seit Monaten hab' ich keine Nachricht von ihm.«

»Ach, du lieber Gott.«

»Zsaga!« rief Claudio. »Was ist mit meinem Vater?«

»Du weißt nicht, daß er ...« Sie stockte, als fiele es ihr schwer weiterzusprechen.

»Was?« Er ergriff ihre Schultern. »So rede doch!«

»Es ist schrecklich, Claudio. Dein Vater wurde verhaftet!«

Er starrte sie fassungslos an.

»Ich habe gedacht, das sei dir bekannt. Darum mied ich das Thema.«

Claudio de Bor legte seine Hände an die Schläfen, wie um sich zu konzentrieren. »Verhaftet, hast du gesagt?«

»Ja.«

»Und warum? Wessen beschuldigt man ihn?«

Sie gab sich bedrückt. »Daß ausgerechnet ich dich informieren muß!«

»Sag mir auf der Stelle, warum man meinen Vater verhaftet hat.«

Die Geschichte, die ich ihm nun erzählen werde, würde sogar Veit begeistern, ging es Zsaga durch den Kopf.

»Es ist doch unmöglich, daß er ...«

»Auch ich dachte im ersten Moment, es sei ein Hirngespinst«, fiel Zsaga vehement ein. »Es ist einfach undenkbar, daß er sich eine strafbare Handlung zuschulden kommen lassen könnte. Ich sage das, obwohl er mir mein Leben verpfuscht hat. Aber darum geht es jetzt nicht. Die Fakten sprechen gegen ihn. Er erhielt von einem deutschen Ministerium achthundert Millionen Lire zur treuhänderischen Verwaltung. Daß er sich nicht an dem Geld vergriffen hat, brauche ich nicht zu erwähnen. Selbst höheren Orts ist man bereit zu glauben, daß keine persönliche Bereicherung vorliegt. Er hat jedoch eine Riesendummheit gemacht. Laut eigener Aussage gab er seiner deutschen Sekretärin eine Zahlungsanweisung über dreihundert Millionen Lire, die für eine Truppeneinheit bestimmt waren. Da die Sekretärin schon des öfteren mit ihm bei der Bank gewesen war ...«

»Wieso?« fragte Claudio aufgebracht. »Hatte sie eine Vertrauensstellung?«

Zsaga nahm einen tiefen Zug aus ihrer Zigarette. »Sie war seine Geliebte.«

Claudio sah aus, als würde ihm der Schädel platzen. »Ist er denn verrückt geworden?«

Sie machte eine hilflose Geste. »Das kann ich nicht beurteilen. Um aber zum Kern der Sache zu kommen: die dreihundert Millionen wurden seiner Geliebten, beziehungsweise einem Oberst und einem Hauptmann, aufgrund der Zahlungsanweisung ausgehändigt. Unnötig zu sagen, daß die drei mit dem Geld spurlos verschwunden sind.«

»Dafür kann man doch meinen Vater nicht haftbar machen!«

»Gewiß nicht. Man wirft ihm aber vor, die Anweisung aufgrund eines Schreibens erteilt zu haben, das eine plumpe Fälschung war. Keine Rückfrage bei der vorgesetzten Dienststelle, keine Kontrolle! Durch nichts hat er sich vergewissert! Das Weib muß ihn verhext haben.«

Claudio stöhnte.

»Und dann wurde auch noch publik, daß die Deutsche seine Geliebte war und bei ihm wohnte. Die Untersuchungsbehörde stellt sich nun auf den Standpunkt, er habe mit ihr gemeinsame Sache gemacht. Es wurde deshalb Anklage auf ›Veruntreuung‹,

›Verletzung der Dienstaufsichtspflicht‹ und ›Minderung der Schlagkraft der Truppe‹ erhoben. Was darauf steht, wirst du wissen. Im günstigsten Fall lebenslänglich.«

»Hör auf!« schrie Claudio, sprang aus dem Bett und lief ins Bad.

Je länger er fortblieb, um so nervöser wurde Zsaga de Bor. Hatte sie den Bogen überspannt?

Als er nach fünf Minuten zurückkehrte, war er angezogen. Seine Krawatte saß makellos. Das Haar war gekämmt. Während er sich eine Zigarette anzündete, sagte er kühl: »Jetzt würde ich gerne wissen, was Herr Küster von mir erwartet.«

Sie stellte sich ratlos. »Was kann er schon von dir wollen? Seinen größten Wunsch, einen V-Mann in eurer Botschaft unterzubringen, hat er längst verwirklicht.«

Claudios Augen wurden dunkel. »Das glaubst du doch selber nicht.«

»Ist es ein Beweis, wenn ich dir sage, daß du den Postsack der Botschaft wöchentlich einmal nach Lissabon zum Yankee-Clipper bringst?«

Er wurde unsicher. »Und weshalb hat Veit Küster dich hierher geschickt?«

Sie lachte abfällig. »Er? Meinst du, sein Mitgefühl gehe soweit, daß er den Vater des Menschen retten will, den ich liebe?«

Verwirrt blieb er stehen. »Entschuldige, aber nach der Andeutung, die du gestern abend machtest, mußte ich annehmen, du seiest gekommen ...«

»... den Versuch zu machen, deinen Vater im Auftrag von Veit Küster zu retten?« Ihre Augen brannten. »Nein, dazu hat er keinen Grund. Ich bin ausschließlich deinetwegen gekommen. *Dir* möchte ich ersparen, daß dein Vater vor die Hunde geht.«

»Du siehst eine Möglichkeit?«

»Das hängt von uns ab. Wenn wir zusammenhalten und jeder von uns bereit ist, seinen Preis zu zahlen, ist es möglich.«

Er betrachtete sie lauernd. »Du hast einen Plan?«

»Sonst wäre ich nicht gekommen. Du wirst ihn vielleicht für verrückt halten. Ich wollte aber nichts unversucht lassen.«

»Dann schieß los!«

Sie stieg aus dem Bett. »Nein, mein Lieber, so geht das nicht.

Nachdem du so abrupt aufgestanden bist und dich angezogen hast, werde auch ich mich zunächst ankleiden.«

»Aber, Zsaga! Nimm mir doch nicht übel, daß ich ...«

»Gedulde dich!« fiel sie ihm ins Wort, griff nach ihrer Wäsche und ging ins Bad.

Claudio blickte konsterniert hinter ihr her.

Es dauerte eine ganze Weile, bis sie zurückkehrte. Sie trug einen weiten Morgenrock, dessen blaue Atlasseide in gutem Kontrast zu ihrem tizianroten Haar stand.

Er ging ihr entgegen. »Ich wollte dich nicht beleidigen, Zsaga.«

»Du brauchst dich nicht zu entschuldigen.«

»Dennoch möchte ich dir sagen, daß ich glücklich über deine Initiative bin. Ich weiß nun, daß Selbstlosigkeit dich treibt.«

»Das stimmt nicht ganz«, schränkte sie ein. »Mein Plan basiert auf dem egoistischen Wunsch, wieder in deine Nähe zu kommen. Nur um dieses Ziel zu erreichen, bin ich bereit, deinen Vater zu retten, das heißt, ihn außer Landes zu bringen. Und zwar nach hier. Es ist mein Preis, daß ausgerechnet ich ihm helfen muß. Sein Preis wird es sein, daß er sein Vermögen verliert. Er wird, wenn er hier ist, nicht mehr haben als ich.«

»Und was ist mein Preis?«

»Eine Lüge und eine Unkorrektheit.«

»Drück dich klarer aus.«

Sie zündete sich erneut eine Zigarette an. »Veit Küster überlegt in letzter Zeit sehr oft, wie er an die Post herankommen könnte, die von Madrid nach Washington geht. Er vermutet darin die Korrespondenz von Allan W. Dulles.«

Die Erwähnung dieses Namens ließ ihn aufhorchen. »Was weiß er von ihm?«

»Daß er im Auftrag Roosevelts in der Schweiz einen Geheimdienst aufbaut, ›Office of Strategic Services‹ genannt. Und daß er mit deutschen Widerstandskämpfern verhandelt.«

»Sind Namen bekannt?«

»Ja. Aber die tun hier nichts zur Sache. Mir geht es um die Durchführung meines Planes, der auf dem Wunsch Veit Küsters basiert, Einsicht in die Korrespondenz von Dulles zu nehmen. Ich hab' mir gesagt. Wenn Claudio sich bereit erklärt – das wäre die Lüge –, den Postsack wöchentlich für jeweils einige Stunden zur Verfügung zu stellen, wird Veit Küster bereit sein, einen honorigen Preis zu zahlen. Anders ausgedrückt: er wird dafür sorgen, daß deinem Vater nichts geschieht. Und dann – das wäre die Unkorrektheit – wirst du tatsächlich einen Postsack zur Verfügung stellen. Aber nur ein einziges Mal. Sobald die Sache gelaufen ist, wird er deinen Vater freigeben. Mit ihm fliege ich dann unmittelbar danach hierher. Ergebnis des Unternehmens: du hättest deinen Vater gerettet, und ich würde wieder in deiner Nähe sein.«

Claudio starrte wie abwesend vor sich hin. »Was würde dieser Küster mit den Briefen machen?«

»Sie im Röntgenverfahren fotografieren.«

»Wo?«

»In Mailand.«

Trotz der deprimierenden Unterhaltung lachte Claudio hell auf. »Wie du dir das vorstellst. Ich habe den Postsack nach Dienstschluß mit dem Wagen nach Lissabon zu bringen. Dort ist er im Laufe des nächsten Vormittags zu übergeben!«

»Dann bleibt doch genügend Zeit«, warf Zsaga unbeschwert ein. »Ein Pilot könnte das kostbare Gut mit einem schnellen Flugzeug auf einem geeigneten Feld in der Nähe von Madrid übernehmen, damit nach Mailand fliegen und es am frühen Morgen des nächsten Tages an einer vereinbarten Stelle in der Nähe der portugiesischen Grenze abwerfen.«

»Das ist Wahnsinn!« ereiferte er sich.

»Möglich«, gab sie zu. »Es ist ja auch nur eine Idee von mir. Würde sie sich durchführen lassen, hätten wir gewonnen. Wenn nicht, kommt es zumindest mit Veit Küster zu einem Gespräch, das ihn veranlassen wird, die Verhandlungen gegen deinen Vater zu stoppen. Zeit gewonnen, alles gewonnen. Vielleicht hast du aber einen besseren Vorschlag.«

Claudio ging zum Fenster und schlug die Portieren zur Seite. Helles Licht flutete in den Raum. »Deine Überlegungen haben Hand und Fuß. Wirklich, sie sind nicht schlecht.«

Zsagas Herz schlug schneller. Die Tatsache, daß ihr Plan keinen Sturm der Entrüstung auslöste, sprach Bände.

»Ich muß mir allerdings alles noch durch den Kopf gehen lassen«, fuhr er wie mit sich selbst redend fort.

»Ja, tu das«, empfahl sie ihm.

Er wandte sich nach ihr um. »Wie lange kannst du in Madrid bleiben?«

»Solange ich will.« Auch sie trat an das Fenster. »Zu bedenken ist natürlich, daß die Verhandlungen gegen deinen Vater in zwei Tagen beginnen. Wir dürfen keine Zeit verlieren. Wenn das Verfahren angelaufen ist, wird Veit Küster nichts mehr ausrichten können. Die Deutschen sind da unerbittlich.«

»Ich werd's mir überlegen«, wiederholte er. »Sehr genau werde ich es mir überlegen. Wenn ich bedenke, wie viele Agenten für Geld tätig sind ... Hier geht es um einen Menschen, um meinen Vater!«

Zsaga de Bor nickte. »Das hab' ich mir auch gesagt. Außerdem geht es mir darum, dich zurückzugewinnen.«

Er schloß wie ermattet die Augen. »Ich fahre jetzt nach Hause und dann in mein Büro. Wäre es dir recht, wenn wir uns um zwei Uhr treffen?«

»Ich richte mich ganz nach dir, möchte jetzt nur etwas schlafen.«

Er blickte auf seine Armbanduhr. »Sagen wir dann lieber eine Stunde später. Ich komme um drei Uhr.«

»Ich warte sehnsüchtig auf dich.«

Claudio eilte davon. Er war so aufgewühlt, daß er vergaß, sich von Zsaga zu verabschieden.

Ihr machte dies zu schaffen. Den Sieg, den sie schon errungen zu haben glaubte, hatte sie noch nicht in der Tasche. Claudios grußloses Davoneilen signalisierte Gefahr. War es nur Verwirrung? Es konnte auch Auflehnung sein. Hatte sie einen Fehler gemacht?

Vergeblich versuchte Zsaga de Bor in den nächsten Stunden zu schlafen. Sie kam nicht darüber hinweg, daß Claudio grußlos davongestürmt war. So etwas war ihr noch nicht passiert. Oder doch? Sie dachte an Curd Dessau, der in jener Nacht kein Wort für sie gefunden hatte. Ihn hatten aber zweifellos Scheu und Verlegenheit gehindert, ihr ein freundliches Wort zu schenken. Nun, sie würde es ihm bei passender Gelegenheit heimzahlen.

Unruhig wälzte sie sich auf die andere Seite. Warum brauchte Claudio eine so lange Bedenkzeit? Wollte er sich mit jemandem beraten? Rief er womöglich seinen Schwiegervater an?

Nach längerer Überlegung kam sie zu der Überzeugung, daß Claudio dies niemals tun würde. Er hätte dann bekennen müssen, daß er eine Geliebte hatte und daß sein Vater wegen einer Geldaffäre verhaftet worden war. Er war nicht der Mann, der sich über solche Dinge hinwegsetzte.

Zsaga täuschte sich nicht. Nachdem Claudio de Bor ein erfrischendes Bad genommen hatte, war er in die Botschaft gefahren, wo er Landkarten studierte und Berechnungen anstellte, die er immer wieder zerriß und im Aschenbecher verbrannte. Es dauerte lange, bis er zu der Überzeugung kam, daß sich der von Zsaga vorgetragene Plan, den er zunächst für absurd gehalten hatte, technisch durchführen ließ. In der Zeit, die ein Wagen benötigte, um über die schlechten Straßen Spaniens von Madrid nach Lissabon zu fahren, konnte ein schnelles Flugzeug bequem von Madrid nach Mailand und zurück zur portugiesischen Grenze fliegen. Es blieb nur noch zu überlegen, wo die Maschine landen sollte. Für den Abwurf des Postsackes gab es auf der Strecke nach Lissabon einen günstig gelegenen, markanten Punkt: etwa 35 Kilometer hinter Merida traf die Chaussee nach Bajadoz mit dem Flußbett des Guadiana zusammen.

Als Claudio das Vestibül des Hotels Crillon betrat, erwartete Zsaga ihn bereits seit zwei Stunden. Sie hatte es in ihrem Zimmer nicht mehr ausgehalten, rauchte eine Zigarette nach der anderen und hatte sich schon dreimal einen Cognac bringen lassen.

Er ging mit festen Schritten auf sie zu. Ihm war anzusehen, daß er sich zu einem Entschluß durchgerungen hatte. Es war allerdings auch erkennbar, daß ihn seine Entscheidung bedrückte. »Laß uns hinausfahren«, sagte er, nachdem er Zsaga begrüßt hatte.

Sie schloß aus seinem Auftreten, daß er zu Kreuze gekrochen war. Aber noch während sie dies mit Genugtuung registrierte, empörte sie sich darüber, daß er sich nicht einmal nach ihrem Wohlbefinden erkundigte.

Schweigend fuhren sie durch Geschäftsstraßen, die um diese Zeit wie ausgestorben waren. Am Puerto del Sol bog er in die Calle de Alcalá ein, die zum Parque del Retiro führt. Dort ließ er den Wagen stehen und ging mit Zsaga durch Anlagen, deren Schönheit beide jedoch nicht wahrnahmen.

»Ich werde es tun«, sagte er dumpf, als sie auf einer einsam gelegenen Bank Platz genommen hatten. »Verständige Veit Küster noch heute. Alles, was gegen meinen Vater eingeleitet wurde, muß sofort gestoppt werden. Das ist meine Bedingung! Glaubst du, daß du ihn von Madrid aus erreichen kannst?«

»Selbstverständlich. Der Sicherheitsdienst hat hier eine Außenstelle.«

»Die so im Geld schwimmt, daß ein Fest das andere jagt«, fügte er bissig hinzu. »Aber ein Sprichwort lautet bekanntlich: ›Gott schütze uns vor Sturm und Wind – und vor Deutschen, die im Ausland sind!‹«

»Nenn mir lieber deine Deckadresse«, entgegnete sie gereizt.

»Bernardo Pindo. Hauptpostlagernd.«

Sie notierte sich den Namen und gab ihm eine Mailänder Anschrift, die er gegebenenfalls benutzen sollte. »Unter keinen Umständen einen anderen Weg wählen!« fügte sie warnend hinzu.

Er tat einen Seufzer. »Ich komme mir wie ein Verbrecher vor.«

Zsaga legte ihre Hand auf seinen Arm. »Du kannst dich auf mich verlassen. Ich sorge dafür, daß bald alles ausgestanden ist.«

Claudio atmete schwer. »Mach Veit Küster klar, daß das Schloß des Postsackes keine Beschädigung aufweisen darf. Ich nehme nachher vom Schlüssel einen Wachsabdruck, den ich dir heute abend geben werde.«

Über eine Stunde saßen sie auf der Bank und erörterten Details, soweit dies ohne Rücksprache mit Veit Küster möglich war. Dann aber machte Claudio einen Vorschlag, der Zsaga in Rage brachte. Er sagte: »Ich habe festgestellt, daß die Maschine der Lufthansa heute nacht um 23 Uhr 15 startet. Du bist dann morgen bereits in Stuttgart.«

Ihr stieg das Blut in den Kopf. Zu deutlich gab Claudio zu

erkennen, daß er keine zweite Nacht mit ihr verbringen wollte. Sie war nahe daran, ihm ihre Meinung zu sagen, beherrschte sich aber und dachte: Seine Tage sind gezählt. Ohne sich anmerken zu lassen, was in ihr vorging, erwiderte sie: »Das trifft sich gut. Dann kann ich Veit Küster, dem ich gleich über unsere Außenstelle Bescheid geben werde, schon morgen früh von Stuttgart aus über die Dienstleitung anrufen und ihm detailliert alles berichten. Ich garantiere dir, daß dein Vater spätestens in zwei Tagen auf freiem Fuß ist. Er wird sich wahrscheinlich noch eine Weile täglich melden müssen. Das hört jedoch auf, sobald der erste Postsack in Empfang genommen ist. Danach werde ich mit deinem Vater hierher fliegen.«

Claudio drückte ihr dankbar die Hand.

Er sollte es noch ein zweites Mal tun, dann allerdings in höchstem Maße beschämt. Denn als er Zsaga am Abend den Wachsabdruck des Schlüssels übergab, fragte sie verwundert: »Ist das alles, was du für mich hast?«

Er begriff ihre Frage nicht.

»Aber Claudio!« ereiferte sie sich. »Willst du mich wirklich ohne einen Brief an deinen Vater reisen lassen?«

Er war über sich selbst bestürzt.

Sie wies auf das Schreibzimmer des Hotels. »Ich warte im Vestibül. Ohne ein paar Zeilen, die ihm neue Kraft geben werden, kehre ich nicht nach Mailand zurück.«

Wie abgebrüht Veit Küster auch war, ihm wurde Zsaga de Bor unheimlich, als sie drei Tage später in Mailand eintraf und ausführlich berichtete, wie sie ihren einstigen Geliebten umgarnt, geblufft und dahin gebracht hatte, für den deutschen Geheimdienst tätig zu werden. Dabei verschwieg sie wohlweislich, daß sie ihm erklärt hatte, er brauche den Postsack nur ein einziges Mal zu übergeben. Unabhängig davon genoß sie es, in lebhafter Form zu schildern, wie sie mit Claudio umgesprungen war. Voller Hohn gab sie zum besten, daß sie in der Zeit, da er den Brief an seinen Vater schrieb, eine halbe Flasche Champagner geleert und dabei im Geiste schon gesehen habe, wie die Schnitzel seines Schreibens in die Toilette wanderten.

Veit Küster schauderte fast vor Zsaga de Bors Kälte. Er war

froh, daß sie, übermüdet von der strapaziösen Reise, gleich ihre Mailänder Wohnung aufsuchen wollte.

Noch am selben Abend rief er Dr. Schuber an und erklärte ihm, daß er Curd Dessau schneller als vermutet anfordern müsse. Nach längerem Hin und Her kamen sie überein, den Flugkapitän und seinen Funkmaschinisten über das Luftfahrtministerium vorübergehend einberufen und dem Sicherheitsdienst zuweisen zu lassen. Disziplinarisch sollten sie dem Ministerium für Rüstung und Kriegsproduktion unterstellt bleiben. Diese Regelung hatte den Vorteil, daß bestehende Verträge Gültigkeit behielten und beide, falls auf ihren Flügen eine Panne eintreten sollte, nicht als Agenten, sondern als Soldaten behandelt werden würden.

»Sie wissen, daß Franco uns nicht mehr wohlgesonnen ist«, hatte der Wehrwirtschaftsführer zu bedenken gegeben. »Es darf zu keiner Komplikation kommen. Hitler hat verfügt, alles zu unterlassen, was zu einer Verschärfung der Lage führen könnte. Nachdem wir in Rußland Kriwoj Rog verloren haben, sind wir auf das Wolfram von Spanien angewiesen.«

»Es gibt noch einen anderen Grund«, hatte Veit Küster erwidert. »Ribbentrop hat es fertiggebracht, Hitler zur Rücknahme einer Vereinbarung zu bewegen, die es dem Reichssicherheitshauptamt gestattete, in Fremdstaaten Agenten ohne Befragung des Auswärtigen Amtes einzusetzen. Schon allein deshalb dürfen Curd Dessau und Oskar Hensel keinesfalls dem SD unterstellt werden.«

»Wenigstens in diesem Punkt sind wir uns einig«, seufzte der Württemberger. »Im übrigen erinnere ich Sie daran, daß Sie mir zugesichert haben, die Besatzung so bald wie möglich wieder freizugeben.«

»Ich stehe zu meinen Wort, Brigadeführer.«

»Und was ist mit dem Barone?«

»In wenigen Tagen hat er es überstanden.«

»Geben Sie mir Bescheid, wenn es soweit ist. Ich möchte ihn dann gleich anrufen.«

Wesentlich erregter und turbulenter als das Gespräch mit Dr. Schuber verlief die erste dienstliche Unterredung zwischen Veit

Küster und Curd Dessau. ›Skrupelloser Hund‹ war die harmloseste Formulierung, die der Flugkapitän, der nun die Uniform eines Oberleutnants d. R. trug, seinem Klassenkameraden an den Kopf warf.

Der Standartenführer behielt die Ruhe. Er verlor erst die Beherrschung, als Curd Dessau ihn einen miesen Gangster nannte, der seine Feigheit und Falschheit hinter hochtrabenden Worten und Todesurteilen verstecke, die er über kleine Straßendiebe verhänge.

»Das geht zu weit!« ereiferte sich Veit Küster, holte aus und schlug zu.

Sekundenlang war der Pilot wie erstarrt. Dann stürzte er sich auf den Jugendfreund.

Doch der war zu geschult, um den Angriff nicht auf der Stelle abwehren zu können. Blitzschnell ließ er sich fallen, vollführte eine Rolle, zog dabei seine Pistole und stand vor Curd Dessau, als sei nichts geschehen. »Du mußt noch sehr viel lernen, wenn du dich mit mir anlegen willst«, sagte er gelassen. »Ich könnte dich jetzt über den Haufen knallen.«

Der Flugkapitän sah ihn verächtlich an. »Mit dem Schießeisen scheinst du dir großartig vorzukommen.«

»Hepp!« rief Veit Küster und warf ihm die Pistole zu.

Sie fiel scheppernd zu Boden.

»Angesichts deines Ordenssalates nahm ich an, daß du schneller reagieren würdest. Aber so seid ihr Helden der Lüfte: Spanienkreuz in Gold, EK I, Goldene Frontflugspange und was es sonst noch gibt. Zum Kampf Mann gegen Mann seid ihr jedoch nicht fähig.«

Curd Dessau rannte zum zweitenmal auf den Klassenkameraden los.

Der führte eine Bewegung aus, die so schnell erfolgte, daß nicht zu erkennen war, was er eigentlich tat. Der Flugkapitän aber lag am Boden.

»Na«, sagte Veit Küster und klopfte sein Revers ab, als habe er sich schmutzig gemacht. »Hast du nun genug?« Er fuhr sich durch das Haar. »Wenn du dich erholt hast, stehe ich dir zur Verfügung. Wir können natürlich auch weitermachen. Ich sehe nur keinen Sinn darin.«

Curd Dessau erhob sich. »Mit Tricks kann man jeden reinlegen.«

»Da geb' ich dir recht. Im Leben kommt man ohne Tricks aber nicht aus, wenn man sich behaupten will. Beherzige das!« Er wies auf die am Boden liegende Pistole. »Los, schnapp sie dir! Mit ihr kannst du mich in Schach halten.«

»Was soll der Quatsch?«

Veit Küster grinste. »Ich wollte dir nur etwas klarmachen.«

»Ein schlecht gewähltes Beispiel, da du genau weißt, daß ich niemals auf dich schießen würde.«

»O ja, dazu bist du zu edel. Wenn der dicke Göring aber brüllt: ›Werft Bomben auf London, bis kein Scheißhaus mehr steht!‹, dann ist das etwas anderes. Uns aber, die wir gezwungen sind, aus dem Hintergrund zu operieren, werft ihr Falschheit vor.«

»Das habt ihr euren Methoden zuzuschreiben.«

»Ich leugne keine Minute, daß die oft scheußlich sind. Mit Falschheit haben sie jedoch nichts zu tun. Wenn Soldaten einen Feind täuschen, spricht man von Kriegslist. Uns aber wird Hinterhältigkeit unterstellt.« Er schlug mit der Faust auf den Tisch. »Mich bringt diese Ungerechtigkeit noch zur Raserei! Wir reißen uns doch nicht darum, auf krummen Wegen die Absichten unserer Gegner zu erkunden. Dieses Ziel zu erreichen ist unsere Pflicht und macht uns ebenso wenig Spaß, wie es einem General Freude macht, Soldaten in die Schlacht führen zu müssen. Aber was hilft's? Es geht um den Sieg, um den Bestand unserer Nation!«

Curd Dessau blieb unberührt. »Sind die Flüge, die ich durchführen soll, in diesem Sinne zu betrachten?«

»Ich würde sie sonst nicht wünschen.«

»Und was ist mit Zsaga de Bor? Steckt sie nicht hinter der ganzen Sache?«

»Wie kommst du darauf?«

»Wir haben uns bekanntlich einmal über ihre Rachegelüste unterhalten.«

»Das war eine Hypothese.«

»Gewiß. Sie gewinnt jedoch zusehends an Wahrscheinlichkeit.«

»Wieso?«

»Wurde der Barone inzwischen nicht verhaftet? Und war seine Frau nicht in Madrid, um Claudio aufzusuchen?«

Veit Küster war sichtlich überrascht.

»Ich hab' zufällig gesehen, daß die Baronessa in Stuttgart das Linienflugzeug nach Madrid bestieg«, trumpfte der Flugkapitän auf.

»Ich bewundere dein Kombinationsvermögen.«

»Das brauchte ich nicht einmal zu strapazieren, da du die Dummheit begangen hattest, mir zu sagen, Zsaga de Bor reise nach Stuttgart, um dort die Burschen zu überführen, die ihren Mann und so weiter und so weiter ... Da du zur gleichen Zeit eine Berechnung für einen doppelten Flug nach Madrid respektive zur portugiesischen Grenze erbeten hattest, fiel es mir nicht schwer, gewisse Rückschlüsse zu ziehen, in die ich logischerweise auch die Verhaftung Barone de Bors einbezogen habe.«

Der Standartenführer entnahm dem Seitenfach seines Schreibtisches eine Flasche Cognac. »Eine Stärkung hab' ich jetzt dringend nötig.«

Curd Dessau entgegnete trocken: »Meine Tricks sind anscheinend auch nicht von Pappe.«

Veit Küster schenkte zwei Gläser ein. »Du hast ein beachtenswertes Gedächtnis. Salute!«

Flugkapitän Dessau ergriff nach einigem Zögern das Glas.

»Prost!«

Als sie getrunken hatten, ließ sich der Standartenführer in einen Sessel fallen. »Ich werde dir jetzt die Wahrheit sagen. Mit deinen Vermutungen liegst du erstaunlich richtig. Zsaga hat einen Plan entworfen, der es uns ermöglichen soll, Einblick in eine bestimmte Korrespondenz des Feindes zu nehmen. Ich bin mir absolut darüber klar, daß Zsaga von niedrigen Motiven getrieben wird. Das kann mich jedoch nicht hindern, ihre Idee aufzugreifen. Hauptsache, das Ergebnis ist für Deutschland von Nutzen. Und was den Barone anbelangt: ich habe dich tatsächlich ganz schön belogen. Es ging nicht anders. Seine Verhaftung gehört zum Gesamtplan. Ich kann dich aber beruhigen. Er wird in spätestens ein bis zwei Tagen freigelassen. Allerdings mit der Maßgabe, keine wie auch immer geartete Verbindung mit

Dienststellen oder Personen aufzunehmen, die ihm nicht ausdrücklich genehmigt ist. Auch darf er sein Haus am Como-See nicht verlassen.«

»Dann bitte ich gleich darum, ihn dort aufsuchen zu dürfen.«

»Was willst du von ihm?«

»Nichts. Nach allem, was ich gesehen und gehört habe, tut er mir nur verdammt leid.«

»Dann besuch ihn meinetwegen. Ein bißchen Trost kann nicht schaden. Ich muß jedoch zur Bedingung machen, daß du kein Wort über meine Stellung verlierst und nicht über Dinge sprichst, die Zsaga oder die Sache betreffen, um deretwillen ich dich angefordert habe.«

»Das kann ich versprechen. Ich werde ihm sagen, daß ich zur Zeit Flüge über dem Mittelmeer durchführe.«

»Du machst mir keine Schwierigkeiten mehr?«

Curd Dessau verzog den Mund. »Soweit sind wir noch nicht. Zunächst möchte ich wissen, was ich in der Nähe von Madrid übernehmen soll.«

Veit Küster gab sich gewichtig. »Du wirst staunen: den Postsack der amerikanischen Botschaft!«

Der Flugkapitän blies die Backen auf. »Das ist ein tolles Ding.«

Der Standartenführer schenkte nochmals ein.

Curd Dessau schaute nachdenklich vor sich hin. »Was mag die Baronessa bewogen haben, ihren einstigen Geliebten in deutsche Dienste zu bringen?«

»Keine Ahnung«, erwiderte Veit Küster und hob sein Glas. »Trinken wir darauf, daß sich in den Postsäcken, die wöchentlich einmal übergeben werden sollen, die Korrespondenz von Allan W. Dulles befindet.«

»Wer ist das?«

»Der Chef des amerikanischen Geheimdienstes in der Schweiz. Er soll über obskure Gestalten wie Sonderführer Gisevius, Vizekonsul Waetjen und den Abwehrhauptmann Strunk mit Canaris in Kontakt stehen. Außerdem gibt es da noch einen Dulles-Vertrauten namens Gero von Gaevernitz, mit dem angeblich der Berliner Rechtsanwalt Langbehn in Verbindung getreten ist. Und wenn nicht alles täuscht, gehört auch Max Egon

Prinz zu Hohenlohe-Langenburg, deutscher Fürst, spanischer Großgrundbesitzer und Liechtensteiner Staatsbürger, zu der Clique, die Hitler stürzen will. Verstehst du jetzt, daß es ungeheuer wichtig für uns ist, Einsicht in Briefe zu nehmen, die von der Schweiz via Madrid nach Washington wandern?«

Curd Dessau war beeindruckt.

Dem Standartenführer entging dies nicht. »Deine Aufgabe ist wirklich von eminenter Wichtigkeit«, fuhr er aufgekratzt fort. »Wir nehmen die Briefe hier in Mailand unter die Röntgen-Lupe, packen sie anschließend wieder säuberlich in den Postsack, den Zsaga dann in der Nähe der portugiesischen Grenze an einer markanten Stelle abwerfen wird.«

»Sie soll mitfliegen?« fragte Curd Dessau betroffen.

»Ist etwas dagegen einzuwenden?«

»Das nicht. Aber ist das notwendig?«

»Beim ersten Mal unbedingt. Du kennst Claudio de Bor nicht. Vor der Landung in Torrijos muß garantiert sein, daß euch kein falscher Mann erwartet. Ihr könntet sonst in eine Falle geraten.«

»Das ist richtig.«

Veit Küster atmete auf. Er hatte befürchtet, daß Zsaga de Bors Wunsch, an den beiden ersten Flügen teilzunehmen, auf erheblichen Widerstand stoßen würde. Ihm war es selbst nicht recht gewesen, daß sie mitfliegen wollte. Sie aber hatte es zur unabdingbaren Voraussetzung gemacht. »Der Zeitplan wird übrigens deinen Berechnungen entsprechend verlaufen«, fuhr er ablenkend fort. »Ich habe, wie von dir vorgesehen, eine Spezial-Aufklärungs-Ju 88 mit Zusatztanks zur Verfügung gestellt bekommen. Vierhundert Stundenkilometer sind also gesichert. Die Maschine steht abholbereit in Treviso. Der Fahrdienstleiter ist angewiesen, euch mit dem Wagen dorthin zu bringen.« Er nahm ein Kuvert vom Schreibtisch. »Hier ist der Abholauftrag.«

Curd Dessau nahm den Umschlag entgegen. »Und wann beginnt der Reigen?«

»Voraussichtlich in einer Woche. Ihr habt somit genügend Zeit, euch einzufliegen.«

»Und wie oft soll die Chose über die Bühne gehen?«

»Jede Woche einmal.«

»Dazwischen faulenzen wir?«

»Das ist euch überlassen. Am besten wohnt ihr in einem Hotel am Como-See. Dort haben sich auch die Herren vom Stab RuK einquartiert. Wenn ihr über Tag mal nach Mailand wollt – ein Wagen steht euch zur Verfügung –, braucht ihr euch nur an deren Geleitzug anzuhängen.«

Flugkapitän Dessau begriff nicht, was der Freund zum Ausdruck bringen wollte. »Was ist das nun wieder?« fragte er unwillig.

Der Standartenführer leerte sein Glas. »Die Partisanentätigkeit, wir sprachen bereits darüber, nimmt immer mehr zu. In Richtung Como und Varese können wir Einzelfahrten nicht mehr dulden. Es wird nur noch in Konvois von mindestens zehn Wagen gefahren.«

»Wie schön!«

Veit Küster grinste. »Dir wird es nicht schaden, die Welt einmal aus unserer Perspektive zu sehen.« Er erhob sich und hielt dem Piloten die Hand hin. »Haben wir uns zusammengerauft?«

Curd Dessau stieß ihn vor die Brust. »Was hat Studienrat Sommer immer gesagt? ›Nachgebend bist du der Sieger!‹«

6

Mailand brannte unter den Strahlen der Sonne, als Veit Küster mit seinem Lancia-Sportwagen in die Via Brera einbog und auf der linken Straßenseite gegenüber dem Tor der Kommandantur anhielt. Gemächlich stieg er aus, zündete sich eine Zigarette an und stellte befriedigt fest, daß die ›Posten vor Gewehr‹ seiner Anordnung entsprachen und keine Notiz von ihm nahmen.

Nachdem er wenige Minuten gewartet hatte, öffnete sich das hohe, bronzebeschlagene Tor um einen Spalt, und ein kleiner, blasser, dunkelgekleideter Herr trat auf die Straße. Er hielt den Kopf gesenkt und hatte den Hut in die Stirn gezogen, als befürchte er, erkannt zu werden. Offensichtlich wußte er nicht, wohin er sich wenden sollte, denn er schaute mehrmals unschlüssig nach rechts und links.

Der Standartenführer warf seine Zigarette fort, ging auf ihn zu und breitete die Arme aus. »Mein lieber Barone!«

Der blickte erschrocken auf.

Veit Küster umarmte ihn.

Der alte Herr zitterte plötzlich wie Espenlaub.

»Kommen Sie. Drüben steht mein Wagen.«

»Signore …« Der Italiener rang nach Luft. »Ich darf mit niemandem in Verbindung treten.«

»Sofern dies nicht ausdrücklich genehmigt ist!« betonte der Standartenführer. »Ich bin bestens informiert.« Er griff in die Seitentasche seines Jacketts und entnahm ihr ein gefaltetes Papier, das er dem Juwelier reichte. »Dieses Dokument gestattet Ihnen, sich jederzeit mit Ihrer Gattin, Ihrem Fahrer, meinem Schulkameraden Curd Dessau und mit mir zu treffen.«

Der alte Herr brachte kein Wort heraus. Verstört starrte er Veit Küster an.

Der hakte sich bei ihm ein. »Kopf hoch, Barone! In vierzehn

Tagen ist alles überstanden und vergessen. Dann können Sie sich wieder völlig frei bewegen. Und ich garantiere Ihnen, daß man sich offiziell bei Ihnen entschuldigen wird. Ich habe meinem Freund erklärt, daß ich darauf bestehe.« Er führte den Juwelier über die Straße. »Auf schnellstem Wege fahren wir jetzt zu Ihrer hübschen Gattin, die Sie bereits sehnsüchtig in Ihrem Sommerhaus erwartet.«

Barone de Bor blieb stehen. »Woher weiß sie von meiner Entlassung? Ich selbst erfuhr erst vor einer Viertelstunde ...«

Der Standartenführer zog ihn weiter. »Der Erlaß wurde schon gestern unterzeichnet. Ich erhielt die Nachricht am Abend und habe Ihre Gattin sofort verständigt. Sie und Ihr Fahrer haben daraufhin heute Vormittag das Haus am Como-See gründlich aufpoliert.«

»Dann hab' ich Ihnen alles zu verdanken?«

»Wozu darüber reden. Ich hatte Ihnen versprochen, Sie so oder so herauszuholen, und ich freue mich, daß mir dies endlich gelungen ist.«

Der Barone ergriff Veit Küsters Hände. »Wie soll ich Ihnen nur danken?«

»Indem Sie sich in den Wagen setzen. Es ist zwar keine Limousine, aber mir stand kein anderes Fahrzeug zur Verfügung. Ich wollte Sie unbedingt abholen.«

Der Italiener konnte vor Aufregung kaum richtig sprechen. »Sie wissen – gar nicht, welche Freude – Sie mir – damit bereiten.«

Als sie Platz genommen hatten, bat ihn Barone de Bor, noch einen Moment zu warten. »Ich muß Sie nämlich auf etwas aufmerksam machen«, sagte er gedämpft. »Mein Fahrer Giacomo Assiano ist nicht echt. Ich möchte keinesfalls mit ihm zusammentreffen.«

Der Standartenführer lachte. »Man hat Sie offensichtlich noch nicht über alles informiert. Giacomo Assiano ist echt wie ein Edelstein. Sie dürfen mir glauben«, fuhr er schnell fort, als der Juwelier widersprechen wollte. »Ich weiß Bescheid.«

»Aber es gibt ein Protokoll ...«

»... das erstunken und erlogen ist! Kein Wort darin ist wahr! Ihr Fahrer ist niemals verhört worden. Als ich das herausgefunden hatte, war es für mich nicht mehr schwer, die Fährte des Schuftes aufzunehmen, der sich mit einem unglaublichen Trick in den Besitz jener achthundert Millionen bringen wollte, die Ihnen anvertraut worden waren.«

Der Barone war außer sich. »Wie ist so etwas möglich?« rief er konsterniert.

Veit Küster beugte sich zu ihm hinüber und erwiderte vertraulich: »Ihnen kann ich es ja sagen. Beim Sicherheitsdienst sind peinliche Dinge vorgekommen. Schmutz in den eigenen Reihen!«

»Wie schrecklich!«

»Mein Freund hat jetzt durchgegriffen. Ihre Entlassung hängt damit zusammen. Aber reden wir nicht mehr davon.« Er ließ den Motor an. »Hauptsache, Sie sind von der Schippe gesprungen, auf die man Sie so unsanft gestoßen hatte.«

»Sie beschämen mich, Signore Küster. Ich weiß wirklich nicht, wie ich Ihnen danken soll.«

Der Standartenführer warf ihm einen aufmunternden Blick zu. »Wenn Sie mir künftig Ihr Vertrauen schenken, bin ich königlich belohnt.«

Als Curd Dessau den Barone wenige Tage später in Moltrasio am Como-See aufsuchte, stellte er mit Unbehagen fest, daß der alte Herr dem Standartenführer nicht nur blindlings vertraute, sondern ihn geradezu verehrte. Er bewohnte eine große Villa, deren Park bis an den See reichte und fast an das Hotel Imperiale grenzte, in dem die Flugzeugbesatzung untergekommen war. Unentwegt sprach er von Veit Küster. Alles drehte sich um den ›selbstlosen, offenen und ehrlichen Makler der Gerechtigkeit‹, wie er ihn nannte.

Über seine Frau sprach er kaum. Er erwähnte lediglich, daß sie ungemein beschäftigt sei, da sie die Führung seiner Mailänder Filiale übernommen habe und wegen der unsicher gewordenen Verhältnisse auf den Straßen nur zum Wochenende herauskommen könne.

Es empörte Curd Dessau, daß der Barone immer noch belogen wurde. Nicht weit von seinem Haus entfernt wohnten die Mitglieder des Stabes RuK, die täglich in Konvois nach Mailand fuhren. Die Baronessa hätte sich ihnen anschließen können. Sie zog es jedoch vor, die Nächte ausgerechnet mit demjenigen zu verbringen, den ihr ahnungsloser Mann für seinen Retter hielt.

Aber durfte er sich darüber aufregen? War er ehrlicher als Zsaga de Bor und Veit Küster? Er log doch genauso! Ohne mit der Wimper zu zucken, behauptete er, neuerdings Flüge über dem Mittelmeer durchführen zu müssen. Kaltschnäuzig verschwieg er, daß er schon in vierundzwanzig Stunden nach Spanien fliegen würde, um von Claudio de Bor amerikanische Post entgegenzunehmen.

Es schauderte ihn. In welch scheußliche Lage war er geraten! Wohin mochte das unwürdige Treiben noch führen? Er atmete erleichtert auf, als er sich von dem Juwelier verabschiedet hatte und sich auf den Weg zum Hotel machte. Ohne es gewollt zu haben, hatte er dem Barone am Schluß versprochen, ihn in Kürze einmal für einen ganzen Tag zu besuchen. Wie sollte er ihm gegenübertreten, wenn er inzwischen mit seinem Sohn zusammengetroffen war?

Curd Dessau fühlte sich elend, als er dies bedachte. Der alternde Italiener tat ihm leid. Er wünschte, ihm gefällig zu sein. Auch konnte er auf die Dauer nicht schweigend hinnehmen, was diesem zugemutet wurde. Er fing an, den Klassenkameraden zu hassen. Dies nicht zuletzt, weil er spürte, daß Veit Küster es immer wieder verstehen würde, ihn von der Notwendigkeit dieses und jenes Handelns zu überzeugen. Er war deshalb bedrückt, als er und Oskar Hensel sich am nächsten Nachmittag zum ersten ›Geheimflug‹ nach Spanien bereit machten.

Der Funkmaschinist, der nun die Uniform eines Leutnants d. R. trug, war in denkbar schlechter Stimmung. Seit er wußte, daß ›Maria Cetana‹, von der er nicht ahnte, daß sie die Frau des Barone war, die ersten beiden Flüge mitmachen würde, leistete er passiven Widerstand. Es wollte ihm nicht in den Kopf, daß Flugkapitän Dessau ihre Mitnahme akzeptiert hatte. Für ihn war sie ein ›Brechmittel‹, ein ›Miststück‹, ein ›Farbkasten‹, ein ›stinkendes Weibsbild‹, dem er alles zutraute; Hurerei nicht ausgenommen. Im ersten Moment hatte er gedroht, lieber eine Strafe auf sich zu nehmen, als mit der ›Hochgestochenen‹ in einem

Militärflugzeug unter einsatzmäßigen Bedingungen zu fliegen. Nur seinem langjährigen guten Auskommen mit Curd Dessau war es zu verdanken, daß er schließlich nachgegeben und erklärt hatte: »Also gut, ich lasse Sie nicht im Stich. Aber das schwöre ich Ihnen: Mit diesem Papagei rede ich kein Wort.« Und wütend hatte er hinzugefügt: »Der Führer hat schon recht: Mit Schminke und Puder beschmieren sich nur Luder!«

Curd Dessau hatte verächtlich gelacht. »Was Hitler nicht alles unterstellt wird!«

»Ich weiß es von einem Kreisleiter!« war Oskar Hensel aufgebraust. »Der sitzt an der Quelle und muß es wissen.«

»Natürlich.«

»Und es stimmt ja auch.«

»Ebenso wie der Spruch: Deutsche Frau betrage dich, wie es sich gezieme. Deutsche Hausfrau rauche nicht. Deutsche Dame prieme!«

Die Augen des Funkmaschinisten hatten böse geblickt. »Das ist der provokatorische Erguß eines Regimegegners. Mit ihm will man Hitlers Wunsch, deutschen Frauen das Rauchen abzugewöhnen, auf perfide Weise lächerlich machen.«

Curd Dessau hatte es aufgegeben. Dienstlich kam er mit Oskar Hensel glänzend aus. In funktechnischer Hinsicht war er erstklassig. Mochte er also in Gottes Namen ein ›Hundertzehnprozentiger‹ sein.

Während Flugkapitän Dessau die Wetterwarte aufsuchte, ließ der Funkmaschinist die Motoren warmlaufen. Danach kletterte er auf die Tragfläche, um das Nachtanken zu kontrollieren. Auf keinen Tropfen wollte er verzichten. Zwar stand ihnen eine genügende Reserve zur Verfügung, doch es empfahl sich, damit zu rechnen, daß beim ersten Flug, der über Tag durchgeführt werden mußte, aus taktischen Gründen stärkere Kursänderungen erforderlich wurden.

Für das geplante Unternehmen war das Wetter geradezu ideal. Italien lag im Kern eines Hochs, das bis zu den Pyrenäen reichte. Seine Ausläufer griffen in ein atlantisches Sturmtief hinein. Die Folge waren starke Wolkenfelder über Spanien und eine vielfach geschlossene Decke, deren Untergrenze vermutlich bei 3000 Meter lag. In ihr konnte man sich gut verstecken.

Oskar Hensel hantelte sich von der Tragfläche hinunter. »Sind wir soweit?«

Curd Dessau nickte. »Sobald unser neuer ›Flugkamerad‹ eingetrudelt ist, geht's los.«

»Die Mistbiene nennen Sie Flugkamerad?«

»Geben Sie endlich Ruhe!« trumpfte der Pilot auf. »Sie tut ebenso ihre Pflicht wie wir.«

Oskar Hensel wurde ausfallend. »Scheiß was drauf: Sagen Sie mir lieber, was Sie der Flugleitung gemeldet haben.«

»Mittelmeererkundung ohne Zwischenlandung. Flugdauer etwa sieben bis acht Stunden. Alles andere ist uninteressant. Solange wir keine Peilungen verlangen, kann man uns nicht kontrollieren.«

»Und nicht helfen, wenn wir in Luftnot geraten sollten«, stellte der Funkmaschinist bissig fest.

»Behaupten Sie nur noch, daß Ihnen das Sorge bereitet.«

Der lange Hensel deutete zum Flughafengebäude hinüber. »Das Unglück naht! Begleitet von Ihrem ehrenwerten Schulkameraden.« Er wandte sich an die Tanker. »Schluß! Es ist genug!«

»Es geht aber noch etwas rein. Wir müssen nur langsam laufen lassen.«

»Schluß, hab' ich gesagt!« brüllte er wütend. »Schraubt die Tanks zu und macht, daß ihr verschwindet.«

Curd Dessau schüttelte den Kopf. »Wollen Sie die Kerle dafür bestrafen, daß Ihnen eine Laus über die Leber gekrochen ist?«

»Mit denen komme ich schon klar. Nicht aber mit der aufgedonnerten Vogelscheuche. Wenn ich die sehe, fangen meine Hände an zu wedeln. Umbringen könnte ich dieses Weibsbild.«

Der Flugkapitän ging Zsaga de Bor und Veit Küster entgegen.

Sie war in eine Luftwaffen-Fliegerkombination geschlüpft und hatte eine Haube mit Kopfhörern aufgesetzt, die ihr ein völlig verändertes Aussehen gab. Ihre slawischen Backenknochen traten stärker in Erscheinung.

Wie im Schwimmbassin, als ihr Haar naß war, schoß es Curd Dessau durch den Kopf. Er küßte ihr die Hand und fragte sich unwillkürlich, was der lange Hensel wohl denken würde, wenn er ihn in diesem Augenblick sah. Bestimmt würde sich sein Zorn noch steigern.

Eine Wolke von Parfüm schlug ihm entgegen.

»Mal etwas ganz Neues«, sagte er galant. »Exotische Düfte gemischt mit dem Geruch von Öl und Benzin.«

Zsaga de Bor gefiel der Ton. »Wenn ich es nicht schon wäre, würde ich mich jetzt in Sie verlieben.«

»Gib ihr kein Kontra«, bat Veit Küster ahnungsvoll.

»Und warum nicht? Selbst in großen Opern gibt es Platitüden.«

Sie stutzte. »Was wollen Sie damit sagen?«

Curd Desssau grinste. »Vielleicht erkläre ich Ihnen das morgen. Im Augenblick dürfte es Wichtigeres zu besprechen geben.«

»Eben!« fiel der Standartenführer ein. »Wie steht's mit dem Wetter? Ändert sich der Zeitplan?«

»Kaum. Im ersten Streckenteil haben wir Rückenwind, der später dreht. Das wird sich in etwa ausgleichen.«

»Sehr gut. Unserer Madrider Außenstelle habe ich durchgegeben, daß ihr gegen neunzehn Uhr in Torrijos landen werdet. Übrigens hab' ich den Bescheid erhalten, daß der Platz nicht umzäunt ist.«

Ohne dazu Stellung zu nehmen, entgegnete Flugkapitän Dessau: »Hoffentlich hat Claudio de Bor die Landerichtung gekennzeichnet.«

»Er ist angewiesen, an der Platzgrenze, an der er sich aufhält, ein weißes Tuch auszulegen.«

Der Pilot wurde ungehalten. »Nicht seinen Platz soll er kennzeichnen, sondern die Seite, aus der der Wind weht. Und genau auf der gegenüberliegenden Seite soll er stehen.«

Veit Küster gab sich belustigt. »Ist denn das so wichtig?«

»Ja!« brauste Curd Dessau auf. »Wenn's darauf ankommt, ist das kleinste Detail von Wichtigkeit. Ich muß gegen den Wind starten und landen. Sollte Claudio de Bor sich an der falschen Seite aufhalten, müßte ich über den Platz zu ihm hinrollen, und wir verlieren kostbare Zeit.« Er steckte sein Kartenmaterial in die Knietasche seiner Fliegerkombination. »Habt ihr wenigstens die Bestätigung erhalten, daß er ein Zeichen auslegen wird?«

Der Standartenführer wich aus. »Nicht von ihm selbst. Unsere Leute haben ihn aber informiert. Also wird er sich nach der gegebenen Weisung richten.«

»Hoffentlich! Ohne eindeutig erkennbares Zeichen lande ich nicht. Alles muß ruckzuck gehen. Das Landen, die Übernahme des Postsackes und das Starten dürfen höchstens drei Minuten dauern.«

Veit Küster blickte gottergeben in die Höhe. »Wir haben getan, was du verlangt hast. Deine Wünsche wurden wortwörtlich weitergeleitet.«

»Dann wird die Sache schon schiefgehen.«

»Beschrei so was nicht!«

Curd Dessau ergriff einen der beiden vor dem Flugzeug liegenden Fallschirme, trat hinter Zsaga de Bor und hängte ihr die Träger über die Schultern. »So, und nun drehen Sie sich mal um und spreizen Sie die Beine.«

Sie tat dies mit dem größten Vergnügen.

Er griff zwischen ihre Beine, holte die vom Fallschirm herabhängenden Gurte nach vorn, legte sie um ihre Schenkel und hakte die Karabinerhaken ein.

Veit Küster grinste. »Ganz schön frech, unser Herr Flieger.«

Sie lachte. »Das schätze ich ja so an ihm.«

Curd Dessau schnappte sich den zweiten Fallschirm und klinkte die Gurte ein.

Ihre blauen Augen richteten sich fragend an ihn. »Und was nun?«

»Verabschieden und hinter mir einsteigen. Wegen der Anordnung der Plätze kann ich Ihnen den Vortritt leider nicht lassen.« Er reichte Veit Küster die Hand. »Rechne mit unserer Rückkehr in frühestens sieben Stunden. Und sorg für ein gutes Abendessen.«

»Mit Champagner!« betonte Zsaga de Bor.

»Lieber nicht«, widersprach der Flugkapitän. »Der zweite Flug könnte sonst in einem Desaster enden.«

Aus verteidigungstechnischen Gründen war das Kampfflugzeug Ju 88 so eingerichtet, daß der Funker nicht in Flugrichtung, sondern mit dem Gesicht nach hinten saß. Dank dieser Anordnung hatte Oskar Hensel die Möglichkeit, über Zsaga de Bor hinwegzusehen, ohne seine Absicht erkennen zu lassen. Und sie konnte nicht ohne weiteres zu ihm zurückblicken, da der Sitz des Piloten, neben dem sie saß, im Rücken mit schweren Panzerplatten versehen war. Sie hätte sich losschnallen und voll umdrehen müssen, wenn sie den Funkmaschinisten hätte sehen wollen.

Anders lagen die Dinge für Curd Dessau. Ein seitlich vor ihm angebrachter Spiegel versetzte ihn in die Lage, den rückwärtigen Teil der Kabine zu überschauen. Eine Eigen-Verständigungsanlage, ›Ei-V‹ genannt, machte es möglich, daß jeder mit jedem sprechen konnte, wobei das Gespräch allerdings von allen Besatzungsmitgliedern gehört wurde.

Die Schalttafel für den Maschinisten, der bei der Luftwaffe als vierter Mann zur Besatzung einer Ju 88 gehörte, befand sich zwischen den beiden vorderen Sitzen und dem Platz des Funkers.

»Ich bin soweit«, sagte Curd Dessau.

Oskar Hensel zog, unterstützt von einem Monteur, der draußen drückte, die schwere Einstiegsklappe hoch und trat an die Schalttafel. »Maschine startklar! Funkgerät klar!« meldete er routinemäßig.

Der Flugkapitän blickte nach draußen, um sich zu vergewissern, daß niemand in der Nähe der Propeller stand. »Motoren frei!«

Der Funkmaschinist drückte einen Hebel nach unten. Der hohe pfeifende Ton des Anlassers setzte ein.

Zsaga de Bor beugte sich zu Curd Dessau hinüber und fragte etwas. Ihre Stimme war im Kopfhörer aber nicht zu vernehmen.

Er deutete auf die herabhängenden Riemen ihrer Haube. »Die müssen Sie um das Kinn legen und festschnallen. Ohne Kehlkopf-Mikrophon geht es nicht.«

Oskar Hensel geriet in Rage. Quatschereien bei der Startvorbereitung erweckten seinen Zorn. Er schaute in den Rückspiegel des Piloten, schnitt eine Grimasse und hielt sich die Nase zu. Der Flugkapitän würde ihn schon verstehen.

Der Steuerbordmotor sprang an und schleuderte weiße Ölfahnen aus den Auspuffen.

Der Funkmaschinist betätigte einen zweiten Hebel und rief: »Wollen Sie nochmals abbremsen?«

Curd Dessau schüttelte den Kopf.

»Was heißt abbremsen?« fragte die Baronessa.

Sag's ihr nicht, flehte Oskar Hensel insgeheim und starrte wie beschwörend auf den Hinterkopf des Flugkapitäns.

Der aber erklärte mit der größten Selbstverständlichkeit, daß die letzte Kontrolle ›abbremsen‹ heiße, weil die Motoren dabei mit blockierten Rädern auf volle Touren gebracht werden.

Auch der Backbordmotor heulte auf.

Curd Dessau drosselte ihn und grüßte zu Veit Küster hinüber, der sich, wahrscheinlich besorgt um seinen Anzug, gebührend zurückgezogen hatte.

Der Standartenführer hob die Hand zum Hitlergruß.

Zsaga de Bor warf ihm eine Kußhand zu.

Flugkapitän Dessau schob die Gashebel etwas vor, gab die Bremsen frei und ließ die Maschine anrollen.

»Aufregend!« sagte die Baronessa.

Um jedes weitere Wort im Keim zu ersticken, schloß Oskar Hensel die Ei-V an das Funkgerät an.

In den Kopfhörern ertönten Peilzeichen.

»Was soll das?« rief Curd Dessau. »Funktöne brauchen wir nicht!«

»Aber ich«, entgegnete der Funker ungerührt. »Gerade hieß es: Die Einflugschneise ist frei. Sie dürfen in die Startbahn einbiegen.«

»Schalten Sie um!« wies ihn der Pilot zurecht. »Die Ei-V ist nicht für den Funkverkehr, sondern zum Sprechen da!«

Oskar Hensel entsprach dem Wunsch des Piloten nur widerwillig und meldete im beleidigten Tonfall: »Start frei!«

Curd Dessau brachte die Maschine in Startposition und gab Vollgas. Das hochgezüchtete Flugzeug kam schnell in Fahrt. Es tänzelte schon bald wie ein aufgeregtes Pferd. Die Grasnarbe glich einem Teppich, der nach hinten fortgezogen wird. Das Ende des Rollfeldes rückte heran. Er hob die Räder vom Boden, gab Weisung, den Fahrwerkshebel zu betätigen und die Klappen einzufahren. Dann ließ er das Flugzeug steigen. Vor ihm, eingehüllt im gelbgrauen Dunst der Großstadt, lag Mailand. Mit

400 Stundenkilometern rasten sie über die Metropole hinweg. Kurs Südwest.

Bereits nach siebzehn Minuten wurde Turin überflogen.

»Das ging aber schnell«, sagte Zsaga de Bor, als Curd Dessau ihr den Namen der Stadt nannte.

Er nickte. »Der Rückenwind ist stärker als angenommen. Obwohl wir uns noch im Steigflug befinden, also mit reduzierter Geschwindigkeit fliegen, bewegen wir uns schon mit der errechneten Reisegeschwindigkeit über Grund. Dort drüben«, er wies nach vorn, »taucht bereits der Grand Pic de Rochebrunne auf.«

Ihre Lippen glänzten verführerisch. »Wie hoch ist der Berg?«

Er warf einen Blick auf die Streckenkarte. »Gut dreitausenddreihundert Meter.«

Dort müßte man dieses Miststück hinunterwerfen, dachte der Funker aufgebracht.

Der Flug verlief programmgemäß. Um 17 Uhr 02 wurde die Rhône bei Avignon überflogen, um 17 Uhr 47 lag der Pic de Montcalm, eine der höchsten Erhebungen der Pyrenäen, unter ihnen. An den Südhängen des wildromantischen Gebirgsmassivs staute sich eine fast geschlossene Wolkendecke, deren Obergrenze in zirka 4000 Meter Höhe lag.

»Es ist einfach phantastisch!« schwärmte die Baronessa. »Wenn ich bedenke ...«

»Bleiben wir in fünftausend Meter Höhe?« platzte der Funkmaschinist dazwischen.

»Ja«, antwortete Curd Dessau. »Warum fragen Sie?«

»Nur so.«

»Dann unterbrechen Sie uns gefälligst nicht!«

»Ich dachte, es würde Sie interessieren, die Funkfeuer von Santander und Valencia auszupeilen. Der Winkel, der sich aus den Standlinien ergibt, wäre günstig. Beim Durchstechen über Torrijos müssen Sie Maßarbeit leisten.«

»Geben Sie mal her.«

Oskar Hensel hatte erreicht, was er wollte. Nun konnte er die Ei-V an das Funkgerät anschließen. Eine Unterhaltung mit diesem Weibsbild würde so schnell nicht wieder aufkommen. Er kannte seinen Käp'ten. Wenn der erst anfing, Standlinien in die Karte einzutragen, packte ihn das Navigationsfieber. Und am Schluß würde er exakt an der berechneten Stelle aus den Wolken herausstoßen.

Curd Dessau betrachtete den Himmel und sagte nach einer Weile: »Vielleicht ist es besser, knapp über der Wolkendecke zu fliegen. Sollte ein Flugzeug auftauchen, dann können wir schnell verschwinden.« Er drückte die Maschine an. »Gestreckter Gleitflug mit erhöhter Geschwindigkeit. übernehmen Sie das Auspeilen und sagen Sie mir Bescheid, wenn die Standlinie von Santander über Zaragoza verläuft.«

»Wann wird das ungefähr sein?«

»Gegen 18 Uhr 15.«

Das Variometer zeigte 1 m/sec Fallen. Die Geschwindigkeit nahm zu. Das Instrumentenbrett fing an zu vibrieren.

In seiner Freude darüber, ›Maria Cetana‹ ausgetrickst zu haben, sagte Oskar Hensel: »Eigentlich toll, mit welch frechem Nerv wir über Spanien hinwegbrausen. Und das mit einem Kennzeichen der deutschen Luftwaffe!«

»Hoffentlich sieht uns keiner. Es würde einen Mordsspektakel geben.«

»Das kann uns doch gleich sein.«

Curd Dessau machte ein bedenkliches Gesicht.

»Etwa nicht?«

»Kommt drauf an. Wenn es Hitler in den Kram paßt, wird er den Entrüsteten spielen und uns schmoren lassen.«

Der Funkmaschinist brauste auf. »Das ist ungeheuerlich. Soldaten läßt er niemals im Stich!«

»Ihr Wort in Gottes Ohr!«

Oskar Hensel rieb sein Kinn. »Unglaublich, was dem Führer alles zugetraut wird! Dabei rackert er sich von morgens bis abends ab. Ich möchte nicht in seiner Haut stecken.«

»Ich auch nicht.«

Die Zeit verging. Um 18 Uhr 17 meldete der Funker das Überfliegen der Standlinie Santander-Zaragoza. Eine sich daraus ergebende Berechnung ergab, daß sie um 19 Uhr 03 über Torrijos stehen würden.

Wenige Minuten später erreichten sie die Wolkendecke. Im Eintauchen sagte Curd Dessau: »Ich ditsche mal runter, um die

Untergrenze zu ermitteln. In dieser Gegend ist das Gelände relativ niedrig.« Er verstellte die Luftschrauben und gab Tiefensteuer.

»Seien Sie bloß vorsichtig!« warnte Oskar Hensel. »Hier gibt's Erhebungen von mindestens dreizehnhundert Metern.«

»Ich weiß. Die westlich von Torrijos gelegene Sierra de Gredos steigt aber auf Höhen bis zu zweitausendsiebenhundert Metern. Ohne Kontrolle möchte ich da keinen Höhenwechsel vornehmen.«

In den Wolken verblaßte das Licht. Curd Dessau drückte die Maschine an. Die Geschwindigkeit stieg auf 440 km/h. Der Ton des Fahrtwindes veränderte sich, wurde pfeifend. Die Nadel des Höhenmessers sank auf 3500 – 3300 – 3100 – 2900 Meter. Die Scheiben beschlugen. Es bildeten sich Tropfen, die fortgerissen wurden und glänzende Streifen hinterließen.

2500 – 2300 – 2100 – 1900 Meter!

Der Funkmaschinist drehte sich in Flugrichtung und blickte angespannt nach draußen. »Langsam wird's Zeit, daß wir herauskommen.«

Curd Dessau nahm die Maschine flacher.

Zsaga de Bor fühlte sich in dieser Phase nicht gerade wohl. »Also, das ist unheimlich«, sagte sie erregt.

»Es besteht kein Grund zur Sorge«, beruhigte er sie. »Ich weiß, was ich tu' und riskiere nichts.« Er wies auf den Höhenmesser, der langsam auf 1600 Meter sank. »Wir haben noch genügend Reserve. Außerdem näßt die Wolke bereits stark. Das zeigt mir, daß wir uns in ihrer Unterseite befinden. Gleich müssen wir durch sein.«

Schwaden flogen vorbei. Zwischen ihnen wurde die Erde sichtbar.

Beherzt gab er Tiefensteuer.

Sie schossen aus der Wolke heraus. Unter ihnen lag braunes, karstiges Gelände: eine typische, trostlos öde spanische Landschaft.

Zsaga de Bor atmete auf.

Curd Dessau sah es und lachte. »An so was gewöhnt man sich. Aber ich muß zugeben: Ich hätte nicht gedacht, daß die Wolken so tief hängen. Das entspricht auch nicht der Prognose.«

Oskar Hensel schien ebenfalls erleichtert zu sein, denn er nahm keinen Anstoß daran, daß sich der Flugkapitän mit dem ›Weibsbild‹ unterhielt. »Ich bin dafür, daß wir jetzt unten bleiben«, sagte er und fügte, wie zur Erklärung hinzu: »Es ist doch scheußlich, ohne von einer Bodenstation geleitet zu werden, durchstoßen zu müssen.«

»Da gebe ich Ihnen recht«, erwiderte Curd Dessau. »Hier unten ist es aber aus anderen Gründen riskant. Unser Kurs führt dicht an Madrid vorbei. Da ziehe ich lieber wieder rauf.«

Von diesem Augenblick an wurde es still an Bord. Angesichts der tief herabhängenden Wolken war es ein unheimliches Gefühl, das nächste Mal in Nähe der 2700 Meter hohen Sierra de Gredos durchstoßen zu müssen.

Gewissenhaft nahm Curd Dessau von den Funkfeuern Santander und Valencia eine Peilung nach der anderen und trug die daraus resultierenden Standlinien in seine Karte ein. Nach menschlichem Ermessen mußte es ihm gelingen, ziemlich genau über Torrijos Erdsicht zu bekommen.

Um 18 Uhr 55 nahm er die Gashebel zurück und sagte: »Jetzt kommt der spannende Moment! Däumchen halten, daß alles klappt!«

»Toi, toi, toi!« rief Oskar Hensel und packte seine Funkkladde fort.

Schon früher als beim ersten Mal glitten sie aus den Wolken heraus. Seitlich von ihnen lag eine mittelalterlich anmutende Stadt.

»Toledo!« rief der Flugkapitän und drehte augenblicklich nach rechts. »In drei Minuten landen wir in Torrijos.«

Zsaga de Bor legte ihre Hand auf seinen Arm. »Ich gratuliere! Sie scheinen sich hier gut auszukennen.«

»Kunststück!« erwiderte er abschwächend. »Drei Monate lang bin ich täglich über diese Stadt geflogen. Am Schluß aber, als es zur Endoffensive kommen sollte, sind die ›Roten‹, die sich hier jahrelang schwer verteidigt hatten, klammheimlich abgehauen. Der letzte Kampf, der der Welt zeigen sollte, wie man Gräben erstürmt und Festungen einnimmt, wurde zu einer Film-Offensive. Auf einem der Hügel dort drüben stand neben General von Richthofen der deutsche Regisseur Ritter. Und den Helden der

Offensive, die überhaupt keine war, spielte im Film Willy Fritsch. Ich hatte die Ehre, Nebelfässer abzuwerfen, die dem Theater eine dramatische Note geben sollten. Die weißen Schwaden stiegen jedoch infolge Windstille senkrecht in die Höhe und machten selbst die Film-Offensive zur Farce.« Er lachte. »Das war vielleicht ein Krampf! Da kommt übrigens der Platz.«

Oskar Hensel verließ seinen Sitz und stellte sich vor die Schalttafel, um die zur Landung notwendigen Handgriffe entsprechend den Kommandos des Piloten durchzuführen. Besorgt betrachtete er das Landefeld. »Für die Ju 88 ist der Platz verdammt klein.«

»Damit werde ich schon fertig. Mir macht etwas anderes Sorge. Ich sehe das Zeichen nicht, das ausgelegt werden sollte.«

»Tatsächlich. Es fehlt. So eine Scheiße.«

»Da!« rief die Baronessa. »Drüben wird ein Tuch ausgebreitet.«

Curd Dessau fiel ein Stein vom Herzen. »Vermutlich hat unser Freund gewartet, bis er das Flugzeug kommen sah. Vernünftiger Standpunkt. Wozu sich verraten ...« Er unterbrach sich plötzlich und wurde ungehalten. »Das ist doch nicht zu glauben! Der Kerl steht genau da, wo er nicht stehen sollte: auf der schmalen Seite des Landefeldes.«

»Was nun?« fragte Zsaga betroffen. »Können wir nicht landen?«

Er leitete eine Steilkurve ein und nahm die Gashebel zurück. »Anflug von Osten!« rief er dem Funkmaschinisten zu. »Landeklappen auf fünfzehn Grad.«

»Fünfzehn liegen an!«

»Fahrwerk ausfahren.«

Die Hydraulik gab einen gequetschten Ton von sich.

»Ausgefahren!«

»Landeklappe auf dreißig Grad.«

Oskar Hensel betätigte den entsprechenden Hebel. »Wenn Sie nicht beim ersten Meter aufsetzen, reicht der Platz keinesfalls!«

»Schlauberger.« Curd Dessau verstellte die Luftschrauben. »Was meinen Sie wohl, warum ich zu kurz komme und mich heranziehe?«

»Aye, aye, Sir! Ich bin beruhigt.«

»Dann bin ich es auch.« Er schob die Gashebel etwas vor. »Landeklappen voll ausfahren!«

»Vierzig Grad liegen an!«

Die Erde kam näher. Keine zehn Meter fehlten mehr.

Curd Dessau schob die Gashebel noch weiter vor, zog das Flugzeug in etwa drei Meter Höhe über das vor dem Landefeld gelegene unebene Gelände, nahm dann plötzlich das Gas zurück und setzte die Räder unmittelbar hinter der Platzgrenze auf.

»Huiii ...!« entfuhr es Zsaga de Bor. »Das war aufregend.«

Der Flugkapitän trat auf die Bremsen. Seine Augen verrieten Stolz. Es war ihm nicht unangenehm, einer hübschen Frau zu imponieren.

»Kompliment!« rief Oskar Hensel anerkennend. »Gekonnt ist gekonnt!«

»Reden Sie keinen Stuß«, wehrte Curd Dessau ab. »Schauen Sie lieber nach dem Heini, der uns den Postsack übergeben soll. Sehen Sie ihn?«

Die Baronessa wies aufgeregt zu ihrer Seite. »Drüben steht er und winkt.«

Das Flugzeug kam zum Stillstand. Curd Dessau gab Gas und rollte so schnell wie möglich zum südlichen Platzrand hinüber. Er entdeckte Claudio de Bor, hielt auf ihn zu und gab Weisung, die Einstiegsklappe schon zu öffnen. »Aber aufpassen, daß uns der Mann nicht in die Propeller läuft! Am besten halten Sie ihn vom Flugzeug fern.«

»Und wer hilft mir beim Schließen der Luke? Die bekomme ich allein nicht hoch. Da muß schon jemand von außen gegendrücken.«

»Dann machen Sie ihm das klar.«

»Darf ich fragen, in welcher Sprache?«

Curd Dessau wandte sich an Zsaga de Bor. »Schnallen Sie sich los und sagen Sie Claudio Bescheid. Aber bleiben Sie auf Ihrem Sitz, sonst stehen Sie Hensel im Weg.«

Claudio? Der Funkmaschinist war erstaunt. Sein Herr Flugkapitän schien ja allerhand zu wissen. Er war pikiert. Warum hatte man ihn nicht eingeweiht? Vertraute man ihm nicht, weil er überzeugter Nationalsozialist war? Das erlebte er in letzter Zeit immer öfter.

»Los, raus!« rief Curd Dessau, kaum daß die Maschine ausgerollt war.

Oskar Hensel sprang ins Freie und lief auf Claudio de Bor zu.

Der zeigte erregt zum anderen Ende des Platzes.

Flugkapitän Dessau schaute in die gewiesene Richtung und sah eine Schar Kinder über das Feld rennen. »Das hat uns gerade noch gefehlt!« ereiferte er sich und blickte erneut zum Sohn des Barone hinüber.

Der hob gerade einen Ledersack aus einer Mulde.

Oskar Hensel schien ihm zu erklären, daß er beim Schließen der Klappe behilflich sein müsse. Seine Hände machten jedenfalls Bewegungen, die ein Andrücken nach oben veranschaulichten. Dann nahm er den Italiener bei der Hand und lief mit ihm so auf das Flugzeug zu, daß die Luftschrauben sie nicht gefährdeten. Bei der Einstiegsluke angekommen, forderte er ihn auf, seinen Kopf in die Kabine zu stecken.

Claudio de Bor glaubte nicht richtig zu sehen, als er Zsaga erkannte.

Sie weidete sich an seiner Überraschung und genoß die Chance, eiskalt und unpersönlich mit ihm sprechen zu können. »Du mußt den Einstiegsdeckel von außen hochdrücken«, sagte sie so streng, daß Curd Dessau aufhorchte.

Armer Kerl, dachte er unwillkürlich.

»Und sei pünktlich an der vereinbarten Stelle vor der Grenze. Wenn du nicht da bist, behalten wir den Sack. Dich würde es wahrscheinlich den Kopf kosten.«

Er blickte entgeistert zu ihr hoch.

»Ciao!«

»Ciao, Zsaga!«

Der Funkmaschinist kletterte in die Maschine.

Claudio de Bor reichte ihm den Postsack.

»Grazie!« rief Curd Dessau im Bestreben, ein gutes Wort zu sagen. »Und wenn Sie geholfen haben, die Luke zu schließen, dann gehen Sie nach hinten, damit Sie nicht in eine Luftschraube geraten.«

»Sì, sì, signore!«

»Und nun kräftig nach oben drücken.«

Oskar Hensel griff in den Einstieg, um einen Gurt fortzunehmen, der sich verheddert hatte und herabhing.

Im selben Moment wurde der Deckel zugeschlagen.

Der Funkmaschinist schrie auf.

Curd Dessau warf sich herum. Er sah, daß die Finger des Kameraden eingeklemmt waren.

»Loslassen!« schrie Oskar Hensel.

Der Flugkapitän schlug auf den Schnellauslöser seiner Gurte und drängte Zsaga rücksichtslos von ihrem Sitz. Mit einem Satz war er beim Funker, drückte die Klappe nach unten und befreite die eingeklemmten Finger, von denen zwei völlig gequetscht waren.

Oskar Hensel war kreidebleich.

Curd Dessau schob ihn auf seinen Sitz. Seine Gedanken wirbelten wie Blätter im Sturm. Was sollte er tun? Die Motoren liefen. Draußen eilten Kinder herbei. An der Einstiegsluke bemühte sich Claudio de Bor immer noch, den Deckel hochzudrücken. Kurz entschlossen packte er zu, ergriff den Schließhebel und rastete ihn ein. Dieses Problem war gelöst. Aber durfte er starten? Konnte der Funker auf dem Flug nicht verbluten?

In den ruhigen Lauf der Motoren drang das Geschrei von Kindern.

»Kommen Sie, Zsaga!« rief er. »Jetzt können Sie sich bewähren. Ich muß auf meinen Sitz zurück. Die Motoren laufen. Jeden Augenblick kann etwas passieren.«

Oskar Hensel schloß die Augen. »Den Sanitätskasten!« forderte er gepreßt.

»Gleich. Ich stelle nur schnell die Motoren ab.«

»Nein«, schrie der Funkmaschinist. Seine Stimme klang gequält. »Starten Sie! Sonst ist alles aus! Wir müssen machen, daß wir fortkommen!«

»Und wenn Sie verbluten?«

»Soweit wird's nicht kommen. Wir binden den Arm ab.«

Curd Dessau riß den Sanitätskasten aus seiner Halterung und übergab ihn Zsaga de Bor, die ihren Sitz inzwischen zusammengeklappt hatte und sich resolut anschickte, Oskar Hensel zu helfen.

Seine Auflehnung gegen sie trat nicht mehr zutage, war jedoch noch zu spüren. »Öffnen Sie den Kasten und geben Sie mir eine Binde. Ich werde damit schon fertig.«

Der Flugkapitän hastete auf den Führersitz zurück. Er mußte einen Entschluß fassen. Der Postsack durfte nicht in falsche Hände geraten. Er schaute in den Rückspiegel, sah, daß Zsaga de Bor dem Sanitätskasten eine Binde entnahm und dachte: Hensel hat recht. Wir müssen starten.

Der Funkmaschinist wurde ungehalten. »Sie sollen mich nicht verbinden, sondern mir die Binde geben! Das andere mach' ich selber.«

Die Baronessa ließ sich nicht beirren. Ungeachtet des Protestes wickelte sie die Mullbinde um die verletzte Hand.

Er gab nach, allerdings auf seine Weise. Er blaffte sie an: »Wenn Sie schon glauben, mir helfen zu müssen, dann seien Sie nicht so zimperlich! Los, binden Sie fester!« Im nächsten Moment wandte er sich an den Flugkapitän. »Was ist mit Ihnen? Warum starten Sie nicht?«

»Ihr seid nicht angeschnallt.«

»Das spielt keine Rolle. Wir müssen weg! Geben Sie Gas!«

»Die Klappen sind nicht auf Startstellung.«

Der Funker langte zur Schalttafel, betätigte einen Hebel und sagte mit einem Blick auf Zsaga de Bor: »Merken Sie sich den! Nachher muß er auf Null zurückgestellt werden.«

Sie nickte.

Curd Dessau gab Vollgas.

Die Baronessa verlor das Gleichgewicht und wurde gegen Oskar Hensel geschleudert.

Er rang nach Luft und schob sie angewidert zurück.

»Das Fahrwerk einfahren!«

Der Funkmaschinist schob einen Hebel nach oben. »Den müssen Sie sich ebenfalls merken.«

Das Beschleunigungsmoment nahm ab. Zsaga de Bor gewann ihr Gleichgewicht zurück. Ihre und Oskar Hensels Fliegerkombination waren von Blut verschmiert.

»Das Verbinden allein nützt nichts«, schimpfte er mit gequälter Stimme. »Sie müssen den Arm abschnüren!« Mit der unverletzten Hand löste er den Lederriemen seiner Kombination. »Hier, nehmen Sie. Wickeln Sie ihn so stramm wie möglich um den Arm.«

Sie zeigte nun, daß sie auch robust sein konnte.

Er stöhnte.

»Ist es zu fest?«

»Nein, nein.« Er blickte nach draußen. Erste Wolkenfetzen glitten über die Tragfläche. »Alles klar, Käp'ten?«

»Ja«, rief Curd Dessau. »Fahren Sie die Startklappe ein.«

Ohne zu zögern betätigte die Baronessa den Hebel, den der Funker ihr zuvor gezeigt hatte.

»Wir steigen mit fünf Metersekunden. Den Kurs wählte ich so, daß wir keine hohen Gebirge überfliegen. Der Druckabfall könnte Ihre Wunde stärker bluten lassen.«

»An was Sie alles denken.«

»Ich mach' mir Sorgen um Sie.«

Oskar Hensel preßte die Lippen zusammen. Seine Sonnenbräune war dahin. Auf seiner Stirn bildeten sich Schweißtropfen. »Es ist merkwürdig ... Nach dem ersten Schmerz habe ich eine Weile nicht das Geringste gespürt. Jetzt aber ... Mir ist ganz schlecht. Ich glaube, ich muß brechen.«

Curd Dessau machte sich die größten Vorwürfe. Wäre es nicht besser gewesen, sie hätten auf den Start verzichtet? Sollte er seinen, wie ihm jetzt schien, voreiligen Entschluß korrigieren und in Madrid landen? Er könnte behaupten, sich verflogen zu haben. Zwar wenig glaubwürdig, aber das Gegenteil war nicht zu beweisen. Doch ihm durfte jetzt kein Gedankenfehler unterlaufen. Die Anwesenheit einer Frau und der Postsack der American Embassy sprachen Bände! Wenn der Sack gefunden wurde, war Claudio de Bor als Spion entlarvt. Es half alles nichts: der Flug mußte wie vorgesehen beendet werden. Und danach war in der Nacht nochmals in Richtung portugiesische Grenze zu fliegen.

Er trimmte das Flugzeug so aus, daß es mit 1 m/sec stieg. Anschließend schaltete, er die automatische Steuerung ein und verließ seinen Platz, um sich selbst um den Verletzten zu kümmern.

Oskar Hensels Gesicht war von Schmerzen verzerrt. Er keuchte: »Es wird immer schlimmer. Ich glaube, das macht die Höhe.«

Der Flugkapitän kramte in dem auf einem Klapptischchen abgestellten Sanitätskasten. »Ich gebe Ihnen zwei Injektionen. Wenn die Schmerzen abgeklungen sind, legen wir einen besseren Verband an.«

»Machen Sie, was Sie wollen. Hauptsache, die Schmerzen lassen nach!«

Mit einer kleinen Feile sägte Curd Dessau eine Ampulle an, brach ihre Spitze ab und füllte die antiseptisch verpackte Spritze. »Schieben Sie den Ärmel seiner Kombination hoch«, sagte er an die Baronessa gewandt.

Sie tat dies, als wäre sie Samariterdienste gewohnt.

Er stach ein und gab die erste Injektion.

»Was war das?« fragte der Funkmaschinist.

»Tetanus. Jetzt kommt Morphium an die Reihe. Danach werden Sie Ihre Schmerzen schnell verlieren.«

Curd Dessau gab sich zuversichtlicher, als er es war. Die stark blutende Hand bereitete ihm Sorge.

Oskar Hensel verlor die Nerven. Er stieß mit dem Kopf gegen die Kabinenscheibe und schrie: »Ich halte das nicht mehr aus! Beeilen Sie sich! So werde ich wahnsinnig!«

Besorgt füllte Curd Dessau zum zweiten Mal die Spritze, richtete die Nadel nach oben und drückte den Kolben an. Er mußte sich beeilen. In der graublauen Wolkenschicht, die sie durchflogen, wurde es dunkel. Auch liefen die Motoren nicht synchron. Und der Kurskreisel stand nicht so wie er sollte. Ein dauerndes, unangenehmes Rucken war die Folge.

Er nahm den Arm des Kameraden und drehte ihn zur Seite.

Zsaga de Bor streifte den Ärmel erneut zurück.

»Gleich ist es geschafft!«

Oskar Hensel krümmte sich vor Schmerzen.

Curd Dessau gab die Injektion und zog die Nadel zurück. »Nur ein bis zwei Minuten brauchen Sie noch durchzuhalten.«

Die Baronessa begann mit dem Abwickeln der blutdurchtränkten Binde.

Der Flugkapitän prüfte den Halt eines kleinen Hakens an der

Decke der Kanzel. »Wenn Sie die Hand neu verbunden haben«, sagte er ihr, »heben Sie den Arm und befestigen ihn hier. Das wird den Blutaustritt verringern. Ich muß jetzt wieder nach vorne.«

Der lange Hensel sah ihn aus wunden Augen an. »Meinen Sie, daß wir es schaffen?«

»Auf jeden Fall!«

»Zeigen Sie ihr vorsorglich, was an der Schalttafel zu tun ist. Sie muß Benzin umpumpen und die Landeklappen und das Fahrwerk ausfahren können. Vorhin hat sie's ja gut gemacht. Sie wird's bestimmt schaffen, wenn ich bewußtlos werden sollte.«

Das wäre das beste, dachte Curd Dessau und versicherte Oskar Hensel, daß er unbesorgt sein könne. Dann erklärte er Zsaga de Bor einige Hebel und nahm wieder auf dem Pilotensitz Platz. Seine erste Handlung war die Neueinstellung des Kurskreisels.

Das Rucken um die Hochachse hörte auf.

Indessen versorgte die Baronessa den Funkmaschinisten mit einer Geschicklichkeit, die ihr niemand zugetraut hätte.

Curd Dessau bat ihn, die Frequenz der Funkbake Mailand einzustellen, bevor er den Arm hochgebunden bekomme.

»Wird erledigt«, antwortete Oskar Hensel mit zusammengebissenen Zähnen und drehte mit der unverletzten Hand an der Skala seines UKW-Gerätes. »Sie brauchen nachher nur einzuschalten.«

»Herzlichen Dank«, erwiderte der Pilot. »Und nun schonen Sie sich. Erholen Sie sich in Morpheus' Armen. Bevor die Schmerzen wiederkommen, sind wir in Mailand.«

Der Funker wandte sich an Zsaga de Bor. »Schalten Sie die mit römisch ›I‹ und ›II‹ bezeichneten Pumpen ein. Ich möchte, daß die Haupttanks voll sind. Wenn Sie in etwa zwanzig Minuten zurückschalten, reicht der Sprit bis Mailand.«

Sie erwies sich als eine erstaunlich gelehrige Schülerin.

Curd Dessau schaute auf die Borduhr. Es war 20 Uhr 08. Fast eine Stunde flogen sie schon in den Wolken, und er hatte noch keine Zeit gefunden, die von ihm gewünschten neuen Kurse zu ermitteln. Schnell zeichnete er einige Linien in die Bordkarte.

Die Baronessa trat an ihn heran. »Ich glaube, er schläft ein.«

»Hoffentlich!« Ein Blick in den Rückspiegel zeigte ihm, daß der Arm des Funkers hochgebunden war. Den Kopf ließ er ermattet hängen. »Haben Sie ihn angeschnallt?«

»Nur mit dem Bauchgurt. Anders ging es nicht.«

»Das genügt.«

Sie klappte ihren Sitz hinunter. »Jetzt brauche ich dringend eine Zigarette. Darf ich rauchen?«

Er nickte. »Heute werde ich Ihnen keinen Wunsch abschlagen.«

»Nur heute nicht?«

Er überhörte ihre Frage und deutete auf die Karte. »Wir dürften im Augenblick ungefähr hier stehen und werden nördlich von Barcelona ausfliegen. Bis dort beträgt die höchste Erhebung tausendfünfhundert Meter.« Er tippte auf den Höhenmesser. »Zweitausenddreihundert liegen an. Höher werden wir nicht fliegen.«

»Und wann werden wir in Mailand sein?«

»Spätestens 23 Uhr 10. Unser Umweg über den Golfe du Lion bringt eine kleine Verzögerung mit sich. Im Interesse von Hensel müssen wir hohen Erhebungen aber ausweichen.«

Sie blickte nachdenklich vor sich hin. »Und was wird aus dem Flug zur portugiesischen Grenze?«

»Den führen wir durch.«

»Ohne Funker?«

»Uns bleibt nichts anderes übrig. Schon aus Gründen der Geheimhaltung können wir nicht irgendeinen Soldaten nehmen. Zudem wird das Wetter keinesfalls schlechter, vielmehr besser werden. Nach Ansicht der Meteorologen sogar wesentlich besser. Die Prognose besagt, daß morgen früh im Zielgebiet eine stark aufgerissene Bewölkung herrschen wird. Wir werden also über den Wolken fliegen und nach Tagesanbruch Erdsicht aufnehmen können. Der Rückflug ist kein Problem. Über Italien liegt ja ein Hoch.«

Zsaga de Bor hätte jubeln mögen. Sie hatte um die Durchführung des zweiten Fluges schon gebangt. Nun stand fest, daß sie endgültig würde Rache nehmen können.

Die Wolken wurden zusehends dunkler. Die Fenster beschlugen. Über die vorderen Scheiben liefen Tropfen, die der Fahrtwind zu den Seiten schleuderte.

Curd Dessau schaltete die Instrumentenbeleuchtung ein. Magisch blaues Licht fiel auf die vibrierenden Zeiger und Skalen. Die Motoren dröhnten ihr metallisches Lied.

Er blickte in den Rückspiegel. Undeutlich konnte er erkennen, daß der Kopf des Funkmaschinisten an der Scheibe lehnte. Sein hochgebundener Arm wirkte gespenstisch.

»Der – Postsack«, murmelte Oskar Hensel unerwartet.

»Was ist mit ihm?«

»Ich – weiß nicht. Irgend etwas – ist da – im Gange.«

Curd Dessau und Zsaga de Bor sahen sich an.

»Wie kommen Sie darauf?«

»Der Überbringer – war – Italiener.«

»Und?«

»Ich ... Der Barone ... Die achthundert Millionen Lire ...« Der Funker verstummte. Er schien die Besinnung wieder verloren zu haben.

Curd Dessau lief es kalt über den Rücken. Wie war Oskar Hensel im Delirium darauf gekommen ...? Was sollte er tun? Zsaga de Bor offen sagen, was er wußte? Er schwieg lieber. Um 20 Uhr 30 war es stockdunkel. Ihm fielen die eingeschalteten Benzinpumpen ein. Er forderte die Baronessa auf, sie auszuschalten.

Sie griff seitlich hinter sich und sagte leichthin: »Ich hätte nicht gedacht, daß ich Ihnen einmal so wertvolle Dienste leisten könnte.«

»Tja, so ist das Leben«, erwiderte er und dachte: Wenn Oskar Hensel auch im Fieber gesprochen hat, er muß etwas gemerkt haben. Am liebsten würde ich Tabula rasa machen. Wäre es nicht überhaupt vernünftiger, in Barcelona zu landen? Der Flugkamerad brauchte dringend Hilfe. Aber durfte er Claudio de Bor gefährden? Er konnte es drehen und wenden wie er wollte: er mußte Mailand anfliegen. Die nächsten zwei Stunden würde Oskar Hensel hoffentlich gut überstehen.

Gegen 21 Uhr rissen die Wolken auf. Eine erleuchtete Stadt wurde sichtbar.

Der Flugkapitän prüfte die Streckenkarte. »Das müßte Gerona sein.«

Zsaga de Bor rückte näher an ihn heran. Das fluoreszierende Licht der Instrumente und der schwache Schein des hoch am Himmel stehenden Halbmondes gaben ihr ein magisches Aussehen. Ihre roten Lippen wirkten lila, ihre hellblauen Augen katzenhaft grün. Etwas Verführerisches ging von ihr aus. »Ich bewundere Sie«, sagte sie mit einer im Kopfhörer wie gebrochen klingenden Stimme.

Er gab sich amüsiert, obwohl ihn ihr Aussehen und die Nähe ihres Gesichtes irritierten. »Sprechen Sie sich ruhig aus«, forderte er sie auf. »Vielleicht haben Sie noch mehr auf dem Herzen, was Sie loswerden möchten. Ich bin ein prima Ascheimer.«

Sie fuhr zurück, hatte sich aber gleich wieder in der Gewalt und lachte. »Spielverderber! Ich wollte nur ergründen, woher Sie wissen, daß das da unten Gerona ist.«

Er deutete auf die Borduhr. »An ihr kann ich ablesen, welche Strecke wir zurückgelegt haben; nämlich sieben Kilometer in der Minute. Und hier«, er hob die Streckenkarte, »habe ich die Linie eingezeichnet, auf der wir uns bewegen. Ich brauche also nur die errechnete Distanz zu berücksichtigen.«

»Und was ist das Glitzernde dahinten?«

»Das Mittelmeer. Sein Auftauchen stellt übrigens die Richtigkeit meiner Annahme unter Beweis.«

»Jetzt könnte ich Sie küssen.«

»Sie würden nicht viel davon haben.«

»Warum nicht?«

Er wies zum Meer hinüber. »In Augenblicken wie diesem ist es mir zumute, als fliege ich in das Reich des ewigen Friedens hinein. Nichts Irdisches hat Platz darin. Da vergesse ich sogar die Aufgabe, die mir gestellt ist. Ich sehe nur noch den Himmel, der sich wie die Kuppel eines riesigen Domes über der Weite des Meeres wölbt. Im Dröhnen der Motoren höre ich die Bässe einer Orgel. Alles ist vollendet. Nichts fehlt. Jedes Hinzufügen würde stören. Verstehen Sie, was ich meine?«

»Ich glaube ja.«

»Aber jetzt müssen wir in die Wirklichkeit zurückkehren. Gehen Sie zu Hensel und prüfen Sie seinen Puls.«

Sie erhob sich und klappte ihren Sitz hinunter. »Ich verstehe zwar nichts davon, werde aber mein möglichstes tun.«

Da nur noch der zwischen Genua und Mailand liegende Ligurische Apennin zu überfliegen war, nahm Curd Dessau einen Höhenwechsel auf 1800 Meter vor.

Um 21 Uhr 50 tauchte Backbord voraus Land auf.

Er kurbelte einen neuen Kurs ein. Der Golfe du Lion lag hinter ihnen. Er konnte nun dem Lauf der Küste folgen. Genua war nicht mehr zu verfehlen.

Aber dann gab es doch noch einen kritischen Punkt. Als Curd Dessau sich der Hafenstadt näherte, flammten ungezählte Scheinwerfer auf. Ihre Lichtkegel tasteten den Himmel ab und erweckten den Eindruck von gespenstischen Fingern, die zu einer unsichtbaren Hand gehören. Sofort schaltete er die Positionslampen ein und schoß mit einer eigens dafür im Rumpf installierten Pistole die für diese Stunde gültigen Leuchtzeichen ab.

Die Scheinwerfer verloschen einer nach dem anderen. Sekundenlang blieb noch das Glimmen der Bogenlampen zu sehen.

Er schaltete die Positionslichter wieder aus und nahm Kurs auf Mailand. Den unmittelbaren Anflug führte er mit Hilfe jener UKW-Bake durch, die Oskar Hensel zuvor eingestellt hatte.

Um 22 Uhr 47 unterbrach der Dauerton des Funkfeuers, der kurz zuvor sehr viel lauter geworden war, für einige Sekunden. Dies war ein untrügliches Zeichen dafür, daß der Sender überflogen wurde. Da Curd Dessau den Standort der Bake kannte, kurvte er augenblicklich nach Westen zurück und gab Tiefensteuer. Der Flugplatz mußte jetzt genau vor ihm liegen. In der Dunkelheit war er jedoch nicht zu erkennen. Er schoß erneut Erkennungssignale und schaltete die Positionslampen ein.

Vor ihm leuchtete die rote Platzumrandung auf.

Er drosselte die Motoren.

Die Neonlampen erloschen und flammten nach kurzer Zeit für knapp eine Sekunde erneut auf.

»Was hat das zu bedeuten?« fragte Zsaga de Bor.

»Vermutlich sind feindliche Maschinen im Anflug.«

Zum dritten Male wurde das Licht für den Bruchteil einer Sekunde eingeschaltet.

»Bestimmt herrscht unten Fliegeralarm«, sagte Curd Dessau und verzichtete vorsorglich darauf, den Landescheinwerfer auszufahren. Das schwache Licht des Mondes mußte ausreichen.

Die Baronessa schnallte sich los und stellte sich vor die Schalttafel. Man hätte meinen können, sie übe seit Jahren die Funktion eines ›Heizers‹ aus.

Dementsprechend reibungslos verlief auch die Betätigung der Landeklappen und des Fahrwerkes. Sanft setzten die Räder auf der Grasnarbe auf.

Curd Dessau schob erleichtert seine Kopfhaube zurück. »Das wäre geschafft. Jetzt heißt es, so schnell wie möglich einen Sanitätswagen zu organisieren.«

»Das wird Veit Küster übernehmen.«

Er rollte auf die Hallen zu.

Eine abgeblendete Taschenlampe winkte ihn ein. Noch einmal schob er die Gashebel vor, dann schaltete er die Zündung aus.

Die plötzliche Stille mutete unwirklich an. Die Ohren summten. Er öffnete ein Seitenfenster und rief: »Wir brauchen dringend einen Krankenwagen!«

Von außen wurde die Einstiegsklappe geöffnet.

Abgeschirmte Lichter jagten heran.

»Einen Krankenwagen, hast du gesagt?«

Curd Dessau erkannte die Stimme Veit Küsters. »Ja! Fahr zur Flugleitung und beordere deren San-Kra hierher!«

»Hattet ihr einen Unfall?«

»Erzähl' ich dir später. Beeil dich!«

Die Baronessa war bereits draußen und lief auf den Standartenführer zu. »Stell keine Fragen, sondern schaff den Wagen her.«

»Ich dachte schon, du wärst ...« Er wandte sich an seinen Fahrer. »Jagen Sie los! Dringend den San-Kra der Flugleitung hierher!«

Na endlich, dachte Curd Dessau und kletterte aus der Maschine.

»Was ist denn passiert?« bestürmte ihn Veit Küster.

»Dem Funker wurden zwei Finger abgequetscht. Er ist im Moment hinüber. Ich habe Morphium injiziert.«

»Und was ist mit dem Auftrag?«

»Der ist erfüllt.«

»Mensch, mir fällt ein Stein vom Herzen.« Veit Küster wollte sich schon an seinen Begleiter wenden, hielt sich aber plötzlich zurück und fragte: »Was ist mit dem zweiten Flug?«

»Den werden wir ohne Hensel durchführen müssen.«

»Geht das?«

»Es muß und es wird gehen. Zumal die Baronessa nun ja bereits eingespielt ist.« Curd Dessau reichte ihr die Hand. »Meine Anerkennung! Wirklich, Sie sind eine äußerst gelehrige Schülerin und haben sich glänzend bewährt. Vor allen Dingen, was Oskar Hensel anbelangt.«

Der Standartenführer klopfte ihr auf den Rücken. »Du bist ein tolles Weib! Aber jetzt schnell her mit dem Postsack.«

Der Flugkapitän holte ihn. »Hoffentlich sind keine Blutspuren dran.«

»Schlimmstenfalls muß Claudio sich in den Finger schneiden.«

»Du weißt scheinbar immer einen Ausweg.«

Der Sanitäts-Kraftwagen raste heran.

Veit Küster übernahm den Ledersack und reichte ihn an eine schmächtige Gestalt weiter. »Sie werden schnell arbeiten müssen, Sturmführer. Uns stehen fünfzehn Minuten weniger zur Verfügung, als eingeplant war. Lassen Sie die Post vorsortieren. Notfalls nur die Briefe durchleuchten, die von der Schweiz kommen und an Behörden und Dienststellen gerichtet sind.«

Sanitäter sprangen vom Wagen.

Curd Dessau sagte ihnen kurz, worum es ging, und führte sie zur Einstiegsklappe.

Es dauerte nicht lange, da wurde Oskar Hensel aus dem Flugzeug getragen. Er war ohne Bewußtsein. Die Sanitäter legten ihn auf eine Bahre und leuchteten ihn an.

»Oje!« sagte einer von ihnen. »Das soll ein Verband sein?«

»Im Flug ging es nicht besser.«

»Versteh' schon. Haben Sie sonst noch was gemacht?«

»Tetanus und Morphium gespritzt.«

»Wie lange ist er ohnmächtig?«

»Seit etwa zwei Stunden.«

»Wie ist das passiert?« fragte Veit Küster, als der Sanitätswagen abgefahren war.

Curd Dessau erzählte es ihm.

Der Standartenführer schüttelte sich. »Wie unangenehm. Ein Glück nur, daß ihr euch traut, den nächsten Flug ohne ihn durchzuführen. Nicht auszudenken, was geschehen würde, wenn Claudio den Postsack in Lissabon nicht abliefern könnte. Seine Rübe wäre runter. Doch jetzt müßt ihr erst mal was essen.«

»Ich hab' mich zunächst um die Maschine zu kümmern«, widersprach der Flugkapitän und wandte sich an einen Monteur. »Gehören Sie zum Bereitschaftsdienst?«

»Jawohl, Herr Oberleutnant. Meine Kameraden kommen gleich. Wir haben Fliegeralarm.«

Curd Dessau schaute auf seine Armbanduhr. »In einer Stunde muß der ›Drachen‹ startklar sein. Haupt- und Zusatztanks bis zum Stehkragen füllen.«

»Jawohl, Herr Oberleutnant.«

»Nehmt die Maschine nach dem Tanken in die Halle und macht die Kanzel sauber. Und befestigt ein mindestens drei Meter langes, kräftiges Seil an der Innenseite der Einstiegsklappe, so daß sie im Flug geöffnet und wieder geschlossen werden kann, ohne daß der Sog, der dabei vielleicht entsteht, sie ganz aufreißt. Das Seil befestigen wir nach dem Einsteigen am hinteren Sitz des Funkers.«

»Jawohl, Herr Oberleutnant.«

»Wenn irgend etwas sein sollte: ich bin im Flughafenrestaurant.« Er wandte sich an Zsaga de Bor und Veit Küster. »So, nun wünsche ich als erstes einen Espresso.«

Sein Wunsch sollte nicht so schnell in Erfüllung gehen; denn als sie das nach außen verdunkelte Verwaltungsgebäude betraten und erstes Licht auf sie fiel, sahen Zsaga de Bor und er sich erschrocken an.

Veit Küster verschlug es fast den Atem. »Wie seht ihr denn aus?« rief er entgeistert.

Sie betrachteten ihre blutverschmierten Hände und Fliegerkombinationen.

»Da werden wir uns wohl erst einmal gründlich säubern müssen«, sagte Curd Dessau. »Sonst könnten einige in Ohnmacht fallen.«

Als sie später die Gaststätte aufsuchten, sahen beide abgespannt aus.

Der Kellner servierte den erbetenen Espresso, den Veit Küster bereits bestellt hatte.

»Bringen Sie mir auch ein Glas Wasser«, bat der Flugkapitän und öffnete ein Röhrchen, dem er eine Tablette entnahm.

Der Standartenführer wunderte sich. »Du nimmst Medizin?«

»Pervitin, um wach zu bleiben. Es liegen nochmals sieben bis acht Stunden vor mir.«

»Glaubst du wirklich, ohne Funker fliegen zu können?«

Curd Dessau wandte sich an die Baronessa. »Was meinen Sie?«

»Ohne weiteres«, antwortete sie lebhaft.

Veit Küster betrachtete sie prüfend. »Bist du nicht übermüdet?«

»Vielleicht. Übermüdung ist aber ein Zustand, den ich manchmal schätze. In gewissen Situationen ist es wunderbar, wenn nicht alles so Knall und Fall zu Ende geht.«

Der Standartenführer verdrehte die Augen. »Mußt du denn immer frivol werden?«

»Ja«, antwortete sie mit entwaffnender Offenheit. »Ich will schließlich was vom Leben haben.«

Veit Küster tat einen Seufzer. »In Ordnung. Nach dir die Sintflut.«

Um abzulenken, erkundigte sich Curd Dessau, was es zu essen gebe.

»Ich hab' Hühnchen vorbereiten lassen«, antwortete der Standartenführer.

Der Pilot erhob sich. »Bis die gebracht werden, sprech ich schnell noch mit der Flugleitung.«

»Tu das. Aber halte dich nicht lange auf. Das Essen kommt jeden Moment.«

»Ich bin gleich zurück.«

Als er gegangen war, sagte Veit Küster: »Gut, daß wir einen Moment allein sind. Die Contessa ist in Mailand.«

»Die Valdeloni?«

»Ja.«

»Weißt du das bestimmt?«

»Sie wohnt im Principe e Savoia. Und wo sie sich aufhält, dürfte ihr Mann nicht fern sein.«

»Du glaubst, der Conte wagt sich in die Stadt?«

Veit Küster zuckte die Achseln. »Warum nicht?«

»Weil das viel zu riskant für ihn wäre. Als Führer der Partisanen kann er es sich nicht leisten ...«

»In Ordnung«, unterbrach er sie. »Nehmen wir aber einmal an, er wäre hier.«

»Dann kannst du ihn noch lange nicht fangen.«

»Darum spreche ich ja mit *dir*!«

Sie horchte auf. »Ein neuer Auftrag?«

»Du sagst es.«

»Und er lautet?«

»Fotografieren!«

Sie sah ihn ungläubig an.

»Du bist doch mit ihr befreundet.«

»Gewiß.«

»Und du weißt, daß sie süchtig ist.«

»Nur in bezug auf Opium.«

»Immerhin. Da gibt es Situationen, die auf Fotos peinlich berühren.«

»Ach, darauf willst du hinaus.«

»Eben.«

»Du zahlst in Vreneli?«

»Das bin ich bei dir langsam gewohnt.«

»Bestell mir einen Cognac.«

Er entsprach ihrer Bitte.

Die Baronessa blickte vor sich hin. »Mit den Fotos willst du sie erpressen?«

»Ein unschönes Wort.«

»Anders ausgedrückt: du willst herauskriegen, wo sich Conte Valdeloni aufhält.«

»Erraten.«

»Das wird die Contessa niemals preisgeben.«

»Laß das meine Sorge sein.«

»Einverstanden. Aber du solltest dich keinen Illusionen hingeben. Wegen ein paar verfänglicher Fotos verrät sie weder ihren Mann noch er seine Partisanen.«

»Auch das laß meine Sorge sein.«

Der Kellner brachte den Cognac.

Sie griff nach dem Glas. »Es wäre freilich möglich ...« Sie unterbrach sich und lachte. »Natürlich! Ich fange an zu verstehen, worauf du hinauswillst.«

»Na, bitte, das ist doch was.«

»Und wo sollen die Fotos gemacht werden?«

»Selbstverständlich nicht im Hotel. Die Atmosphäre muß der Situation angepaßt sein.«

»Wäre die Villa in Moltrasio der richtige Ort?«

Er nickte.

Sie schnalzte mit der Zunge. »Du bist raffinierter, als ich dachte.«

Er blinzelte ihr zu. »Ich weiß auch schon, wie wir die Contessa nach Moltrasio herauslocken.«

»Spuck's aus.«

»Ganz einfach. Nach dem zweiten Flug lasse ich dich in euer Sommerhaus bringen, und du schläfst dich gründlich aus. Vorher sagst du deinem Mann, daß Contessa Valdeloni dich am Abend besuchen wird.«

»Und warum sollte sie das tun?«

»Das weißt du besser als ich. Für euch beide gab es eine Zeit, da ihr nicht zur Hautevolee gehörtet. Das schweißt zusammen. Wenn ich sie nun aufsuche – selbstverständlich nicht als Standartenführer, sondern als dein Hausfreund – und ihr sage, du habest von ihrem Aufenthalt in Mailand gehört und bätest sie herzlich, dich aufzusuchen, dann wird sie bestimmt kommen.«

»Sofern du ihr einen Wagen zur Verfügung stellst.«

»Klarer Fall: Noblesse oblige!«

»Werd nicht anzüglich.«

»Vorsicht!« zischte Veit Küster. »Curd kommt!«

Sie blickte dem Flugkapitän erwartungsvoll entgegen. »Klappt alles?«

»Ja. Wir werden pünktlich starten können. Der Feindverband hat Turin angeflogen und ist inzwischen nach Süden zurückgekehrt.«

Die Hühnchen, die serviert wurden, waren ausgezeichnet. Curd Dessau konnte der Versuchung nicht widerstehen, ein Glas Wein dazu zu trinken.

Gut eine Stunde später gingen sie zur Halle hinüber.

Ein Feldwebel meldete, daß das Seil an der Klappe angebracht und die Maschine startbereit sei.

Curd Dessau kletterte mit Zsaga de Bor in die Kabine und machte sie mit der Verschlußvorrichtung der Einstiegsklappe vertraut. »Im Flug ändert sich das Problem«, erklärte er. »Nicht das Schließen, sondern das Öffnen dürfte schwierig werden, weil der Fahrtwind gewaltig gegen die äußere Verkleidung drückt. Wenn die Klappe aber geöffnet ist, kann unter gewissen Umständen auch ein Sog entstehen. Darum ließ ich vorsorglich das Seil anbringen. Das Schließen wird kinderleicht sein. Sie werden den Verschlußhebel nur einzurasten brauchen.«

»Mir ist alles klar«, sagte sie, als er ihr nochmals dieses und jenes erklären wollte. »Geben Sie nur Gas. Ich freue mich schon darauf, mit Ihnen in den neuen Tag hineinzufliegen. Das ist keine Rederei«, fügte sie gedämpft hinzu. »Ich bin wirklich fasziniert von Ihrem Beruf. Und von Ihrem Können!«

Vor dem Flugzeug tauchten die abgeblendeten Scheinwerfer eines Wagens auf.

Curd Dessau blickte nach draußen. »Ich glaube, man bringt den Postsack.«

»Dann wollen wir uns vom Herrn Standartenführer gebührend verabschieden«, sagte sie und fügte ketzerisch hinzu: »Er kann Verstöße gegen die Etikette nicht leiden.«

Veit Küster stand neben der Einstiegsluke und übergab den Postsack persönlich.

»Hat sich's gelohnt?« fragte Zsaga de Bor.

»Ich will es hoffen. Das Ergebnis wird erst morgen vorliegen. Gefaltete Briefe lassen sich nicht einfach durchleuchten. Das Aufnahmeverfahren ist äußerst kompliziert.«

»Zufrieden mit mir?«

»Sehr!«

»Ciao!«

Der Standartenführer wandte sich an Curd Dessau. »Hals- und Beinbruch!«

»Danke!«

Eine Minute später sprangen die Motoren an.

Am Turm des Verwaltungsgebäudes blitzte für einen Moment grünes Licht auf: der Start war freigegeben.

Curd Dessau rollte zum Platzrand, richtete die Maschine aus und gab Vollgas, nachdem die Baronessa das Ausfahren der Klappen auf Startstellung gemeldet hatte.

Die Borduhr zeigte 0 Uhr 32.

Siebzehn Minuten Verspätung, dachte der Flugkapitän. Einen Teil davon würde er einholen können, wenn er direkt auf die französischen Alpen zusteuerte.

Seine Gedanken wanderten zu Oskar Hensel. Wie mochte es ihm gehen? Es war eine Ironie des Schicksals, daß Zsaga de Bor, die er nicht hatte ausstehen können, nun auf seinem Platz saß. Unwillkürlich blickte er zu ihr hinüber. Die magischblaue Instrumentenbeleuchtung unterstrich ihr exotisches Aussehen. Ihre Lippen waren leicht geöffnet. Wie damals im Schwimmbassin ...

Als hätte sie seine Gedanken erraten, fragte sie: »Haben Sie schon einmal während eines Fluges geliebt?«

Er wußte nicht, was er darauf antworten sollte.

»Mich interessiert das wirklich«, insistierte sie frivol.

»Was soll das, Zsaga?«

»Oh, Sie nennen mich beim Vornamen?«

»Ich habe Sie aber nicht geduzt«, entgegnete er unwillig. »Und darum hatten Sie gebeten.«

»Trotzdem möchte ich wissen, ob eine Umarmung in dieser Höhe nicht auch Sie reizen könnte. Angesichts der Kurssteuerung dürfte es technisch keine Probleme geben.«

Er hatte nur noch den Wunsch, sie zu beleidigen. »Mit der Kurssteuerung allein ist es nicht getan«, entgegnete er, sich durchaus freundlich gebend. »Da ist nämlich noch der Reißverschluß an meiner Kombination. Die Zacken könnten unangenehme Spuren hinterlassen. Ich hoffe, daß Ihnen das genügt.«

»Allerdings.«

Er gab seiner Stimme einen wärmeren Klang. »Außerdem weiß ich genau, daß Sie sich einen Scherz mit mir erlauben. Vergessen wir es also.«

Sie ergriff die ihr gebotene Chance und klopfte auf seinen Arm. »Sie sind ein feiner Kerl, Curd.«

»Und Sie ein prima Mädchen, Zsaga. Lassen wir es dabei bewenden.«

Sie verstand es, sich zu beherrschen, ihr Inneres war jedoch in Aufruhr. Dir werde ich es heimzahlen, schwor sie sich. Aber jetzt kommt erst Claudio an die Reihe.

Curd Dessau hingegen dachte: Manchmal hasse ich sie. Dann wieder kommen Augenblicke, in denen sie mich fasziniert. Wie in jener Nacht, da ich sie kennenlernte. Was damals geschah, würde heute geschehen, wenn es nicht schon geschehen wäre.

Die Zeit ging dahin. Beide sprachen nur noch das Notwendigste. Die Abfuhr aber, die sie erhalten hatte, arbeitete in ihr. Sie begriff nicht, daß das, was sie zu bieten hatte, verschmäht wurde. Gab es wirklich Männer, die vor Reißverschlüssen kapitulierten? Und das angesichts der Chance, einen Liebesakt in 5000 Meter Höhe erleben zu können! Wann wurde einem eine solche Möglichkeit schon geboten? Im Bett, im Wasser, unter der Dusche, auf dem Heuschober, im Wagen, im Zug, stehend, liegend, gebückt – alles hatte sie erlebt. In einem Flugzeug aber ... Es war idiotisch, diese Chance auszulassen.

»Nuckeln Sie hin und wieder an dem Schlauch, der seitlich von Ihnen hängt«, sagte er. »Dort bekommen Sie Sauerstoff.«

Sie machte einen erneuten Ansatz. »Etwas anderes wäre mir lieber.«

Es reizte ihn plötzlich, auf ihren Ton einzugehen. »Zum Beispiel?«

»Küssen! In fünftausend Meter Höhe möchte ich nach Herzenslust küssen.«

Curd Dessau kämpfte mit sich.

Sie spürte es. »Seien Sie ehrlich! Geht es Ihnen nicht ebenso?«

Er schwankte. Der Versuchung konnte er nicht ohne weiteres widerstehen.

»Nun ...?«

Er nahm alle Kraft zusammen. »Mir scheint, Sie haben die Höhenkrankheit.«

Ihr war es, als habe sie einen Schlag ins Gesicht erhalten. Sie zitterte wie ein Opiumsüchtiger, dem mitten im Traum der Träume eine Flasche Äther unter die Nase gehalten wird. Ihre Augen verengten sich, wurden zu Schlitzen. Ohnmächtige Wut erfaßte sie. Wie kam dieser Mensch dazu, sie so zu brüskieren. Das hatte sich noch niemand erlaubt. Am liebsten hätte sie ihn geohrfeigt. Mit bebender Stimme fragte sie: »Wünschen der Herr, daß ich ihn von meiner Gegenwart befreie?«

Er hatte sich wieder in der Gewalt. »Vielleicht wäre es nicht schlecht, das Umsteigen zu üben. Wenn der Postsack abgeworfen wird ...«

»Bitte!« schrie sie, riß die Anschnallgurte auf, klappte ihren Sitz hinunter und ging in den rückwärtigen Teil der Kanzel.

»Ein Funkersitz ist auch nicht zu verachten«, sagte er scheinbar gelassen. In Wirklichkeit ärgerte er sich. Er ließ sich jedoch nichts anmerken und wandte sich voll seiner Aufgabe zu.

Zsaga de Bor aber dachte nur noch daran, Rache zu nehmen. Zunächst an Claudio. Sie fühlte sich im Augenblick so richtig in Stimmung, das zu tun, was sie sich vorgenommen hatte. »Darf ich hier hinten das Licht einschalten?«

»Selbstverständlich.«

Sie entnahm der Brusttasche ihrer Fliegerkombination ein Schreiben, das sie vor Tagen aufgesetzt hatte. Genüßlich faltete sie es auseinander und las noch einmal:

›Dieser Postsack wurde von Claudio de Bor gestern abend um neunzehn Uhr in Torrijos einer deutschen Flugzeugbesatzung übergeben. Diese brachte ihn nach Mailand, wo die Briefe im Röntgenverfahren fotografiert wurden. Die gleiche Besatzung bringt die Post noch heute nacht zurück und wird sie um vier Uhr zwischen Merida und Bajadoz an einer von Claudio de Bor bezeichneten Stelle abwerfen. Er selbst wartet dort, um den Postsack in Empfang zu nehmen. Er lieferte auch den Wachsabdruck zur Anfertigung des Nachschlüssels. Das Vorhandensein dieser Information beweist die Richtigkeit der gemachten Angaben. Sonst könnte sich diese Mitteilung nicht im Postsack der Embassy befinden. – Ein Gegner des Nazi-Regimes.‹

Mit sich selbst zufrieden, faltete sie das Schreiben und rollte es so zusammen, daß es die Form eines Bleistiftes erhielt. Dann schob sie es durch einen Schlitz in das Kuriergepäck. Den ersten Teil ihres Schwurs hatte sie erfüllt.

Zsaga de Bor löschte das Kabinenlicht und blickte zu Curd Dessau hinüber. Sie verwünschte ihn, weil er sie um ein einmaliges Erlebnis und um ihre gute Stimmung gebracht hatte. Aber sie wollte es ihm heimzahlen. Er war ja nach Mailand abkommandiert und mußte noch eine Weile dort bleiben. Noch wußte nur sie, daß keine weiteren Flüge durchgeführt werden würden.

Ihre Gedanken wanderten zu Veit Küster. Wie mochte er reagieren, wenn er von Claudios Verhaftung erfuhr? Würde er ihre Intrige durchschauen? Sie mußte damit rechnen und faßte den Entschluß, vor nichts zurückzuschrecken, wenn er ihr Schwierigkeiten bereiten sollte. Es würde ein Vabanquespiel werden. Aber warum nicht? Unter Umständen konnte das erregender sein, als hundert Umarmungen.

Dieser idiotische Flugkapitän! Warum nur war er so spröde? Er lief doch am Leben in seiner schönsten Form vorbei! Sollte sie es noch einmal versuchen ...?

Sie erhob sich und ging nach vorn.

Curd Dessau drehte sich um. »Wollen wir uns wieder vertragen?«

Sie nickte.

»Setzen Sie sich.«

Sie klappte den Beobachtersitz hoch und nahm Platz.

»Das Anschnallen nicht vergessen!« sagte er. »Es wird bald hell werden. Dann ist es soweit, daß wir die Wolken durchstoßen müssen.«

Die Baronessa schaute nach draußen. »Woher wissen Sie, daß wir über den Wolken fliegen? Es ist doch nichts zu sehen.«

»Wie man's nimmt. Ohne Wolkendecke sieht die Nacht anders aus. Dann blitzt immer mal hier und dort ein Licht auf. Im übrigen konnte ich die Oberdecke zweimal deutlich ausmachen: um 02 Uhr 43 und 03 Uhr 20. Da war in ihr der Widerschein der erleuchteten Städte Zaragoza und Madrid zu sehen. Das zeigte mir übrigens, daß wir genau auf Kurs liegen. Wir werden zur berechneten Zeit am Ziel sein. Dreißig Minuten sind es noch bis dahin. Sonnenaufgang ist 03 Uhr 52.«

»Auf den freue ich mich«, begeisterte sie sich

Erstaunlich, wie wandlungsfähig diese Frau ist, dachte er und erwiderte: »Ich will Sie nicht vertreiben, Zsaga. Aber wenn Sie den Sonnenaufgang richtig erleben wollen, müssen Sie sich auf den Funkersitz setzen. Wir fliegen nach Südwesten. Die Sonne geht im Osten auf.«

»Dann bleib' ich lieber hier. Einen Sonnenaufgang bekommt man ja oft zu sehen.«

Das hätte ich mir denken können, ärgerte er sich. Dieses Weib freut sich nicht über Naturerscheinungen; es verlangt ganz andere Dinge. Wie um seine Enttäuschung abzureagieren, drückte er die Maschine an, um die Geschwindigkeit im gestreckten Gleitflug zu steigern.

Im Osten stieg diffuses Licht über den Horizont und ließ erste Konturen erkennen. Der Westen glich nun einer drohenden, blauschwarzen Wand.

In 3800 Meter jagten sie knapp über der Wolkendecke dahin. Nur vereinzelt stiegen Quellungen aus ihr heraus.

»Gehen wir runter?« fragte die Baronessa.

»Ich werde noch etwas warten«, antwortete er. »Im Moment liegt die Sierra de Guadalupe unter uns. Zwar kein bedeutendes Gebirge, aber immerhin sechzehnhundert Meter hoch. Außerdem ist es unten noch nicht so hell wie hier.«

Zehn Minuten später tauchten sie in die Wolken ein.

»Kräftig schlucken!« empfahl er ihr. »Das nimmt den Druck von den Ohren. Besonders, wenn wir steiler hinabgehen.«

Dunkelgraue Fetzen jagten über die Tragflächen. Kurz darauf war es, als säßen sie hinter Milchglasscheiben. Nur die Instrumente zeigten noch an, daß das Flugzeug sich fortbewegte und nicht stillstand.

Der Fahrtmesser stieg auf 440 km/h. Der Höhenmesser sank: 3500 – 3300 – 3100 – 2900 Meter!

Die Maschine erhielt kleine Stöße. Die Wolken fingen an zu nässen.

»Wir haben es gleich geschafft«, rief Curd Dessau und verstellte die Luftschrauben, um noch steiler hinabgehen zu können.

In 2300 Meter Höhe setzte stärkere Böigkeit ein. Und dann

lag die Erde so plötzlich unter ihnen, daß Zsaga de Bor erschrokken zusammenfuhr.

»Es ging schneller, als ich annahm«, sagte er und suchte erwartungsvoll das Gelände ab. »Können Sie auf Ihrer Seite einen Fluß oder eine Straße entdecken?«

Sie schüttelte den Kopf.

Er blickte angestrengt in die Tiefe. »Der Guadiana müßte an meiner Seite liegen, wenn der Kurs stimmt.« Systematisch suchte er das Terrain ab. »Dort drüben, der helle Streifen könnte das Flußbett sein.«

»Von Wasser ist aber nichts zu sehen.«

»Wir haben Hochsommer. Da sind hier die meisten Flüsse ausgetrocknet. In ihnen kann man allenfalls Ziegen finden, die nach Gestrüpp und Gräsern suchen.«

Es dauerte nicht lange, bis die Straße nach Merida auftauchte. Im großen Bogen umflog er die Stadt. Erst als sie weit zurück lag, näherte er sich der Chaussee nach Bajadoz.

Um 04 Uhr 15 sahen sie am Straßenrand einen Wagen stehen, und gleich darauf entdeckten sie auch Claudio de Bor. Er stand auf einem Hügel und schwenkte beide Arme. Neben ihm war aus Tüchern ein weißes Kreuz ausgelegt.

Dem wird jetzt ein Stein vom Herzen fallen, dachte Curd Dessau. Auch er selbst war erleichtert. Frohgestimmt blickte er zur Baronessa hinüber. Zu seiner Verwunderung glich ihr Gesicht einer Maske. Ausdruckslos starrte sie in die Tiefe. Ihre Haut wirkte grau. Total verändert sah sie aus. Geradeso, als bedrücke sie etwas. »Fühlen Sie sich nicht wohl?« fragte er.

Sie zuckte zusammen, als wäre sie bei etwas Unrechtem ertappt worden. »Doch, doch«, antwortete sie. »Ich habe nur ... Sie müssen verstehen ...«

»Gewiß«, fiel er ihr ins Wort, kurvte zurück und drosselte die Motoren. »Sie müssen sich zum Abwurf fertig machen.«

Zsaga de Bor stand auf und schob ihren Sitz nach unten. »Legen Sie den Postsack auf die Einstiegsklappe, bevor Sie den Verschluß öffnen. Dann ergreifen Sie das Seil, schieben den Riegel fort und halten die Klappe fest, bis ich das Kommando zum Abwurf gebe. Alles klar?«

»Ja.«

Noch zweimal flog er über Claudio de Bor hinweg, dann erkannte er an einem plötzlich entstehenden Luftzug, daß die Einstiegsklappe um einen Spalt geöffnet war. Unmittelbar darauf meldete die Baronessa, sie sei zum Abwurf bereit.

»In Ordnung«, rief er und legte das Flugzeug gerade. »Ich fliege jetzt auf ihn zu!« Langsam nahm er die Gashebel zurück und drückte die Maschine auf fünfzig Meter hinab. Ein kurzer Blick in den Rückspiegel zeigte ihm, daß Zsaga de Bor sich genau an seine Anweisungen hielt.

Ihre Linke umspannte einen Handgriff, die Rechte hielt das Seil. Der Postsack lag abwurfbereit auf der um einige Zentimeter geöffneten Einstiegsklappe, die sie jeden Augenblick hinablassen konnte. Ihre Füße stemmte sie seitlich gegen die Bordwandung.

Der Hügel kam näher. Curd Dessau nahm die Maschine flacher und verringerte die Geschwindigkeit. Keine zweihundert Meter trennten ihn mehr von Claudio de Bor. »Achtung!« rief er. »Fertig! – Los!«

Die Klappe fiel nach unten. Der Postsack rutschte ins Freie und verschwand.

Curd Dessau gab Gas. Der aufgetretene Luftzug verlor sich.

»Ich hab' die Luke schon wieder zu!« rief die Baronessa. Ihre Stimme schwang vor Begeisterung.

»Noch nicht drauftreten!« ermahnte er sie. »Erst den Hebel einrasten!«

»Ist längst geschehen«, beruhigte sie ihn. »Es ging ohne jede Anstrengung.«

»Bei dem Fahrtwind kein Wunder.« Er legte das Flugzeug in eine Kurve und schaute nach Claudio de Bor aus, der auf den in seiner unmittelbaren Nähe herabgefallenen Postsack zulief.

Sie kehrte auf ihren Sitz zurück.

Curd Dessau wies in die Tiefe. »Er hat ihn bereits.«

Auf ihren Wangen bildeten sich hektische Flecken. Wie hypnotisiert blickte sie nach unten. Das Herz klopfte ihr in der Kehle. Die Vorstellung, den einstigen Geliebten ins Verderben gestürzt zu haben, lähmte sie plötzlich. Er war ihre erste Liebe gewesen. Wie verschwommen sah sie ihn. »Bitte, fliegen Sie noch eine Kurve«, bat sie mit heiserer Stimme. »Nur noch eine! Ich muß ihn noch einmal sehen ...«

Was hat sie nur, dachte Curd Dessau und erfüllte ihren Wunsch.

Sie sah Claudio winken und kämpfte mit Tränen. Doch dann gelang es ihr, sich von ihrer ›Gefühlsduselei‹, wie sie es nannte, zu befreien und ihr Herz mit Kälte zu wappnen. Geschah ihm nicht recht? Hatte er sie nicht um des Geldes willen verleugnet? Aug' um Aug', Zahn um Zahn! Nun würde sie das Vermögen erben, auf das er nicht hatte verzichten wollen. Glücklich aber war sie nicht. Sie hatte geglaubt, den Triumph auskosten zu können. Jetzt lag ihr ein schaler Geschmack auf der Zunge.

7

Man hätte Schillers Wort: ›Der Tag bricht an, und Mars regiert die Stunde‹ über das Geschehen setzen können, das dem zweiten Flug nach Spanien folgte. Zunächst verlief jedoch alles wenig aufregend. Zsaga de Bor und Curd Dessau wurden von Veit Küster mit einem Glas Sekt empfangen, und während die Baronessa überschäumend vom glänzenden Verlauf des Fluges berichtete, rauchte der Flugkapitän schweigend eine Zigarette. Er wirkte abgespannt und hatte nur noch den Wunsch, allein zu sein und vom Gerede der Baronessa nichts mehr hören zu müssen. Es erleichterte ihn, als der Standartenführer zum Aufbruch drängte.

»Fährst du mit uns?« fragte Veit Küster beim Verlassen des Flughafengebäudes.

Curd Dessau schüttelte den Kopf. »Dank deiner gütigen Fürsorge verfüge ich ja selbst über einen Wagen. Der lange Hensel war übrigens in den kleinen Topolino, in den er kaum hineinpaßte, geradezu verliebt.«

»Schade, daß beide Finger amputiert werden mußten«, sagte Zsaga de Bor in einer Weise, als spreche sie vom Wetter und bedaure, daß es regnet.

»In welchem Krankenhaus liegt er eigentlich?« fragte der Flugkapitän.

»Im Ospedale maggiore«, antwortete Veit Küster. »Ich habe veranlaßt, daß er morgen an den Como-See verlegt wird. Die Villa d'Este dient zur Zeit als Wehrmachtslazarett. Ihr seid dann nicht weit voneinander entfernt.«

»Herzlichen Dank«, erwiderte Curd Dessau. »Ich suche ihn gleich morgen auf. Heute bin ich dazu nicht mehr in der Lage. Ich werde auch nicht nach Moltrasio hinausfahren, sondern im Principe e Savoia bleiben. Glücklicherweise haben wir unsere Zimmer hier in Mailand noch nicht aufgegeben. Morgen werde ich übrigens Ihren Gatten besuchen«, fügte er an die Baronessa gewandt hinzu.

»Ich hörte, daß Sie bereits einmal bei ihm waren«, sagte sie mit einem spitzen Unterton in der Stimme.

»Paßt Ihnen das nicht?«

»Was sollte mir daran nicht gefallen? Ich möchte lediglich, daß Sie über gewisse Dinge nicht mit ihm reden.«

Er grinste frech. »Wenn ich mich recht erinnere, habe ich Ihnen an einem gewissen Abend etwas versprochen.«

»Und Sie schließen unsere Flüge und meine Tätigkeit für den Sicherheitsdienst in Ihr Versprechen ein?«

»Dazu hat mich unser verehrter Standartenführer liebenswürdigerweise bereits verpflichtet. Ich habe Ihrem Gatten erzählt, daß ich zur Zeit militärische Flüge über dem Mittelmeer durchführe.«

»Dann ist ja alles gut.«

Schlechter als schlecht ist alles, dachte er voller Auflehnung. Nie zuvor hatte er so deutlich gespürt, daß er in ein Netz geraten war, dem er nicht leicht wieder würde entrinnen können. Dienstliche und menschliche Dinge begannen sich zu überschneiden.

Die Verabschiedung verlief fast frostig. Curd Dessau war übermüdet und gab sich keine Mühe, verbindlich zu sein. Und Zsaga de Bor, die erstaunlich frisch war, konnte es nicht verwinden, daß er sie auf dem Flug zur portugiesischen Grenze als Frau brüskiert hatte.

Veit Küster gefiel die Entwicklung. Er spürte, daß zwischen den beiden eine Spannung aufgekommen war, und er hoffte, daraus profitieren zu können. Um jeden Preis mußte Zsaga de Bor bei der Contessa Valdeloni die Aufgabe übernehmen, die er mit ihr nach dem ersten Spanienflug besprochen hatte. Insgeheim hatte er befürchtet, das gemeinsame Flugerlebnis könnte Curd Dessau und die Baronessa in engeren Kontakt bringen und Komplikationen heraufbeschwören. Es erleichterte ihn, daß dies nicht der Fall war. Zwischen ihnen schien sich eher eine Barriere errichtet zu haben.

So war er in bester Stimmung, als er am Nachmittag das Foyer des Hotels Principe e Savoia betrat, in dem auch Contessa

Valdeloni wohnte. Da anzunehmen war, daß Curd Dessau schlief, brauchte er nicht zu befürchten, mit ihm zusammenzutreffen. Es wäre zwar nicht schlimm gewesen, wenn ihre Wege sich gekreuzt hätten, aber es war besser so. Der Schulkamerad war ein unangenehm guter Beobachter. Zudem kannte er selbst die Contessa noch nicht. Von Zsaga de Bor hatte er lediglich erfahren, daß sie sich Unbekannten und ganz besonders Deutschen gegenüber zurückhaltend und skeptisch verhielt. Hinter jedem witterte sie einen Feind ihres Mannes, der zu den erbittertsten Gegnern Mussolinis zählte und als geistiger Führer der Partisanen galt, wenngleich ihm nicht der geringste Kontakt mit ihnen nachzuweisen war. Auch sonst tappte der Sicherheitsdienst völlig im dunkeln. Die fähigsten Agenten waren auf ihn angesetzt gewesen, doch niemandem war es gelungen, ihn irgendeiner Sache zu überführen. Seit Monaten wußte man nicht einmal mehr, wo er sich aufhielt. Alle in Frage kommenden Stellen zweifelten aber nicht daran, daß er das Oberhaupt der Partisanen war und mit dem Ausland in Verbindung stand.

Veit Küster war deshalb wie elektrisiert gewesen, als Zsaga de Bor einige Tage vor ihrem Flug nach Spanien beim Durchblättern einer Illustrierten plötzlich gerufen hatte: »Ich werd' verrückt! Sie hat's geschafft! Aus Clydia Massoni ist Contessa Valdeloni geworden!«

»Du kennst sie?« hatte er ungläubig gefragt.

»Und wie! Bei Subano war sie das Starmannequin. Wir trafen uns fast täglich. Damals hatte sie den Conte gerade kennengelernt. Mein Gott, wenn ich daran zurückdenke ... Sie war so verliebt in ihn und so aufgeregt, daß sie mir alles brühwarm erzählte. Ich hieß in jenen Tagen noch Zsaga Morena.«

Veit Küster war zum Telefon gegangen und hatte seine Dienststelle verlangt, um, wie er sagte, schnell etwas feststellen zu lassen.

»Was?« hatte sie neugierig gefragt.

»Werde nicht ungeduldig!« war seine Antwort gewesen.

Sein Adjutant meldete sich.

Der Standartenführer stellte ihm einige Fragen, die den Conte betrafen, und die Antworten, die er erhielt, ließen ihn den

Hörer mit der verheißungsvollen Erklärung zurücklegen: »An deinen schönen Händen klebt unter Umständen viel Geld.«

»Wieso?«

»Es gibt Anzeichen dafür, daß der Conte sein Hauptquartier von Rom nach Mailand verlegt hat. Sollte die Contessa hier auftauchen, wirst du unschwer Kontakt mit ihr aufnehmen können.«

»Du täuschst dich, mein Lieber. Es dürfte unmöglich sein, über die Contessa an den Conte heranzukommen. Ich habe erlebt, wie sie sich schon als Clydia Massoni von allen Bekannten zurückzog. Sie wußte um seine Feinde und befürchtete, eine Fährte zu bieten, über die er erwischt werden könnte. Sie liebt ihn abgöttisch. Ich hab' sie richtig beneidet.«

Veit war aufgestanden und an seinen Barschrank herangetreten. »Hat sie keine Achillesferse?«

Zsaga hatte still vor sich hin gelächelt. »Sogar eine gefährliche: Opium!«

Er hatte sich schnell umgewandt. »Ist das wahr?«

Ihr Gesichtsausdruck war unwillig geworden. »Würde ich es sonst sagen? Das Erstaunliche aber ist, oder war es mindestens, daß sie Grenzen zu ziehen weiß. Jedenfalls war sie damals keine habituelle Raucherin. Und, nach diesem Bild zu urteilen«, sie wies auf die Illustrierte, »scheint sie es auch heute nicht zu sein. Schau sie dir an. Nicht die geringste Spur von Verfall ist zu erkennen.«

An dieses Gespräch hatte sich Veit Küster erinnert, als ihm gemeldet wurde, Contessa Valdeloni sei im Principe e Savoia abgestiegen. Zsaga de Bor befand sich gerade auf dem Flug nach Spanien. Habituell oder nicht, hatte er sich gesagt, hier muß Zsaga einhaken. Vermutlich weiß die Contessa, daß ihre einstige Freundin inzwischen ebenfalls einen Adeligen geheiratet hat. Das wird den beiden Gesprächsstoff für Tage geben.

Nachdem Standartenführer Küster Zsaga de Bor nach dem zweiten Spanienflug vom Flughafen abgeholt und zum Como-See gebracht hatte, war er nach Mailand zurückgefahren, wo er sich im Hotel mit dem Hinweis, er sei von der Baronessa geschickt worden, bei der Contessa melden ließ.

Er war gespannt auf den ersten Eindruck. Nach allem, was er erfahren hatte, konnte er sich kein rechtes Bild von ihr machen. Und das war mißlich; denn er wußte nicht, wie er sich geben sollte: seriös, burschikos oder zurückhaltend. Als sie jedoch im Foyer erschien und von einem Pagen zu ihm geführt wurde, wußte er gleich, daß er ihre Gunst – wenn überhaupt – nur durch äußerste Zurückhaltung würde gewinnen können.

Ihre großen, ein wenig traurig anmutenden Augen sahen aus, als wären sie verschleiert. Ihr Gesicht zeigte eine den Römerinnen eigentümliche Blässe, die in seltsam harmonischem Gegensatz zum seidigen Glanz ihres blauschwarzen Haares stand. Sie war vollschlank. Durch ihre enge Taille wirkte sie aber nicht üppig.

Nachdem er sich vorgestellt hatte, bat er im Namen der Baronessa um Verständnis dafür, daß sie nicht perönlich gekommen sei. Dinge, die sie ihr selbst erklären wolle, hätten sie veranlaßt, ihn, einen Freund des Barone, zu bitten, die Contessa aufzusuchen und zu einer Fahrt nach Moltrasio einzuladen. Die Baronessa habe zuerst vorgehabt, sie anzurufen, habe dann aber aus naheliegenden Gründen davon Abstand genommen, sich dem öffentlichen Fernsprecher anzuvertrauen. Es liege ihm fern, sich aufzudrängen, er versichere ihr jedoch, daß er sie gerne nach Moltrasio fahren und ein oder zwei Stunden später in ihr Mailänder Hotel zurückbringen werde.

»Aber, Signore Küster!« erwiderte Contessa Valdeloni belustigt. »Ich glaube kaum, daß meine Freundin mich so schnell wieder freigeben wird. In meinem Interesse würde es ebenfalls nicht liegen. Wir haben uns lange nicht gesehen und uns dementsprechend viel zu erzählen.«

»Um so besser! Sie sind also bereit, mitzukommen?«

»Haben Sie daran gezweifelt?«

»Das nicht. Es hätte aber sein können, daß Sie für heute schon verabredet sind.«

Sie schüttelte den Kopf. »Ich bin zur Zeit in der glücklichen Lage, keinerlei Verpflichtungen zu haben. Von mir aus können wir gleich losfahren.«

Er verneigte sich und führte sie zum Wagen, einem geschlossenen Alfa Romeo. »Wir werden leider die Landstraße wählen müssen. Die Autostrada ist derzeit zu unsicher. Partisanen!«

»Ich habe davon gehört.«

»Sie dürfen unbesorgt sein. Ich bringe Sie wohlbehalten zur Baronessa und zurück.«

»Kennen Sie sie schon lange?«

Er ließ den Motor an. »Mit dem Barone verbindet mich eine echte Freundschaft. Und das, obwohl ich sehr viel jünger bin als er.«

Die Contessa betrachtete ihn unauffällig von der Seite. »Sie sprechen ausgezeichnet Italienisch, sind aber Deutscher, nicht wahr?«

»Sagen wir: der Geburt nach«, antwortete er einschränkend. »Mein Denken und Fühlen ...« Er unterbrach sich, als hätte er schon zu viel gesagt. »Italien ist meine Wahlheimat. Eigentlich müßte ich sagen Rom!«

»Oh«, rief sie erfreut. »Ich bin Römerin.«

Sich galant gebend entgegnete er: »Hoffentlich fassen Sie es als Kompliment auf, wenn ich erwidere: Das habe ich auf den ersten Blick gesehen.«

Contessa Valdeloni bedankte sich mit einem Lächeln. »Und Sie leben nun in Mailand?«

Er seufzte. »Leider! Ich mußte meinen Wohnsitz verlegen. Meine Gesellschaft verlangte es, als zu erkennen war, daß die Landung der Amerikaner nur noch eine Frage der Zeit sein würde. Ich vertrete einen Versicherungs-Konzern. Hoffen wir, daß bald alles überstanden ist. So kann es ja nicht weitergehen.«

Sie schwieg.

Er wies auf die Porta Sempione, die sie gerade passierten. »Wenn ich bedenke, wieviel unersetzliche Kunstwerke in diesem Land gefährdet sind – von den Menschen ganz zu schweigen –, dann weiß ich nicht weiter und bin nahe daran, wahnsinnig zu werden.«

Sie nahm auch jetzt keine Stellung.

»Manchmal kann ich meine Landsleute nicht mehr verstehen«, fuhr er bedrückt fort. »Doch lassen wir das. Selbstquälerische Betrachtungen führen zu nichts.«

Die Contessa mußte unwillkürlich an ihren Mann denken und erwiderte: »Es macht bitter, wenn man die eigenen Landsleute nicht mehr versteht.«

»Da haben Sie recht. Als ich den Barone kürzlich aus dem Gefängnis ...« Er griff sich an den Mund und stellte sich erschrocken.

Ihre Augen weiteten sich. »Barone de Bor war im Gefängnis?«

»Ich flehe Sie an, Contessa, erwähnen Sie das in Moltrasio nicht. Der Barone würde entsetzt sein, wenn er erfährt, daß ich darüber gesprochen habe. Es ist mir einfach so herausgeflogen. Auch könnte er denken, ich brüstete mich mit einem kleinen, selbstverständlichen Freundschaftsdienst, den ich ihm zufällig erweisen konnte.«

»Haben Sie es etwa fertiggebracht, ihn aus dem Gefängnis herauszuholen?«

»Um Gottes willen, das klingt bedeutsamer, als es ist. Ich habe mich nur verpflichtet gefühlt, bei einem alten Bekannten zu intervenieren. Bitte, Contessa, lassen Sie den Barone nicht merken, daß Sie über seine Verhaftung informiert sind. Er wird immer noch nicht damit fertig, daß man ihn aufgrund eines vagen, lächerlichen Verdachtes kurzerhand ins Gefängnis warf.«

Sie berührte seinen Arm. »Ich verspreche Ihnen, nicht darüber zu reden.«

»Ich danke Ihnen«, erwiderte er und dachte: Nun dürfte es zweckmäßig sein, zu schweigen. Wenn ich mich jetzt versonnen stelle, wird sie Vertrauen gewinnen. Schon der alte Laotse lehrte: ›Sei wirkend ohne zu tun!‹

Sein Verhalten beeindruckte die Contessa tatsächlich. Während sie durch viele kleine Ortschaften fuhren, beschäftigte sie sich angelegentlich mit ihm. Sie überlegte sogar, ob sie ihn mit ihrem Mann zusammenbringen sollte. Auf alle Fälle wollte sie in Kontakt mit ihm bleiben. Menschen wie Veit Küster traf man nicht alle Tage.

Würde er ihre Gedanken gekannt haben, hätte er das für diesen Abend gegen sie geplante Unternehmen auf der Stelle fallenlassen und sich nur noch dem Ziel zugewandt, über die Contessa mit ihrem Mann in direkte Verbindung zu treten. An eine solche Möglichkeit hatte er in seinen kühnsten Träumen nicht gedacht. Zu mühsam und immer wieder vergeblich waren alle Versuche gewesen, einen V-Mann in der Umgebung Conte Valdelonis unterzubringen.

So steuerte er denn, ohne zu ahnen, wie nahe er seinem Ziel gekommen war, auf ein kleines, schmutziges Manöver zu, das

Zsaga de Bor noch in dieser Nacht in seinem Auftrag ausführen sollte.

Dies war jedoch nicht zu erkennen. Auch später nicht, als sie Moltrasio erreicht hatten. Hier dominierte im ersten Moment Barone de Bor, der sich den Damen gegenüber ungewöhnlich zuvorkommend gab. Er entwickelte jenen Charme, der Männern im reifen Alter oft zu eigen ist. Dennoch gelang es ihm trotz aller Bemühungen nicht, die Contessa als Mittelpunkt zu betrachten. Er konnte sich innerlich nicht von Veit Küster frei machen. Er verehrte ihn in einer geradezu kindischen Weise.

Der Standartenführer wußte, warum sich der alte Herr ihm gegenüber gerade an diesem Tag zu außerordentlichem Dank verpflichtet fühlte. Er hatte ihm ein amtliches Schreiben zukommen lassen, in dem zum Ausdruck gebracht wurde, daß man ihn, den Barone Antoine de Bor, zu Unrecht inhaftiert hatte. Er war wieder frei und konnte sich bewegen, wohin er wollte. Aber nicht genug damit. In höflicher Form hatte man um Entschuldigung für das Leid gebeten, das ihm zugefügt worden war. Man stellte ihm anheim, Regreßansprüche geltend zu machen, und sicherte ihm zu, ein diesbezüglicher Antrag werde wohlwollend geprüft und im Rahmen des Möglichen beschieden werden.

Es war daher verständlich, daß sich der Barone nach dem Mokka noch etwas mit Veit Küster unterhalten wollte. Er erklärte, mit seinem ›Freund‹ noch einige Dinge besprechen zu müssen und bat die Damen um Nachsicht.

»Laßt euch nur Zeit«, ermunterte ihn seine Frau und lud die Contessa zu einem Gang durch den Park ein.

Draußen regte sich kein Blatt. Schwerer Blütenduft lag in der Luft. Vom See erklang das leise Plätschern des Wassers.

»Ist es nicht himmlisch hier?« sagte Zsaga de Bor, als sie zum Ufer hinuntergingen.

»Ich beneide dich um den Besitz«, antwortete Contessa Valdeloni, ehrlich begeistert.

»Du glaubst gar nicht, wie gesund die Luft hier ist. Man kann bis tief in den Morgen hinein schlafen.« Sie hakte sich bei der Freundin ein und fuhr vertraulich fort: »Greifst du noch zum Opium?«

Die Contessa fuhr zusammen. Ihr Körper spannte sich wie die

Sehne eines Bogens. »Wie kannst du das fragen? Du weißt doch, daß es nichts Gefährlicheres gibt, als darüber zu sprechen. Dann werden Wünsche wach, denen man sich kaum entziehen kann.«

»Entschuldige, Clydia!« beeilte sich die Baronessa zu erwidern und versicherte: »Du siehst so gesund aus, daß ich überzeugt war, du hättest es endgültig überstanden.«

»Ist das wahr?« Contessa Valdeloni war beglückt. »Sieht man mir wirklich nichts an?«

»Nicht das geringste!«

Sie seufzte erleichtert. »Mein Gott, macht mich das froh. Mich packt's ja auch nur noch ganz selten. Höchstens ein- bis zweimal im Monat. Die Liebe zu meinem Mann hat mir die Kraft gegeben, mich weitgehend von der Sucht zu befreien.«

»Weiß er, daß du ...?«

»Wo denkst du hin. Er ist wie ein gesunder Baum und würde gewiß entsetzt sein.«

»Mein Mann bestimmt auch. Ich hab' deshalb nie mit ihm darüber gesprochen.«

Die Contessa blieb stehen und versuchte, das Gesicht ihrer Freundin in der Nacht zu erspähen. »Dich hat's ebenfalls gepackt?«

»Hast du mir das nicht angesehen?«

»Kein bißchen. Ich gebe dir mein Ehrenwort.«

»Ich greife ja auch nicht allzuoft danach. Nur einmal in der Woche.«

»Und seit wann?«

»Seit Claudio mich im Stich gelassen hat«, führte Zsaga de Bor ihre Lüge weiter.

»Ach, du lieber Gott.«

»Stell dich nicht so an. Einmal in der Woche ist soviel wie nichts.«

»Denkst du! Man muß einen eisernen Willen haben und viel Energie aufbringen, wenn sich die Abstände mit der Zeit nicht verkleinern sollen. Hätte ich Carlo nicht kennengelernt, wäre es bei mir schiefgegangen.«

»Mach dir um mich keine Gedanken. Mein Wille, schön zu bleiben, ist stärker als meine Sucht.«

»Rauchst du hier im Haus?«

Die Baronessa gab sich geheimnisvoll. »Ich habe mir oben eine kleine Lasterhöhle eingerichtet. Der Geruch des Opiums ist zu intensiv.«

»Und er ist nicht fortzubringen!«

»Eben. Hättest du Lust, hierzubleiben? Wir könnten gemeinsam ...«

Die Contessa war wie elektrisiert. Sie kämpfte mit sich, hätte flüchten mögen, fragte jedoch: »Und was sagen wir den Herren?«

»Nichts. Mein Mann und ich haben getrennte Zimmer. Und Signore Küster wird nicht traurig sein, wenn wir ihn entlassen. Er hat in Gernobbio eine Freundin. Ich werde ihm sagen, daß unser Fahrer dich nach Mailand bringt.«

»Wenn das geht?«

»Selbstverständlich. Mein Mann zieht sich ohnehin bald zurück. Außerdem werde ich erklären, wir möchten noch im See baden. Dadurch ergibt sich zwangsläufig eine Trennung.«

»Ich habe aber keinen Badeanzug bei mir.«

Zsaga de Bor wies über das Wasser. »Bei der Dunkelheit kann uns niemand sehen. Wir gehen im Morgenrock hinunter. Davon hab' ich genügend.«

Contessa Valdeloni war plötzlich alles recht. Sie dachte nur noch an den Opiumrausch, der sie erwartete: an das prickelnde Gefühl, das eine aufsteigende Wärme verursacht; an das einsetzende Leichtwerden; an die nachfolgenden Träume ...

Barone de Bor war nicht verwundert, als seine Frau ihm bedeutete, mit ihrer Freundin im See noch ein Bad nehmen zu wollen. Er kannte ihre Extravaganzen und hatte sich damit abgefunden, daß an ihrer Seite ein Tag grundsätzlich anders verlief, als es zunächst den Anschein hatte.

»Hoffentlich ist es nicht schon zu kühl«, erwiderte er besorgt. »Ich werde Giacomo beauftragen, am Ufer mit Badetüchern auf euch zu warten.«

»Mir scheint, du bist nicht bei Verstand«, entgegnete sie ärgerlich und vergewisserte sich, daß die Contessa, die sich gerade mit Veit Küster unterhielt, sie nicht hören konnte. »Es ist zwar stockfinster, aber Clydia badet nachts gerne im Evakostüm. Der Fahrer darf auf keinen Fall ... Ihr wäre das bestimmt peinlich. Zumal er sie später nach Mailand bringen soll.«

»Ja, aber es muß doch jemand ... Ihr könnt doch nicht allein ...«

»Übernimm du das Amt des Bademeisters. In deinem Fall ist es etwas anderes.«

»Gewiß. Ich verstehe nur nicht ... Ich glaubte, Signore Küster würde die Contessa zurückbringen.«

»Wenn wir ihn darum bitten, wird er das auch tun. Er deutete jedoch an, daß es ihm lieber wäre, wenn Giacomo das erledigen würde und er in Gernobbio einen Geschäftsfreund aufsuchen könnte, mit dem er etwas zu besprechen hat.«

»Ja, wenn das so ist ... Das hab' ich nicht gewußt. Selbstverständlich wird deine Freundin dann von Giacomo nach Mailand gebracht. Er darf aber nicht die Autostrada benutzen. Dort ist es zu gefährlich.«

»Das weiß er doch.«

»Hast du ihn schon informiert?«

»Nein. Aber das erledige ich. Es wäre übrigens nett, wenn du Clydia und mich nach dem Bad etwas allein lassen würdest. Du weißt ja, wie Frauen sind. Wir möchten noch etwas tratschen.«

Wenige Minuten später verabschiedete sich Standartenführer Küster.

Die Contessa versicherte ihm, daß sie sich freuen würde, ihn bald einmal wiederzusehen.

Er dankte ihr und dachte: Das wird spätestens übermorgen der Fall sein. Der Gedanke befriedigte ihn jedoch nicht. Im Gegenteil. Er sah dem Treffen mit gemischten Gefühlen entgegen. Ihre traurigen, verschleiert wirkenden Augen ließen es nicht zu, hart mit ihr umzugehen. Die Vorstellung, ihr nahetreten zu müssen, löste schon jetzt Unruhe in ihm aus.

Es gab allerdings noch etwas anderes, das ihn unzufrieden machte. Ihm war nicht entgangen, daß Zsaga de Bor ihren Mann gebeten hatte, das Amt des Bademeisters zu übernehmen. Er begriff das nicht. Warum wollte sie ihn am Ufer haben? Das Bad sollte doch dazu dienen, den Barone von den Damen zu trennen. So hatten sie es abgesprochen.

Mißmutig setzte er sich in den Wagen und fuhr in Richtung des Hotels Imperiale. Dort ließ er das Fahrzeug stehen und ging den Weg langsam zurück, bis er an eine Stelle kam, an der die

Straße am See entlangführt. Hier setzte er sich auf ein kleines Mauerwerk, zündete sich eine Zigarette an und blickte in die Richtung, in der das Grundstück des Barone lag.

In der Dunkelheit war kaum etwas zu erkennen. Nur die Konturen der Berge hoben sich gegen den Sternenhimmel ab. Am gegenüberliegenden Ufer ließen einige winzige, sich bewegende Lichtpunkte die Chaussee erahnen.

Er hatte schon eine ziemliche Weile auf der Mauer gesessen, als plötzlich ein grelles Licht über das Wasser zuckte. Fast weiß war es gewesen. Gleich danach leuchtete es ein zweites Mal auf.

Das war doch ein Blitzlicht, dachte er, schätzte die Richtung und stutzte. Der Lichtschein mußte aus dem Park des Barone gekommen sein. Und zwar ziemlich genau vom Ufer.

Sein Mißmut steigerte sich. Sollte Zsaga de Bor ein doppeltes Spiel treiben? Er blickte auf die Leuchtziffern seiner Armbanduhr. Erst eine Viertelstunde war vergangen. Verabredungsgemäß sollte er sich nach einer guten halben Stunde vor dem Nebeneingang der Villa aufhalten. Voller Nervosität zündete er sich eine zweite Zigarette an.

Etwa zur selben Zeit, da Veit Küster sich auf die Mauer setzte, gingen Contessa Valdeloni und Zsaga de Bor ins Wasser, nachdem ihnen der Barone die Morgenröcke abgenommen hatte. Er tat dies mit abgewandtem Gesicht.

Die Baronessa lachte, als sie sich mit der Freundin ein gutes Stück vom Ufer entfernt hatte. »Ist er nicht reizend?«

Die Contessa reagierte nicht. Sie dachte nur noch an das Opium. Es war wie immer, wenn sie nicht die Kraft fand, auf das tückische Gift zu verzichten. Ihre Sinne rebellierten. Die Zeit, die noch verstreichen mußte, machte sie ratlos und brachte sie aus der Fassung. Minuten wurden zur Ewigkeit. Sie sah sich vor unüberwindbaren Bergen stehen. »Laß uns zurückschwimmen«, bat sie mit einer Stimme, die an den Klang einer zu straff gespannten Saite erinnerte.

»Gerne«, antwortete Zsaga de Bor und schwamm voran. Am Ufer blieb sie bis zu den Oberschenkeln im Wasser stehen und rief: »Hierher!«

Contessa Valdeloni schwamm auf sie zu.

Die Baronessa ergriff sie bei den Schultern und zog sie aus dem Wasser zu sich hoch. Sie küssend, flüsterte sie: »Ich kann es kaum mehr erwarten.«

»Mit geht's nicht anders.«

Sie küßte die Contessa erneut und strich wie zufällig über ihre Brust. »Geh vor. Ich kenne mich hier besser aus.« Dann rief sie überlaut: »Antonio, wo steckst du?«

»Ich stehe direkt vor dir!«

Das wußte sie ohnehin. Sie hatte seine Umrisse längst entdeckt. »Mein Gott, ist das dunkel. Komm, sei der Contessa behiflich. Es ist ja nichts zu sehen.«

Er streckte die Hand aus.

»Hast du die Contessa?«

»Ja.«

Im selben Moment zuckte ein greller Blitz durch die Nacht. Geblendet schlossen alle drei die Augen.

Sich erschrocken stellend, stürzte Zsaga de Bor sich auf die Freundin. »Was war das?« rief sie außer sich und umklammerte zugleich ihren Mann.

Ein zweiter Blitz erhellte das Ufer.

»Das ist ja unglaublich!« schrie sie. »Schnell, gib uns die Mäntel. Da muß jemand sein, der Aufnahmen macht!«

Der Barone war nicht fähig, sich zu rühren. Wie versteinert starrte er in die Dunkelheit. Wenn er vorher schon kaum etwas hatte sehen können, nun war er wie blind und sah nur noch tanzende Kreise. Er war verzweifelt. »Es kann doch niemand auf dem Grundstück sein.«

Seine Frau lachte hysterisch. »Kann nicht …? Lauf dem Kerl lieber nach, als uns etwas vorzuwimmern.« Sie wandte sich an die Freundin. »Hier ist dein Morgenrock, Clydia. Es tut mir leid, daß das geschehen ist. Wahrscheinlich war es einer dieser Deutschen, die drüben im ›Imperiale‹ wohnen.«

Der Barone hatte sich gefangen und hastete auf das Haus zu. »Ich hole eine Taschenlampe.«

Die Contessa bebte am ganzen Körper.

Zsaga de Bor bemerkte es mit Genugtuung. Sie rieb ihr den Rücken, den Leib, die Schenkel und beschwor sie: »Beruhige dich! Ich garantiere dir, daß ich den Kerl herausfinde. Und wenn ich das ganze Hotel durchsuchen muß. Ich gehe sofort hinüber.«

»Bitte nicht!« flehte die Valdeloni. »Ich halte es nicht mehr länger aus. Ich muß das Opium haben.«

»In ein paar Minuten hast du es«, antwortete die Baronessa und küßte sie verlangend.

Die Freundin ließ sich führen und alles mit sich geschehen, als sei sie willenlos.

Zsaga de Bor nutzte dies aus, als wollte sie sich dafür entschädigen, daß sie in der Nacht über Spanien auf einiges hatte verzichten müssen.

Der Barone kam ihnen mit einer Taschenlampe entgegen. »Ich bin untröstlich, Contessa. Es ist mir unverständlich, wie das geschehen konnte.«

»Die Schuld liegt nicht bei Ihnen«, erwiderte sie matt.

»Am besten bleibt Clydia bei mir«, sagte Zsaga de Bor. »Gib Giacomo Bescheid. Sollte die Contessa heute nacht noch fahren wollen, werde ich sie begleiten.«

Kurz darauf schloß sie die Tür eines auf dem Dachboden des Hauses ausgebauten Zimmers auf. Im Kamin prasselte ein Feuer. »Leg dich dorthin«, sagte sie und warf eine Anzahl Kissen in eine Ecke, in der eine kleine Wandlampe brannte. Dann entzündete sie eine Kerze, stellte sie auf den Boden und entnahm einem Schrank eine längliche rote Lackdose. »Bediene, dich schon. Ich komme gleich.«

»Wohin gehst du?« fragte Contessa Valdeloni, ohne sich dessen bewußt zu sein. Sie konnte sich kaum beherrschen. Ihre Hände zitterten, als sie die Lackdose öffnete. Sie nahm nicht wahr, daß ihre Freundin den Raum durch eine Tapetentür verließ, hatte nur noch Augen für die kleine, schon stark verfärbte Opiumpfeife, die sie der Dose entnahm. Und für ein zierliches Porzellangefäß, das sie schnell aufschraubte.

Mit kundigen Bewegungen griff sie nach einem neben der Pfeife liegenden nadelähnlichen Instrument, nahm damit etwas Opium auf, hielt es an die Kerze und steckte es in den Pfeifenkopf, den sie an die Flamme führte. Dann tat sie zwei, drei tiefe Züge, sog den Rauch in die Lunge und legte sich mit geschlossenen Augen zurück.

Ihr Gesicht veränderte sich. Sie machte nun einen ruhigen und zufriedenen Eindruck. Eine durchsichtige Röte trat auf ihre Wangen. Erwartungsvoll drückte sie sich in die Kissen …

Indessen war die Baronessa über eine Hintertreppe nach unten geeilt und schloß den Nebeneingang des Hauses auf. Kaum hatte sie die Tür geöffnet, da gab jemand einen gedämpften Zischlaut von sich.

»Veit?« fragte sie leise.

»Ja.«

»Komm.«

»Alles klar?«

»Was hätte nicht in Ordnung sein sollen?«

»Na, hör mal. An eurem Ufer ist zweimal ein Blitzlicht aufgeflammt! Was war los?«

Nur den Bruchteil einer Sekunde war Zsaga de Bor überrascht. Dann antwortete sie: »Ich weiß nicht, was du meinst. Ich habe kein Blitzlicht gesehen.«

»Treib kein doppeltes Spiel!« erwiderte er unwillig. »Ihr müßt das zweimalige Aufblitzen doch gesehen haben.«

»Ah, jetzt weiß ich, was du meinst. Das war drüben im Garten des Hotels Imperiale.«

Sollte ich mich so getäuscht haben, fragte er sich. Es lag durchaus im Bereich des Möglichen, daß er die Richtung falsch beurteilt hatte.

Sie hielt ihm die Hand hin. »Vorsicht, zwei Stufen!«

Sie läßt das Thema zu schnell fallen, dachte er. Ich werde die Mauer über Tag aufsuchen. Dann werde ich schon feststellen, ob ich mich getäuscht habe.

Sie schloß die Haustür und schaltete die Treppenbeleuchtung ein.

Er sah, daß ihre vom Bad naß gewordene Frisur noch nicht gerichtet war.

Sein Blick entging ihr nicht. »Schau mich nicht so an!«

Er strich über ihr Haar. »Du bist in jeder Situation attraktiv.«

»Herzlichen Dank.«

»Und jetzt führ mich zur Contessa.«

Gemeinsam stiegen sie die Treppe hoch.

»Sei aber vorsichtig«, sagte sie. »Ich hab' die Tür zum Bad

um einen Spalt offengelassen, so daß du alles sehen und fotografieren kannst. Geh da hinein.«

»Allein?«

»Ja. Ich benutze eine Tapetentür, die direkt in den Raum führt.«

Er betrat das Bad, das über zwei Türen verfügte. Das Prasseln von Holzscheiten war zu hören. Süßlicher Duft schlug ihm entgegen.

Er warf einen Blick durch den Spalt und hielt den Atem an. Der Morgenrock der Contessa hatte sich gelöst und war weit auseinandergefallen. Ihre Schenkel, Hüfte und Brust lagen frei.

Großartig, dachte er, nahm in aller Ruhe seine Minox aus der Tasche und machte die ersten Aufnahmen. Zsaga braucht sich überhaupt nicht mehr zu ihr legen. Aber wer weiß, vielleicht ist es ganz gut, auch mit größeren Kalibern aufwarten zu können.

Im Sinne dessen, was Veit Küster erreichen wollte, war das, was die Baronessa tat, gewiß gut. So raffiniert wie sie sich zur Contessa Valdeloni legte, konnte nur eine Frau sein, die unter anderm auch den Freuden der lesbischen Liebe frönt. Darüber hinaus schien es ihr Spaß zu machen, sich in den unterschiedlichsten Posen zu präsentieren.

Für Veit Küster war die Situation so klar und eindeutig, daß er sich über den weiteren Verlauf der Dinge nicht die geringsten Gedanken mehr machte. Die Contessa würde zu Kreuze kriechen müssen. Für sie gab es keine andere Wahl. Oder doch?

Als Contessa Valdeloni, die er am Spätnachmittag des übernächsten Tages angerufen und dringend gebeten hatte, ihn baldmöglichst aufzusuchen, in das Studio seiner Mailänder Villa eintrat, spürte er, daß sie über eine Kraftreserve verfügte, die er nicht einkalkuliert hatte.

Sie begrüßte ihn sehr herzlich, fügte allerdings mit einem vorwurfsvollen Unterton hinzu: »Ich hoffe, Sie sind sich darüber klar, daß Sie mir einen reichlich unkonventionellen Besuch zumuten. Aber Sie werden Ihre Gründe haben. Ihr am Telefon gegebener Hinweis, es handle sich um eine für meinen Mann bedeutungsvolle Angelegenheit, ließ mich jedenfalls aufhorchen und alle Bedenken über Bord werfen.«

Er verneigte sich. »Dafür bin ich Ihnen dankbar, Contessa. Bitte, nehmen Sie Platz. Sie lieben Ihren Gatten sehr, nicht wahr?«

»Über alles!« antwortete sie schwärmerisch. Doch kaum hatte sie es gesagt, da überfiel sie eine panische Angst. »Ist etwas mit ihm?«

Veit Küster schüttelte den Kopf. »Mit ihm nicht.« Ihre traurig wirkenden Augen irritierten ihn so sehr, daß er das Thema fallenließ und ablenkend fragte: »Möchten Sie einen Aperitif?«

Sie zögerte. »Ich weiß nicht zu recht. Vielleicht einen ›Manhattan‹.«

»Gerne.« Er ging zum Barschrank.

»Aber Sie sagten am Telefon, es handle sich um meinen Mann.«

»Gewiß«, erwiderte er und griff nach einer Flasche Gin. »Das stimmt auch. Allerdings nicht direkt, mehr indirekt.«

»Wie soll ich das verstehen?«

Er schenkte zwei Gläser ein, fügte etwas Vermouth hinzu und preßte eine Zitronenschale darüber aus. »Das ist mit wenigen Worten nicht zu erklären, Contessa. Trinken wir erst einmal.«

Sie nahm das Glas entgegen und dachte: Da stimmt doch etwas nicht. Ein unheimliches Gefühl beschlich sie.

Er hob sein Glas. »Salute!«

Sie nippte an dem Getränk. »Bitte, drücken Sie sich klarer aus. Was ist mit wenigen Worten nicht zu erklären?«

Er stellte sein Glas ab. »Sie gestatten, daß ich rauche?«

Der Ausdruck ihres Gesichtes wurde abweisend. »Signore Küster!« sagte sie mit schneidender Stimme. »Ich muß Sie ersuchen, mir augenblicklich zu sagen, warum Sie mich so plötzlich zu sprechen wünschten.«

Überrascht gewahrte er, daß sich der Ausdruck ihrer Augen verändert hatte. Das Verschleierte war wie fortgewischt. Herrisch und kühl blickte sie ihn an.

Er klappte sein bereits geöffnetes Zigarettenetui zu und sagte ruhig, jedoch vorwurfsvoll: »So sollten Sie nicht mit mir sprechen, Contessa. Schließlich will ich Ihnen helfen.«

»Mir?«

»Nun ja. Helfen ist vielleicht nicht das richtige Wort. Ich möchte Ihnen einen kleinen Dienst erweisen, bin mir freilich bewußt, daß dies unter den gegebenen Umständen nur in geringem Maße möglich sein wird. Aber dennoch ...«

»Wovon sprechen Sie?« fiel sie betroffen ein.

Er hob die Augenbrauen. »Wissen Sie das wirklich nicht?«

»Nein.«

»Denken Sie an den Abend mit der Baronessa! Wie konnten Sie sich in einer so verfänglichen Situation fotografieren lassen!«

Die Contessa wurde blaß. Ihre Lippen zuckten. »Weder ich noch Zsaga haben davon gewußt! Auch der Barone nicht. Zu Tode erschrocken waren wir.«

Das hätte ich schon mal herausbekommen, dachte er zufrieden. Die hochlöbliche Baronessa treibt tatsächlich ein doppeltes Spiel. »Würden Sie mir kurz den Hergang schildern?«

Sie berichtete, was sich zugetragen hatte.

Welchen Zweck mag Zsaga mit den Bildern verfolgen, überlegte er. Noch während er sich dies fragte, stand er auf und sah die Contessa entgeistert an. »Auch das noch! Da muß ja ein übles Komplott im Gange sein. Es war mir völlig unbekannt, daß auch draußen Aufnahmen gemacht wurden.«

»Jetzt verstehe ich Sie nicht. Sie sagten doch ...«

»Ich dachte an ganz andere Bilder. An Fotos, die von Ihnen im Zimmer der Baronessa gemacht wurden, als Sie sich, entschuldigen Sie, nur dürftig bekleidet dem Genuß des Opiums hingaben.«

Die Contessa schrie auf.

Jetzt muß ich die Fäden verwirren und vorhandene Spuren verwischen, sagte er sich und fuhr unbeirrt fort: »Die Baronessa habe ich bereits eingehend befragt.«

Contessa Valdeloni sank in sich zusammen.

»Nach anfänglichem Leugnen hat sie gestanden, Ihnen Opium gegeben und auch selbst geraucht zu haben. Sie bestreitet aber energisch, daß Aufnahmen gemacht wurden. Nur ein einziges Mal sei sie für einen Moment hinausgegangen. Sie glaubt einfach nicht an die Existenz von Fotos. Doch darin täuscht sie sich. Ich habe mir die Bilder inzwischen bringen lassen. Es besteht kein Zweifel: die Aufnahmen wurden gemacht!«

Contessa Valdeloni atmete schwer. »Sie sind im Besitz der Fotos?«

»Ich versichere Ihnen, daß ich sie mir nur kurz angesehen habe, um ihre Echtheit festzustellen. Was auf den Bildern zu sehen ist, habe ich bereits wieder vergessen. Es handelte sich übrigens um Kopien. Die Filme wollte man mir nicht geben.«

Ihr Gesichtsausdruck wurde lauernd. »Würden Sie mir die Aufnahmen zeigen?«

»Aber Contessa!« Er spielte den Entrüsteten. »Das ist unmöglich. Das muß ich Ihnen ersparen.«

»So«, sagte sie, sich zusammenraffend, »das müssen Sie mir ersparen?« Sie holte tief Luft. »Ich weiß nicht, worauf Sie hinauswollen, Signore. Mir ist inzwischen aber klargeworden, daß Sie nicht der Mann sind, für den ich Sie gehalten habe. Irgend etwas wollen Sie erreichen. Vielleicht sollte ich sogar das Wort ›erpressen‹ wählen. Denn weshalb sonst sollten Sie die Behauptung aufstellen, Sie besäßen verfängliche Fotos von mir? Weiß der Himmel, wer Ihnen erzählt hat, daß Zsaga und ich Opium geraucht haben. Die betreffende Person interessiert mich nicht. Fest steht für mich jedoch, daß keine belastenden Aufnahmen existieren.«

Der Standartenführer setzte zu einem vollendet gespielten Theater an. Das Blut schoß ihm in den Kopf. Seine Stirnadern schwollen. Er schlug mit der Faust auf den Tisch. »Ist das der Dank dafür, daß ich mich bemühe, Ihr nächtliches Treiben herunterzuspielen? Seit heute morgen liegen im Büro des deutschen Sicherheitsdienstes Filme, die Sie entsetzlich bloßstellen. Von einem höheren Beamten erfuhr ich, daß man Sie aufgrund der erwähnten Fotos zwingen will, Agentin des SD zu werden. Ich schaltete mich augenblicklich ein, um die Angelegenheit eleganter zu lösen. Und nun unterstellen Sie mir Erpressung?« Er trat an seinen Schreibtisch, schloß ein Seitenfach auf, ergriff etliche großformatige Aufnahmen und knallte sie auf den Tisch. »Gut, daß ich die Bilder nicht gleich zerrissen habe, wie es meine Absicht war. Nun können Sie sich wenigstens selbst überzeugen. Sie werden ja wohl noch die Fähigkeit besitzen, sich wiederzuerkennen. Ich lasse Sie jetzt allein. Zerreißen Sie die Fotos aber, wenn Sie sich davon überzeugt haben, daß ich Sie nicht belüge. Ich will die Bilder nicht mehr sehen.« Sprach's, eilte aus dem Raum und schlug die Tür hinter sich zu.

In der Diele betrachtete er sich zufrieden im Spiegel. Die Sache lief glänzend. Zsaga de Bor war entlastet, er empört und dennoch Kavalier. Und die Contessa war die große Übeltäterin! Nichts anderes war sie mehr, als eine opiumsüchtige, moralisch angeknackste Frau, die dankbar sein mußte, wenn man ihr half.

Etwa drei Minuten ließ er sie allein. Als er in das Studio zurückkehrte, zeigte ihm ein schneller Blick, daß sie die Fotos betrachtet hatte. Sie lagen zerrissen auf dem Schreibtisch. Sie selbst saß vornüber geneigt und verbarg ihr Gesicht in den Händen.

Eine Weile ging er wortlos auf und ab. Dann blieb er vor ihr stehen und sagte gedämpft: »Ich hab's mir überlegt, Contessa. Die Aufgabe, die ich glaubte übernehmen zu sollen, ist so heikel, daß ich – wie Sie schon andeuteten – in den Verdacht gerate, Sie erpressen zu wollen. Bitte, betrachten Sie unser heutiges Treffen als nicht stattgefunden. Ich möchte mit der Geschichte nichts zu tun haben.«

Sie warf den Kopf zurück. Tränen liefen über ihre Wangen. »Um Gottes willen, Signore Küster! Sie dürfen nicht ... Bitte, verzeihen Sie mir. Wenn mein Mann erfährt ... Er würde den Glauben an alles verlieren. Sagen Sie mir, was ich tun soll. Was verlangt man von mir?«

»Das ist ja das Scheußliche!« antwortete er im Ton der Verzweiflung. »Man hat Sie in der Hand und will Sie ins Verderben stürzen, falls Sie sich weigern sollten, über gewisse Dinge zu berichten. Anders ausgedrückt: man wünscht Ihre Mitarbeit als Spezialagentin in Partisanen-Angelegenheiten.«

»Soll ich etwa meinen Mann verraten?« schrie sie verzweifelt.

Er versuchte sie zu beruhigen. »Es wäre dumm, solches von Ihnen zu verlangen. Bestimmt hat man Derartiges auch nicht im Sinn. Und wenn, dann würde ich es zu verhindern wissen.«

»Herzlichen Dank«, entgegnete sie eisig. »Ich werde mir gegebenenfalls selbst helfen können. Kein Wort wird man von mir erfahren.«

Veit Küster wiegte bedächtig den Kopf. »Ihre Stellungnahme ist ebenso unvernünftig, wie es das Verlangen wäre, Ihren Gatten zu verraten. Denn was wird man tun, wenn Sie auf Ihrem Standpunkt beharren? Kurzen Prozeß machen und die Fotos Ihrem Gatten zukommen lassen. Und was wäre damit erreicht?

Er würde, wie Sie selber sagten, den Glauben an Sie verlieren. Und sich bestimmt von Ihnen scheiden lassen. Das sollten Sie sich sehr genau überlegen, Contessa!«

Sie blickte lange vor sich hin, bevor sie mit leiser, schleppender Stimme entgegnete: »Hier wurde eine Rechnung ohne den Wirt gemacht.«

»Wie meinen Sie das?«

Sie hob den Kopf. »Man stellt mich vor ein Entweder-Oder und vergißt, daß es eine dritte Möglichkeit gibt.«

»Und die wäre?«

»Die Flucht nach vorn! Ins Jenseits!«

Veit Küster brauchte alle Kraft, um sich nicht anmerken zu lassen, wie überrascht er war. »Sehen Sie«, antwortete er nach kurzem Zögern, »genau das habe ich meinem Bekannten gesagt. ›Bildet euch doch nichts ein‹, habe ich erklärt. ›Die Contessa wird sich eher das Leben nehmen, als ihren Mann verraten‹.«

»Jawohl, das werde ich«, fiel sie erregt ein und erhob sich. »Und dann mögen die Herren vom Sicherheitsdienst mit den Bildern machen, was sie wollen.«

Er hob beschwörend die Hände. »So einfach ist das nicht. Man hat mir unmißverständlich zu verstehen gegeben, daß die Fotos in einem solchen Fall sofort an alle Zeitungen geschickt werden.«

Ihre Augen weiteten sich. »So gemein würde man sein?«

Er hob die Schultern. »Ich befürchte, daß man vor nichts zurückschrecken wird. Es ist Krieg. Im Augenblick geht's um Menschenleben, nicht um politische Einstellungen. Ihr Gatte ist ein Gegner der Faschisten. Das stört die Deutschen nicht. Im Kampf gegen diesen und jenen Mißstand wünschen sie ihm sogar Erfolg. Ja, ich mache kein Hehl daraus, daß seine Bekämpfung der Korruption insgeheim vielfachen Beifall findet. Und daß er einen anderen als den von Skorzeny inzwischen befreiten Mussolini auf den Thron heben will, tangiert die Deutschen nur am Rande. Was sie empört und zum Eingreifen zwingt, ist seine Verbindung mit den Partisanen. Täglich werden ungezählte deutsche Soldaten aus dem Hinterhalt erschossen.«

»Damit hat mein Mann nichts zu tun«, protestierte sie mit vor Erregung geröteten Wangen. »Mit den Widerstandskämpfern steht er nur in Verbindung, weil er …« Sie unterbrach sich, über sich selbst erschrocken.

»Weil er was?«

Sie verbarg ihr Gesicht.

»Sehen Sie, nun müssen Sie schweigen.«

»Das muß ich nicht!« rief sie aufgebracht. »Ich kann Ihnen ruhig sagen, was ihn zu den Partisanen treibt. Uns wurde von den Faschisten alles, aber auch alles genommen. Nicht einmal das Notwendigste zum Leben ließ man uns. Seitdem macht mein Mann mit den Untergrundkämpfern Geschäfte, die ihnen und uns weiterhelfen.«

»Geschäfte?« fragte Veit Küster ungläubig. »Welcher Art?«

»Er liefert ihnen Lebensmittel. Dafür bekommt er, was heute Mangelware ist: Socken, Unterhosen, Schuhe und dergleichen, die von den Alliierten für die Widerstandskämpfer in regelmäßigen Abständen mit Fallschirmen abgeworfen werden. Die Partisanen wissen kaum, wohin mit dem Zeug. Also machen sie Tauschgeschäfte, bei denen mein Mann natürlich profitiert. Man reißt ihm die Ware förmlich aus der Hand.«

Veit Küster glaubte nicht richtig zu hören. Aber bestand nicht durchaus die Möglichkeit, daß die Partisanen tatsächlich dringend Lebensmittel benötigten? Ähnliches hatte er ja schon in Kroatien und Serbien erlebt. Dort war es Zsaga de Bor gelungen, von den Widerstandskämpfern, denen ebenfalls Nahrungsmittel fehlten, mit gefälschten englischen Pfundnoten Waffen einzukaufen, die von den Alliierten abgeworfen worden waren.

Seine Gedanken überschlugen sich. Er wußte, daß Conte Valdeloni der geistige Vater der Partisanen war. Seine Frau konnte dies natürlich nicht zugeben. Wenn die Widerstandskämpfer aber über große Mengen von Bekleidungsgegenständen verfügten, eröffneten sich ihm ganz neue Perspektiven. Und wurde es angesichts der verfahrenen militärischen Lage nicht höchste Zeit, umzudenken?

Ursprünglich hatte ihm vorgeschwebt, sich durch die Aufstellung eigener Spezialstoßtrupps hervorzutun. Sie sollten mit Flammenwerfern, Maschinengewehren, Pistolen und Handgranaten ausgerüstet sein und in kleinsten Verbänden gegen die

Partisanen operieren. Ein ›Steiner‹ des Südens hatte er werden wollen, von seinen Plänen jedoch Abstand nehmen müssen, weil ihm das erforderliche Menschenmaterial fehlte. Ihm standen nur ›Asphaltsoldaten‹ zur Verfügung, denen eine gründliche militärische Ausbildung fehlte.

Doch er hatte nicht aufgegeben. Auch nicht, als er herausfand, daß andere SS-Führer längst umgeschaltet hatten und höchst merkwürdige Wege gingen. Wie Sturmbannführer Kurt Becher, der auf der Suche nach 20 000 Pferden, die er für die Waffen-SS beschaffen sollte, die Bekanntschaft des Bankiers Dr. Franz Chorin machte. Dieser war Aktionär des größten ungarischen Industriekonzerns, der Manfred-Weiss-Werke, die von Juden gegründet worden waren. Von Dr. Chorin erfuhr Becher, daß die Mitglieder der Familie Weiss bereit seien, erhebliche Opfer zu bringen, falls ihnen geholfen werde, der Todesmaschine Adolf Eichmanns zu entrinnen. Und es kam tatsächlich zu einem Vertrag, in dem die SS sich verpflichtete, gegen Übertragung von 55 Prozent des Aktienkapitals 48 Mitglieder der Familie nach Portugal zu schaffen und ihnen dort eine Entschädigung von drei Millionen Reichsmark zur Verfügung zu stellen.

Es wurde höchste Zeit, daß er, Standartenführer Küster, seine Situation überdachte. Dies nicht zuletzt, weil aus einem Brief, der sich im Postsack der amerikanischen Botschaft befunden hatte, eindeutig hervorging, daß selbst namhafte SS-Führer Kontakt mit den Alliierten suchten. Seit diesem Morgen wußte er, daß Brigadeführer Schellenberg in Spanien geheime Verhandlungen geführt hatte. Von einer ›Himmler-Lösung‹ war die Rede, an der sich sogar die Engländer, die sich sonst sehr reserviert verhielten, in hohem Maße interessiert zeigten. Wörtlich hieß es in dem Schreiben: ›Die Briten versprechen sich nur noch von der SS, nicht aber von der Wehrmacht einen Umsturz in Deutschland.‹ Bestätigt wurde diese Aussage von einem Vertrauensmann, der unumwunden erklärt hatte: ›Vor allem die Generale der Waffen-SS werden zusehends kritisch gegenüber Hitler. Die Ursprünge dieser Tendenz gehen auf die Beurteilung der Kriegslage zurück.‹ Namen wie SS-Obergruppenführer Wolff, Generaloberst Vietinghoff, Botschafter Rahn und der Mailänder Fabrikant Barone Luigi Parilli wurden genannt.

Wahrhaftig, es wurde Zeit, sich den gegebenen Verhältnissen anzupassen. Was hatte er davon, wenn er Conte Valdeloni erledigte? Damit schaffte er sich nur neue Feinde. Er brauchte ja nicht gleich zum Papst zu laufen, wie es SS-Obergruppenführer Wolff getan hatte. In dem Schreiben, das sich im Postsack befunden hatte, hieß es unter anderem, Papst Pius XII. sei von dem SS-Führer beeindruckt gewesen und habe diesem erklärt: ›Wieviel Unglück hätte vermieden werden können, wenn Gott Sie früher zu mir geschickt hätte.‹

Auch er selbst durfte nicht mehr zögern, beim Gegner nach zukünftigen Freunden Umschau zu halten. »Ich mache Ihnen einen Vorschlag, Contessa«, sagte Veit Küster, nachdem kaleidoskopartig all das an ihm vorübergegangen war, was er in Erfahrung gebracht hatte. »Wenn Ihr Gatte mit den Partisanen nur Geschäfte macht, gegen die nichts einzuwenden ist, können Sie doch getrost mit dem SD zusammenarbeiten. Natürlich nur in geringem Umfang«, fügte er schnell hinzu. »Etwa in dem Sinne, daß Sie ein gutes Werk tun und helfen, den hinterhältigen Mord, den Sie gewiß ebenfalls verabscheuen, von der Straße zu verbannen.«

Sie sah ihn prüfend an. »Wie könnte ich das?«

Er zögerte. »Das vermag ich nicht zu sagen. Ich kann mir jedoch vorstellen, daß Ihnen zum Beispiel die gültigen Kennworte und Parolen der Partisanen für die jeweiligen Tage bekannt sind. Wenn Sie diese den Deutschen nennen, würde manch unschuldiger Soldat nicht ermordet werden. Und Sie hätten eine Garantie, daß nichts gegen Sie und Ihren Gatten unternommen wird.«

Langsam und systematisch ging Veit Küster zu Werke. Obwohl er alle Trümpfe in der Hand hielt, ließ er sich Zeit. Ungeahnte Möglichkeiten boten sich ihm, wenn es ihm gelang, in den Augen der Contessa als besorgter Vermittler dazustehen.

Dennoch bedurfte es raffinierter Überredungskunst, um Contessa Valdeloni dahin zu bringen, für den SD tätig zu werden. Er spielte die Rolle des besorgten Freundes und erklärte verlogen: »Vor allen Dingen müssen wir dafür Sorge tragen, daß Sie die Büroräume des deutschen Sicherheitsdienstes nie aufzusuchen brauchen. Auch muß garantiert sein, daß kein

Angehöriger dieser Behörde jemals mit Ihnen in Verbindung tritt. Sofern Sie damit einverstanden sind, biete ich mich als ›Schaltstelle‹ an. Sie laufen dann nicht Gefahr, sich exponieren zu müssen, und ich würde die Übersicht behalten und sofort intervenieren, falls Dinge von Ihnen verlangt werden sollten, die Sie im Interesse der Sicherheit Ihres Gatten nicht erfüllen können.«

Seine Worte blieben nicht ohne Wirkung. Als er aber den Vorschlag machte, eine entsprechende Abmachung aufzusetzen, war ihr Mißtrauen gleich wieder geweckt. »Unterschreiben werde ich nichts«, erklärte sie bestimmt.

Veit Küster versuchte der Contessa klarzumachen, daß er ohne schriftliche Unterlage nichts erreichen könne. Sie verharrte jedoch so unerbittlich auf ihrem Standpunkt, daß er nach langem Hin und Her fast die Nerven verlor. »Sie muten mir Unmögliches zu«, erboste er sich. »Ich will Ihnen helfen, und Sie begegnen mir mit einem geradezu beleidigenden Mißtrauen.«

Sie rang die Hände. »Aber ich kann doch nicht ...«

»Gut«, fiel er abrupt ein, »ich verstehe das, sehe mich unter diesen Umständen allerdings außerstande, Ihnen zu helfen. Lassen wir das Thema also fallen. Ich werde meinem Bekannten mitteilen, daß mein Versuch, eine für beide Teile akzeptable Lösung zu finden, gescheitert ist.«

Die Contessa wollte etwas erwidern, doch Veit Küster ließ es nicht dazu kommen.

»Ich will nichts mehr von der Sache hören«, erregte er sich und fügte aggressiv hinzu: »Wer weiß, was Sie morgen anstellen und in welch peinliche Dinge Sie mich noch verwickeln. Wenn ich's recht bedenke, bin ich über Ihre Weigerung ganz froh. Wir befinden uns immerhin in meiner Wohnung. Am Schluß heißt es noch, ich hätte ein Interesse daran gehabt, Sie für den deutschen Sicherheitsdienst zu verpflichten. Da ist es besser, die Herren verhandeln persönlich mit Ihnen. Vielleicht haben Sie Glück. Charmanten Damen gegenüber sollen sogar Gestapo-Hengste weich werden.«

Contessa Valdeloni war bestürzt und begann erneut zu weinen.

Er ging zum Barschrank und schenkte sich einen Cognac ein, den er hinunterkippte, als müsse er etwas Unangenehmes fortspülen.

Sie entnahm ihrer Handtasche ein Seidentuch und sagte kaum hörbar: »Ich bin am Ende meiner Kraft. Setzen Sie das Schreiben auf. Ich werde es unterzeichnen.«

Veit Küster stellte sich erstaunt. »Sie wollen nun doch ...?«

Sie betupfte ihre Augen. »Mir hängt die Schlinge um den Hals.«

Er setzte sich an den Schreibtisch. »Sagen Sie mir nur niemals nach, ich hätte Sie überredet. Ich möchte lediglich erreichen, daß die verfluchten Fotos nicht an Ihren Mann gelangen oder gar veröffentlicht werden.«

Nachdem er eine Weile geschrieben hatte, stand er auf, legte ihr den Schriftsatz vor und reichte seinen Füllfederhalter.

Sie nahm ihn mit ausdrucksloser Miene. Ihre Hand zitterte. Doch dann stieß sie die Feder plötzlich wie eine Lanze vor und schrieb in großen, steilen Buchstaben ihren Namen.

Jetzt muß ich mir einen guten Abgang verschaffen, dachte Veit Küster, nahm ihr den Füllfederhalter ab und schleuderte ihn in den Kamin. »Hoffentlich können wir Ihre heutige Erklärung bald dorthin folgen lassen.«

Sie erhob sich.

»Darf ich Sie zum Hotel zurückbringen, Contessa?«

Ihre Augen waren verschleiert. »Nein, danke. Ich würde lieber ein Taxi benutzen.«

Er eilte zum Telefonapparat. »Dann können wir uns kurz noch über einige Punkte unterhalten. Unsere Position würde sich sehr verstärken, wenn ich schon einige konkrete Hinweise geben könnte. Nichts von Bedeutung. Vielleicht ein paar Namen oder dergleichen. Dinge, die unverfänglich sind, aber den guten Willen unter Beweis stellen.«

Seine letzten Worte erweckten neue Hoffnung in Contessa Valdeloni. Der Freund Barone de Bors schien ehrlich bestrebt zu sein, ihr zu helfen, ohne den Deutschen zu Diensten zu sein.

8

Entgegen ihrer sonstigen Art war Zsaga de Bor nervös und unsicher, als sie am Abend Veit Küster aufsuchte. Sie brannte darauf zu erfahren, wie sein Gespräch mit der Contessa ausgegangen war. »Na, was hat Clydia gesagt?« fragte sie ungestüm, kaum daß sie die Villa betreten hatte.

Ohne auf ihre Frage einzugehen, half er ihr aus dem Mantel und dachte: Sie hat ein schlechtes Gewissen, befürchtet, daß von dem ominösen Blitzlicht die Rede gewesen sein könnte.

»Nun antworte schon«, drängte sie unbeherrscht.

Er führte sie in seinen Arbeitsraum. »Was soll sie gesagt haben? Aus allen Wolken ist sie gefallen.«

»Und ...? Hast du sie kleingekriegt?«

Er wies auf seinen Schreibtisch. »Ich konnte sie schriftlich verpflichten, dem SD mit Informationen zu dienen.«

»Gratuliere!« rief sie begeistert und stürzte sich auf das Dokument. »Weiß sie, daß ich mit dir zusammenarbeite?«

»Das hab' ich ihr wohlweislich verschwiegen.«

»Sie ahnt nicht, daß ich geholfen habe, die Fotos zu machen?«

»Du bist absolut unbelastet.«

»Dann kann ich ja in Verbindung mit ihr bleiben.«

»Das sollst du sogar. Die Sache lief völlig anders, als wir es uns vorgestellt hatten. Sie weiß weder, daß du Agentin bist, noch daß mir der hiesige Sicherheitsdienst untersteht.«

»Wie hast du das bloß zuwege gebracht?«

Er schenkte zwei Drinks ein und erzählte ihr den Verlauf der Unterredung, verzichtete allerdings darauf, seine Überlegungen hinsichtlich der unsicher gewordenen Kriegslage und die Konsequenzen preiszugeben, die er daraus zu ziehen gedachte.

Als er endete, sah sie ihn entgeistert an. »Jetzt verstehe ich nichts mehr. Anstatt Conte Valdeloni in eine Falle zu locken, faßt du seine Frau mit Glacéhandschuhen an? Namen und Parolen! Was soll der Quatsch? Um die zu erfahren, hätten wir das Theater nicht aufzuführen brauchen.«

Ihre Kälte widerte ihn an. Er verbarg jedoch seine Auflehnung und entgegnete gelassen: »Hätte ich vielleicht mit der Tür ins Haus fallen sollen?«

»Warum nicht?« begehrte sie auf. »Die Trümpfe sind doch in deiner Hand! Ich hätte ihr rücksichtslos die Pistole auf die Brust gesetzt.«

»Und würdest damit viel kaputtgemacht haben. Wenn's hart auf hart geht, nimmt sie sich das Leben.«

»Ach, du lieber Gott! Das hört sich ja an, als hättest du Angst um sie. Hat sie dich so beeindruckt?«

Er stutzte. »Mir scheint, du bist eifersüchtig.«

»Auf Clydia?« Sie lachte hysterisch. »Nimm sie doch mal! Mußt nur aufpassen, daß du dabei nicht einschläfst.«

»Du kannst schon ein verdammtes Dreckstück sein.«

»Ist das nicht das richtige Format für ein Flintenweib, das du allem Anschein nach aus mir machen willst? Darauf läuft's schließlich hinaus! Gegen Partisanen willst du mich einsetzen, nicht gegen ihren geistigen Führer. Daraus wird aber nichts. Mich interessiert Conte Valdeloni und sonst niemand. Seine Drecksbande kann mir gestohlen bleiben.«

Er brauchte alle Kraft, nicht aufzubrausen. »Wie du willst. Kein Mensch zwingt dich mitzumachen. Ich kann das Geschäft auch ohne dich aufziehen.«

Sie kniff die Augen zusammen. »Drück dich klarer aus.«

»Ich spreche von der Möglichkeit, mit den Widerstandskämpfern, die, wie ich erfahren habe, alliierte Klamotten verhökern, einen lukrativen Handel zu entwickeln.« Er legte den Arm um sie. »Überlege, Zsaga! Wir haben eine einmalige Chance, über Adressen und Verbindungen, die wir von der Contessa erhalten – ein paar interessante Namen und Hinweise hab' ich schon –, mit den Partisanen in Kontakt zu kommen und Geschäfte einzuleiten, wie sie Conte Valdeloni bereits macht. Wir werden natürlich in größerem Stil arbeiten. Nicht mit Schwarzhändlern, sondern mit deutschen Dienststellen! Die Folge wird sein, daß wir einen beachtlichen Überblick über die

Gesamtorganisation der Partisanen gewinnen. Ich garantiere dir: es dauert nicht lange, dann sind wir in der Lage, diverse Nester auszuräuchern. Ist das vielleicht nichts?«

Die Baronessa lenkte ein. »Das klingt nicht übel.«

»Na also!«

»Fragt sich nur, ob deutsche Dienststellen bereit sein werden, die erforderlichen Mittel zur Verfügung zu stellen.«

Er ging zum Barschrank. »Ich habe eben ein Gespräch mit Doktor Schuber geführt. Er hat seine Finger in vielen Töpfen und wurde hellwach, als ich ihm erzählte, unter Umständen große Mengen von Socken, Hosen, Schuhen und dergleichen besorgen zu können. ›Das sind Artikel, die wir dringend für den Volkssturm benötigen‹, frohlockte er.«

»Volkssturm? Ist das eine deutsche Organisation?«

Veit Küster antwortete nicht sogleich. Sollte er Zsaga de Bor über Dinge informieren, die dazu angetan sein konnten, sie kopfscheu zu machen? Wenn sie den Glauben an Deutschlands Macht verlor, bestand die Gefahr, daß sie ins gegnerische Lager überwechselte. Er sagte deshalb nur, daß es sich beim Volkssturm um zivile Verbände handle, die für das Heer den Nachschub sicherstellen und Dinge erledigen, die die Schlagkraft einer Kampftruppe erhöhen.

Er wußte natürlich, daß der Volkssturm, eine aus Invaliden, nicht mehr wehrdienstfähigen alten Männern und Halbwüchsigen zusammengestellte Formation, erstmals in Ostpreußen von Erich Koch, dem rabiatesten aller Nazi-Gauleiter, aufgestellt worden war. Der von den Russen aus der Ukraine zurückgetriebene ›Reichskommissar‹ demonstrierte mit dieser Truppe, wie sich die Parteiführung Bormannscher Observanz die Heimatverteidigung vorstellte. Ohne die zuständige Heeresgruppe zu befragen, ließ er Verteidigungsstellungen ausheben und Waffenfabriken beschlagnahmen. Seine Energie und sein Einfluß waren so groß, daß es ihm sogar gelang, dem Führerhauptquartier das Recht abzuhandeln, Offiziere und Soldaten der Wehrmacht kontrollieren zu dürfen. Unabhängig davon inspirierte sein rücksichtsloses Vorgehen Hitler, die Herrschaft der Partei auf das ganze Reich auszudehnen. Entgegen den Vorschlägen des Generalstabschefs Guderian, im Osten einen ortsgebundenen, dem Heer zugewiesenen Landsturm zu schaffen, wurde die Aufstellung eines allein der Partei unterstehenden Volkssturms angeordnet. Zum obersten Chef wurde Martin Bormann ernannt, der es schon seit geraumer Zeit verstanden hatte, militärische Schaltstellen mit seinen Apparatschicks zu besetzen.

Veit Küster betrachtete es als einen Wink des Himmels, daß ihm die Möglichkeit geboten wurde, dem Himmler-Rivalen Bormann gefällig zu sein. Man konnte sich nicht genügend absichern. Und der Chancen gab es viele. Während einige höhere SS-Führer im Ausland Kontakt suchten und bereit waren, Hitler für ein paar Silberlinge zu verkaufen, streckten andere ihre Fühler nach Bormann aus. Zu ihnen zählte – Ironie des Schicksals – selbst Himmlers persönlicher Vertreter im Führerhauptquartier, SS-Gruppenführer Hermann Fegelein, der die Schwester Eva Brauns, der Geliebten Adolf Hitlers, geheiratet hatte. Und auch der Chef des Reichssicherheitshauptamtes, Obergruppenführer Dr. Ernst Kaltenbrunner, war mit von der Partie.

Ein Intrigenspiel scheußlichster Art hatte eingesetzt. Veit Küster wollte auf der Hut sein.

Zsaga de Bor führte ihn in die Gegenwart zurück. »Und du glaubst, Doktor Schuber ist in der Lage, die Mittel zum Kauf der Bekleidungsgegenstände aufzubringen?«

Er zuckte die Achseln. »Das hängt von der Stellungnahme seines Ministers ab. Die Sache hat nämlich einen beachtlichen Haken. Wenn wir die von den Alliierten abgeworfenen Klamotten regulär kaufen, kommt dies einer Unterstützung der Partisanen gleich. Denn mit dem Geld werden sie sich Nahrungsmittel beschaffen ...«

»... und lebensfähiger werden, als sie es zur Zeit sind.«

»Eben. Ich habe Doktor Schuber bereits gesagt, daß es sich nur um eine vorübergehende Aktion handeln kann. Es ist wie beim Schwein, das man schlachten will: man muß es zunächst ordentlich füttern.«

Sie lachte. »Und wer soll die Verbindung herstellen?«

»Darüber hab' ich noch nicht nachgedacht. Von uns darf es jedenfalls keiner sein. SS-Leute würden sofort umgelegt werden. Vielleicht wäre es das beste, zivile Kräfte einzuschalten und den Außendienst in die Hände des Stabes RuK zu legen.«

»Nicht schlecht«, stimmte ihm Zsaga de Bor zu. »Wann wird die Entscheidung fallen?«

»Doktor Schuber hat in den nächsten Tagen in Mailand zu tun. Wir wollen uns dann treffen und die Sache bereden. Er möchte übrigens seinen Herrn Piloten sprechen.«

»Und ihm wahrscheinlich nahelegen, schnellstens zu ihm zurückzukommen.«

»Daraus wird nichts.«

Sie hielt ihm ihr Glas hin. »Ich brauche noch einen.«

Er stand auf und schenkte ein.

»Hast du schon Nachricht aus Madrid erhalten?« fragte sie wie nebenbei.

»Wieso aus Madrid?«

»Es könnte doch etwas schiefgegangen sein.«

Er sah sie verwundert an.

»Besteht nicht die Möglichkeit, daß das Flugzeug gesehen wurde?«

»Ach, so meinst du das. Nein, die Außenstelle hat bis jetzt nichts gemeldet.«

»Dann kann das zweite Unternehmen ja über die Bühne gehen.«

»Diesmal aber ohne dich. Curd Dessau hat sich einen neuen Funker besorgt.«

»Das will ich hoffen. Ein zweites Mal möchte ich nicht wieder mitfliegen.« Sie öffnete ihre Handtasche und entnahm ihr einen kleinen Spiegel und einen Lippenstift. »Welche Namen hat die Contessa eigentlich genannt?«

Er reichte ihr einen Zettel.

Sie überflog ihn und stutzte.

Veit Küster entging dies nicht. »Kennst du einen von ihnen?«

Sie rang mit sich, ob sie ja oder nein sagen sollte. »Es könnte sein«, antwortete sie ausweichend. »Hier ist als Gruppenchef Bardo Tollani aufgeführt. Sein Name kommt mir irgendwie bekannt vor. An ihn erinnern kann ich mich aber nicht.«

Ich sollte vorsorglich damit rechnen, daß sie ihn sogar sehr genau kennt, dachte Veit Küster.

Wehrwirtschaftsführer Dr. Schuber schätzte das unmittelbar am Hafen von Como gelegene Hotel Metropole e Svizzera nicht zuletzt wegen seiner altmodisch breiten Ledersessel, die außerordentlich bequem waren und seine Leibesfülle weniger als sonst in Erscheinung treten ließen. Er hatte Flugkapitän Dessau zu sich bestellt, um Näheres über seine Tätigkeit im Auftrag des Sicherheitsdienstes zu erfahren.

»Das gibt's doch nicht«, rief er, als er hörte, welches Unternehmen inzwischen durchgeführt worden war. »Zweimal sind Sie in einer Nacht nach Spanien geflogen?«

Der Pilot blickte besorgt um sich. »Nicht so laut, Herr Doktor! Die Flüge sind geheim!«

»Dees brauche Sie mir net zu sage«, polterte der Württemberger unwirsch, aber um etliche Nuancen leiser. »Und diese Maria Cetana hat den Hensel vertreten?«

»So weit das möglich war. Sie hat ihre Sache aber ausgezeichnet gemacht.«

»Wie ist das bloß mit dem Funker passiert?«

Curd Dessau erzählte es ihm.

Der Industrielle schüttelte den Kopf. »Der arme Kerl tut mir leid. Grüßen Sie ihn von mir und sagen Sie ihm, ich würde ihn das nächste Mal aufsuchen. Selbstverständlich wird er weiterhin bei uns bleiben.«

»Fragt sich nur, wie lange das noch möglich sein wird«, entgegnete der Flugkapitän ketzerisch.

»Wie meinen Sie das?«

»Nun, vielleicht steht uns schon bald kein Raum mehr zur Verfügung, in dem wir fliegen können.«

Dr. Schuber gab sich entrüstet. »Sind Sie auch unter die Defaitisten gegangen?«

Curd Dessau lachte. »Auch ...?«

Der korpulente Wehrwirtschaftsführer machte eine unwillige Bewegung. »Nu tun Se me net ärgere! Nehmen Sie sich ein Beispiel an Ihrem Klassenkameraden. Der ist ...« Er unterbrach sich und winkte zum Eingang hinüber. »Da kommt er gerade.«

Veit Küster ging selbstsicher auf den Brigadeführer zu.

»Just im Moment haben wir von Ihnen gesprochen.«

»Im guten oder im schlechten Sinne?« fragte der Standartenführer schmunzelnd und reichte die Hand.

»Natürlich im schlechten! Ihren Freund haben Sie ja restlos verdorben. Wann bekomme ich ihn zurück?«

»Demnächst, Brigadeführer.«

»Eine ziemlich unverschämte Antwort.«

»Finden Sie?« Veit Küster begrüßte auch Curd Dessau und nahm Platz. »Es gibt ein Gebot, das lautet: Du sollst nicht lügen! Darum sage ich: demnächst.«

Dr. Schuber strich sich über die Stirn. »Sagen Sie mir lieber, was die charmante junge Dame macht, die wir damals mitgenommen haben.«

»Gäbe es nebenan kein Parfümgeschäft, wäre sie mit mir hier hereingekommen. Unter den gegebenen Umständen werden Sie sich noch etwas gedulden müssen.«

Der Württemberger rückte sein Ritterkreuz zurecht.

Veit Küster grinste zu Curd Dessau hinüber.

Der erhob sich. »Sie werden allerhand zu besprechen haben, und ich möchte …«

»Sie bleiben sitzen!« wetterte Dr. Schuber. »Mit Ihrem derzeitigen Chef bin ich schnell fertig.«

Der Standartenführer sah den Industriellen erwartungsvoll an. »Hoffentlich haben Sie mir etwas Positives mitzuteilen.«

»Freilich. Wir starten die Sache.«

»Ist ja großartig!«

»Ich lasse Ihnen zunächst hundert Millionen Lire zur Verfügung stellen. Bormann hat alle Hürden beiseite geschoben. Der Volkssturm braucht dringend, was Sie glauben liefern zu können.«

Curd Dessau war sprachlos. Das Ministerium für Rüstung und Kriegsproduktion arbeitete mit Reichsleiter Bormann und dem Sicherheitsdienst Hand in Hand?

Maria Cetana, alias Zsaga de Bor, trat in den Raum und unterbrach das Gespräch. Minutenlang drehte sich alles um sie. Der Brigadeführer überschlug sich förmlich.

Veit Küster amüsierte sich darüber und ließ ihn eine Weile gewähren. Dann aber führte er die Unterhaltung energisch auf das angeschnittene Thema zurück. ›Maria Cetana‹ unterbrechend sagte er: »Entschuldigen Sie, Brigadeführer, wir müssen noch darüber reden, wer die Verbindung mit den Partisanen aufnehmen soll.«

»*Wer…?*« fragte Dr. Schuber gedehnt. »Das ist Ihre und nicht meine Sache.«

»Nicht ganz«, widersprach der Standartenführer. »Es ist selbstverständlich klar, daß ich die Organisation übernehme. Mir fehlt aber jemand, der die Verbindung mit den Widerstandskämpfern aufnimmt. SD- oder SS-Männer kommen aus naheliegenden Gründen nicht in Frage. Käme ihre Mitgliedschaft heraus, würden sie auf der Stelle erschossen oder am nächsten Baum aufgeknüpft.«

»Heidenei, dees is wahr.«

»Den Verbindungsmann müssen also *Sie* stellen. Vielleicht könnte ein Mitglied des Stabes RuK …«

»Ausgeschlossen!« fiel Dr. Schuber ein. »Das kommt nicht in Frage. Meine Leute sind Industrie-Experten und Manager. Sie sind absolut unabkömmlich.«

»Wie wär's mit Ihnen?« wandte sich Zsaga de Bor an Curd Dessau.

Der sah sie entgeistert an.

»Das ist ein glänzender Gedanke«, begeisterte sich Dr. Schuber und schlug übermütig auf den Schenkel des Piloten. »Haben Sie mir nicht erzählt, daß Sie sich langweilen, weil Sie nur alle acht Tage fliegen müssen?«

Der Flugkapitän blickte ratlos von einem zum anderen. »Darf ich mich wenigstens erkundigen, worum es eigentlich geht?«

»Das wird Ihnen Ihr Klassenkamerad auseinandersetzen.« Der Württemberger warf Veit Küster einen aufmunternden Blick zu. »So machen wir's!«

Dem Standartenführer schien die Entwicklung nicht zu passen; denn er entgegnete: »Die Idee ist nicht schlecht. Ich befürchte jedoch, daß die Sprachkenntnisse meines Freundes nicht ausreichen. Die Männer, mit denen zu verhandeln sein wird, dürften breitesten Dialekt sprechen.«

»Das wäre kein Hinderungsgrund«, mischte sich Zsaga de Bor erneut ein. »Ihn könnte ja ein Dolmetscher begleiten.«

Veit Küster schüttelte den Kopf. »Das wäre mir zu riskant.

Wenn der nicht dichthält ... Ich kenne hier jedenfalls keinen Dolmetscher, für den ich die Hand ins Feuer legen würde. Wenn ich meinen Jugendfreund schon in die Höhle des Löwen schikken soll, möchte ich eine Garantie dafür haben, daß er nicht aufgefressen wird.«

Curd Dessau verneigte sich vor dem Klassenkameraden. »Ich bin zutiefst gerührt.«

Dr. Schuber lachte.

Maria Cetana, alias Zsaga de Bor, blickte mit katzenhaft anmutenden Augen zum Flugkapitän hinüber. »Ich wüßte einen absolut zuverlässigen Dolmetscher.«

Der Standartenführer sah sie erwartungsvoll an. »Und der wäre?«

»Barone de Bor!«

»Das ist die Lösung!« rief der Industrielle erfreut. »Der Barone hat unser Vertrauen und wäre in jeder Hinsicht der richtige Mann.«

Veit Küster schaute nachdenklich vor sich hin. »Nicht übel«, sagte er und fragte sich, was Zsaga de Bor veranlaßt haben mochte, ihren Mann ins Spiel zu bringen. »So könnte es gehen, falls, ich betone: *falls* Barone de Bor und Curd Dessau sich einverstanden erklären. Der Auftrag ist nicht alltäglich. Mit ihm sollten nur Personen befaßt werden, die sich freiwillig zur Verfügung stellen.«

Nicht nur Zsaga de Bor spielte ein doppeltes Spiel. Wie sie ihren Mann aus nüchterner Berechnung in Vorschlag gebracht hatte, so entsprang auch Veit Küsters Betonung der Freiwilligkeit einer raffinierten Überlegung. Nun konnte sein Klassenkamerad nicht mehr so leicht erklären: Bedaure, ich habe Bedenken. Wähle einen anderen.

Über den Barone machte er sich wenig Gedanken. Daß der ihm keinen Wunsch abschlagen würde, war ohne Zweifel. Curd Dessau aber geriet in Rage, als Veit Küster ihn über Einzelheiten des geplanten Unternehmens informierte. Der Auftrag als solcher erregte ihn nicht. Ihn erboste die Tatsache, daß Zsaga de Bor ihren schon betagten Ehemann in eine Sache hineinmanövrierte, die unter Umständen Komplikationen mit sich bringen konnte.

Immer wieder fragte er sich: Warum hat sie das getan? Für ihn war es undenkbar, daß sie mit ihrem Vorschlag nicht etwas bezweckte. Stand nicht zu befürchten, daß sie bei der Verhaftung des Barone eine führende Rolle gespielt und seinen Sohn in eine Situation gebracht hatte, die ihn das Leben kosten konnte? Er rechnete mit dem Schlimmsten.

Im ersten Moment hatte er in aller Offenheit mit Veit Küster darüber reden wollen. Er unterließ es jedoch, weil er befürchtete, der zu seinem Vorgesetzten gewordene Klassenkamerad könnte annehmen, er sei feige und suche einen Grund, den delikaten Auftrag zurückzuweisen. Auch bestand die Möglichkeit, daß er sich täuschte und Gespenster sah.

Daß dies nicht der Fall war, wurde ihm wenige Tage später drastisch vor Augen geführt. Es war abgemacht worden, daß er mit dem Barone in einem offenen Alfa Romeo von Moltrasio nach Berbenno de Valtellina fahren sollte, einem kleinen Ort in der Nähe von Sondrio. Hier erwartete ihn der Partisanenführer Bardo Tollani, der sich aufgrund mehrerer Telefongespräche mit Veit Küster, ›einem Freund der Contessa Valdeloni‹, bereit erklärt hatte, mit einem deutschen Luftwaffenoffizier über den Verkauf von Feldflaschen, Eßnäpfen, Lederriemen, Socken, Unterhosen, Handschuhen und dergleichen zu verhandeln.

Verabredungsgemäß hatte Curd Dessau vor der Fahrt nach Moltrasio, wo der Barone zusteigen sollte, nochmals bei Veit Küster vorgesprochen, um sich die für diesen Tag gültige ›Parole‹ geben zu lassen, die der mißtrauische Tollani, gewissermaßen als Ausweis, erst am Morgen durchgeben wollte. Sie lautete: ›Oro‹!

Der Flugkapitän grinste, als er das Stichwort hörte. »Recht beziehungsvoll«, sagte er. »Gold scheint den Kerlen ja wirklich zu fehlen.«

Der Standartenführer wies auf die Auszeichnungen, die Curd Dessaus Luftwaffenuniform schmückten. »Dein ›Lametta‹ wird dementsprechenden Eindruck machen.«

Der Pilot zuckte die Achseln. »Ganz wohl ist mir nicht bei dem Gedanken, in voller Kriegsbemalung in ein Partisanengebiet zu fahren.«

»Die Uniform ist dein bester Schutz«, versicherte Veit Küster. »Erstens macht sie dich schon von weitem erkennbar, und zweitens steht die Luftwaffe bei den Partisanen hoch im Kurs. Im übrigen ist dieser Tollani mit allen Wassern gewaschen. Er bestand darauf, daß ein offener Wagen benutzt wird. Außerdem verlangte er eine exakte Beschreibung von euch beiden. Bestimmt verfügt er über einen Nachrichtendienst, der eure Anfahrt in allen Phasen signalisiert.«

Curd Dessau packte eine Art Galgenhumor. »Hoffentlich«, entgegnete er verbissen. »Versehentlich erschossen ist auch tot.«

Veit Küster stieß ihn vor die Brust. »Toi, toi, toi! Wird schon schiefgehen. Und vergiß nicht: Das Tageskennwort lautet ›Nerono‹! Das Stichwort für Tollani: ›Oro‹!«

Sie reichten sich die Hand.

»Grüß den Barone. Natürlich auch Zsaga, wenn du sie sehen solltest. Sie hält sich zur Zeit in Moltrasio auf. Wollte etwas ausspannen.«

»Dann wird sie bestimmt noch im Bett liegen, wenn ich vorfahre.«

Er täuschte sich. Als er in Moltrasio den Wagen vor dem wie üblich verschlossenen Tor des Grundstücks abgestellt hatte und unter den Fenstern der Villa auf die Haustür zuging, hörte er ihre Stimme.

»Ach wo«, rief sie und lachte. »Der ist nicht gefährlich. Auf ihn kannst du dich verlassen. Nur der alte Zivilist ...«

Sie scheint mit Veit zu telefonieren, dachte er und zog die Hausglocke. Keinen Augenblick kam er auf den Gedanken, das Gehörte auf den Barone und sich selbst zu beziehen. Dies tat er erst, als er mit de Bor am Como-See entlangfuhr und der Juwelier selbstkritisch fragte:

»Finden Sie nicht auch, daß wir ein komisches Gespann sind?«

»Wieso?«

»Nun, Sie im bunten Rock, jung und hochdekoriert – ich hingegen alt und schwach: ein richtig schäbiger Zivilist.«

Seine Worte ließen Curd Dessau zusammenfahren. Hatte Zsaga de Bor nicht gesagt: ›Ach wo, der ist nicht gefährlich. Auf ihn kannst du dich verlassen. Nur der alte Zivilist ...‹ Er zweifelte plötzlich nicht mehr daran, daß die Baronessa über ihn und ihren Mann gesprochen hatte. Unwillkürlich trat er auf die Bremse.

»Was ist los?« rief der Barone erschrocken und suchte Halt am Instrumentenbrett.

Curd Dessau griff sich an die Stirn. »Mir ist gerade ein furchtbarer Gedanke gekommen. Lassen Sie mich einen Moment nachdenken.«

»Worüber?«

Der Flugkapitän stützte seine Ellenbogen auf die Speichen des Steuerrades und überlegte: Mit wem könnte sie telefoniert haben? Bestimmt nicht mit Veit Küster, wie ich zunächst angenommen hatte. Mit einem Widerstandskämpfer? Das ist unwahrscheinlich. Was aber würde passieren, wenn es doch ein Partisan gewesen wäre ...?

Er wandte sich dem Juwelier zu. »Barone, ich bedaure Sie nicht weiter mitnehmen zu können.«

Der alte Herr machte ein Gesicht, als traue er seinen Ohren nicht. »Was sagen Sie da?«

»Ich kann Sie nicht weiter mitnehmen, muß Sie hier absetzen.«

»Aber warum denn?«

»Stellen Sie jetzt keine Fragen. Ich werde Ihnen zu gegebener Zeit alles erklären. Nur so viel sollen Sie wissen: Der Gedanke, der mir eben gekommen ist, zwingt mich, Sie zurückzulassen. Möglich, daß ich mich täusche. Wenn nicht, dann würde der Schaden, der entstehen könnte, irreparabel sein.«

Barone de Bor schüttelte verständnislos den Kopf. »Ich will Sie nicht bedrängen, Signore Dessau. Aber Sie brauchen einen Dolmetscher!«

»Ich werde auch ohne Sie fertig. Es muß einfach gehen. Auf alle Fälle nehme ich weder Sie noch sonst jemanden mit. Basta! Wo sind wir hier eigentlich?«

»Kurz vor Dongo.«

Der Flugkapitän ließ den Wägen anfahren. »In Dongo werde ich Sie absetzen und später wieder aufnehmen.«

»Aber, Signore! Ich kann doch nicht ...«

»Basta, hab' ich gesagt«, brauste der Pilot auf.

Der Juwelier zuckte zusammen.

Curd Dessau bereute seine Unbeherrschtheit. »Entschuldigen Sie«, sagte er bedauernd. »Mir sind die Nerven durchgegangen.«

Schweigend fuhren sie in Dongo vor ein kleines Hotel. Der Barone stieg aus und erklärte mit fester Stimme: »Hier bleibe ich nicht. Ich werde nach Rezzionico zurückgehen. Sie finden mich dort unter dem Weinlaubdach der Taverne am See.«

»Weiter gehen Sie aber auf keinen Fall!« beschwor ihn der Flugkapitän.

»Wenn Ihnen so daran liegt ...«

Sie verabschiedeten sich ziemlich frostig.

Die Fahrt in dem Sportwagen machte Curd Dessau keinen Spaß mehr. Seine Gedanken drehten sich im Kreise. Außerdem wurde die Chaussee miserabel. Und schon hinter Spinda, kurz nach der Brücke über die Adda, erhielt er erste Berührung mit den Partisanen. Er hörte plötzlich ein Maschinengewehr rattern, sah etwa fünfzig Meter vor sich Sand aufspritzen und gleich darauf drei verwegen aussehende Gestalten hinter einem Felsen hervorspringen.

Sofort stoppte er und rief: »Nerono!«

Die Männer gingen auf ihn zu. Sie waren unrasiert und fragten grinsend: »Wie steht's mit Zigaretten?«

Das scheint ein kleiner Privatüberfall zu sein, dachte Curd Dessau mit gemischten Gefühlen und reichte ihnen eine von den Schachteln, die Veit Küster ihm in weiser Voraussicht mitgegeben hatte.

»Grazie! Kannst fahren, Deutscher!«

Er zwang sich zu lachen. »Sind auf der Straße noch mehr von eurer Sorte?«

Sie feixten. »Schon möglich.«

Angesichts ihrer zerfetzten Kleidung bezweifelte er, daß ihr Anführer Bekleidungsgegenstände verhökern könnte.

Diesen Eindruck gewann er in noch stärkerem Maße, als ihn etwa eine Stunde später zwei mürrisch aussehende junge Burschen zu einem abgelegenen Haus führten, das einen verfallenen Eindruck machte. Auf einer Mauer saßen zerlumpt aussehende Männer, die ihn skeptisch ansahen. Einer von ihnen spuckte vor ihm aus. Ein anderer blies im Rhythmus seiner Schritte: »Tara, tara, tara ...!« Keiner aber sagte ein Wort.

Curd Dessau fühlte sich nicht gerade wohl.

An einer schief in den Angeln hängenden Tür lehnte ein hagerer Mann mit stechenden Augen. Er trug einen wüsten Vollbart, hatte verfilzte Haare und kaute auf etwas herum.

Die beiden Burschen blieben vor ihm stehen und machten eine Art Ehrenbezeigung.

Ohne aufzuschauen, winkte der Hagere ab und kaute weiter.

Curd Dessau fragte sich, ob er den Gruppenführer vor sich habe.

Der Mann rührte sich nicht.

»Signore Tollani?«

»Sì!«

»Oro!«

Der Italiener stieß sich von der Tür ab und gab das Zeichen, ihm zu folgen.

Im Haus roch es nach verbranntem Gummi.

Durch eine dunkle Diele traten sie in einen Raum, in dem sich nur fünf Dinge befanden: eine ausrangierte Matratze, eine umgestülpte Kiste, ein Feldtelefon, eine heruntergebrannte Kerze und ein Maschinengewehr.

Bardo Tollani drehte sich um. »Wo ist der alte Zivilist?«

Seine Frage beweist, daß Zsaga de Bor mit ihm telefoniert hat, schoß es Curd Dessau durch den Kopf. Sich gelassen gebend antwortete er: »Meinem Begleiter wurde leider schlecht.«

»Wie, bitte?«

»Ihm wurde schlecht. Er mußte plötzlich brechen. Da hab' ich ihn abgesetzt.«

Der Partisanenführer betrachtete seine Fingernägel. »Wo?«

Curd Dessau gab sich den Anschein, als müsse er überlegen. »Wie hieß doch noch der Ort ...?«

»Vielleicht Dongo?«

»Ja, ich glaube es war hinter Dongo.«

Bardo Tollani schneuzte auf den Boden. »Wem soll ich nun glauben? Mir wurde gemeldet, daß Sie Dongo ohne den Alten verlassen haben.«

»Dann wird es wohl so gewesen sein«, entgegnete der Flugkapitän kaltschnäuzig.

»Es besteht natürlich auch die Möglichkeit, daß meine Leute sich geirrt haben«, gab der Italiener zu bedenken, stellte einen Fuß auf die Kiste, hob den Hörer des Feldapparates ab und drehte die Kurbel. »Pronto! Dongo per Capitano Tollani!«

Curd Dessau beobachtete ihn und ließ sich nicht anmerken, daß er nervös wurde.

Gelangweilt stocherte der Partisanenführer in seinen Zähnen. »Ich kann es auf den Tod nicht leiden, wenn sich meine Männer irren. Und erst recht nicht, wenn in meinem Distrikt Menschen verlorengehen, ohne daß ich es weiß.«

»Und ich kann dumme Mätzchen nicht ausstehen!« begehrte der Flugkapitän auf. Er spürte, daß alles verloren sein und der Barone in Gefahr geraten würde, wenn er sich jetzt einschüchtern ließ.

Bardo Tollani hob den Kopf. »Was Sie nicht sagen.« Er warf den Hörer auf den Apparat, lief zur Tür und rief: »Giove!«

Curd Dessau wurde besorgt. War er zu forsch gewesen? Allem Anschein nach hatte er sich einiges eingebrockt. Zu ändern war aber nichts mehr. Er mußte jetzt auf dem gewählten Kurs bleiben.

In seinen Zähnen stochernd kehrte der Italiener zurück, blieb vor dem Piloten stehen und fragte aggressiv: »Was werde ich nun wohl tun?«

»Kommt darauf an. Falls Sie zu Geld kommen wollen, werden Sie mit mir verhandeln müssen. Und soviel ich weiß, brauchen Sie Geld, um Fressalien für Ihre Männer kaufen zu können.«

Bardo Tollani grinste und wischte seine Hände an der Jacke ab.

Ein junger Mann trat in den Raum. »Capitano ...?«

»'ne Flasche Grappa!«

Curd Dessau stutzte.

Der Partisanenführer lachte aus vollem Halse. »Schade, daß Sie Ihr Gesicht nicht sehen können.«

»Sie haben den Mann nur gerufen, um sich Schnaps bringen zu lassen?«

»Erraten! Als Sie sich nicht einschüchtern ließen, hatten Sie gewonnen.« Er hielt Curd Dessau die Hand hin. »Ich verhandle nicht gerne mit Angsthasen. Die nehme ich auf den Arm und übergebe sie später meinen Männern zum ›Federn‹. Kennen Sie das?«

»Nein.«

»Wir beschmieren solche Gestalten mit Teer, auf den wir Hühnerfedern kleben.« Er lachte erneut. »Für meine Männer ist das ein Heidenspaß. Um Ihre Uniform wäre es natürlich schade gewesen. Aber nun möchte ich doch noch gerne wissen, warum Sie Ihren Begleiter ausgebootet haben.«

»Sie meinen den alten Zivilisten?«

»Wen denn sonst?«

»Das frage ich mich auch ...«

Bardo Tollani kniff die Augen zusammen.

Der Flugkapitän gab sich belustigt. »Ich sagte Ihnen bereits, daß meinem Begleiter übel wurde. Er mußte sich übergeben. Wahrscheinlich bin ich zu schnell gefahren. Die vielen Kurven ... Warum interessieren Sie sich eigentlich so für ihn?«

Der Partisanenführer setzte sich auf die Kiste. »Mich interessiert er nicht im geringsten.«

»Sie geben sich aber anders.«

»Quatschen Sie kein dummes Zeug«, erboste sich der Italiener. »Mir geht es nur um die Verständigung. Er wurde mir als Dolmetscher gemeldet.«

»Ich finde, wir kommen ganz gut zurecht. Wenn Sie nicht zu schnell sprechen ...«

»Va bene«, unterbrach ihn Bardo Tollani.

Curd Dessau spürte, daß sein Gegenüber das Thema nicht weiter erörtern wollte. Ihm schien dies ein Beweis dafür zu sein, daß die Baronessa mit ihm telefoniert hatte. Wenn er geschickt zu Werke ging, würde sie zu überführen sein.

Die Flasche Grappa wurde gebracht, und nach einigen Trinksprüchen begann ein hartnäckiges Feilschen. Dabei ging es weniger um den Preis, der für die einzelnen Gegenstände gefordert wurde, als um den Ort der Übergabe der Ware. Um nichts in der Welt war Bardo Tollani bereit, den Transport über Edolo hinaus zu bewerkstelligen. Der Flugkapitän hingegen wünschte aus technischen Gründen eine Übernahme in Reschen.

»Das schlagen Sie sich aus dem Kopf«, ereiferte sich der ›Capitano‹. »Auf einer so weiten Strecke würden meine Männer viel zu gefährdet sein.«

»Vertrauen gegen Vertrauen. Ich sichere freies Geleit zu.«

»Auf Versprechungen lasse ich mich nicht ein. Außerdem ist der Reschen-Paß auch für Sie denkbar ungünstig. Da es dort keinen Bahnanschluß gibt, müßte alles zweimal umgeladen werden.«

»Ich weiß«, erwiderte Curd Dessau. »Bis Landeck sind wir auf Bauernkarren angewiesen. Lastwagen stehen uns aus vielerlei Gründen nicht zur Verfügung.«

»Eben deshalb wäre der Weg über den Brenner günstiger.«

»Natürlich. Aber dort vertragen Straße und Schiene keine zusätzliche Belastung.«

»Die Alliierten machen euch ganz schön zu schaffen, wie?«

»Wir ihnen nicht minder. Aber darüber wollen wir nicht streiten. Suchen wir einen Ausweg. Sie wollen nicht nach Reschen liefern, ich hingegen muß darauf bestehen.«

Bardo Tollani fand eine für beide Teile akzeptable Lösung. Er verpflichtete sich, den Transport von Edolo zum Reschen-Paß mit Hilfe von Bauern durchzuführen, und Curd Dessau erklärte sich bereit, die dadurch entstehenden Kosten voll zu übernehmen. Die Bezahlung der Ware wurde in zwei Raten vereinbart: die erste Hälfte bei Anlieferung in Edolo, der Rest bei der Übergabe in Reschen.

Als sie sich nach langem Palaver geeinigt hatten, war die Flasche geleert. In animierter Stimmung verabschiedeten sie sich. Und nun zeigten auch die auf der Mauer sitzenden Partisanen freundliche Gesichter.

Curd Dessau deutete auf seinen in ziemlicher Entfernung auf der Straße stehenden Wagen und fragte: »Kann einer von euch mitkommen? Ich hab' im Kofferraum ein Paket mit Zigaretten.«

Nicht einer, viele begleiteten ihn.

Dabei entdeckte er, daß ihre militärischen Ausrüstungsgegenstände durchweg deutscher Herkunft und zweifellos auf illegale Weise ›beschafft‹ worden waren. Veit Küster fiel ihm ein. Hatte der ihm nicht erklärt, gegen Partisanen müsse man rücksichtslos vorgehen? Und was tat er nun?

Die Welt schien kopfzustehen. Er leitete etwas ein, das den Gegner existenzfähig machte. Und das nur, weil Reichsleiter Bormann eine Gespenster-Armee von Greisen, Halbwüchsigen und Invaliden auf die Beine stellen wollte.

Curd Dessau schob die sich ihm aufdrängenden Gedanken

beiseite. Viel wichtiger erschien es ihm, sich jetzt mit Zsaga de Bor zu beschäftigen. Was wäre aus dem Barone geworden, wenn er ihn nicht in Dongo zurückgelassen hätte? Wie aber sollte er vorgehen? Dem alten Herrn alles sagen? Auch welche Aufgabe sein Sohn Claudio übernommen hatte? Er erinnerte sich an das Veit Küster gegebene Versprechen. Zuerst mußte er mit ihm reden. Er nahm sich jedoch vor, sich auf nichts mehr einzulassen, wenn der Klassenkamerad versuchen sollte, ihn erneut mit Ausreden zu beschwichtigen.

Wie um sich zu zwingen, seinem Entschluß treu zu bleiben, erklärte er dem Barone gleich bei der Begrüßung in Rezzionico: »Es war gut, daß ich Sie nicht mitgenommen habe. Für Sie lag tatsächlich Gefahr in der Luft. Stellen Sie jetzt aber keine Fragen. Ich werde Sie detailliert informieren, sobald ich gewisse Dinge, die mir noch unklar sind, genau überprüft habe.«

Der Juwelier sah ihn entgeistert an. »Sie beunruhigen mich, Signore Dessau.«

»Es tut mir aufrichtig leid, Ihnen das nicht ersparen zu können. Vielleicht ist es aber gut so. Dann kommt das, was ich Ihnen über kurz oder lang mitzuteilen habe, nicht gar so überraschend für Sie.«

Etwa zur gleichen Zeit, da Curd Dessau den Barone auf das Gespräch vorbereitete, das er mit ihm führen wollte, jagte Zsaga de Bor in der Limousine ihres Mannes nach Mailand. Sie fuhr, als wäre der Teufel hinter ihr her. Vor ihrer Abfahrt hatte sie Veit Küster angerufen und ihn mit allen Anzeichen höchster Verzweiflung um eine sofortige Unterredung gebeten.

»Was ist denn los?« hatte er erstaunt gefragt. »Du weißt doch, daß du mich jederzeit sprechen kannst. Setz dich also in den Wagen und komm her.«

»Aber nicht ins Amt! Bitte, sei in der Wohnung.«

»Weshalb das nun wieder?«

»Veit! Mein Mann ist in Gefahr!«

»Wieso? Er ist doch mit Curd unterwegs.«

»Eben«, antwortete sie und hing den Hörer auf. Sie wußte, daß er nun auch um den Kameraden bangen und sofort in seine Wohnung fahren würde.

Das hohe Tempo, das sie auf der Autostrada anschlug, wählte sie nicht aus Angst um ihren Mann, sondern ausschließlich, um ihre Besorgnis zu dokumentieren. Veit Küster sollte beeindruckt von der Schnelligkeit sein, mit der sie die Strecke zurücklegen würde.

Eine unheimliche Nachricht hetzte sie. Bardo Tollani hatte sie angerufen und ihr gesagt, daß der Uniformierte ohne den Zivilisten erschienen sei. Angeblich, weil diesem die Fahrt nicht bekommen wäre. Warnend hatte er hinzugefügt: »Sei vorsichtig, Zsaga! Unterschätze den Burschen nicht. Er ließ sich durch nichts einschüchtern. Wenn ich mich nicht täusche, hat er Lunte gerochen.«

Ihr war es siedendheiß über den Rücken gelaufen. Dann aber hatte sie sich schnell gefangen. »Ich weiß noch nicht, was ich machen werde«, erwiderte sie hastig. »Laß dich bloß nicht reinlegen, wenn bei dir angerufen wird.«

»Du scheinst mich für einen Anfänger zu halten«, hatte er sich mokiert.

»Das tu' ich bestimmt nicht. Ich bin nur völlig durcheinander. Meinst du wirklich, daß der Deutsche Wind bekommen hat?«

»Beschwören kann ich es nicht. Mir kam es aber so vor.«

»Das könnte peinlich für mich werden.«

Bardo Tollani hatte gelacht. »Wie ich dich kenne, wirst du dich schon durchbeißen. Wenn nicht – du kennst ja meine Telefonnummer. Ich werde deinem Widersacher dann sehr schnell ein paar Kameraden auf den Hals schicken.«

»Herzlichen Dank, Bardo.«

»Ich weiß doch, für wen ich es tu' und denke noch gerne an unsere Zeit in Kroatien zurück. Die Geschäfte haben damals wirklich prima geklappt. Natürlich auch das andere. Eigentlich hab' ich mich gewundert, daß du die jetzige Sache nicht selbst in die Hand genommen hast. Ich hätte mich gefreut, dich wiederzusehen.«

»Besondere Umstände zwangen mich, diesmal nicht in Erscheinung zu treten.«

»Das hab' ich schon vermutet. Wenn du mal Zeit hast ... Ich bin inzwischen zwar reichlich verwildert und nicht mehr der geschniegelte Verbindungsoffizier des Militärattachés.«

»Ich denke gerne an dich zurück. Aber nun muß ich mich beeilen. Ciao, Bardo!«

»Ciao, Zsaga!«

Ohne zu wissen, wie sie sich verhalten sollte, war sie losgerast. Doch noch bevor sie Como erreichte, hatte sie einen klaren Plan gefaßt. Sie jagte mit höchster Geschwindigkeit nach Mailand, wo sie, mit allen Anzeichen der Verwirrung, in die Villa des Standartenführers stürzte.

»Hilf mir!« rief sie verzweifelt, als er ihr entgegenging. »Ich habe eine entsetzliche Dummheit begangen. Ich muß heute morgen nicht bei Verstand gewesen sein. Mein Mann ist in Gefahr! Bitte, rette ihn!«

Ihr Wortschwall machte ihn skeptisch. Dennoch führte er sie besorgt in seinen Arbeitsraum. »Nun mal schön der Reihe nach. Was hast du getan?«

»Ich habe Tollani …« Sie umklammerte ihn. »Ich verstehe mich selber nicht. Ich habe meinen Mann verpfiffen.«

Er schob sie von sich, um ihre Augen sehen zu können. »Was hast du getan?«

Sie schluchzte. »Ich habe Tollani heute morgen angerufen und ihm gesagt, der Uniformierte sei in Ordnung, der Zivilist aber ein verkappter SS-Führer.«

Veit Küster wurde bleich. Sekundenlang war er unfähig, sich zu rühren. Dann aber schrie er aufgebracht: »Woher kennst du diesen Tollani?«

»Von Kroatien. Er hat mir damals geholfen die Pfundnoten …«

Ein Schlag ins Gesicht ließ sie verstummen. »So also liegen die Dinge. Ich hab's geahnt. Und jetzt gehst du hin und schwärzt deinen eigenen Mann an? Hinter meinem Rücken nutzt du frühere Verbindungen aus, um deinen Mann zu erledigen?«

»Ich war so verzweifelt«, schrie sie. »Ich wollte ihn einfach loswerden. Du ahnst ja nicht, wie oft ich schon nahe daran war … Heute morgen nun kam mir der Gedanke …« Sie unterbrach sich und rang die Hände. »Ich werde dir alles erzählen, Veit. Alles! Aber unternimm zunächst etwas. Vielleicht ist es noch nicht zu spät!«

Er eilte zum Telefonapparat, riß den Hörer an sich und verlangte ein Blitzgespräch mit dem Castello von Sondrio.

Ihre Augen hatten den Ausdruck eines gehetzten Tieres.

»Bist du in der kurzen Zeit von Moltrasio hierhergefahren?«

Sie nickte. »Mir war alles gleichgültig.«

Er schüttelte den Kopf.

Sie zog ein Tuch aus ihrer Handtasche.

»Pronto!« rief er. »Ist dort das Castello?«

»Sì.«

»Kennwort: Nerono. Verbinden Sie mich mit C sechsunddreißig.«

»Momento.«

Er warf einen Blick auf seine Armbanduhr. »Hoffentlich ist es nicht zu spät.«

»C sechsunddreißig!« meldete sich eine dunkle Stimme.

»Hier spricht der Freund der Contessa Valdeloni.«

»Was gibt's?«

»Ich wollte mich erkundigen, ob Sie mit meinen Leuten zurechtgekommen sind.«

»Ja. Aber es ist nur einer erschienen.«

»Wieso?«

»Dem Dolmetscher war schlecht geworden. Der Uniformierte hat ihn vor Dongo abgesetzt.«

Veit Küster schloß für einen Moment die Augen.

»Wir haben uns trotzdem gut verständigen können.«

»Und Sie sind handelseinig geworden?«

»Nach längerem Hin und Her.«

»Na, das freut mich. Ist mein Landsmann noch bei Ihnen?«

»Schon lange nicht mehr. In spätestens einer Stunde müßte er bei Ihnen sein.«

»Dann alles Gute.«

»Ebenfalls.«

Veit Küster ließ sich wie ermattet in seinen Sessel fallen. »Du hast mehr Schwein als Verstand. Deinem Mann wurde vor Dongo schlecht. Curd Dessau ist daraufhin allein weitergefahren.«

Sie tat einen Seufzer. »Gib mir einen Cognac.«

Er erhob sich und ging zum Wandschrank, ließ die Baronessa aber nicht aus den Augen. Eine innere Stimme warnte ihn. Er sah, daß Tränen über ihre Wangen liefen und ihre Hände zitterten. So kannte er sie nicht. Fast mitleidig reichte er ihr das erbetene Getränk und wiederholte: »Du hast wahrhaftig mehr Glück als Verstand gehabt.«

Sie leerte das Glas in einem Zug.

Er wies auf einen Sessel. »Und nun möchte ich wissen, was dich in Dreiteufelsnamen getrieben hat, eine solche Schweinerei anzuzetteln.«

»Das ist mit wenigen Worten gesagt«, antwortete sie und trocknete ihre Tränen. »Ob du es verstehen wirst, ist eine andere Sache. Das kann wohl nur eine Frau, die gleiches oder ähnliches mitgemacht hat.«

»Rede nicht um den heißen Brei herum«, forderte er ruppig.

Sie nahm Platz. »Es handelt sich um Perversitäten. Schrecklichste Perversitäten! Du weißt, daß ich nicht prüde bin. Was Antonio aber von mir verlangt ... Ich kann nicht mehr, bin am Ende meiner Kraft! Niemand ist vor ihm sicher. Erst kürzlich – warum soll ich es länger verschweigen – überfiel er Contessa Valdeloni, als wir im See ein Bad genommen hatten. Das war freilich nur ein ganz harmloser, kein perverser Fall. Aber ich hab' die Situation im Bild festgehalten. Du hast dich nicht getäuscht, Veit. An jenem Abend wurden tatsächlich zwei Blitzlichtaufnahmen gemacht. Ich hatte einen Bekannten auf die Lauer gelegt, weil ich wußte, was kommen würde.«

Sein Mißtrauen war auf das höchste gesteigert. »Warum hast du deinen Mann dann aufgefordert, den Bademeister zu spielen?«

»Das mußte ich!« begehrte sie ohne jede Verwirrung auf. »Er verlangt solche Dinge. Seine Perversität ist grenzenlos. Vielleicht verstehst du nun, daß ich nie in Moltrasio sein will. Als ich ihn heiratete, konnte ich nicht ahnen, welch ein Wüstling er ist. Er gibt sich ja auch völlig anders. Wenn ich die Dienstmädchen nicht angewiesen hätte, ihre Türen nachts zu verriegeln, wäre bestimmt schon manches passiert. Für mich würde es wahrscheinlich besser gewesen sein. Dann hätte sich die Polizei inzwischen eingeschaltet.«

Veit Küster war bestürzt. Er konnte sich nicht vorstellen, daß Zsaga de Bor ihre schweren Anschuldigungen einfach aus der

Luft griff. Aber war es möglich, daß er sich so im Barone getäuscht hatte? Und er hatte, als sie behauptete, von den Blitzlichtaufnahmen nichts bemerkt zu haben, bereits geglaubt, sie treibe ein doppeltes Spiel. Wie sollte er sich nun verhalten? Durfte er ihr trauen? Er mußte es wohl; denn es sprach für sie, daß sie zu ihm geflüchtet war und offen bekannte, in welche Gefahr sie ihren Mann gebracht hatte. Steckte möglicherweise doch ein guter Kern in ihr?

Er setzte sich neben sie. »Warum hast du mir das alles nicht längst erzählt?«

Sie senkte die Lider. »Es war mir zu peinlich.«

»Das verstehe ich«, erwiderte er. »Über solche Dinge spricht man nicht gerne. Dennoch hättest du dich mir anvertrauen sollen.«

»Und was würde das genützt haben?«

»Du wärst mir zumindest in mancher Hinsicht verständlicher gewesen. Und ich hätte dir den Rat gegeben, einen Psychopathologen aufzusuchen.«

»Einem wildfremden Menschen soll ich ...«

»Du mußt es tun! Es gibt keine andere Möglichkeit. Vertrau dich ihm an. Bestimmt weiß er Rat.«

Sie rümpfte die Nase. »Als wenn das so einfach wäre.«

»Es ist zumindest ein gangbarer Weg«, brauste er auf. »Mit Mordanschlägen geht es jedenfalls nicht! Im übrigen kannst du dich ja auch scheiden lassen.«

Es lag ihr auf der Zunge zu erwidern: Das könnte dir so passen. Innerlich hatte sie schon wieder Oberwasser und schwor sich, Curd Dessau heimzuzahlen, was er ihr eingebrockt hatte. Dieser Idiot! Woher mochte er Wind bekommen haben? Nun, er würde ein dummes Gesicht machen, falls er die Absicht haben sollte, sie anzuschwärzen. Auf den Gedanken, daß sie nur schneller gewesen war, würde weder er noch der Herr Standartenführer kommen.

9

Nachdem Curd Dessau den Barone nach Moltrasio gebracht und ihm das Versprechen abgenommen hatte, niemandem, selbst seiner Frau nicht, den wahren Grund des Aussteigens in Dongo zu nennen, fuhr er auf schnellstem Wege nach Mailand. Er war sich noch nicht darüber klar, wie er das ihm dringend notwendig erscheinende Gespräch mit Veit Küster führen sollte. Ihm erschien es zwar unwahrscheinlich, daß der Klassenkamerad von dem telefonischen Hinweis wußte, den Zsaga de Bor gegeben hatte. Er wollte aber dennoch vorsichtig zu Werke gehen.

Es erleichterte ihn deshalb beinahe, als er feststellte, daß der Standartenführer nicht in seiner Wohnung war. Unverhofft hatte er Zeit gewonnen, alles nochmals zu überdenken.

Vom Hotel, wo er sich frisch machte und die Uniform ablegte, versuchte er Veit Küster im Amt zu erreichen. Dort war er ebenfalls nicht. Mißgestimmt suchte er das Foyer auf und nahm an der im Hintergrund gelegenen Bar Platz.

Es waren nur wenig Gäste anwesend. Auf einem der Hocker saß eine elegante, dunkelhaarige Italienierin, deren Augen traurig und verschleiert wirkten.

»Buona sera, signore«, begrüßte ihn der Barkeeper.

Er erwiderte den Gruß und bat um einen Manhattan.

»Subito, signore.«

Curd Dessau blickte unauffällig zu der Dame hinüber.

Sie wandte sich an den Keeper. »Geben Sie mir auch noch einen.«

»Gerne, Contessa.«

Adelige scheint es hier wie Sand am Meer zu geben, dachte der Flugkapitän.

Der Barkeeper mixte ein Getränk, goß es in zwei Gläser und verneigte sich nach rechts und links. »Salute!«

Die Contessa lächelte Curd Dessau an. »Wir trinken zufällig das gleiche.«

Er hob sein Glas. »Zum Wohle.«

Sie dankte, nippte an dem Getränk und blickte versonnen vor sich hin.

Eine hübsche Frau, dachte er. Ihre traurigen Augen haben etwas Anziehendes.

Sie hingegen fand: Auch ihn scheint ein Kummer zu bedrükken.

Zu einem Gespräch kam es nicht. Beide schauten stumm vor sich hin, bis Curd Dessau zur Reception ging und erneut versuchte, Veit Küster zu erreichen. Diesmal hatte er Glück. Der Standartenführer war zu Hause und bat darum, ihn gleich aufzusuchen, da er spätestens in einer Stunde wieder fort müsse.

»Vorher möchte ich wissen, ob die Baronessa bei dir ist«, entgegnete der Flugkapitän.

»Nein. Warum fragst du?«

»Nur so.«

»Dann komm.«

Curd Dessau begab sich zur Bar, zahlte und grüßte beim Hinausgehen zur Contessa hinüber.

Sie erwiderte seinen Gruß.

Schade, daß ich jetzt gehen muß, dachte er unzufrieden. Mit ihr würde ich mich gerne unterhalten.

Gleich nach ihrer Unterredung mit Veit Küster fuhr Zsaga de Bor zum Como-See zurück. Sie hatte beim Abschied gesagt: »Ich weiß noch nicht, ob ich in Moltrasio bleiben werde, will aber den Versuch machen, in aller Ruhe mit Antonio zu sprechen und ihn zu bitten, einen Psychopathologen aufzusuchen.«

Dies hatte sie natürlich nicht vor. Für sie war das wichtigste, schnellstens festzustellen, ob ihr Mann etwas wußte oder ahnte. Ihr weiteres Vorgehen wollte sie davon abhängig machen. Im Prinzip war sie fest entschlossen, in den nächsten Tagen nicht von seiner Seite zu weichen. Niemand sollte an ihn herankommen. Vor allen Dingen Curd Dessau nicht. Vor ihm fürchtete sie sich plötzlich. Bardo Tollanis eindringliche Warnung saß ihr in den Knochen.

Unterwegs legte sie eine Rast ein, um ihre Gedanken zu ordnen. Sie hatte unüberlegt gehandelt, als sie annahm, sie könne ihren Mann durch Partisanen erledigen lassen. Sein Tod würde wahrscheinlich auch für sie gefährliche Folgen gehabt haben. Veit Küster hätte sie bestimmt durchschaut. Ebenfalls dieser Flugkapitän, den sie allem Anschein nach völlig falsch beurteilt hatte. Ihr war es so leicht erschienen, mit Hilfe von Bardo Tollani ... Der einfachste Weg ist eben nicht immer der beste. Sie mußte bei ihrem ursprünglichen Plan bleiben. Es war doch köstlich gewesen, wie der Herr Standartenführer reagiert hatte: richtig leid hatte sie ihm getan! Es lohnt sich offensichtlich die Behauptung aufzustellen, man leide unter sexuellen Dingen. Sobald von Perversitäten die Rede ist, zuckt jeder zusammen. Für Veit Küster ist ihr Mann nun kein ehrenwerter Barone mehr, nur noch ein Subjekt, mit dem er möglichst nichts zu tun haben will.

Um die Stimmung daheim zu ermitteln, rief sie von Como aus in Moltrasio an und sagte ihrem Mann, sie habe von Veit Küster erfahren, daß ihm auf der Fahrt schlecht geworden sei. Mit vorgetäuschter Besorgnis erkundigte sie sich nach seinem Befinden.

»Es war nur eine vorübergehende Unpäßlichkeit«, erwiderte er und fragte: »Wo bist du jetzt?«

»Schon in deiner Nähe«, antwortete sie verheißungsvoll. »In Como! Leider werde ich den Wagen hier in der Werkstatt lassen müssen. Mit dem Motor stimmt etwas nicht. Und da das erforderliche Ersatzteil fehlt, habe ich mich entschlossen, ein paar Tage in Moltrasio zu bleiben, um auszuspannen. Ist dir das recht?«

Der Barone wurde lebhaft. »Was ist das für eine Frage? Ich bin überglücklich!«

»Dann hol mich an der Anlegestelle ab. Ich fahre mit dem nächsten Schiff.«

»Ach, Zsaga, ist das schön«, begeisterte er sich. »Ich werde dich sehnsüchtig erwarten. Die Luft hier wird dir bestimmt guttun.«

Möglich, dachte sie. Auf alle Fälle steht ihm kein Wagen zur Verfügung, mit dem er fortfahren könnte.

Curd Dessau wurde ungehalten, als Veit Küster sich zum drittenmal nach dem Ausgang der Verhandlungen mit Bardo Tollani erkundigte. »Nun laß mich endlich mit deinen blöden Fragen in Ruhe«, brauste er auf. »Ich habe dir doch gesagt, daß alles wie besprochen geregelt ist. Mir brennen im Augenblick andere Dinge unter den Nägeln. Deine vortreffliche Baronessa hat sich ...«

»Stopp!« unterbrach ihn der Standartenführer. »Kein Wort mehr! Du würdest sonst nicht glauben, daß ich weiß, worüber du sprechen willst! Über Barone de Bor, den du zweifelsohne nicht grundlos in Dongo abgesetzt hast!«

Der Flugkapitän war verblüfft. »Du weißt ...?«

»Das und noch einiges mehr! Mir ist allerdings nicht bekannt, warum du ihn ausgebootet hast. Auf alle Fälle war es sein Glück. Und Zsagas nicht minder.«

Curd Dessau war ratlos.

»Wir wollen mit offenen Karten spielen«, sagte Veit Küster und führte den Flugkapitän an eine Sitzgruppe heran. »Die Baronessa kam völlig aufgelöst zu mir und bekannte, ihren Mann bei den Partisanen als verkappten SS-Führer angeschwärzt zu haben.«

Der Pilot schlug auf den Tisch. »Ich hab' mich also nicht getäuscht!«

»Und ich frage mich, wie du das herausbekommen hast?«

»Ich hörte zufällig einen Teil des Telefongespräches.«

Der Klassenkamerad ließ sich in einen Sessel fallen. »Wo?«

»In Moltrasio, als ich den Barone abholen wollte.«

»Mensch, das hätte schwer ins Auge gehen können. Nicht nur für den Barone, auch für dich. Als Zsaga wie von tausend Furien gehetzt zu mir kam und mich anflehte, unverzüglich einzugreifen, was ich auch sofort getan habe, wäre es schon zu spät gewesen.«

»Wie meinst du das?«

»Sie ist zwar im Irrsinnstempo hierhergefahren, kam aber nicht mehr früh genug. Als ich Tollani anrief, hattest du ihn längst verlassen. Es hätte also bereits etwas passiert sein können.«

»Hast du sie hinter Gitter gebracht?«

»Nachdem sie Farbe bekannte?«

»Was hat das damit zu tun? Sie ist eine Verbrecherin! Und du traust ihr noch?«

Veit Küster betrachtete seine gepflegten Hände. »Die Frage ist falsch gestellt. Ich traue ihr nicht *noch,* sondern *erstmals wieder!* Denn was sie getan hat, wird sie so schnell nicht nochmals tun. Und ein willigeres und gefügigeres Werkzeug werde ich nun so leicht nicht wieder finden. Ich hab' sie jetzt in der Hand wie nie zuvor!«

Curd Dessau wurde rot vor Zorn. »Dann trennen sich unsere Wege! Du wirst dir einen andern Piloten suchen müssen. Ich fliege jedenfalls nicht mehr für dich! Und dem Barone werde ich sagen, wer seine Frau ist und was hier gespielt wird!«

Die Gesichtsmuskeln des Standartenführers arbeiteten. »Das wirst du nicht tun«, sagte er betont ruhig.

»Täusch dich ja nicht«, begehrte der Flugkapitän auf. »Ich tu' jetzt, was ich für meine Pflicht erachte!«

Der Standartenführer schüttelte den Kopf. »Wenn du auf deinem Standpunkt verharrst, lasse ich dich einsperren! Und zwar auf der Stelle!«

Curd Dessau sah den Klassenkameraden aus zusammengekniffenen Augen an.

»Du bist dir anscheinend nicht darüber im klaren, daß du auf dem besten Weg bist, in die Salve eines Exekutionskommandos zu rennen!« warnte ihn Veit Küster. »Dem Barone im gegenwärtigen Zeitpunkt reinen Wein einzuschenken, heißt eine ›Geheime Kommandosache‹ verraten! Nicht mehr nach Spanien fliegen zu wollen, heißt ›Befehlsverweigerung‹! Glaubst du, daß dir da jemand helfen könnte?« Seine Stimme wurde scharf. »Im Interesse der Sache müßte ich unerbittlich sein. Keine Sekunde würde ich dich schonen, das versichere ich dir!«

Der Flugkapitän sprang auf. »Herrgott, siehst du denn nicht, daß die Baronessa keinen anderen Gedanken hat, als ihren Mann zu erledigen, um in den Besitz seines Vermögens zu kommen?«

»Das stimmt nicht«, widersprach der. Standartenführer. »In dieser Hinsicht weiß ich seit heute nachmittag mehr als du. Zugegeben, was Zsaga getan hat, ist eine unglaubliche Schweinerei. Darüber brauchen wir nicht zu reden. Aber sie ist nicht

Ursache, sondern Wirkung! Der saubere Herr Barone ist pervers, pervers wie kein zweiter! Es war eine Verzweiflungstat ...«

»Red doch keinen Stuß!« fiel Curd Dessau unwillig ein.

»Das ist die Wahrheit! Zsaga sind die Nerven durchgegangen!«

»Hör auf mit dem Quatsch!«

»Urteile selber«, ereiferte sich der Schulkamerad und erzählte, was er von der Baronessa erfahren hatte.

Als er endete, ging Curd Dessau eine Weile auf und ab. »Ich glaube ihr kein Wort«, sagte er schließlich. »Aber wie es auch sein mag: ich möchte mit all dem nichts mehr zu tun haben und bitte hiermit offiziell um meine Versetzung. Wird meinem Wunsch innerhalb einer Woche nicht entsprochen, rede ich mit Doktor Schuber und dem Barone – mag kommen was da will!«

Veit Küster erhob sich. »Darf ich daraus schließen, daß du bis dahin schweigen wirst?«

»Ich habe mich klar genug ausgedrückt. Eine Woche gebe ich dir Zeit. Nicht einen Tag länger!«

Curd Dessau wäre nicht bereit gewesen, die zugestandene Zeit einzuräumen, wenn er gewußt hätte, was innerhalb der nächsten Woche auf ihn zukommen würde. Er bereute sein Entgegenkommen bereits am nächsten Tag, als er in Moltrasio anrief, um den Barone davon in Kenntnis zu setzen, daß er ihn erst in einer Woche aufsuchen könne. Zsaga de Bor war am Apparat. Nach dem, was der Klassenkamerad ihm erzählt hatte, hätte er es nicht für möglich gehalten, daß sie in Moltrasio sein würde. Mehr aber noch als diese Tatsache beunruhigten ihn ihre Worte.

»Wie lieb von Ihnen, sich nach dem Befinden meines Mannes zu erkundigen«, sagte sie mit einer geradezu herausfordernden Freundlichkeit, kaum daß er sich gemeldet hatte. »Das wollen Sie doch, nicht wahr? Sie brauchen sich aber keine Sorgen zu machen. Es geht ihm den Verhältnissen entsprechend gut. Die Magenverstimmung ist natürlich noch nicht ganz abgeklungen, doch ich pflege ihn ja jetzt, und ich denke, daß er in wenigen Tagen wieder voll auf dem Damm sein wird. Da Sie aber schon anrufen, würde es mich interessieren zu erfahren, ob das Erbrechen ganz plötzlich auftrat?«

In seiner Empörung legte Curd Dessau den Hörer auf. Woher nahm dieses Weib den Mut, sich über ihn lustig zu machen? Sie schien sich unglaublich sicher zu fühlen.

Tatsächlich machte die Baronessa sich nicht mehr die geringste Sorge. Nach reiflicher Überlegung hatte sie Veit Küster noch in der Nacht angerufen und ihm gesagt, daß sie ihre Absicht, mit ihrem Mann zu reden, insofern geändert habe, als sie sich etwas Zeit lassen wolle. Sie sei zu der Überzeugung gekommen, daß es falsch wäre, in einer so heiklen Angelegenheit mit der Tür ins Haus zu fallen. Einen Psychopathologen vorzuschlagen, verlange ein behutsames und geschicktes Vorgehen. Sie habe sich deshalb entschlossen, einige Tage in Moltrasio zu bleiben, und bitte herzlichst darum, dafür zu sorgen, daß sie in ihrer Aufgabe nicht gestört werde.

»Von mir aus magst du Wochen dort bleiben«, hatte er unfreundlich erwidert. »Ich werde schon nicht erscheinen. Oder glaubst du, ich hätte das Verlangen, mich mit deinem Mann zu unterhalten? Auf andere kann ich natürlich keinen Einfluß nehmen. Die mußt du dir schon selbst vom Halse halten.«

»Denkst du an jemand Bestimmten?«

»Nicht direkt.«

»Etwa an Curd Dessau?«

»Ich glaube nicht, daß der euch aufsuchen wird. Wir haben uns mal wieder in der Wolle gehabt. Er will versetzt werden.«

»Und ...?«

»Ich werde seiner Bitte wohl entsprechen müssen. Die Sache mit deinem Mann hat ihm einen Knacks gegeben. Ich kann das verstehen. Auch ich druckse daran herum.«

Sie schwieg.

»Ich habe lange darüber nachgedacht«, fuhr er wie im Selbstgespräch fort. »Ich schenke dir nochmals mein Vertrauen. Aber du mußt es dir neu erringen. Und deinen Mann werde ich zu keiner Aufgabe mehr heranziehen.«

»Wie du willst, Veit. Ich verspreche dir jedenfalls, nie wieder eine Dummheit zu machen.«

Seine Stimme wurde freundlicher. »Sieh zu, daß du dich

erholst. Über Nacht sind Dinge eingetreten, die meinen Glauben an die Richtigkeit dessen, was wir hier tun, schwer erschüttert haben.«

»Wieso?«

»Das kann ich am Telefon nicht sagen. Vielleicht schicke ich dich in die Schweiz. Vielleicht gehe ich auch selber. Ich weiß es noch nicht.«

»Wenn du willst, komme ich nachts einmal herüber.«

»Mal sehen.«

Zsaga de Bor hatte allen Grund, sich sicher zu fühlen. Wenn Veit Küster anfing Zweifel zu hegen und von einem Abstecher in die Schweiz sprach, konnte er nur daran denken, mit Allan W. Dulles in Verbindung zu treten. Und da er als Standartenführer den Sonderbeauftragten Roosevelts nicht ohne weiteres aufsuchen und ihm sagen konnte: Hallo, how are you?, glaubte sie zu wissen, welche Rolle ihr zufallen würde.

Sie war deshalb in bester Laune und ließ es sich nicht nehmen, ihre Sicherheit zur Schau zu stellen, als Curd Dessau in Moltrasio anrief. Mochte er seinen Klassenkameraden informieren. Der würde über ihre Frechheit lachen.

Darin täuschte sie sich nicht. Was sie aber nicht bedachte, war etwas viel näher Liegendes. Ihre durchsichtige Frechheit mußte den Flugkapitän reizen und seine Aufmerksamkeit schärfen.

Wozu im Hotel herumsitzen, wenn ich mit einem Segel- oder Motorboot vor dem Grundstück des Barone auf der Lauer liegen kann, sagte er sich. Mit einem Fernglas ist vielleicht etwas zu entdecken, das zu wissen wichtig sein könnte.

So kreuzte er in den nächsten Tagen mal mit diesem, mal mit jenem Boot vor der Besitzung de Bors und stellte zu seiner Verwunderung fest, daß der Barone etliche Kinder um sich versammelt hatte, mit denen er im Park spielte und im See badete.

Lange fragte er sich, was das zu bedeuten haben mochte. Er fand jedoch keine Antwort.

Wie hätte er auch auf den Gedanken kommen können, daß es Zsaga de Bor war, die plötzlich Lust verspürt hatte, Kinder um sich zu haben.

»Weißt du, was gut für uns wäre?« hatte sie ihrem Mann am Morgen nach der Unterredung mit Veit Küster gesagt. »Wir sollten einige Kinder einladen und bewirten. Wir haben doch alles im Überfluß. Die armen Dinger hingegen besitzen in dieser schrecklichen Zeit nicht einmal ein richtiges Spielzeug. Geh zur Anlegestelle. Dort tollen immer welche herum. Hol fünf oder sechs Buben und Mädchen, denen wir es dann einmal richtig schön machen.«

Ihr Vorschlag hatte ihn fasziniert. Ohne zu zögern war er losgegangen. »Nimm dich aber in acht!« hatte er zurückgerufen. »Die ›ragazzi‹ könnten mich jung werden lassen.«

Für den Barone wurden es herrliche Tage. Er konnte sich nicht entsinnen, an der Seite seiner Frau jemals schönere Stunden erlebt zu haben. Er war so begeistert, daß er sogar Curd Dessaus Hinweis vergaß, in aller Kürze zu ihm zu kommen, um etwas Unerfreuliches mit ihm zu besprechen.

Diese Stunde aber kam, noch bevor die Woche verstrichen war, die der Flugkapitän dem Standartenführer als Bedenkzeit eingeräumt hatte. Ganz unvermittelt war sie da.

Zeitiger als an den vorhergehenden Tagen war Curd Dessau nach Mailand zurückgekehrt. Er wollte früh ins Bett gehen und sich gründlich ausschlafen, da am nächsten Nachmittag der zweite Doppelflug nach Spanien gestartet werden sollte. Wie üblich ging er vor dem Essen zur Hotelbar, um sich einen Aperitif zu genehmigen. Insgeheim hoffte er, die Contessa anzutreffen. Zweimal hatte er sie bereits wiedergesehen, vorgestellt hatte er sich ihr allerdings noch nicht.

Sie saß auf ihrem Platz.

»Buona sera, signore!« begrüßte ihn der stets zuvorkommende Keeper. »Waren Sie wieder auf dem Como-See?«

»Sì!« Er verneigte sich zur Contessa hinüber.

Sie dankte mit einem kurzen Nicken.

»Man sieht Ihnen den Aufenthalt in der Sonne an«, fuhr der Barmixer gesprächig fort. »Sie sind braun wie ein Neger.« Er griff nach einer Flasche Gin. »Wie üblich?«

»Bitte.«

Der Keeper warf der Contessa einen fragenden Blick zu.

»Ja, Sie Verführer«, sagte sie lachend und wandte sich an Curd Dessau. »Ist er nicht schrecklich? Jedesmal, wenn Sie kommen, verleitet er mich zu einem zusätzlichen Manhattan.«

»Soll ich es ihm abgewöhnen?« fragte der Flugkapitän scherzend. »Ich könnte künftig etwas anderes trinken.«

»Nein, nein«, antwortete sie schnell. »Das möchte ich wirklich nicht.«

Er trat an sie heran. »Darf ich mich vorstellen? Mein Name ist Dessau.«

Sie blickte unsicher zum Keeper hinüber. »Contessa Valdeloni.«

In diesem Moment erschien ein Page und meldete dem Piloten: »Sie werden am Telefon verlangt. Signore Küster möchte Sie sprechen.«

Curd Dessau glaubte zu bemerken, daß die Contessa bei Nennung des Namens zusammenzuckte. »Entschuldigen Sie mich«, bat er und ging in die Halle.

»Cella una!« sagte der Page.

»Grazie!« Er trat in die Telefonzelle und nahm den Hörer ab.

»Bist du's, Curd?« rief der Standartenführer mit merkwürdig verändert klingender Stimme.

»Ja.«

»Der für morgen geplante Flug fällt aus.«

»Warum?«

»Das kann ich dir am Telefon nicht sagen. Komm auf einen Sprung zu mir.«

Den Flugkapitän überkam eine schreckliche Ahnung. »Geht's um Claudio de Bor?«

»Komm vorbei!«

»Ist ihm was zugestoßen?«

»Ja, er wurde verhaftet.«

»Ach, du lieber Gott.«

»Komm raus. Ich muß dich sprechen.«

»Ich bin gleich da.«

Als Curd Dessau die Telefonzelle verließ, glaubte er, der Boden wanke unter seinen Füßen. Wenn Claudio de Bor verhaftet war, gab es keine Rettung mehr für ihn. Wie benommen kehrte er zur Bar zurück, leerte hastig sein Glas und verlangte einen Cognac. »Aber einen Doppelten!« fügte er hinzu.

Der Keeper sah ihn erstaunt an.

»Nun machen Sie schon!« Er griff in die Tasche seines Jacketts und warf einige Geldscheine auf den Bartisch.

Die Contessa blickte scheu zu ihm hinüber. Seine Veränderung beunruhigte sie, da es ihr nicht entgangen war, daß Veit Küster ihn hatte sprechen wollen. Wurde auch er in die Zange genommen?

Curd Dessau griff nach dem Cognac. Seine Gedanken kreisten. Wollte der Schulkamerad ihn in eine Falle locken? Wünschte er ihn zu sprechen, um ihn festzusetzen und daran zu hindern, daß er mit dem Barone sprach? Er kippte den Cognac hinunter. Keine Macht der Welt sollte ihn zurückhalten. In dieser Phase mußte er seinem Gewissen gehorchen. Das Maß war voll. Endgültig!

Ohne sich zu verabschieden, eilte er davon. Draußen sprang er in den silbergrauen Alfa Romeo, der ihm seit der Fahrt zu den Partisanen zur Verfügung stand. Keine Minute durfte er verlieren. Bevor Veit Küster merkte, daß er nicht zu ihm kommen würde, mußte er die Autostrada passiert und Como erreicht haben. Bis dorthin konnte die Strecke binnen weniger Minuten gesperrt werden.

Der Motor heulte auf. Curd Dessau schob den Ganghebel vor und jagte in die Via Moscova hinein. Auf kürzestem Weg wollte er die Stadt verlassen.

Es war stockfinster, als Curd Dessau unmittelbar hinter der Einfahrt zur Autostrada für wenige Sekunden anhielt, um die Blendkappen von den Scheinwerfern seines Wagens zu reißen. Mochten feindliche Flugzeuge ihn entdecken. Ihm war es gleichgültig. Hauptsache, es gelang ihm, Como zu erreichen, bevor Veit Küster Gegenmaßnahmen ergriff.

Mit 170 km/h jagte er über die schnurgerade Fahrbahn. Der Wind zerrte in seinen Haaren.

Das beruhigende Gefühl, nicht auf Buna-, sondern auf Kautschukreifen zu fahren, ließ ihn das Gaspedal voll durchdrücken. Der Tachometer stieg auf 190 km/h. Die Motorhaube schepperte. Sein Jackett blähte sich. Die Pneus heulten.

An der Autostraße gelegene Kontrollhäuser huschten wie

Schatten vorbei. Dazwischen lagen mit Weiden bestandene Flächen und Reisfelder.

Curd Dessau sah sie nicht. Er starrte konzentriert auf die wie ein schwarzes Band unter ihm dahinhuschende Asphaltdecke.

Die Autobahn machte eine Wendung nach rechts. Er verringerte das Tempo. Como lag unmittelbar vor ihm. Erleichtert passierte er den letzten, seit Beginn des Krieges nicht mehr besetzten Kontrollpunkt.

Vor der Stadtmauer bog er in eine Straße ein, die nur in umgekehrter Richtung befahren werden durfte. Falls Veit Küster eine Streife zum See beordert hatte, würde man dort vergebens auf ihn warten. Die Frage war nur, wie er an den Barone herankam, ohne daß dessen Frau es merkte.

Ein Zufall kam ihm zu Hilfe. Gernobbio lag bereits hinter ihm, und er näherte sich der Besitzung de Bors, als er ein junges Paar auf einer Steinmauer sitzen sah. Im Scheinwerfer glaubte er, den Kraftfahrer des Barone zu erkennen. Augenblicklich trat er auf die Bremse und rief zurück: »Sind Sie es, Giacomo?«

»Sì, signore!«

»Kommen Sie schnell her!«

Der Italiener sprang von der Mauer und lief auf ihn zu.

»Sie müssen mir helfen.« Er dämpfte die Stimme. »Wer ist Ihre Begleiterin?«

»Meine Braut, Signore Dessau.«

»Wird sie böse sein, wenn Sie sie fortschicken? Es geht um den Barone«, fügte er hinzu. »Er ist in Gefahr!«

»Momento«, sagte Giacomo Assiano und rannte zu seiner Braut, der er schnell etwas zuflüsterte. Dann eilte er zurück und war mit einem Satz im Wagen.

»Sie haben hoffentlich nichts angedeutet.«

»Wo denken Sie hin. Frauen sind immer gleich ängstlich.«

Curd Dessau fuhr an.

»Will man den Barone wieder verhaften?«

»So ungefähr. Zwei Dinge sind jetzt wichtig. Sie müssen Ihrem Chef, ohne daß die Baronessa es merkt, mitteilen, daß ich ihn sofort sprechen muß. Er soll sich zurückziehen und sagen, daß er schlafen möchte. Dann verlassen Sie in einem günstigen Augenblick mit ihm das Haus und bringen ihn ins Hotel Imperiale. Dort warte ich auf ihn. Anschließend laufen sie nochmals zur Villa zurück und packen einen Koffer mit den notwendigsten Sachen. Die Baronessa darf aber auf keinen Fall Wind bekommen! Und wenn Sie Stunden warten müssen!«

»Alles klar, Signore. Sie können sich auf mich verlassen. Die Zeit ist übrigens günstig. Die Baronessa nimmt gegen neun Uhr immer ein Bad im See. Den Augenblick werde ich abpassen.«

»Seien Sie dennoch vorsichtig. Das Leben des Barone liegt in Ihrer Hand!«

Der Flugkapitän hielt etwa hundert Meter vor der Einfahrt neben einem hohen, mit Efeu bewachsenen Gitter.

»Ihre Scheinwerfer sind nicht abgeblendet«, flüsterte der Kraftfahrer.

Curd Dessau schaltete das Parklicht ein.

Giacomo Assiano stieg aus.

»Noch eins! Trauen Sie der Baronessa nicht über den Weg, aber lassen Sie sich nichts anmerken.«

Der Italiener beugte sich vor. »Ich hab' längst herausgefunden, daß mit ihr was nicht stimmt. Dauernd macht sie heimlich Fotos. Ich hab's selbst gesehen.«

Curd Dessau klopfte ihm auf die Schultern. »Ohren steifhalten!«

Wenige Minuten später suchte er das Hotel Imperiale auf und bat darum, das Zimmer des Funkmaschinisten Oskar Hensel für einen anderen Gast bereit zu machen.

»Sie waren ja schon eine ganze Woche nicht mehr hier«, sagte der Portier.

»Ich weiß. Besondere Umstände zwangen uns, in Mailand zu übernachten.«

»Uns kann's egal sein. Das Hotel ist ohnehin en bloc vom Stab RuK gemietet.«

Der Flugkapitän nickte. »Wissen Sie zufällig, ob Herr Hinrich noch auf ist?«

»Ja, er sitzt an der Bar.«

»Bitten Sie ihn für einen Moment in die Halle.«

»Sofort, Signore.« Der Italiener schob ihm ein Formular zu. »Vielleicht können Sie inzwischen den Anmeldeschein für den neuen Gast ausfüllen.«

Genau das will ich nicht, dachte Curd Dessau und griff nach einer der ausliegenden Zeitungen.

Es dauerte nicht lange, da erschien ein breitschultriger Herr, der sichtlich stutzte, als er sah, wer ihn zu sprechen wünschte. »Nanu«, rief er. »Warum so förmlich?«

»Ich muß Sie dringend sprechen, Herr Hinrich.«

»Das können Sie doch an der Bar.«

»Gehen wir lieber ins Freie.«

»Was ist denn los?«

»Sie müssen mir helfen.«

»Keine Moneten mehr?« Er lachte. »Wieviel wollen Sie haben?«

Curd Dessau dämpfte die Stimme. »Es geht um etwas anderes. Ich muß hier mit einem älteren Herrn übernachten, dessen Name keinesfalls im Hotelbuch eingetragen werden darf.«

»Ein Deutscher?«

»Nein, ein Italiener.«

»Und weshalb ist das so wichtig?«

»Weil ich vermute, daß heute nacht in allen Hotels nach ihm gefahndet werden wird.«

»Und da sollen wir …?«

»Der Betreffende ist ein alter Bekannter von Doktor Schuber. Er wird Ihnen dankbar sein, wenn Sie dafür sorgen, daß mein Gast nicht entdeckt wird.«

»Komische Sachc. Geht aber in Ordnung.«

»Ad zwei: Können Sie den betreffenden Herrn morgen früh im Konvoi des Stabes RuK mit nach Mailand nehmen und ihn im Hotel Gallia unterbringen? Ich kann das nicht selbst erledigen, weil meine Anwesenheit ihn verraten würde.«

»Das wird ja immer mysteriöser.«

Curd Dessau zuckte mit den Achseln. »Werden Sie mir meinen Wunsch erfüllen?«

»Selbstverständlich.«

»Das wär's. Ich versuche nachher, den Doktor über ›Zeppelin‹ zu erreichen. Sagen Sie bloß niemandem, daß ich hier bin. Der Portier muß das ebenfalls verschweigen.«

»Sie können sich auf mich verlassen.«

Der Flugkapitän bedankte sich mit einem Händedruck. »In Kürze werden wir uns wieder häufiger sehen.«

»Kommen Sie zum Doktor zurück?«

»Wahrscheinlich schon in den nächsten Tagen.«

»Keine astreine Sache beim SD, wie?«

»Sie wissen, daß ich ...?«

»Ich bin doch nicht blind.«

Sie verabschiedeten sich.

Das ging reibungsloser, als ich zu hoffen wagte, dachte Curd Dessau erleichtert. Dennoch war er besorgt. Er entschloß sich, dem Barone entgegenzugehen. Würde der alte Herr seine Villa verlassen können, ohne daß seine Frau es merkte? Er war sich nicht sicher, ob er richtig gehandelt hatte. Es ging ihm darum, den Juwelier vor einem Zugriff Veit Küsters zu schützen. Er mußte wie vom Erdboden verschwunden sein.

Zu jeder anderen Stunde hätte Curd Dessau sich darüber gefreut, dem Klassenkameraden ein Schnippchen zu schlagen. An diesem Abend konnte er es nicht. Vor ihm lag eine Unterredung, die den Barone aufs schwerste treffen würde. Ihm graute davor, dem alten Herrn die Wahrheit sagen zu müssen. Daran aber kam er nicht vorbei.

Besorgt setzte er sich auf ein niedriges Mauerwerk und blickte zum See hinunter. Es war fast die gleiche Stelle, an der Veit Küster einmal gesessen hatte. Er bangte darum, daß etwas schiefgehen könnte.

Fast eine Stunde verstrich, bis hastige Schritte von zwei Personen hörbar wurden. Sofort ging er ihnen entgegen. »Barone ...?«

Der Juwelier war atemlos und fragte ungehalten: »Was wünschen Sie von mir, Signore Dessau? Einen ungünstigeren Zeitpunkt hätten Sie nicht wählen können. Vor knapp einer Stunde erhielt ich die Nachricht, daß mein Sohn auf einem Flug nach Amerika schwer erkrankt ist.«

Curd Dessau verschlug es fast die Stimme. »Wer hat Ihnen das mitgeteilt?«

»Signore Küster.«

»Persönlich?«

»Was soll die Frage? Er verständigte uns. Meine Frau war am Apparat.«

»Das hab' ich mir gedacht«, entfuhr es dem Flugkapitän.

»Ich verstehe Sie nicht. Was wollen Sie damit zum Ausdruck bringen?«

»Daß Ihre Gattin ...« Er unterbrach sich und zögerte einen Moment. »Ich habe Ihnen etwas Scheußliches zu sagen, Barone.«

»Über meine Frau?«

»Ja.«

»Dann bedaure ich, ohne deren Wissen hierher gegangen zu sein.« Der Juwelier wandte sich an den Fahrer. »Kommen Sie, Giacomo. Wir gehen zurück.«

Curd Dessau hielt ihn am Ärmel fest. »Einen Augenblick noch. Der Name einer gewissen Maria Cetana, die mit Ihrem Sohn liiert war, dürfte Ihnen bekannt sein, nicht wahr?«

Der alte Herr flog herum.

»Lassen Sie uns allein«, sagte der Flugkapitän dem Fahrer.

Giacomo Assiano entfernte sich.

»Barone!« Curd Dessau versuchte, seiner Stimme einen warmen Klang zu geben. »Sie müssen jetzt sehr stark sein; denn ich sehe mich gezwungen, Ihnen etwas mitzuteilen, das Ihnen furchtbar weh tun wird. Ihre Frau ist jene Maria Cetana. Ihr Sohn Claudio führte sie als Zsaga Morena in die römische Gesellschaft ein. Später heiratete er, wie Sie wissen, die Tochter eines Angehörigen der amerikanischen Botschaft. Und Sie ehelichten die ehemalige Geliebte Ihres Sohnes!«

»Das ist ...« Der Juwelier rang nach Luft und suchte Halt.

Curd Dessau stützte ihn.

»Eine Lüge ist das«, stöhnte der alte Herr. »Eine Lüge!«

»Nein, Barone! Es tut mir leid, aber ich muß Sie mit der Wahrheit konfrontieren. Viel zu lange habe ich geschwiegen. Ich wollte schon früher mit Ihnen reden, doch man untersagte es mir, setzte mich unter Druck. Ununterbrochen belügt Ihre Frau Sie. So auch heute. Wenn sie behauptet, Ihr Sohn sei krank – ich wollte, dies entspräche der Tatsache –, so stimmt das nicht. Leider nicht. Ihr Sohn wurde verhaftet! Es ist schrecklich, daß ich Ihnen dies so schonungslos sagen muß. Aber Sie zwingen mich dazu. Sie befinden sich in einer Lage ...«

Der Juwelier tastete nach dem Arm des Flugkapitäns. Keuchend flehte er: »Sagen Sie, daß das nicht wahr ist.« Seine Stimme überschlug sich. »Das kann doch nicht wahr sein!«

Curd Dessau spürte, daß der alte Herr dem Zusammenbruch nahe war. Er rief den Kraftfahrer.

Der eilte augenblicklich herbei.

»Kommen Sie. Helfen Sie mir.«

Gemeinsam führten sie den Barone in den Park des Hotels Imperiale, wo sie ihn auf eine Bank setzten.

»Holen Sie die Sachen«, flüsterte der Pilot dem Kraftfahrer zu. Dann nahm er neben dem Juwelier Platz. »Es tut mir leid, Ihnen so viel Entsetzliches sagen zu müssen.«

Der Barone starrte apathisch vor sich hin. »Erzählen Sie alles.«

»Eine Frage zuvor: Glaubt Ihre Gattin, daß Sie sich zur Ruhe begeben haben?«

»Ja.«

»Und wann stehen Sie üblicherweise morgens auf?«

»Gegen neun. Warum fragen Sie?«

»Die Antwort ergibt sich aus dem, was ich Ihnen zu berichten habe. Ich wollte, wie ich bereits sagte, schon früher mit Ihnen sprechen. Mein Klassenkamerad hinderte mich daran, drohte mir mit sofortiger Verhaftung. Er ist Standartenführer und Leiter des hiesigen SS-Sicherheitsdienstes.«

»Sie sprechen von Signore Küster?«

»Ja. Als wir beide uns an jenem Tag, da ich Ihnen die achthundert Millionen Lire zu übergeben hatte, auf dem Flughafen kennenlernten, wußte ich nicht, welche Rolle mein Schulkamerad hier spielt. Mir war auch nicht bekannt, daß Ihre Gattin bereits in Rom seine Agentin war.«

Der Juwelier bäumte sich auf. »Das ist unmöglich! Ich kann doch nicht mit Blindheit geschlagen gewesen sein.«

Curd Dessau legte den Arm um den alten Herrn. »Es kommt noch schlimmer, Barone. Veit Küster war es, der Sie, einem Plan Ihrer Gattin folgend, einsperren ließ. Der Zweck: Sie sollten gezwungen werden, Ihren Sohn zu bewegen, für den Sicherheitsdienst tätig zu werden. Als das nicht gelang, flog Ihre Gattin nach Madrid und überredete ihren ehemaligen Geliebten, deutscher Geheimagent zu werden. Wie sie das zuwege gebracht hat, ist mir nicht bekannt. Ich weiß aber, daß es ihr gelungen ist. Die Folge: ich wurde plötzlich nach Mailand versetzt und erhielt den Befehl, in der Nähe von Madrid einen Postsack der amerikanischen Botschaft zu übernehmen. Übergeben wurde er von Ihrem Sohn Claudio!«

Der Barone brach zusammen.

Curd Dessau griff ihm unter die Arme. »Es ist keine Herzlosigkeit, wenn ich weiterrede. Es muß sein. Wenn Sie nicht alles wissen, werden Sie nicht bereit sein zu tun, was ich für dringend notwendig erachte. Ich habe Ihren Sohn zweimal gesehen. Einmal, als wir den Postsack bei laufenden Motoren übernahmen. Das zweite Mal, als wir den Sack am folgenden Morgen in der Nähe der portugiesischen Grenze abwarfen.«

Der alte Herr stöhnte. »Wurde Claudio deshalb verhaftet?«

»Ich befürchte es.«

»Madre Maria! Dann schwebt er in Lebensgefahr!«

»Wie Sie!« fuhr Curd Dessau unnachsichtig fort. »Inzwischen ist erwiesen, daß Ihre Gattin Sie den Partisanen als verkappten SS-Führer meldete. Ich hatte zufällig einen Teil ihres Telefongespräches gehört und bestand deshalb in Dongo darauf, daß Sie ausstiegen.«

Der Barone schlug die Hände vor das Gesicht. Er zitterte wie Espenlaub. »Meine Frau soll mich …? Und Veit Küster ist der Leiter des Sicherheitsdienstes?«

»Er hat Sie nach Strich und Faden belogen.«

»Und es ist erwiesen, daß meine Frau mich bei den Partisanen …?«

»Sie hat es meinem Klassenkameraden sogar eingestanden. Als ich das erfuhr und ihm erklärte, über alles mit Ihnen sprechen zu wollen, drohte er mit meiner Verhaftung. Ich forderte meine Versetzung innerhalb von einer Woche und sicherte ihm zu, bis dahin zu schweigen.«

»Dann haben Sie Ihr Wort ja gebrochen.«

»Darum geht es jetzt nicht. Nachdem feststeht, daß Ihre Gattin gegen Sie etwas einleitete, das Ihren Tod hätte bedeuten können, befürchte ich, daß auch Ihr Sohn in höchster Gefahr schwebt. So wie sich die Dinge heute darbieten, scheint mir das Unternehmen ›Postsack‹ nur gestartet worden zu sein, um ihn zu erledigen. Sie beide sollen vernichtet werden, davon bin ich zutiefst überzeugt. Sie, weil Sie sich der Eheschließung mit Ihrem Sohn widersetzten. Ihr Sohn, weil er eine andere heiratete.«

»Das sind doch Hirngespinste!«

Curd Dessau war nahe daran preiszugeben, daß Zsaga de Bor ihren Mann neuerdings der Perversität bezichtigte. Doch er schwieg lieber.

Der alte Herr war in sich zusammengesunken und blickte wie abwesend vor sich hin. »Ich kann keinen Gedanken mehr fassen«, sagte er nach einer Weile. »Was soll ich tun, Signore Dessau?«

Der Flugkapitän erklärte ihm, daß er Giacomo Assiano beauftragt habe, einen Koffer mit den notwendigsten Sachen zu packen und ins Hotel Imperiale zu bringen. »Wir werden hier übernachten«, fügte er hinzu. »Und morgen früh fahren Sie mit den Herren des Stabes RuK nach Mailand. Dort werden Sie im Hotel Gallia untergebracht, und Sie bleiben auf Ihrem Zimmer, bis ich zu Ihnen komme. Bitte, versprechen Sie mir das.«

»Und warum das alles?« fragte der Barone kaum hörbar.

»Ich traue weder Ihrer Gattin noch Veit Küster. Ihre Frau könnte sich zu einer Verzweiflungstat hinreißen lassen, wenn sie erfährt, daß Sie alles wissen. Und der Herr Standartenführer würde uns festsetzen, um uns die Möglichkeit zu nehmen, über geheime Dinge zu sprechen.«

»Haben Sie das vor?«

»Natürlich nicht. Mein Schweigen aber, und das werde ich ihm klarmachen, muß er mit Ihrer Absicherung honorieren. Das ist jetzt das Problem Nummer eins!«

Barone de Bor, der wie ein Häuflein Elend dagesessen hatte, straffte sich plötzlich. »Nein«, erklärte er bestimmt. »Sie meinen es gewiß gut mit mir, das Problem Nummer eins ist jedoch mein Sohn! Und eine Hilfestellung seitens Signore Küsters lehne ich ab!«

Curd Dessau war verblüfft.

»Ich weiß noch nicht, wie ich es anstellen werde«, fuhr der alte Herr mit fester Stimme fort. »Aber ich werde mich um Claudio kümmern. Wenn Zsaga nach Madrid gelangen konnte, werde ich es ebenfalls schaffen.«

»Sie wollen mit Claudios Schwiegervater sprechen?«

»So schnell wie möglich. Jede Stunde ist kostbar.«

Der Flugkapitän erhob sich. »Werden Sie über Dinge reden, die als geheim anzusehen sind?«

»Nein. Ich gebe Ihnen mein Wort.«

»Dann fliege ich Sie nach Spanien.«

Der Juwelier erhob sich und umarmte Curd Dessau.

Dieser aber dachte bedrückt: Ohne Unterstützung würde es ihm so leicht nicht gelingen, nach Madrid zu kommen. Und wenn er dort, was anzunehmen ist, beim Schwiegervater seines Sohnes nichts erreichen kann, wird er zusammenbrechen. Zsaga de Bor hätte ihr Ziel dann auf billige Weise erreicht. Das muß um jeden Preis verhindert werden.

Noch in der gleichen Nacht telefonierte Curd Dessau mit der Sekretärin Dr. Schubers. Er beschwor sie, für Barone de Bor so schnell wie möglich einen Dienstreisepaß mit spanischem Visum zu besorgen. Darüber hinaus bat er sie, ihrem Chef, dem er in wenigen Tagen wieder zur Verfügung stehen würde, in einem günstigen Augenblick zu sagen, daß er ihn beim Dienstantritt als erstes um die Genehmigung eines Fluges nach Madrid angehen werde.

»Stimmt mit dem Barone schon wieder etwas nicht?« fragte die Sekretärin verwirrt.

»Sagen wir lieber: es stimmt mit anderen einiges nicht«, antwortete er. »Sollte ich Sie bis übermorgen abend nicht nochmals angerufen haben, dann kümmern Sie sich um den Barone. Und wenn's geht, auch ein bißchen um mich. Denn dann dürfte mich Standartenführer Küster eingesperrt haben.«

»Soll das ein Witz sein?«

»Zu Scherzen bin ich im Augenblick nicht aufgelegt.«

»Und wo steckt Barone de Bor?«

»Den erreichen Sie über Herrn Hinrich. Mein Klassenkamerad Veit Küster darf das jedoch nicht erfahren.«

Am nächsten Morgen stieg Curd Dessau wenig ausgeschlafen in den Wagen, um nach Mailand zu fahren. Aber schon in Como stoppte ihn eine Straßenkontrolle.

»Genau das habe ich erwartet«, sagte er dem Unteroffizier des Streifenkommandos und fügte schmunzelnd hinzu: »Rufen Sie Ihren Auftraggeber an und melden Sie ihm, daß ich mich auf dem Weg zu ihm befinde und nichts dagegen habe, wenn Sie mich begleiten.«

Der Unteroffizier machte ein finsteres Gesicht und forderte ihn auf, mit zur Präfektur zu kommen. Von dort rief er Veit Küster an und richtete ihm aus, was der Flugkapitän gesagt hatte. Gleich darauf übergab er den Telefonhörer mit dem Bemerken: »Der Standartenführer wünscht Sie zu sprechen.«

Curd Dessau meldete sich, als fühle er sich absolut sicher. »Guten morgen, Veit«, sagte er hämisch. »Hattest du eine aufregende Nacht?«

»Ich will wissen, ob du mit dem Barone gesprochen hast!«

»Freilich! Der weiß jetzt Bescheid. Ich war auf dem Weg zu dir, um dich zu informieren.«

Veit Küster schien es die Stimme zu verschlagen. »Du Schwein!« keuchte er verbissen. »Nennst du das Wort halten?«

»Keinesfalls. Auch darüber wollte ich mit dir reden.«

»Wo steckt der Barone?«

»Wo du ihn nicht erreichen kannst: in der Schweiz! Die Grenze ist bekanntlich nur zwei Kilometer von seiner Villa entfernt. Da war es kein Problem ... Aber sollten wir uns darüber nicht in Ruhe unterhalten?«

»Gib mir den Unteroffizier!«

»Gerne. Damit ich es aber nicht vergesse: ich hab' noch nicht gefrühstückt. Laß ein Gedeck für mich auflegen. Mein Hunger ist riesengroß. Ich war die ganze Nacht unterwegs.«

Das Gespräch mit dem Angehörigen des Streifenkommandos war schnell beendet. Sichtlich beeindruckt legte der Unteroffizier den Hörer zurück, nahm Haltung an und schmetterte im Befehlston: »Ich setze Sie davon in Kenntnis, daß ich Sie nach Mailand begleite und Weisung habe, von der Schußwaffe Gebrauch zu machen, falls Sie Widerstand leisten oder die Flucht ergreifen sollten.«

Curd Dessau lachte. »Der Standartenführer ist ein Witzbold.«

Auf der Autostrada machte es ihm Spaß, den Motor auf volle Touren zu jagen. Sein Begleiter rutschte immer tiefer und umklammerte den Riemen seines Stahlhelms, als befürchte er, der Fahrtwind könnte ihn fortreißen.

»Na, wie war's?« fragte der Flugkapitän, als sie Mailand erreichten.

Der Unteroffizier strahlte. »Toll!«

Wenige Minuten später hielten sie vor der von Veit Küster bewohnten Villa.

Der Standartenführer erschien im Hauseingang.

Curd Dessau lachte ihn an. »Ging das nicht schnell?«

»Geh ins Studio!« entgegnete der Klassenkamerad und schloß hinter sich die Tür. Ihm war anzusehen, daß er Mühe hatte, seine Wut nicht mit einer Schimpfkanonade abzureagieren. »Was hast du mir zu sagen?« schrie er erbost.

»Zunächst einmal, daß ich nicht nochmals als ›Schwein‹ tituliert werden möchte.«

»Wenn du dein Wort nicht hältst ...«

»Es ging darum, ein Menschenleben zu retten«, trumpfte Curd Dessau auf. »Da ist alles erlaubt, und nichts gibt dir das Recht, mich deshalb anzupöbeln.«

»Und wenn ich es dennoch tu'?«

»Dann hast diesmal du das Nachsehen!«

Veit Küsters Augen brannten. »Du fühlst dich scheinbar sehr sicher.«

»Wundert dich das? Unrecht tust schließlich du, nicht ich!«

»Und wie nennst du es, wenn man geheime Dinge ausplaudert?«

»Weder der Barone noch ich werden mit anderen reden. Ich habe sein Wort und gebe dir das meine. Solltest du jedoch versuchen, mich daran zu hindern, Zsaga de Bor zu überführen, ändert sich die Situation. Dann hängen wir alles an die große Glocke.«

»Und wenn ich dich verhaften lasse?«

»Würdest du es schnell bereuen. Denn dann erscheint am nächsten Tag in der Schweizer Presse ein detaillierter Bericht über gewisse Dinge. Ich habe den Barone nicht ohne Grund über die Grenze gebracht. Im übrigen fordere ich dich auf, mich noch heute zu versetzen. Wenn du meinem Wunsch nicht entsprichst, geht ebenfalls ein hübsches Theater los. Ich habe mich vorsorglich nach zwei Seiten abgesichert und Doktor Schubers Sekretärin heute nacht angerufen. Sie weiß, daß ich durch dich verhaftet sein dürfte, falls ich bis übermorgen abend nicht in Berlin bin.«

Der Standartenführer wurde bleich. »Und du willst mir erzählen, daß ihr nicht quatscht?«

»Quatschen tun wir soviel wir wollen. Da lassen wir uns keine Vorschriften machen. Wir werden aber nicht über dienstliche Angelegenheiten reden, also weder über deine noch Zsaga de Bors Tätigkeit für den SD, weder über die Spanienflüge noch über meine Verhandlungen mit Bardo Tollani. Das sind Dinge, die uns nichts angehen. Wir haben andere Interessen: nämlich Zsaga de Bors privater Untergrundtätigkeit ein Ende zu bereiten. Nur darum geht es uns. Weiter wollen wir nichts.«

Veit Küster schnaubte: »Und wie wollt ihr das machen, ohne dienstliche Vorkommnisse zur Sprache zu bringen?«

»Laß das unsere Sorge sein. Ich versichere dir aber gerne, daß wir, falls solches notwendig werden sollte, uns an dich wenden werden. Dies ist eine verbindliche Zusage!«

Der Klassenkamerad blickte unschlüssig vor sich hin. »Will der Barone in der Schweiz bleiben?«

»Vorerst bestimmt. Hier ist er seines Lebens ja nicht mehr sicher.«

Veit Küster blickte auf seine Armbanduhr. »Ich muß jetzt fort. Spätestens bis heute mittag erhältst du Bescheid. Bis dahin stehst du unter Hausarrest. Und ich rate dir gut, keine Dummheiten zu machen. Die Villa wird von vier Männern bewacht.«

Curd Dessau lachte. »Das ist ja wie in Jugendtagen: Im Garten steht ein schwarzer Mann – Buhhh ...«

Bluff regiert die Welt, dachte Curd Dessau, als Veit Küster davongefahren war. Hätte ich ihm die Wahrheit gesagt, säße ich jetzt in der Klemme. Nun ist es umgekehrt. Ich gehe jede Wette ein, daß er mich noch heute zum Ministerium für Rüstung und Kriegsproduktion zurückversetzen wird.

Er trat an ein Regal und betrachtete die Rücken einiger Bücher, deren Autoren ihn in Erstaunen setzten. Seneca war ebenso vertreten wie Dostojewski, Hölderlin und Nietzsche. Er griff nach Gogols ›Aufzeichnungen eines Verrückten‹, die seiner gegenwärtigen Situation angepaßt zu sein schienen. Aber kaum hatte er das Buch in die Hand genommen, da fiel ein flacher Schlüssel, der zwischen den Seiten gelegen hatte, zu Boden.

Unwillkürlich dachte er an einen Ausspruch von Sophokles: ›Suche nichts zu verbergen; die Zeit, die alles hört und sieht, deckt es doch auf.‹

Das Verlangen, den Schreibtisch des Standartenführers zu durchsuchen, überfiel ihn mit unwiderstehlicher Macht. Bestand nicht die Möglichkeit, daß in einem seiner Fächer etwas verborgen war, das Zsaga de Bor belastete und ihrem Mann helfen konnte?

Nur den Bruchteil einer Sekunde zögerte Curd Dessau. Dann führte er den Schlüssel in das Schloß der mittleren Schublade. Der Schlüssel paßte. Er zog die Lade heraus. Vor ihm lag eine dünne Akte, deren Aufschrift ›Contessa Valdeloni‹ ihn den Atem anhalten ließ. Was hatte Veit Küster mit der zurückhaltenden Dame zu tun, die er an der Bar des Hotels Principe e Savoia kennengelernt hatte? Im Geiste sah er ihre traurigen Augen, und er erinnerte sich daran, wie erschrocken sie gewesen war, als der Page des Hotels ihm gemeldet hatte, Signore Küster wünsche ihn am Telefon zu sprechen.

Kurz entschlossen streifte er das Gummiband ab, das die Akte zusammenhielt, schlug sie auf und begann zu lesen. Im ersten Moment glaubte er, die Phantasie spiele ihm einen Streich. Das Blut stieg ihm in den Kopf. So also macht man das! Man nutzt menschliche Schwächen aus, erstellt Fotos und erpreßt …

Eine ohnmächtige Wut packte ihn. Fieberhaft wühlte er in der Schublade, bis er eine kleine Schachtel mit einem Film fand. Er schaltete die Leselampe ein und hielt den Streifen gegen das Licht. Was er sah, überraschte ihn. Die Bilder zeigten nicht die Contessa, sondern Zsaga de Bor, die vor einer Truhe kniete und Papiere, es schienen Geldnoten zu sein, in ihre Handtasche stopfte.

Ein zweites Kästchen fiel ihm in die Hand. Es enthielt ebenfalls einen Filmstreifen, den er nur kurz prüfte und schnell wieder zusammenrollte. Was er gesehen hatte, genügte ihm.

In aller Ruhe steckte er das Kästchen ein, entnahm der Akte

die Verpflichtungserklärung der Contessa und schloß die Lade wieder ab, nachdem er enttäuscht festgestellt hatte, daß sich in ihr kein belastendes Material gegen Zsaga de Bor befand. Er bedauerte dies, war aber nicht unzufrieden. Zumindest einen Menschen würde er aus den Klauen Veit Küsters befreien können. Und da er nicht daran zweifelte, daß der Klassenkamerad ihn in Gnaden nach Berlin entlassen würde, sah er dessen Rückkehr gelassen entgegen. Sein Erstaunen war um so größer, als der Standartenführer ihm wenige Stunden später eröffnete, er wolle ihn nur unter gewissen Bedingungen versetzen.

»Hör auf mit dem Theater«, entgegnete Curd Dessau, den Belustigten spielend. »Du möchtest doch nur dein Gesicht nicht verlieren. Dabei hast du schon längst keins mehr.«

Veit Küster ballte die Fäuste. »Mir scheint, du bist am Barschrank gewesen.«

Nein, am Bücherschrank, hätte Curd Dessau am liebsten geschrien.

»Meine Bedingung lautet: Du versicherst mir mit deinem Offizierswort, daß du über nichts und zu niemandem über Dinge sprechen wirst …«

»Wie komme ich dazu?« fiel der Flugkapitän gereizt ein. »Ich habe dir erklärt, daß weder der Barone noch ich über *dienstliche* Belange reden werden. Wenn das nicht genügt, kannst du mir den Buckel herunterrutschen.«

»Du weißt, daß ich es so gemeint habe.«

»Dann ist ja alles in Ordnung.«

»Nun gut. Gib den Wagen bei der Fahrbereitschaft ab.«

»Ich hoffe, du wirst mir gestatten, daß ich vorher noch einmal zur Villa d'Este fahre, um mich von meinem Funker zu verabschieden.«

»Selbstverständlich.«

»Und was ist mit der Ju 88?«

»Die sollst du nach Berlin-Staaken zur ›Sonderstaffel General Kastner‹ überführen.«

»Und was ist mit dem neuen Funker?«

»Der ist zu besagter Staffel versetzt.«

»Das trifft sich ja glänzend«, erwiderte Curd Dessau und dachte: Nun muß ich dafür sorgen, daß man mich nicht überwacht. Sonst könnte der Barone in letzter Minute noch entdeckt werden. »Ist es unverschämt, wenn ich darum bitte, daß ein Wagen deiner Dienststelle den Funker und mich morgen früh zum Flughafen bringt?«

»Darüber brauchen wir nicht zu reden. Wann soll der Wagen bei euch sein?«

»Sagen wir um neun Uhr am Hotel Principe e Savoia. Wenn wir gegen zehn starten, sind wir kurz nach zwölf in Berlin-Staaken.«

»Ich werde das Notwendige veranlassen.«

»Herzlichen Dank!« Curd Dessau hielt dem Standartenführer die Hand hin. »Die Stunde der Trennung naht. Soll ich ›Heil Hitler‹ oder ›Servus‹ sagen?«

»Das überlasse ich dir.«

»Dann: Auf Wiedersehen! Ich hoffe nämlich trotz allem, daß wir uns nochmals begegnen. Bei Zsaga de Bor weiß man natürlich nie, ob sie den Dolch schon in der Hand hat. Sei also vorsichtig!«

So kaltschnäuzig Curd Dessau sich Veit Küster gegenüber verhalten hatte, so nachdenklich war er, als er dessen Haus verließ. Es lag ihm nicht, Theater zu spielen. Außerdem befürchtete er ernstlich, daß dem so gar nicht mehr sicher erscheinenden Klassenkameraden noch erhebliche Schwierigkeiten erwachsen würden. Aber das sollte nicht seine Sorge sein.

Als erstes fuhr er zum Hotel Principe e Savoia und rief Herrn Hinrich an, der ihm den beruhigenden Bescheid gab, Barone de Bor sicher im Hotel Gallia untergebracht zu haben. Der Pilot bat daraufhin, seinem Schützling auszurichten, daß er ihn am nächsten Morgen um sechs Uhr abholen werde. Danach fuhr er zur Villa d'Este in Gernobbio und verabschiedete sich von Oskar Hensel, der seine anfängliche Depression überwunden hatte und hoffte, in spätestens vier Wochen wieder den Dienst antreten zu können.

»Zum Glück hat's die linke Hand erwischt«, tröstete sich der Flugkamerad. »Zum Funken brauche ich die andere.«

Curd Dessau war recht zufrieden, als er am Abend die Bar des Hotels Principe e Savoia aufsuchte. Der Hocker jedoch, auf dem die Contessa mehrfach gesessen hatte, war leer. Es fiel ihm schwer, seine Enttäuschung zu verbergen.

»Manhattan?« fragte der Keeper, seltsam reserviert.

»Nein, ausnahmsweise möchte ich einen Cognac.«

»Wie Sie wünschen.«

Der Flugkapitän zündete sich eine Zigarette an. »Ist die Contessa heute nicht da?«

»No, signore.«

»Glauben Sie, daß sie noch kommen wird?«

»Das weiß ich nicht«, antwortete der Keeper und stellte den Cognac vor ihn hin.

Curd Dessau legte die Hände um das gebauchte Glas. »Ich müßte sie dringend sprechen.«

»Die Contessa?«

»Ja. Und zwar noch heute, da ich morgen nach Deutschland zurückkehre.«

Der Italiener hantierte mit einigen Flaschen und fragte, ohne aufzublicken: »Könnte ich etwas bestellen, Signore?«

»Das geht leider nicht.« Er leerte das Glas. »Noch einen, bitte.«

»Vielleicht kommt die Contessa noch.«

»Hoffentlich. Es wäre äußerst wichtig für sie.«

Der Barkeeper schenkte neu ein und verschwand für einen Moment.

Wenige Minuten später erschien Contessa Valdeloni.

Sie ist verständigt worden, dachte der Flugkapitän. Ohne es zu wollen, wurde er mißtrauisch. Bestand nicht die Möglichkeit, daß der Keeper einer von Veit Küsters Männern war?

Die Contessa grüßte zu ihm hinüber.

»Darf ich mich zu Ihnen setzen?« fragte er unsicher.

Sie machte eine einladende Geste.

Um in ein Gespräch zu kommen, bat er um Entschuldigung für seinen abrupten Aufbruch am Vorabend.

Contessa Valdeloni griff nach einem Strohhalm. »Sie brauchen sich nicht zu entschuldigen, Signore Dessau. Zu offensichtlich war es, daß Sie eine schlechte Nachricht erhalten hatten.«

Er nickte. »Ja, ich war sehr erregt.«

Der Keeper verließ den Bartisch und ging in den hinteren Teil des Raumes, um neu hinzugekommene Gäste zu bedienen.

Curd Dessau neigte sich zur Contessa hinüber. »Ich habe Ihnen etwas zu übergeben«, flüsterte er. »Schnell. Öffnen Sie Ihre Handtasche.«

Seine Worte erschreckten sie.

Er sah es. »Keine Sorge. Ich gehöre nicht zu Signore Küsters Leuten.«

Sie öffnete ihre Handtasche.

Er schob ihr den Film und die Verpflichtungserklärung zu. »Ich hoffe, beide Dinge werden Sie erleichtern«, sagte er, griff in sein Jackett und legte einige Scheine auf den Tisch. »Contessa!« Er verneigte sich. »Ich bin glücklich, Sie kennengelernt zu haben. Sollte uns der Zufall nicht wieder zusammenführen, dann wünsche ich Ihnen für die Zukunft Ruhe und Frieden.« Er erhob sich und eilte davon.

Am nächsten Morgen fuhr Curd Dessau um sechs Uhr mit Barone de Bor in einem Taxi zum Flughafen Linate, wo der neue Funker, den er vorausgeschickt hatte, auf sie wartete. Wie würde Veit Küster, den er für neun Uhr um einen Wagen gebeten hatte, reagieren, wenn er erfuhr, daß er düpiert worden war? Er würde toben vor Wut. Auf einen einfachen Trick war er hereingefallen!

Doch das war jetzt nebensächlich. Wichtig war einzig und allein, daß Barone de Bor in Sicherheit gebracht wurde. Erreicht würde damit freilich nur ein Teil sein. Erst wenn Dr. Schuber die Genehmigung für einen Flug nach Madrid erteilte, bestand eine gewisse Möglichkeit, Claudio de Bor zu Hilfe zu kommen.

Um sieben Uhr hoben die Räder der Ju 88 vom Boden ab, und bereits kurz vor elf Uhr erreichte Curt Dessau das wenige Tage zuvor nach einem schweren Bombardement auf Berlin in Hilfsbaracken untergebrachte Ministerium für Rüstung und Kriegsproduktion. Wenn er jedoch geglaubt hatte, bei dem stets gefälligen Industriellen, dem er nun wieder zur Verfügung stand, offene Türen einrennen zu können, so sah er sich getäuscht. Dr. Schuber dachte nicht daran, ihm ohne weiteres zu helfen.

»Wie komme ich dazu, Ihnen meine Maschine zur Verfügung zu stellen, wenn Sie mir nicht klipp und klar sagen können, um was es geht«, polterte er unwillig.

»Aber ich habe Ihnen doch erklärt, daß ich mich verpflichten mußte, über gewisse Dinge Stillschweigen zu bewahren«, verteidigte sich der Pilot.

Der Wehrwirtschaftsführer blickte verbissen vor sich hin.

»Genügt es Ihnen wirklich nicht zu wissen, daß der Sohn de Bors in höchster Gefahr schwebt?«

»Nein.«

»Dann bin ich am Ende mit meinem Latein.«

»Weil Se a Dackel sind!«

Curd Dessau horchte auf. Wenn der Württemberger ihn einen ›Dackel‹ nannte, war alles in Ordnung.

»Was glotzen Sie?« fuhr ihn Dr. Schuber an. »Ich hab' gesagt, daß ich's nicht genehmigen kann. Ich darf es einfach nicht. Wenn Sie die Maschine trotzdem nehmen ...« Er unterbrach sich und wies zur Tür. »Ich will Sie nicht mehr sehen. Für Dummheiten habe ich keine Zeit.«

Curd Dessau eilte aus dem Raum, umarmte die Sekretärin, bat um einen Dienstwagen und jagte von einer Behörde zur anderen, um die für Barone de Bor benötigten Papiere zu besorgen. Was er kaum noch zu hoffen gewagt hatte, gelang: er konnte am nächsten Morgen mit dem alten Herrn und einem Funker der Lufthansa von Tempelhof nach Lyon starten. Dort tankten sie die Maschine neu auf und flogen weiter nach Madrid, wo sie kurz vor achtzehn Uhr auf dem Flughafen Barajas landeten.

Schneller und reibungsloser hätte der Juwelier nicht nach Madrid gelangen können. Dennoch war Curd Dessau in bedrückter Stimmung, als er vor dem Palace Hotel aus dem Taxi stieg. Barone de Bor war in einer Verfassung, die ihm Sorge bereitete. Der alte Herr konnte sich kaum auf den Beinen halten und sah aus, als würde er die nächsten Stunden nicht überleben. Es war nicht die Anstrengung des Fluges, die ihn so geschwächt hatte. Ihm bangte vor der Unterredung mit dem Schwiegervater seines Sohnes. Er fürchtete, der Amerikaner würde ihm nur noch sagen können, daß Claudio nicht mehr zu helfen sei.

»Bitte, rufen Sie die Botschaft an«, bat er den Flugkapitän, nachdem dieser ihn in sein Zimmer gebracht hatte.

»Wäre es nicht richtiger, zunächst einen Arzt zu konsultieren?«

Der Barone schüttelte den Kopf. »Ich muß heraus aus dem schrecklichen Bangen und Hoffen.«

Curd Dessau verstand dies und begab sich in die Empfangshalle. Er rief die Botschaft an und ließ sich, da ihm erklärt wurde, der Schwiegervater Claudio de Bors sei bereits nach Hause gegangen, dessen Privatnummer geben. Als er ihn kurz darauf erreichte, sagte er couragiert: »Sir, ich bitte um Entschuldigung für die späte Störung. Ich bin der Pilot eines deutschen Zivilflugzeuges, mit dem Barone de Bor heute von Berlin nach Madrid geflogen ist. Leider wurde er unterwegs krank. Er wohnt im Palace Hotel und ersuchte mich, Sie anzurufen und zu bitten, so bald wie möglich zu ihm zu kommen.«

Eine Weile erfolgte keine Erwiderung. Dann räusperte sich der Amerikaner und fragte: »Ist der Barone Ihnen näher bekannt?«

»Nein, Sir«, log Curd Dessau. »Er war einer meiner Fluggäste. Ich kümmerte mich um ihn, da er dem Zusammenbruch nahe war, als wir hier ankamen.«

»Können Sie ihm etwas ausrichten?«

»Selbstverständlich, Sir. Wir wohnen im selben Hotel.«

»Dann bestellen Sie ihm, ich würde mich gleich auf den Weg machen. In etwa einer halben Stunde bin ich bei ihm.«

»Ich danke Ihnen, Sir.«

Als Barone de Bor hörte, daß Claudios Schwiegervater kommen würde, röteten sich seine Wangen.

»Denken Sie daran, daß wir unser Wort gegeben haben, keinesfalls über dienstliche Dinge zu sprechen«, ermahnte ihn Curd Dessau. »In bezug auf Ihre Frau brauchen Sie nichts zu verschweigen. Selbstverständlich dürfen Sie auch erzählen, daß Sie eingesperrt wurden und was man von Ihnen verlangt hat. Es steht Ihnen ebenfalls frei, alles zu sagen, was Sie festgestellt haben. Zum Beispiel, daß Ihre Gattin Agentin des deutschen Sicherheitsdienstes ist. Nur über die beiden Flüge nach Spanien dürfen Sie nicht sprechen.«

Der alte Herr nickte.

»Sollte der Schwiegervater Ihres Sohnes Sie fragen, woher

Sie wissen, daß Claudio verhaftet wurde, dann behaupten Sie, es von einem Bekannten gehört zu haben, der Beziehungen zum SD unterhält. Um dies glaubhaft zu machen, würde ich erwähnen, daß Sie für ein deutsches Ministerium Gelder verwalten.«

Barone de Bor seufzte. »Hoffentlich bringe ich nicht alles durcheinander.«

»Dann spielt's auch keine Rolle«, beruhigte ihn Curd Dessau. »Wir sind nur verpflichtet, über dienstliche Dinge zu schweigen.«

Der Juwelier reichte die Hand. »Kommen Sie wieder zu mir, sobald er gegangen ist.«

Flugkapitän Dessau versprach dies und ging in die Hotelhalle, wo er in der Nähe der Empfangsloge Platz nahm. Seine Geduld wurde auf keine große Probe gestellt. Schon nach einer Viertelstunde erschien ein hagerer, peinlich korrekt gekleideter Herr, der darum bat, zu Barone de Bor geführt zu werden.

Der Portier schaute auf den Zimmerplan. »Ah, das ist der alte Herr, der krank hier ankam.«

Der Amerikaner rückte seine randlose Brille zurecht.

Ein Page wurde gerufen und begleitete ihn.

Curd Dessau wechselte den Platz und setzte sich nun so, daß er den Fahrstuhl beobachten konnte. Er wollte den Baron keine Sekunde länger als notwendig warten lassen.

Über eine Stunde dauerte es, bis er den Amerikaner zurückkehren sah. Er machte einen aufgewühlten Eindruck und verließ das Hotel fast fluchtartig.

Der Flugkapitän eilte zu de Bor, der im Bett lag, als sei er ohnmächtig. Seine Arme lagen steif ausgestreckt. Die Augen waren zur Decke gerichtet. Er schien nicht einmal zu bemerken, daß er nicht mehr allein im Raum war.

Curd Dessau setzte sich auf den Bettrand und ergriff die Hand des Barone.

Dessen Gesicht war fahl und ausdruckslos. Lange sagte er nichts. Dann kaum hörbar: »Mein Sohn ist tot.«

Dem Piloten war es, als würde ihm die Kehle zugeschnürt.

Barone de Bor schloß die Augen. »Er richtete sich selbst – hat uns den Prozeß ersparen wollen.«

Eine beängstigende Stille trat ein. Nur hin und wieder klang aus dem Bad das Geräusch eines fallenden Wassertropfens.

»Wodurch ist es herausgekommen?« fragte Curd Dessau nach einer Weile.

»Claudio wurde denunziert. Wie, das weiß auch sein Schwiegervater nicht.«

»Für mich ist der Fall klar«, erregte sich der Flugkapitän. »Wenn Ihr Sohn denunziert wurde, kann nur Ihre Gattin dahinter stecken.«

»Ich weiß es nicht«, entgegnete der alte Herr mit matter Stimme. »Und ich will es auch nicht wissen, Signore Dessau. Ich mag nicht mehr, möchte nur noch diese Welt verlassen.«

»Damit die Frau, die das alles auf dem Gewissen hat, ihr Ziel erreicht? Nein, Barone. In dieser Stunde müssen Sie leben wollen! Das sind Sie Ihrem Sohn schuldig! Sie dürfen jetzt nicht kapitulieren!«

»Wozu …?« stöhnte der Juwelier.

Es ist nicht der rechte Augenblick, dieses Gespräch zu vertiefen, dachte Curd Dessau. Für ihn war nur noch eins wichtig: so schnell wie möglich nach Mailand zu fliegen und alles daranzusetzen, Zsaga de Bors Treiben ein Ende zu bereiten.

10

Drei Tage vergingen, bis Barone de Bor sich soweit erholt hatte, daß der Rückflug angetreten werden konnte. Curd Dessau war der Verzweiflung nahe. Wahrscheinlich wartete Dr. Schuber schon ungeduldig auf ihn. Zudem wurde kostbare Zeit verschenkt. Während er sich bemühte, den alten Herrn über den erlittenen Schicksalsschlag hinwegzubringen, war Zsaga de Bor gewiß nicht untätig.

Die Baronessa ahnte tatsächlich, daß etwas gegen sie eingeleitet wurde. Der Zufall hatte ihr eine Information zugespielt, die für Veit Küster bestimmt gewesen war.

Ein V-Mann des Sicherheitsdienstes, der auf dem Madrider Flughafen eingesetzt war, hatte das deutsche Reiseflugzeug gesehen und sich bei der Flugleitung erkundigt, ob die Fh 104 vom Piloten Neumeyer gesteuert werde, mit dem er befreundet sei. Den Namen hatte er erfunden.

Der Beamte der Luftaufsicht hatte im Bordbuch der Maschine nachgesehen und geantwortet: »Nein, hier ist Flugkapitän Dessau aufgeführt.«

Der V-Mann bedankte sich und informierte routinemäßig die Außenstelle des SD, deren Leiter sich daran erinnerte, daß ein Oberleutnant Dessau die Ju 88 geflogen hatte, die in Torrijos gelandet war. Sofort rief er Mailand an. Das Gespräch aber kam ausgerechnet in einem Augenblick zustande, da Veit Küster sein Arbeitszimmer für wenige Minuten verlassen hatte und Zsaga de Bor allein im Raum war.

Als sie hörte, daß Curd Dessau sich in Madrid aufhielt, erwiderte sie geistesgegenwärtig: »Das haben wir schon vermutet. Wir hätten Sie dieserhalb noch heute angerufen, weil wir wissen müssen, wer ihn begleitet.«

»Das wurde bereits ermittelt«, sagte der Leiter der Außenstelle. »Ein Barone de Bor. Wahrscheinlich der Vater jenes Claudio de Bor, der für uns tätig wurde. Funker ist ein gewisser Neuninger von der Deutschen Lufthansa. Alle drei wohnen im Palace Hotel.«

»Sie haben gut recherchiert«, lobte die Baronessa. »Ihre Angaben decken sich mit den bei uns eingegangenen Informationen.«

»Sollen wir die drei beschatten?«

Zsaga de Bor zögerte einen Moment. »Nein, das ist nicht notwendig. Es genügt, wenn Sie uns den Start des Flugzeuges und das Reiseziel durchgeben. Aber bitte nicht nach hier«, fügte sie einer plötzlichen Eingebung folgend hinzu. »Ich bearbeite den Fall und halte mich in den nächsten Tagen in Moltrasio auf.« Sie nannte die Telefonnummer. »Dort können Sie mich jederzeit erreichen.«

Das war ein Geschenk des Himmels, dachte sie, als sie den Hörer auflegte. Ihr Hirn arbeitete mit der Exaktheit einer Rechenmaschine. Sollte sie Veit Küster verständigen? Aber natürlich! Nicht mehr er, sondern sie saß nun am Schalthebel und konnte die Weichen stellen wie sie wollte. Alles paßte glänzend in ihr seit langem vorbereitetes Konzept.

»Halt dich fest!« rief sie überschwenglich, als der Standartenführer zurückkehrte. »Du wirst es nicht glauben, aber es ist Tatsache. Madrid rief eben an und meldete, daß mein Mann und Curd Dessau dort sind. Mit einem Reiseflugzeug!«

Veit Küster war es, als erhalte er einen Schlag vor den Kopf. »Das kann nicht wahr sein«, ereiferte er sich. »Dein Mann ist in der Schweiz, und Curd ...«

»Ruf Madrid an, wenn du mir nicht glaubst«, trumpfte sie auf. »Aufs Kreuz haben sie dich gelegt! Nun weißt du endlich, was ein Wort deines hochverehrten Klassenkameraden wert ist! Bestimmt ist er mit Antonio zur amerikanischen Botschaft gegangen und packt dort aus.«

Der Standartenführer war unfähig, etwas zu erwidern.

Zsaga de Bor registrierte dies mit Befriedigung. »Du mußt wissen, was du tust«, fuhr sie selbstsicher fort. »Nur zögern darfst du nicht mehr. Es wird höchste Zeit, daß du durchgreifst. Ich verstehe natürlich, daß es dir schwerfällt, einen Jugendfreund, mit dem du viele Erinnerungen teilst, hinter Gitter zu bringen. Aber du mußt ihn festsetzen! Meinetwegen in einer bildschönen Villa. Auf keinen Fall darf er gefährden, was wir gerade über Luigi Parilli und SS-Obergruppenführer Wolff in der Schweiz eingeleitet haben. Aus ›Sunrise‹, Sonnenaufgang, könnte sonst ›Sunset‹, Sonnenuntergang, werden.«

Veit Küster schlug auf die Lehne des Sessels, in den er sich hatte fallen lassen. »So eine Schweinerei! Ich werde das Hauptamt in Berlin bitten, diesen sauberen Flugkapitän in Sicherheitsverwahr zu nehmen, sobald er dort landet. Und dann werde ich raufflíegen und mit ihm Fraktur reden. Sollte er wirklich sein Wort gebrochen haben, lasse ich ihn über die Klinge springen.«

»Aber, Veit!« entrüstete sich Zsaga de Bor. »Er ist schließlich ...«

»Ich sehe keinen anderen Weg!« fiel er aufgebracht ein.

Sie blieb bei der von ihr übernommenen Rolle. »Vielleicht findet sich eine bessere Lösung. Es muß doch nicht immer gleich hart auf hart gehen.«

»Du hast gut reden.«

»Faß jetzt keine voreiligen Entschlüsse!« warnte sie ihn. »Ruf mich an, bevor du die letzte Entscheidung fällst!«

»Du willst fort? Gerade jetzt, wo ich ...«

»Hast du vergessen, daß ich mit Parilli verabredet bin? Ich muß nach Moltrasio.«

»Ja, richtig.« Er strich sich über die Stirn. »Mach ihm klar, daß der Kontakt mit den Amerikanern zunächst nicht vertieft werden soll. Wir müssen uns absichern!«

Die Baronessa verabschiedete sich und fuhr zum Como-See, wo sie noch am gleichen Abend auf einer Reiseschreibmaschine, die sie später in den See schleuderte, einen Brief an die Staatsanwaltschaft aufsetzte, der schwerwiegende Folgen haben sollte. Kaltschnäuzig schrieb sie auf ein Telegrammformular, das sie auf der Post mitgenommen hatte:

›Weiß die Staatsanwaltschaft nichts oder wünscht sie den Lüstling Antonio de Bor zu schützen, weil er Barone ist?

Als dieser edle Herr seine Schweinereien nachts am Ufer seines Grundstückes mit Weibern trieb – siehe beiliegende Blitzlichtaufnahmen –, ging es ja noch an, wenngleich sein Betragen als öffentliches Ärgernis angesehen werden muß, solange es nicht verboten ist, an der Besitzung de Bors vorbei zu rudern. (Ich machte die Aufnahmen, um meine Behauptung beweisen zu können.) Nun treibt er sein Unwesen schon über Tag. Und zwar mit Kindern, denen er dafür Goldkettchen und Armreifen schenkt. Beweis: beiliegende Tagesaufnahmen, die mit einem Teleobjektiv gemacht wurden.

Wie lange will die Staatsanwaltschaft die in der Umgebung von Moltrasio lebenden Kinder dem pervers veranlagten Barone noch preisgeben?

Meine Stellung gestattet mir nicht, meinen Namen zu nennen. Die Richtigkeit meiner Aussage läßt sich jedoch schnell überprüfen: Man vernehme die Baronessa.‹

Diese Anklage warf Zsaga de Bor eine Stunde später in Como in einen Postkasten. Am nächsten Morgen rief sie Veit Küster an und sagte ihm, sie fühle sich schlecht und werde voraussichtlich für einige Tage in Moltrasio bleiben. Falls etwas Besonderes anliege und es ihm nicht möglich sei, sie aufzusuchen, werde sie natürlich kommen.

Der Standartenführer wünschte ihr gute Besserung, und die Baronessa wußte, daß sie fürs erste keine Störung zu befürchten brauchte. Wie die Dinge lagen, würde Veit Küster die Besitzung ihres Mannes so schnell nicht wieder betreten.

Hierüber war sie aus mehreren Gründen froh. Sie rechnete mit einem Anruf aus Madrid und hoffte zuversichtlich, daß aufgrund ihres anonymen Schreibens bald etwas geschehen würde.

Und so war es. Schon nach achtundvierzig Stunden erschienen zwei Herren, die den Barone zu sprechen wünschten. Als sie hörten, er sei verreist, baten sie nachdrücklich um Rücksprache mit der Baronessa, auch wenn sie sich, wie ihnen bedeutet wurde, nicht wohl fühle.

Auf einem Sofa liegend und sorgsam zurechtgemacht, empfing Zsaga de Bor die Herren mit leidender Miene. »Ich verstehe Sie nicht«, sagte sie unwillig. »Erst wollten Sie meinen Mann sprechen. Nun mich? Und das, obwohl man Ihnen gesagt hat, daß ich krank bin. Ist es denn so dringend?«

Die Herren nannten ihre Namen. »Glauben Sie uns, Baronessa, es ist uns selbst sehr peinlich. Aber wir müssen über eine äußerst delikate Angelegenheit mit Ihnen reden.«

»Und das in meinem Zustand? Können wir die Sache nicht um ein paar Tage verschieben?«

»Das ist unmöglich, Baronessa. Die Angelegenheit duldet keinen Aufschub.«

Sie seufzte, bat die Herren, Platz zu nehmen und lehnte sich wie erschöpft zurück. »Um was geht es denn? Bitte, Signori, fassen Sie sich kurz.«

»Wir müssen Sie wegen Ihres Mannes sprechen.«

Zsaga de Bor richtete sich erschrocken auf. »Ist ihm etwas zugestoßen?«

»Unseres Wissens nicht. Wir möchten von Ihnen erfahren, wo er sich zur Zeit aufhält.«

Sie ließ sich zurücksinken. »Das kann ich Ihnen leider nicht sagen.«

»Sie wissen nicht ...?«

»Es mag unglaubwürdig klingen«, fiel sie lebhaft ein, »aber ich weiß es wirklich nicht. Einem ›on dit‹ zur Folge, so drückte sich der Leiter einer deutschen Dienststelle aus, mit dem wir gut bekannt sind, soll er in die Schweiz gegangen sein. Ob das stimmt, entzieht sich meiner Kenntnis.«

»Ihr Gatte hat Sie verlassen?«

»Wer oder was gibt Ihnen das Recht, mir solche Fragen zu stellen?« erregte sie sich.

Einer der Herren legte seinen Ausweis vor. »Wir gehören zur Staatsanwaltschaft.«

Die Augen der Baronessa weiteten sich. »Um Gottes willen! Hat mein Mann etwas verbrochen?«

»Das zu prüfen, ist unsere Aufgabe. Gegen Ihren Gatten wurde eine Anzeige erstattet – eine anonyme, wie wir betonen möchten –, der zufolge in sittlicher Hinsicht ...«

Zsaga de Bor schlug ihre Hände vor das Gesicht.

Die beiden Herren sahen sich vielsagend an.

»Wir müssen Sie bitten, uns einige Fragen zu beantworten, Baronessa. Ist Ihr Gatte geflüchtet?«

»Ich weiß es nicht!« rief sie, die Verzweifelte mimend.

»Verließ er Sie nach einem Zerwürfnis?«

Sie nickte kaum sichtbar.

»Wodurch kam es zum Streit?«

»Signori!« Zsaga de Bor rang die Hände. »Was verlangen Sie von mir! Sie können doch nicht annehmen, daß ich gegen meinen Mann ... Jeder Mensch hat seine Fehler. Ein jeder hat aber auch seine guten Seiten. Ich weigere mich, etwas auszusagen, das meinen Mann belasten könnte.«

»Baronessa«, trumpfte einer der Herren auf, »damit haben Sie zugegeben, etwas zu wissen, das Ihren Gatten belasten würde. Wenn Sie nicht offen mit uns reden, müssen wir annehmen, daß sie ihn schützen wollen. Vielleicht, weil Sie mitschuldig geworden sind?«

»Sie meinen, daß auch ich pervers ...?« Erschrocken griff sie sich an den Mund. Dann drehte sie ihr Gesicht zur Seite und schluchzte.

»Baronessa, das genügt uns vorerst«, sagte der Sprecher. »Wir wollen Sie jetzt nicht weiter belästigen, machen aber darauf aufmerksam, daß Sie in aller Kürze vor dem Untersuchungsrichter erscheinen müssen.«

Als die Beamten gegangen waren, stand Zsaga de Bor auf, zündete sich eine Zigarette an und fragte sich: Gibt es eigentlich etwas, das mir nicht gelingt? Überzeugender hätte selbst die Garbo meine Rolle nicht spielen können. Es läuft zwar nicht ganz so, wie ich es ursprünglich wollte, am Schluß kommt es aber auf das gleiche hinaus. Ein Großteil des Bor'schen Vermögens wird mir zugesprochen werden; denn wenn Antonio als Sittlichkeitsverbrecher verurteilt wird, steht einer Scheidung nichts mehr im Wege. Und er wird verurteilt! Nicht zuletzt, weil er sich durch seine Flucht verdächtig gemacht hat. Einen größeren Gefallen konnte mir dieser Idiot von Flugkapitän nicht erweisen.

Die Baronessa ahnte nicht, daß Curd Dessau fieberhaft darauf wartete, von Madrid geradenwegs nach Mailand fliegen zu können. Es verschlug ihr deshalb beinahe die Stimme, als die spanische Außenstelle des SD ihr meldete, das deutsche Reiseflugzeug mit Barone de Bor an Bord sei vor einer knappen Stunde nach Milano-Linate gestartet.

Sie wurde ratlos. Was wollte Curd Dessau in Mailand? Er mußte sich unglaublich sicher fühlen, wenn er es wagte, die Höhle des Löwen aufzusuchen. In spätestens drei bis vier Stunden würde er landen. Was sollte sie tun? Veit Küster verständigen? Das ging nicht. Dann hätte sie bekennen müssen, daß sie die Außenstelle angewiesen hatte, sie in Moltrasio anzurufen.

Hilfloser glaubte sie nie gewesen zu sein. Immer wieder fragte sie sich: Hat Curd Dessau erfahren, daß im Postsack eine Nachricht gefunden wurde, die Claudio belastete?

Nach einer Weile angestrengten Überlegens kam sie zu dem Ergebnis, daß dem Flugkapitän die von ihr geschriebene Mitteilung bestimmt nicht vorgelegt worden sei. Ihr Schreiben mußte sich ja in Washington befinden. Er konnte somit ihre Schrift nicht gesehen haben und keine Vergleiche anstellen. Außerdem hätte jeder an der Aktion Beteiligte den Wisch verfassen können. Genaugenommen kam sie sogar weniger in Betracht. Sie war ja nicht dabei gewesen, als die Post geprüft wurde.

Diese Überlegung beruhigte die Baronessa und ließ sie den Entschluß fassen, Bardo Tollani anzurufen und ihn zu bitten, ihr in spätestens einer Stunde einen vertrauenswürdigen Mann zu schicken.

»Wofür brauchst du den?« fragte er skeptisch.

»Es geht um den Zivilisten, der es sich zur Aufgabe gemacht hat, euer Nest auszuheben. Ich brauche jemanden, der ihn beobachtet und mir einen entsprechenden Bescheid gibt. Wenn ich mich nicht täusche, kann ich euren Widersacher noch heute erledigen. Und zwar legal!«

»Das wäre die beste Lösung«, erwiderte Bardo Tollani erfreut. »Du kannst auf mich rechnen. Ich sende dir einen zuverlässigen Mann.«

Erleichtert beendete Zsaga de Bor das Gespräch. Und schon eine Stunde später raste sie mit einem jungen Partisanen nach Mailand. Während der Fahrt drückte sie ihm ein Bündel Geldnoten in die Hand und gab ihm den Auftrag, mit einem Taxi zum Flughafen zu fahren und dort auf ein kleines deutsches Reiseflugzeug zu warten, dessen Passagiere er ›beschatten‹ solle.

Der junge Mann grinste. »Und was mach' ich, wenn die Kerle sich trennen?«

»Dann bleiben Sie in der Nähe des älteren Herrn, bis Sie wissen, wohin der sich begeben hat. Wahrscheinlich wird er in einem Hotel absteigen. Sobald Sie das festgestellt haben, rufen Sie von einer Telefonzelle aus diese Nummer an.« Sie übergab einen Zettel. »Bekommen Sie aber keinen Schreck, wenn sich die Staatsanwaltschaft meldet. Das ist in Ordnung.«

Der Partisan stieß einen Pfiff aus. »Und was hab' ich den Herrn zu sagen?«

»Daß sich Barone de Bor, den Namen habe ich ebenfalls für Sie notiert, in jenem Hotel befindet, das Sie ermittelt haben.«

»Mehr hab' ich nicht zu tun?«

»Doch. Danach müssen Sie mich in Moltrasio anrufen und über alles informieren. Die Telefonnummer finden Sie auf der Rückseite des Zettels.«

»Und was ist mit dem Geld?«

»Das gehört Ihnen.«

Der junge Mann lachte. »Haben Sie nicht öfters Aufträge für mich?«

»Mal sehen«, antwortete sie. Es war gewiß gut, sich den Partisanen warmzuhalten. »Wo wohnen Sie?«

»In Làglio.«

»Das ist ja nicht weit von Moltrasio entfernt.«

»Darum konnte ich so schnell bei Ihnen sein.«

»Schreiben Sie mir Ihre Adresse auf.«

»Ich bin auch telefonisch zu erreichen.«

»Um so besser.«

Zsaga de Bor setzte den Partisanen in der Nähe des Bahnhofes ab und fuhr auf schnellstem Weg zum Como-See zurück. Daheim angekommen, lief sie unruhig von einem Zimmer ins andere und fragte sich immer wieder, ob sie alles richtig gemacht hatte. Die von ihr eingeleiteten Maßnahmen erschienen ihr mit einem Male so einfach und simpel, daß sie befürchtete, einen Fehler gemacht zu haben.

Ihre Geduld wurde auf eine harte Probe gestellt. Erst um fünfzehn Uhr klingelte das Telefon. Ihre Hand zitterte, als sie den Hörer aufnahm. »Pronto!«

»Hier ist der Mann aus Làglio. Der alte Herr ist im Hotel Gallia abgestiegen.«

»Haben Sie die Ihnen genannte Dienststelle verständigt?«

»Vor wenigen Minuten.«

»Und ...«

»Man wollte wissen, wer ich bin.«

»Was haben Sie gesagt?«

»›Finden Sie das mal raus.‹ Dann hab' ich eingehängt.«

»Hat man den Namen de Bor auch genau verstanden?«

»Darauf können Sie sich verlassen. ›Der Barone wohnt im Gallia?‹ hat man erstaunt gefragt. ›Ja‹, hab' ich gesagt. ›Warum nicht?‹«

Die Baronessa mußte sich beherrschen, nicht aufzulachen.

»Wäre'ne prima Sache, wenn Sie mich mal wieder brauchen könnten. Ist ein schönes Gefühl, mit der Staatsanwaltschaft Hand in Hand zu arbeiten.«

»Ich werde an Sie denken«, erwiderte Zsaga de Bor und verabschiedete sich. Im Geiste beschäftigte sie sich bereits mit einem Gespräch, das sie in einer Stunde zu führen gedachte. Dann wollte sie sich mit der Staatsanwaltschaft verbinden lassen und aufgeregt erklären, soeben einen anonymen Anruf erhalten zu haben, demzufolge ihr Mann in Italien festgenommen worden sei. Und anschließend wollte sie es auskosten, Veit Küster zu verständigen. Mit einem einfachen Trick würde sie das Gebäude zum Einsturz bringen, das Curd Dessau bis dahin vermutlich vor ihm aufgebaut hatte.

Zsaga de Bor vermutete richtig. Unmittelbar nach der Landung war Curd Dessau mit Barone de Bor in die Stadt gefahren und hatte dafür gesorgt, daß sein Schützling im Hotel Gallia untergebracht wude. Zu Fuß war er dann zu dem in der Nähe gelegenen Hotel Principe e Savoia gegangen, in dem er aus taktischen Gründen wohnen wollte. Von seinem Zimmer aus rief er Veit Küster an, der seinen Ohren kaum traute, als er die Stimme des Klassenkameraden vernahm, den er in Berlin vermutete.

»Warum setzt dich mein Anruf so in Erstaunen?« fragte der Flugkapitän anzüglich.

Der Standartenführer riß sich zusammen. »Wir sind nicht gerade im Guten auseinandergegangen. Woher kommst du?«

»Von Tempelhof. Ich muß dich unbedingt sprechen.«

Diese Lüge wird er noch bereuen, dachte Veit Küster. Wenn er von Madrid nach Berlin geflogen wäre, hätten Beamte des Sicherheitshauptamtes ihn dort unauffällig beiseite genommen, ins ›Gästehaus am Wannsee‹ gebracht und mich verständigt. »Wo bist du jetzt?«

»Im Principe.«

»Ich hole dich ab, wollte ohnehin gerade nach Hause fahren.«

»Laß mir eine Viertelstunde Zeit«, bat Curd Dessau. »Ich möchte mich schnell noch duschen.«

»In Ordnung«, entgegnete Veit Küster.

Wie verblüfft der Standartenführer im ersten Moment über das Auftauchen des Klassenkameraden auch gewesen war, er begrüßte die Entwicklung. Nun brauchte er nicht mehr nach Berlin zu fliegen. Und unauffälliger als in Mailand konnte er Curd Dessau nirgendwo festsetzen.

Die Begrüßung verlief frostiger, als es der Abschied vor einer Woche gewesen war.

»Dein Chef ist gewiß froh, dich wiederzuhaben«, sagte der Standartenführer beim Einsteigen in einen Lancia.

»Bist jetzt noch nicht«, erwiderte Curd Dessau.

»Und warum nicht?«

»Das erzähl' ich dir im Zusammenhang.«

Daheim schloß Veit Küster die Haustür auf und ließ den Jugendfreund vorangehen. »Hast du was vom Barone gehört?«

»Ja.«

»Wie geht es ihm?«

»Den Verhältnissen entsprechend. Ich bin seinetwegen hier.«

Sie traten in den Arbeitsraum.

»Wieso seinetwegen?«

»Claudio de Bor ist tot!«

Der Standartenführer starrte ihn ungläubig an. »Wer sagt das?«

»Ich komme von Madrid.«

»Direkt?«

Curd Dessau zögerte. Er wußte, daß er vorschnell geantwortet hatte. Nun war klar, daß er nicht allein, sondern mit dem Barone ... »Nein, nicht direkt«, antwortete er ausweichend.

»Du warst in der Schweiz?«

Der Flugkapitän nickte.

Er scheint doch nicht zu lügen, dachte Veit Küster. »War Barone de Bor ebenfalls in Madrid?«

»Ja.«

»Ihr habt die amerikanische Botschaft aufgesucht?«

»Nein. Claudios Schwiegervater war für eine gute Stunde bei uns im Hotel und hat mit de Bor gesprochen. Ich hatte den Amerikaner, ohne meinen Namen zu nennen, angerufen und gebeten, den auf dem Hinflug schwer erkrankten Barone aufzusuchen. Du kannst aber unbesorgt sein. Wir haben unser Wort gehalten und nicht über dienstliche Angelegenheiten gesprochen.«

»Dann möchte ich wissen, weshalb ihr nach Madrid geflogen seid?« alterierte sich der Standartenführer.

Curd Dessau suchte nach Worten. »Wie soll ich dir das erklären? Du bist wahrscheinlich zu abgebrüht, um verstehen zu können, daß ein Vater ohne jede konkrete Vorstellung auf gut Glück versucht, seinem Sohn zu helfen, wenn er erfährt, daß dieser in Not geraten ist. Und was mich anbelangt: ich hoffte herauszufinden, wodurch die Sache mit dem Postsack aufgedeckt wurde.«

Veit Küster trat an seinen Barschrank. »Du hast ernstlich geglaubt, daß man das preisgeben würde?«

»Es war ein Versuch.«

»Cognac?«

»Gerne.«

»Und was hast du herausbekommen?«

»Nicht viel. Aber das wenige dürfte auch dir genügen. Claudio de Bor wurde denunziert!«

Der Standartenführer stellte die Flasche, die er gerade in der Hand hielt, hart auf den Tisch. »Woher willst du das wissen?«

»Die Sache ist ziemlich einfach. Drei Tage nachdem der Postsack in Lissabon abgeliefert worden war, gab Washington Weisung, Claudio de Bor zum Empfang irgendwelcher Unterlagen zum nächsten Yankee-Clipper zu beordern. Dort angekommen, wurde er verhaftet. Auf Rückfrage wurde dem Botschafter mitgeteilt, man habe durch eine ungewöhnliche Information erfahren, daß Claudio de Bor Agent des deutschen Sicherheitsdienstes sei. Ein entsprechender Beweis liege vor.«

Veit Küster rieb sein Kinn. »Washington, und nicht Madrid, hat das herausgefunden?«

»Ja! Und diese Tatsache läßt den Rückschluß zu, daß unser Flug und die Übergabe des Postsackes vom Konsulat nicht aufgedeckt wurden. In Madrid wußte niemand etwas! Wenn Claudio de Bor aber angezeigt worden ist, dann frage ich dich: Von wem?«

Der Standartenführer blickte mit krauser Stirn vor sich hin.

»Meinst du nicht auch, daß nur ein Mensch in Frage kommt? Nämlich Zsaga de ...«

»Moment!« fiel Veit Küster impulsiv ein. »Sei nicht so voreilig! Zunächst ist einmal festzustellen, daß jemand von uns – ich meine von uns allen, die wir am Unternehmen beteiligt waren – ein gottverdammtes Schwein sein muß!«

»Unsinn! Nicht jemand, ausschließlich Zsaga de Bor ist verdächtig! Wer sonst sollte ein Interesse daran haben, Claudio de Bor ins Unglück zu stürzen? Denk an Bardo Tollani! Beweist Zsagas damaliges Vorgehen nicht zur Genüge, daß sie fähig ist, über Leichen zu gehen?«

»Du weißt genau, daß sie selbst – und zwar in einem Augenblick, da es vielleicht schon zu spät war – Farbe bekannt hat. Sie war also bereit, die Konsequenzen zu ziehen.«

»Quatsch nicht solchen Blödsinn!« ereiferte sich Curd Dessau. »Vermutlich hat Tollani sie informiert. Sie warf sich daraufhin in den Wagen und kam mir zuvor!«

Der Standartenführer nagte an seinen Lippen. »Du beginnst mich nervös zu machen.«

»Wenn es nur so wäre!«

Veit Küster griff nach einer Zigarettenschachtel. »Betrachten wir einmal die technische Seite. Wie könnte Zsaga es angestellt haben ...?«

»Das weiß ich nicht und ist auch völlig uninteressant«, erregte sich Curd Dessau.

Der Klassenkamerad nickte.

»Zieh endlich die Konsequenzen!«

»Das ist leichter gesagt als getan.« Der Standartenführer erhob sich. »Wenn Zsaga es war ...« Er blickte vor sich hin. »Ich habe sie in einer ungeheuer wichtigen Sache eingesetzt. Genaugenommen müßte ich sie sofort ablösen.«

»Tu's!« beschwor ihn Curd Dessau. »Ich leiste tausend Eide, daß sie es war, die Claudio de Bor denunziert hat!«

Das Telefon klingelte.

Veit Küster nahm den Hörer ab und meldete sich.

Die Baronessa war am Apparat. »Veit!« rief sie aufgewühlt. »Warum hast du mir nicht gesagt, daß Antonio in Mailand ist?«

»Wer?« fragte er ungläubig und blickte zu Curd Dessau hinüber.

»Mein Mann! Er wurde verhaftet!«

Die Stirnadern des Standartenführers schwollen an. »Moment!« sagte er, mühsam beherrscht. »Ich habe Gäste und schalte auf meinen Arbeitsraum um.« Er betätigte einen Hebel und wandte sich an den Flugkapitän. »Ist der Barone in Mailand?«

Curd Dessau wurde unsicher. »Ja.«

»Wo?«

»Warum willst du das wissen?«

»Zsaga ist am Apparat. Sie behauptet ... Lauf in den Nebenraum und schalte dich ein!«

Der Pilot eilte in das Kaminzimmer und hob den Hörer des Zweitapparates ab.

»So«, sagte Veit Küster. »Jetzt können wir ungestört sprechen. Ich hatte dich nicht verstanden. Was sagtest du?«

»Antonio ist in Mailand. Er wurde verhaftet!«

»Von wem?«

»Ich erhielt einen anonymen Anruf. Eine Männerstimme sagte: ›Wissen Sie, daß Ihr Mann soeben im Hotel Gallia von der Staatsanwaltschaft verhaftet worden ist?‹ Ich rief daraufhin sofort dort an, und man bestätigte mir, daß die Angabe stimmt.« Sie schluchzte. »Ich begreife nicht, daß du mir nichts davon gesagt hast.«

»Aber ich weiß nichts von der Geschichte. Nicht das geringste!«

»Mach mir doch nichts vor.«

»Ich weiß wirklich nichts! Warum wurde er denn verhaftet?«

Sie gab ihrer Stimme einen verzweifelten Unterton. »Sittlichkeitsdelikte! Wenn jetzt alles herauskommt ...«

»Bist du in Moltrasio?«

»Ja.«

»Ich werde sofort Erkundigungen einziehen und rufe dich dann an.«

Curd Dessau war wie benommen, als er in das Studio zurückkehrte.

»Wohnt de Bor im Gallia?« fragte Veit Küster.

Der Flugkapitän nickte. »Interesssanter wäre es für mich zu erfahren, wer hier wem was vorspielt?«

»Wie meinst du das?«

»Das Ganze ist doch eine abgekartete Sache!«

»Du glaubst, Zsaga und ich ...?«

»Allerdings!«

»Curd!« erklärte Veit Küster beschwörend. »Du hast mein Wort: Ich habe nicht gewußt, daß Barone de Bor in Mailand ist. Ich nahm an, du hättest ihn in der Schweiz abgesetzt. Und das kann und will ich dir beweisen. Wir fahren auf der Stelle zum Untersuchungsrichter. Der muß ja wissen, aufgrund welcher Anschuldigung der Haftbefehl ausgestellt wurde.«

Curd Dessau nahm den Standartenführer beim Wort. Sie fuhren zum Gerichtsgebäude, hielten sich dort jedoch kaum eine Viertelstunde auf, da sie außer dem, was sie bereits wußten, nichts in Erfahrung bringen konnten. Unzufrieden verließen sie den Untersuchungsrichter, der ihnen versicherte, er hätte gegen Barone de Bor niemals einen Haftbefehl erlassen, wenn das ihm von der Staatsanwaltschaft übergebene Beweismaterial nicht erdrückend gewesen wäre. Im übrigen hatte er um Verständnis dafür gebeten, daß er über Details nicht sprechen könne.

»Wir sind zwar nicht weitergekommen«, sagte Veit Küster beim Verlassen des Gebäudes. »Ich hoffe jedoch, du glaubst mir jetzt wenigstens.«

»Dir schon«, entgegnete der Flugkapitän grimmig. »Der verdammten Baronessa aber nicht im geringsten. Ich fress' einen Besen, wenn sie nicht auch diese Geschichte eingefädelt hat!«

Veit Küster schüttelte den Kopf. »Ich gebe dir in manchem recht, doch jetzt fängst du an, Gespenster zu sehen. Bleib auf dem Boden der Tatsachen. Du siehst, daß die Sache in guten Händen liegt. Wenn der Barone unschuldig ist, wird ihm nichts geschehen!«

»Glaubst du ernstlich, daß ein Mann wie er pervers ist? Das ist doch hirnverbrannter Unsinn.«

Der Standartenführer zuckte die Achseln. »Ich hab' schon Pferde kotzen sehen.«

»Und ich eine Zsaga de Bor kennengelernt! Mir reicht's.«

»Was willst du tun?«

»Ich muß schnellstens nach Berlin zurück. Vorher aber schreibe ich dem Barone, damit er weiß, daß ich an ihn glaube und alles tun werde, um ihm zu helfen.«

Noch in der gleichen Stunde schrieb Curd Dessau einen ausführlichen Brief an den alten Herrn. Er bat ihn inständig, nicht zu verzweifeln und fest darauf zu bauen, daß er schon in aller Kürze aus der Zelle herausgeholt werde. Dann brachte er das Schreiben dem Untersuchungsrichter, der ihm zusicherte, es nach der üblichen Kontrolle weiterzuleiten.

Auf dem Weg zum Hotel wünschte sich Curd Dessau, Contessa Valdeloni zu treffen. Ihr würde er sich bedingungslos anvertrauen. Vielleicht konnte sie etwas für den Barone tun. Die Vorstellung, ihn allein in Mailand zurücklassen zu müssen, quälte ihn.

Zu seiner Verwunderung begrüßte ihn der Barkeeper ungewöhnlich lebhaft. »Ich kann Ihnen nicht sagen, wie sehr ich mich freue, Sie wiederzusehen«, versicherte er. »Die Contessa muß jeden Augenblick kommen. Ich werde dann gleich zwei Manhattan mixen. Ah«, er reckte den Kopf und blickte zum Foyer hinüber, »dort kommt sie schon.«

Contessa Valdeloni blieb für den Bruchteil einer Sekunde stehen, als sie den Flugkapitän entdeckte. »Signore Dessau!« rief sie, eilte auf ihn zu und umarmte ihn.

Er wurde so verlegen, daß er nicht wußte, wie er reagieren sollte. »Ich habe gehofft, Sie zu treffen, nicht aber erwartet ...«

Die Contessa blickte ihm in die Augen. »Sie haben viel für mich getan.«

»Es war ein Zufall, daß ich ...«

»Seien Sie nicht so bescheiden.«

Curd Dessau küßte ihr die Hand. »Ihre Worte ermutigen mich, Sie um etwas zu bitten. Ich brauche Hilfe.«

»Sie?«

»Nicht ich persönlich. Barone de Bor! Er ist in eine scheußliche Lage geraten. Vielleicht setzen wir uns einen Moment an einen der Tische.«

Contessa Valdeloni schaute zur Bar hinüber. Da sie sah, daß die Hocker nicht besetzt waren, sagte sie: »Kommen Sie. Vor dem Keeper können Sie offen reden.« Sie ging zur Bar hinüber. »Darf ich vorstellen: Conte Valdeloni!«

Der Flugkapitän war sprachlos.

»Entschuldigen Sie meine Aufmachung«, sagte der Keeper und reichte die Hand. »Ich habe die Verkleidung gewählt, als meine Frau mir mitteilte, sie sei von Ihrem Landsmann Veit Küster erpreßt worden. Sie hat mich am selben Abend angerufen und mir ihre im wesentlichen überwundene Sucht eingestanden. Ich ließ mir daraufhin meinen Knebelbart abnehmen, färbte mein schon recht grau gewordenes Haar und erschien – erstaunlich verjüngt und nicht ohne weiteres zu erkennen – in Mailand, um meine Frau schützen und ihr Anweisungen geben zu können. Ein guter Freund beschaffte mir diesen Posten.«

»Großartig!« begeisterte sich Curd Dessau.

»Wir haben Ihnen sehr zu danken«, fuhr Conte Valdeloni fort.

»Er braucht unsere Hilfe«, fiel die Contessa ein. »Barone de Bor ist in eine scheußliche Lage geraten.«

»Was ist geschehen?«

Unter Beachtung des Veit Küster gegebenen Versprechens schilderte der Flugkapitän die Lage des Juweliers.

Als er endete, ballte der Conte die Fäuste. »Die Sache übernehme ich! Dieser Zsaga werde ich das Handwerk legen! Sie können unbesorgt nach Berlin fliegen, Signore Dessau. Noch heute erhält der beste Anwalt Mailands den Auftrag, die Verteidigung des Barone zu übernehmen. Er wird sofort den Antrag stellen, ihn gegen Kaution freizulassen.«

»Hoffentlich gelingt das.«

»Wenn nicht im ersten, dann im zweiten Anlauf. Schwierigkeiten sind dazu da, überwunden zu werden.« Der Conte hatte die Rolle des Barkeepers abgelegt. Man spürte, daß er gewohnt war, Anordnungen zu treffen und Befehle zu erteilen. »Vorsorglich werde ich auch Professor Tomali, eine anerkannte Kapazität auf dem Gebiet der Psychopathologie, mit der Untersuchung de Bors beauftragen. Irgendwie kriege ich den alten Herrn schon heraus.«

Curd Dessau war erleichtert. »Werden Sie mich informieren, wenn es soweit ist?«

»Selbstverständlich. Sie müssen uns nur Ihre Adresse geben.«

»Wenn möglich, möchte ich hierher kommen und ihn persönlich vom Gefängnis abholen. Ich hoffe, Sie verstehen das. Mein Klassenkamerad Veit Küster hat ihn einmal schändlich reingelegt.«

Contessa Valdeloni neigte sich zu ihm hinüber und gab ihm einen Kuß.

Mit dem beruhigenden Gefühl, das Menschenmögliche für Barone de Bor getan zu haben, flog Curd Dessau nach Berlin zurück. Seine Hoffnung aber, schon bald eine günstige Nachricht aus Mailand zu erhalten, ging nicht in Erfüllung. Der Untersuchungsrichter lehnte jede Verhandlung über eine Freilassung vor Abschluß der Voruntersuchung ab. Dies nicht zuletzt, weil die Vernehmungen ein denkbar ungünstiges Licht auf den Beschuldigten warfen.

Es begann damit, daß der Richter die Baronessa zu sich bat. Da sie so klug war, den Barone nicht zu belasten, entstand zwangsläufig ein falsches Bild.

»Wenn Sie von mir wissen wollen, ob mein Mann pervers veranlagt ist«, hatte sie auf eine in dieser Richtung gestellte Frage geantwortet, »dann müssen Sie mir zunächst einmal den Begriff der Perversität erläutern. Wo liegt da der Anfang und das Ende?«

Der Richter war verlegen geworden. »Lassen Sie mich anders fragen«, entgegnete er nach kurzer Überlegung. »Empfing Ihr Gatte des öfteren mehrere Frauen?«

»Gewiß, aber das ist doch nicht pervers.«

»Sie wissen schon, wie ich es meine, Baronessa.« Er griff nach einer Akte und legte ihr ein Foto vor. »Sind Ihnen diese Damen bekannt?«

Zsaga de Bor blickte entsetzt zur Seite. »Das sollen Damen sein?«

Der Richter nahm seine Brille ab und wischte umständlich über die Gläser. Dabei fragte er, ohne aufzuschauen: »Haben Sie Ihren Gatten auf dem Foto erkannt?«

Sie antwortete kaum hörbar: »Ja.«

»Können Sie mir die Namen der beiden weiblichen Personen nennen?«

»Nein.«

Er legte ihr ein Foto vor, auf dem ein Mädchen im Alter von etwa elf Jahren zu sehen war, das, nur mit einem kleinen Badehöschen bekleidet, den Barone gerade küßte. »Und was sagen Sie zu diesem Bild?«

»Das ist ja meine Kette!« rief die Baronessa voller Empörung. »Die fehlt mir seit einigen Wochen. Es ist ein Erinnerungsstück aus meiner Jugend. Wer ist dieses Geschöpf? Und woher haben Sie das Foto?«

»Sie kennen das Mädchen nicht?«

»Möglich, daß ich es schon einmal gesehen habe. Mein Mann versammelt oft Kinder um sich. Aber was hat das mit der Anklage zu tun?«

Der Untersuchungsrichter sah sie fast vorwurfsvoll an. »Baronessa! Sind Sie nie auf den Gedanken gekommen, daß Ihr Gatte mit diesen Kindern ...?«

Zsaga de Bor war sekundenlang wie erstarrt. Dann aber schrie sie entgeistert: »Um Gottes willen! Sie meinen, daß er mit Kindern ...?« Sie schlug die Hände vor das Gesicht. »Madre Maria! Das kann nicht möglich sein!«

Der Richter war froh, als er die Baronessa entlassen konnte. Sie hatte ihn in arge Verlegenheit gebracht. Er wischte sich den Schweiß von der Stirn und beauftragte den Gerichtsdiener, Barone de Bor vorzuführen.

Als dieser wenig später in den Raum trat, wurde der Untersuchungsrichter ratlos. Die Wangen des Juweliers waren eingefallen. Er stützte sich auf einen Stock. Seine Augen lagen in tiefen Höhlen. »Bitte, nehmen Sie Platz«, forderte er ihn freundlicher auf, als er es eigentlich wollte.

Der alte Herr setzte sich.

»Ihnen ist bekannt, wessen man Sie beschuldigt?«

Barone de Bor nickte. »Wessen schon. Nicht aber, wer mich beschuldigt. Darf ich das erfahren?«

»Nun, wer schon? Der Staatsanwalt erhebt die Anklage.«

Der Barone wurde unwillig. »Das ist mir klar. Ich möchte wissen, wer mich angezeigt hat? Und wie belegt wird, was man mir vorwirft?«

Der Beamte zögerte. »Ich will kein Hehl daraus machen, daß die Anzeige anonym erfolgt ist. Sie wird aber durch Dokumente erhärtet, die eine eindeutige Sprache sprechen.«

»Könnte ich die Unterlagen sehen?«

»Gewiß!« Der Richter legte ihm jene Blitzlichtaufnahmen vor, die in dem Augenblick gemacht worden waren, als die Contessa und seine Frau nach dem nächtlichen Bad den See verlassen hatten.

Der alte Herr stutzte. »Was soll das?«

»Erkennen Sie sich wieder?«

»Freilich!«

»Und wer sind die beiden ... da?«

»Dies ist meine Frau.«

»Wer, bitte?«

»Meine Frau! Sie dreht der Kamera gerade den Rücken zu.«

»Und wer ist die andere ...?«

»Eine Freundin von ihr. Beide Damen nahmen nachts ein Bad im See. Da es stockfinster war, bat meine Frau mich, die Bademäntel zu halten, also gewissermaßen den Bademeister zu spielen. Als sie aus dem Wasser kamen, ich erinnere mich noch sehr genau daran, zuckte plötzlich zweimal ein Blitzlicht auf. Der Grund ist mir jetzt klar.«

Der Richter griff an den Rand seiner Brille. »Das klingt ja recht harmlos.«

»Bis auf die Aufnahmen war es das auch.«

»Würden Sie mir den Namen der zweiten Dame nennen?«

»Das werde ich auf keinen Fall tun! Es genügt, daß ich in eine Sache verstrickt bin, deren Schmutzigkeit mir erst in dieser Minute in erschreckender Deutlichkeit klargeworden ist.«

»Interessant!« Der Untersuchungsrichter spitzte die Lippen.

»Und was würden Sie sagen, wenn Ihre Gattin erklärt, von dem Foto nichts zu wissen?«

Der Barone straffte sich. »Hat sie das gesagt?«

»Ja.«

»Dann ist sie die Schreiberin des anonymen Briefes!«

»Was erlauben Sie sich?«

»Herr Untersuchungsrichter! Mich kann nichts mehr überraschen. Ich hatte bereits meine Vermutung. Sie haben mir den Beweis für deren Richtigkeit geliefert.«

»Was hatten Sie vermutet?«

Der alte Herr senkte den Kopf. »Über gewisse Dinge darf ich nicht sprechen. So viel aber sollen Sie wissen: Meinen Sohn aus erster Ehe hat die heutige Baronessa de Bor auf dem Gewissen! Und weil ich das in Erfahrung gebracht habe, soll nun auch ich erledigt werden.«

»Das ist eine unglaubliche Anschuldigung!« empörte sich der Beamte. »Auf diese Weise werden Sie Ihren Hals nicht aus der Schlinge ziehen!« Er hielt ihm das Foto mit dem Mädchen hin. »Haben Sie auch hierfür eine plausible Erklärung?«

Barone de Bor betrachtete das Bild lange. »Ich hoffe, Sie nicht zu enttäuschen. Wir luden kürzlich eine Anzahl Kinder ein, um sie zu bewirten. Die Baronessa machte den Vorschlag. Ich schenkte diesem reizenden Mädel ein kleines Halskettchen. Wie Sie wissen, bin ich Juwelier. Die Kette können Sie übrigens auf dem Bild sehen. Zum Dank dafür erhielt ich einen Kuß. Auch das ist zu sehen.«

»Sonst haben Sie nichts zu sagen?«

»Erwarten Sie etwas Bestimmtes?«

Einen Augenblick lang wußte der Richter nicht, was er entgegnen sollte. Dann aber wurde er rot vor Zorn. »Glauben Sie wirklich, uns mit solchen Mätzchen irreführen zu können? Wenn wahr wäre, was Sie hier auftischen, müßte Ihre Gattin das Mädchen kennen! Sie erkannte jedoch nur die kleine Halskette – ein Andenken aus Jugendtagen, das sie seit geraumer Zeit vermißt!«

Der alte Herr griff sich an die Stirn. »Es ist nicht zu fassen. Sie lügt wie gedruckt und geht über Leichen. Ich frage mich nur: Warum schenken Sie der Baronessa mehr Glauben als mir?«

»Das will ich Ihnen sagen«, brauste der Untersuchungsrichter auf. »Weil Ihre Gattin sich mit jedem Satz bemüht, Sie zu verteidigen! Sie hingegen schrecken nicht einmal davor zurück, die Baronessa des Mordes zu bezichtigen. Wenn ich von der Haltbarkeit der Anzeige noch nicht überzeugt war – jetzt bin ich es!«

Es war zum Verzweifeln. Je mehr der Barone, und insbesondere dessen Anwalt, Zsaga de Bor beschuldigten, um so verdächtiger erschien dem Untersuchungsrichter der Inhaftierte, der, gebunden durch sein Wort, nicht preisgeben durfte, was er hätte aussagen können. Hinzu kam, daß er sich beharrlich weigerte, den Namen der Contessa zu nennen. Um nichts in der Welt wollte er sie in die Affäre hineinziehen. Dieser Umstand belastete ihn am meisten. Der Richter stellte sich auf den durchaus verständlichen Standpunkt: Hier könnte der Barone einen Zeugen für die Richtigkeit seiner Aussage anführen. Wenn er diese Chance nicht ergreift, muß es als Beweis dafür angesehen werden, daß er nicht die Wahrheit sagt.

Trotzdem prüfte er den Antrag des Verteidigers, den Juwelier gegen eine Kaution freizulassen, nicht ohne Wohlwollen. Er tat dies nicht zuletzt, weil es außer der anonymen Anzeige kein belastendes Indiz gab. Die Fotos waren kein ausreichender Grund, ihn zu inhaftieren. Auch gab es, außer jenem Anonymus, keinen Menschen, der ihn eines Sittlichkeitsvergehens beschuldigte. Zudem hatte der Richter von Kollegen erfahren, daß die Baronessa Agentin des deutschen Sicherheitsdienstes sei. Zu beweisen war dies nicht. Es stand jedoch fest, daß sie vielfach mit dem Leiter des SD gesehen worden war. Der Untersuchungsrichter war ein Gegner Mussolinis und hatte zuviel von den rigorosen Maßnahmen der SS gehört, um sich nicht die Frage zu stellen: Was ist, wenn es doch etwas gibt, worüber der Barone nicht sprechen darf? Seine Überlegungen bewogen ihn schließlich, dem Antrag stattzugeben und de Bor gegen eine Sicherheitsleistung von 500 000 Lire auf freien Fuß zu setzen.

»Ich hoffe, Sie werden über meine Entscheidung froh sein«, sagte er der Baronessa, die er aus naheliegenden Gründen nochmals zu sich gebeten hatte.

»Sogar sehr!« versicherte sie. »Ich wäre Ihnen allerdings zu Dank verbunden, wenn Sie mich rechtzeitig über den Zeitpunkt seiner Entlassung informieren würden. Ich möchte ihn von seinem Fahrer abholen lassen.«

»Ihren Wunsch werde ich gerne erfüllen«, erwiderte der Richter.

Er konnte nicht wissen, welche Folgen dies haben sollte. Denn unmittelbar nachdem er drei Tage später Zsaga de Bor von der bevorstehenden Entlassung verständigt hatte, führte sie ein Telefongespräch mit Bardo Tollani. Sie war zum Letzten entschlossen. Die Freilassung ihres Mannes schien ihr ein Beweis dafür zu sein, daß die von der Staatsanwaltschaft erhobene Anklage auf die Dauer nicht aufrechterhalten werden würde.

»Es ist aus!« erklärte sie dem Partisanenführer. »Staatsanwaltschaft, Untersuchungsrichter und SS stecken unter einer Decke! Mit legalen Mitteln ist gegen diese Bande nicht anzukommen. Der Mann, der euch mit einem geradezu krankhaften Haß erledigen will, wird entlassen! Garantiert wird er jetzt alle Hebel in Bewegung setzen, um dir und deinen Männern schwere Schäden zuzufügen.«

»Wann wird er entlassen?« fragte Bardo Tollani.

»Morgen um vierzehn Uhr aus dem Untersuchungsgefängnis.«

»Überlaß das Weitere mir!«

Die Sekretärin Dr. Schubers zeigte volles Verständnis dafür, daß Flugkapitän Dessau den Barone vor dem Untersuchungsgefängnis in Empfang nehmen wollte. Im Handumdrehen trommelte sie mehrere Herren zusammen, die im Auftrag des Ministeriums nach Italien reisen mußten. Auf diese Weise war die Erteilung eines Flugauftrages zu verantworten.

Unmittelbar nach der Landung in Mailand rief Curd Dessau die Contessa an. Sie war glücklich über seine Ankunft und sagte, daß im Principe e Savoia alles zum Empfang des alten Herrn vorbereitet sei. Er solle ihn so schnell wie möglich zum Hotel bringen.

In sichtlich gehobener Stimmung fuhr er mit einem ihm vom Conte Valdeloni zur Verfügung gestellten Wagen zum Untersuchungsgefängnis, in dessen Nähe er den Fahrer bat, auf der gegenüberliegenden Seite zu parken.

Sie warteten noch nicht lange, da bemerkte Curd Dessau, daß ein alter Fiat, in dem vier Männer saßen, zum drittenmal an ihnen vorüberfuhr. Doch nicht dies allein machte ihn stutzig. Er bildete sich ein, die Männer schon einmal gesehen zu haben. Und zwar auf der verfallenen Mauer vor der Hütte des Partisanenführers Bardo Tollani. Er wurde deshalb unruhig, als der Fiat nach einer erneuten Wendung etwa hundert Meter vor dem Gefängnistor auf der gegenüberliegenden Straßenseite anhielt.

Sah er schon Gespenster? Er wandte sich an den Fahrer. »Bedeutet das Kennzeichen ›So‹ nicht Sondrio?«

»Ja«, antwortete der Italiener. »Unheimliche Kerle, was?«

»Sind die Ihnen auch aufgefallen?«

»Und ob! Wahrscheinlich holen sie einen Kumpel ab, der eingelocht wurde.«

»Da könnten Sie recht haben.«

»Der Betreffende war aber bestimmt nicht so unschuldig wie der, den Sie erwarten.«

»Sie wissen ...?«

»Ich gehöre der Organisation ›Weißes Kreuz‹ an. Wir setzen uns für eine sittliche Lebensordnung ein.«

Curd Dessau fühlte sich erleichtert. Conte Valdeloni hielt offensichtlich viele Fäden in der Hand. Dennoch blieb eine Unruhe in ihm, die ihn veranlaßte, seinen Begleiter zu bitten, den Motor anzulassen, sobald ein alter Herr aus dem Tor herauskomme.

»Befürchten Sie einen Zwischenfall?«

»Das wäre übertrieben. Mir gefallen die Männer in dem Fiat nicht. Sie kommen mir irgendwie verdächtig vor.«

Er hatte es kaum gesagt, da betätigte der Fahrer den Anlasser. »Dort kommt der alte Herr!«

Der Flugkapitän stieg aus dem Wagen und eilte Barone de Bor entgegen. Aber noch bevor er ihn erreichte, erkannte er, daß der Fiat plötzlich anfuhr und mit Vollgas auf den Juwelier losraste. »Zurück!« schrie er voller Entsetzen.

Der Barone war wie erstarrt.

»Zurück!« schrie Curd Dessau nochmals.

Der Fiat fuhr direkt auf den alten Herrn zu.

Ohne sich dessen bewußt zu sein, zog der Flugkapitän seine Pistole und schoß auf den Wagen.

Das Steuer wurde jäh herumgerissen. Dadurch wurde der Barone nur noch gestreift und zu Boden geschleudert.

Mit der Waffe in der Hand lief Curd Dessau auf ihn zu.

»Mein Bein!« stöhnte de Bor. »Ich glaube, es ist gebrochen.«

Aus dem Gefängnistor stürzten Beamte.

Der Fahrer riß Curd Dessau die Pistole aus der Hand, steckte sie blitzschnell in die Tasche und rief den Wärtern zu: »Verständigt die Polizei! Aus dem alten Fiat wurde geschossen! Kennzeichen Sondrio!«

Der Flugkapitän starrte ihn entgeistert an.

»Los, helfen Sie! Wir müssen machen, daß wir fortkommen!«

Im entstehenden Durcheinander hoben sie den Barone in den Wagen, legten ihn auf den hinteren Sitz und fuhren davon.

»Wohin?« fragte der Fahrer.

»Am besten in ein Krankenhaus.«

»Nein, nein«, wehrte der Juwelier ab.

»Dann zum Prinzipe e Savoia.«

Kaum dort angekommen, eilte Curd Dessau in das Foyer. Die Contessa erwartete ihn bereits. »Man hat versucht, den Barone zu überfahren«, sagte er hastig. »Es war eindeutig ein Mordanschlag. Zum Glück wurde er nur zu Boden geschleudert. Ein Bein scheint aber gebrochen zu sein. Wohin mit ihm?«

»Momento!« antwortete sie und lief fort.

Curd Dessau zündete sich eine Zigarette an.

Contessa Valdeloni kehrte zurück. »Ich bringe den Barone zum Sanatorium Tomali. Mein Mann ruft den Professor schon an und bittet Sie, hier auf ihn zu warten.«

Er führte sie zum Wagen und kehrte in die Hotelhalle zurück.

Conte Valdeloni kam gerade aus dem Lift. Er trug einen dunklen Mantel, und nichts an ihm erinnerte an den Barkeeper, den er seit Wochen spielte. »Gehen wir nach draußen«, sagte er kurzangebunden.

Sie traten ins Freie.

Der Conte blieb nach wenigen Schritten stehen und wandte

sich dem Piloten zu. »Ich bin außer mir! Glauben Sie wirklich, daß es ein Mordversuch war?«

»Ganz ohne Zweifel«, erklärte Curd Dessau und schilderte, was er erlebt hatte.

»Und Sie hatten vorher schon ein ungutes Gefühl?«

»Ja.«

»Wieso?«

»Ein gegebenes Wort verbietet mir, über bestimmte Dinge zu sprechen. Ich glaube jedoch andeuten zu dürfen, daß es sich in dem Wagen um Männer handelte, die ich schon einmal gesehen habe. Und ich weiß auch wo!«

Conte Valdeloni sah ihn durchdringend an. »In der Nähe von Sondrio?«

»Bitte, ersparen Sie mir die Antwort. Ich darf nichts weiteres sagen.«

Sie stiegen in ein Taxi, das vor dem Hotel stand.

»Hat Ihnen Ihr Klassenkamerad Schweigepflicht auferlegt?«

»Ja!«

»Dann muß er Sie davon entbinden! Ich werde Ihnen dabei helfen. Die Sache wird mir zu dumm. Ich greife jetzt durch!«

»Was wollen Sie tun?«

»Zunächst einmal dem Barone meine Aufwartung machen und ihm versichern, daß ich die Sache in die Hand nehme und seine Interessen wahren werde. So geht's auf keinen Fall weiter. Unter den gegebenen Umständen muß er ja verrückt werden.«

»Und Zsaga de Bor hätte ihr Ziel auf geradezu diabolische Weise erreicht.«

»Eben! Aber sie wird sich täuschen.«

»Hoffentlich.«

»Verlassen Sie sich darauf!«

Barone de Bor schöpfte neuen Mut, als er sich mit Conte Valdeloni unterhalten hatte. Er sah nun ein, daß er es seinem Sohn schuldig war, nicht zu kapitulieren. Es lag ihm allerdings fern, Rachegedanken zu hegen, und auch von Curd Dessaus Vorschlag, ihn mit nach Deutschland zu nehmen, wollte er nichts wissen.

»Ich stehe unter Anklage«, erklärte er standhaft. »Keinesfalls werde ich fliehen! Nicht etwa wegen der fünfhunderttausend Lire, die als Kaution gestellt wurden und verloren wären, wenn ich das Land verlassen würde. Mir geht es um meine Ehre. Um sie werde ich kämpfen!«

»Bravo!« pflichtete ihm der Conte bei. »Sie haben vollkommen recht. Und doch gibt es da etwas, das wir berücksichtigen müssen. Zweifellos geht es Zsaga de Bor darum, in den Besitz Ihres Vermögens zu kommen. Vor dem Gesetz ist sie Ihre Frau. Sie hat somit, falls der Prozeß in erster Instanz zu Ihren Ungunsten entschieden werden sollte – was wir vorsorglich einmal annehmen wollen –, die Möglichkeit, durch eine dann leicht herbeizuführende Scheidung zumindest einen Teil Ihres Hab und Gutes zugesprochen zu bekommen. Ich hoffe freilich, daß es uns gelingt, sie bis zum Prozeßbeginn kaltzustellen. Sollte das aber nicht der Fall sein, dann wird es brenzlig. Ich schlage deshalb vor, daß Sie vorsorglich alles verkaufen, was Sie besitzen.«

Dem Barone war das Entsetzen ins Gesicht geschrieben.

»Selbstverständlich nur pro forma«, beruhigte ihn Conte Valdeloni. »Ein Beispiel: Sie verkaufen mir, sagen wir für zwanzig Millionen Lire, alles was Ihr Eigen ist. Der Vertrag wird bei einem Notar abgeschlossen, vor dem wir uns ebenfalls gegenseitig bestätigen, daß es sich bei der Transaktion um einen Scheinvertrag handelt. Dementsprechend zahle ich natürlich auch nichts. Im übrigen beauftragen wir den Advokaten, notwendige Eintragungen in Grundbüchern erst vorzunehmen, wenn der Krieg beendet ist und eine neue Regierung gebildet wurde. Dann dürfte ich einiges mitzureden haben.«

»Und wie soll es weitergehen?« fragte Curd Dessau beklommen.

»Diese Zsaga de Bor soll nur kommen. An mein Vermögen, auch wenn ich nur pro forma Eigentümer des Borschen Besitzes geworden bin, kann sie nicht heran. Und dagegen, daß ich dem Barone ›gestatte‹, seine ›ehemaligen‹ Besitzungen zu bewohnen und zu verwalten, kann sie ebenfalls nichts machen.«

»Damit forderst du aber erneut ihre Rache heraus«, gab die Contessa zu bedenken.

»Eben nicht!« erklärte ihr Mann. »Wenn sie weiß, daß Mordpläne ihr nur noch lebenslänglich Zuchthaus, jedoch kein Vermögen einbringen können, wird sie sich hüten, weitere Rachepläne zu schmieden.« Er wandte sich an den alten Herrn. »Was halten Sie von meinem Vorschlag?«

Barone de Bor schwieg eine Weile, bevor er antwortete: »Ihr Plan erscheint mir ebenso einleuchtend wie kompliziert. Aber Sie haben recht. Ich muß mich absichern, das sehe ich ein. Da ich die Dinge jedoch nicht mehr zu übersehen vermag und mir auch die Kraft fehlt, mich jetzt um Profanes zu kümmern, möchte ich Signore Dessau, sofern er damit einverstanden ist, eine Generalvollmacht erteilen und ihn bitten, alles im besprochenen Sinne für mich zu regeln. Wenn ich schon leben soll, dann möchte ich Ruhe haben. Nur noch Ruhe!«

Seine Worte wiederholte Curd Dessau, als er mit dem Ehepaar Valdeloni die Treppen des Sanatoriums hinabstieg. »Ich bin erschüttert«, fügte er hinzu. »Könnte ich den Barone doch mit nach Deutschland nehmen. Offen gestanden«, er wandte sich an den Conte, »ich begreife nicht, daß Sie ihn in seiner Auffassung bestärkt haben. Was nützt ihm die Ehre, wenn er im Kampf darum vor die Hunde geht.«

»Für ihn wäre es tödlich, wenn er seine Ehre nicht verteidigen dürfte«, entgegnete Conte Valdeloni. »Jede zusätzliche Aufregung muß ihm erspart werden. Zu einem späteren Zeitpunkt mögen Sie ihn mitnehmen. Bis dahin sorge ich dafür, daß ihm nichts passiert.«

»Dennoch bin ich von der Entwicklung enttäuscht«, bekannte der Flugkapitän freimütig. »Ich glaubte, Sie würden mir helfen, gegen Zsaga de Bor vorzugehen. Sie sprechen aber nur von der Absicherung des Barone. Wäre die Ausschaltung seiner Frau nicht sein bester Schutz?«

»Gewiß. Aber wollen Sie illegal vorgehen?«

»Um Gottes willen.«

»Na also! Zsaga de Bor kommt schon dran, da können Sie unbesorgt sein. Die Schwierigkeit ist nur die, daß wir sie bestenfalls einsperren lassen können. Praktisch bedeutet dies, daß sie in einem halben oder ganzen Jahr wieder auf freien Fuß gesetzt wird: nämlich bei Kriegsende! Garantiert gibt es dann eine Amnestie.«

»Daran hab' ich nicht gedacht.«

»Wir dürfen jetzt keinen Fehler machen und müssen alles zweimal überdenken. Und helfen soll uns jemand, der aus den Wolken fallen wird, wenn er erfährt, wer ich bin und was ich ihm zu sagen habe.«

»Sie denken an Veit Küster?«

»Erraten! Er soll unsere Speerspitze sein und Zsaga de Bor erledigen.«

Curd Dessau schoß vor Aufregung das Blut in den Kopf. »Und wie wollen Sie das erreichen?«

Conte Valdeloni lachte. »Indem ich Sie zu ihm schicke. Erzählen Sie ihm, was bei der Entlassung de Bors vorgefallen ist, und bitten Sie ihn, einem Bekannten, dessen Namen Sie nicht nennen können, sagen zu dürfen, wen Sie glauben in dem alten Fiat erkannt zu haben.«

Auf schnellstem Weg fuhr Curd Dessau zur Dienststelle des Standartenführers, der verwundert über die Hast war, mit der sein Klassenkamerad ihn aufsuchte. »Ist der Teufel hinter dir her?« fragte er belustigt.

»Eine Teufelin!« antwortete der Flugkapitän anzüglich und berichtete, was sich vor dem Gefängnis abgespielt hatte.

Veit Küster war wie gelähmt. »Du bist davon überzeugt, daß es kein Zufall war?«

»Hundertprozentig! Überlege selbst: Würdest du nichts unternehmen, wenn jemand auf dich schießt? Das schlechte Gewissen hat die Kerle davongetrieben! Außerdem bilde ich mir ein, die Burschen erkannt zu haben. Wenn mich nicht alles täuscht, waren es Männer von Bardo Tollani. Dafür spricht auch das Kennzeichen des Wagens!«

»Wenn das stimmt ...« Veit Küster griff erregt nach einem Brieföffner, der auf seinem Schreibtisch lag. »Ich muß mit Blindheit geschlagen gewesen sein!«

»Der Auffassung bin ich schon lange.«

»Wenn ich nur wüßte, wie ich herausbekommen könnte, ob deine Vermutung zutrifft.«

»Da kann ich dir helfen«, erklärte Curd Dessau. »Du brauchst mir nur zu genehmigen, daß ich einem Herrn, den ich im Hotel kennengelernt habe, sagen darf, wer meines Erachtens die Männer in dem Fiat waren. Meine Fahrt zu Tollani würde ich nicht erwähnen.«

»Und wer ist dein Bekannter?«

»Das muß bis auf weiteres mein Geheimnis bleiben. Du wirst den Namen aber zu gegebener Zeit erfahren.«

»Also gut. Wenn du glaubst, daß uns das weiterbringt, dann rede mit ihm.«

»Herzlichen Dank und Gotteslohn. Ich werde dich verständigen, sobald ich etwas ermittelt habe. Unternimm bis dahin nichts.«

In hoffnungsvoller Stimmung kehrte Curd Dessau zum Hotel Principe e Savoia zurück, um Conte Valdeloni zu informieren. Dieser thronte wieder im weißen Jackett des Keepers hinter der Bar und begrüßte ihn mit einer leichten Verbeugung.

»Manhattan?« fragte er wie gewöhnlich.

»Ja, bitte.«

Ein zweiter Keeper erschien hinter der Theke.

»Nanu, Verstärkung?«

»So kann man es nennen«, antwortete der Conte und fügte gedämpft hinzu: »Rufen Sie Ihren Klassenkameraden an und bitten Sie ihn, hierherzukommen. Sie können ihm sagen, daß Ihr Bekannter etwas Unglaubliches festgestellt hat.«

»Sie haben schon herausgefunden …?«

»Ja. Zsaga de Bor war es, die den Auftrag erteilte, den Barone zu erledigen. Aber davon erzählen Sie dem Standartenführer nichts. Aus bestimmten Gründen möchte ich ihn selber in Kenntnis setzen. Sollte er Sie auffordern, zu ihm zu kommen, dann erfinden Sie einen Grund, weshalb Sie das Hotel nicht verlassen können.«

»Geht in Ordnung.«

»Daß ich's nicht vergesse: Der Contessa haben Sie niemals etwas übergeben!«

»Wenn Sie das für richtig halten …«

»Sogar für wichtig! Auch in Ihrem Interesse!«

Curd Dessau suchte die Telefonzelle auf und ließ sich mit Veit Küster verbinden, der sich erstaunlicherweise gleich bereit erklärte, zu kommen.

Eine Viertelstunde später erschien er an der Bar.

»Buona sera, signore«, begrüßte ihn der Keeper.

Veit Küster beachtete ihn kaum. »Leg los«, sagte er an den Klassenkameraden gewandt. »Was konntest du feststellen?«

»Auch einen Manhattan?« fragte der Keeper.

Der Standartenführer wehrte ihn wie eine lästige Fliege ab. »Whisky!«

»Subito!«

Veit Küster wandte sich erneut dem Flugkapitän zu. »Hast du mit deinem Bekannten gesprochen?«

»Ja, aber das Entscheidende möchte er dir selbst sagen.«

»Wo ist er?«

Curd Dessau deutete auf den Barkeeper.

»Soll das ein Witz sein?«

Der Conte servierte den Whisky. »Salute, signore! Wenn Sie mich sprechen wollen, geben Sie mir Bescheid. Wir gehen dann auf mein Zimmer. Hier können wir nicht reden.«

Veit Küster trank den Whisky und zahlte. »Von mir aus können wir gehen.«

Curd Dessau wünschte ihm viel Vergnügen.

»Du kommst nicht mit?«

»Es dürfte besser sein, wenn wir beide uns allein unterhalten«, sagte der Keeper.

Der Standartenführer rümpfte die Nase und folgte dem Keeper zum Fahrstuhl.

Sie fuhren in die dritte Etage, schritten über einen Korridor und betraten ein elegant eingerichtetes Doppelzimmer, das Veit Küster verwundert aufblicken ließ.

»Ist das etwa Ihre Behausung?« fragte er in verletzendem Tonfall.

»Ich hoffe, Sie haben nichts dagegen.« Der Keeper wies auf eine Sesselgruppe. »Bitte, nehmen Sie Platz und gestatten Sie mir, daß ich mich vorstelle: Conte Valdeloni!«

Der Standartenführer erbleichte.

»Es freut mich, daß mein Name mehr Beachtung findet als meine jetzige Tätigkeit.«

Veit Küster war zu keiner Erwiderung fähig.

»Hab' ich Sie sehr erschreckt?« fragte der Conte amüsiert.

»So nehmen Sie doch Platz, Signore!« Er ließ ein goldenes Etui aufspringen. »Zigarette gefällig?«

Der Standartenführer bediente sich geistesabwesend.

Conte Valdeloni reichte Feuer. »Ich weiß, daß Sie mich nicht erkennen konnten. Nicht zuletzt Ihretwegen ließ ich mir den Bart abnehmen und das Haar färben. Sie dürfen sich etwas darauf einbilden, mich zu einer so schmerzlichen Prozedur gezwungen zu haben.«

Veit Küster hatte sich gefangen. »Zu gütig, Conte!«

»Wegen anderer Dinge sollten Sie sich allerdings schämen«, fuhr Valdeloni wie im Plauderton fort. »Ich begreife zum Beispiel nicht, wie Sie so weit sinken konnten, die Contessa zu erpressen. Welch unwürdiges Unterfangen! Unabhängig davon frage ich mich, was Sie veranlaßt haben kann, anzunehmen, meine Frau würde mich nicht informieren?«

Der Standartenführer hätte im Boden versinken mögen. Wie sollte er reagieren? Um sich nicht weiter an die Wand spielen zu lassen, entgegnete er mit falschem Pathos: »Ich bin Deutscher und tat als solcher meine Pflicht! Der Zweck heiligt die Mittel.«

Conte Valdeloni räusperte sich.

Veit Küster begriff, daß er sich verrannt hatte. Im Bestreben, zu retten, was noch zu retten war, fügte er schnell hinzu: »Heute möchte ich es allerdings nicht unterlassen, Ihnen und Ihrer Gattin zu gratulieren. Meine Hochachtung!«

Der Conte lachte. »Sie scheinen wenigstens ein guter Verlierer zu sein.«

»Bleibt mir etwas anderes übrig?« Veit Küster streifte die Asche von seiner Zigarette. »Ich bewundere tatsächlich den Mut, den Ihre Gattin und Sie aufbringen.«

»Sie meinen, weil wir uns vor Ihnen dekuvrieren?« Conte Valdeloni schüttelte den Kopf. »Dazu gehört kein Mut, da wir keine Angst vor Ihnen zu haben brauchen. Niemand kann uns einer Konspiration überführen. Sie jedoch, Signore Küster, könnte ich gefährlich bloßstellen.«

»Womit?«

»Sagt Ihnen das Stichwort ›Allan W. Dulles‹ etwas?«

Dem Standartenführer war es unmöglich, seine Betroffenheit zu verbergen.

»Sie dürfen unbesorgt sein. Ich rede nicht. Ich weiß ja, warum Sie umgeschaltet haben. Führerbefehl: Als verloren zu betrachtendes Terrain ist in verbrannte Erde umzuwandeln! Soldaten, die sich über den Po zurückziehen, sind zu erschießen! Und es gibt noch einen weiteren Grund für Sie. Sowohl Goebbels als auch Himmler gaben Ihnen den Auftrag, für sie in der Schweiz geheime Bankkonten anzulegen. Mir brauchen Sie nichts zu erzählen. Ich bin im Bilde.«

»Das merke ich.«

»Ich kenne mich sogar in Ihrem Schreibtisch aus.«

Veit Küster lachte gequält. »Das dürfte übertrieben sein.« Conte Valdeloni lehnte sich zurück. »Machen wir die Probe aufs Exempel: Besitzen Sie Unterlagen, die gegen die Contessa sprechen?«

»Ich denke schon. Sonst würde ...«

»Sie täuschen sich«, fiel der Italiener ein. »Sie *besaßen* die erwähnten Unterlagen! Ich habe mir erlaubt, sie zu verbrennen. Einschließlich der unterzeichneten Verpflichtungserklärung! Es störte mich, daß sich solche Dinge in Ihrem Besitz befanden.«

»Sie haben ...?«

»Jawohl, ich habe sie an mich gebracht.«

»Und das wagen Sie mir ins Gesicht zu sagen?«

»Warum nicht? In gewissem Sinne sind wir Verbündete. Sie kaufen den Partisanen Kleidungsstücke ab, und seit kurzem laufen unsere Fäden auch im Quartier des Sonderbeauftragten Roosevelts zusammen.«

Der Standartenführer drückte seine Zigarette aus und erhob sich. »Weshalb wünschen Sie mich zu sprechen?«

»Ich erwarte von Ihnen, daß Sie Zsaga de Bor einsperren. Und zwar so, daß sie garantiert bis zum Kriegsende festsitzt! Danach haben Sie in Italien ja nichts mehr zu sagen.«

»Und mit welcher Begründung soll ich die Baronessa festsetzen?«

»Ich habe Bardo Tollani angerufen und mich eingehend mit ihm unterhalten. Ergebnis: Ad eins, Zsaga de Bor erklärte dem Partisanenführer, der Barone sei ein verkappter SS-Führer, der es sich zur Aufgabe gemacht habe, den Widerstandskämpfern die Hölle heiß zu machen. Ad zwei, in Zsaga de Bors Auftrag wurde der Barone nach seiner Rückkehr aus Madrid in Mailand beschattet. Ad drei, der Beschatter meldete dem Staatsanwalt, in welchem Hotel der Barone sich einquartiert hatte. Ad vier, Zsaga de Bor machte Bardo Tollani weis, Staatsanwaltschaft und SS arbeiteten im Fall des Barone Hand in Hand. Dies führte dazu, daß es vor dem Gefängnistor zu einem unliebsamen Zusammenstoß kam. Nun wissen Sie Bescheid, und ich brauche Ihnen wohl nicht mehr zu sagen, weshalb Sie Zsaga de Bor hinter Gitter bringen sollen.«

Veit Küster stand wie ein begossener Pudel da. »Mir scheint, es wird Zeit, daß ich meinen Beruf aufgebe.«

»Das sollten Sie sich noch überlegen«, widersprach Conte Valdeloni. »Die Verbindung, die Sie zu Allan W. Dulles angeknüpft haben, ist doch recht vielversprechend. Versagt haben Sie nur in allem, was mit Zsaga de Bor zu tun hat. Da waren Sie blind, wie selten jemand. Aber Sie werden schon wissen, warum.«

»Nachträglich kann ich nur sagen: Leider!«

»Werden Sie die Konsequenzen ziehen?«

»Selbstverständlich.«

»Dann bitte ich darum, mich jetzt zu verlassen.« Ohne den Standartenführer noch eines Blickes zu würdigen, trat Conte Valdeloni an das Fenster und schaute nach draußen.

11

Eine schlimmere Abfuhr hätte Veit Küster nicht erfahren können. Er war außer sich. Über die Baronessa, über sich selbst und über die Behandlung, die er sich hatte gefallen lassen müssen.

Wohin war er gekommen? Zsaga de Bor schien ihn wirklich um den Verstand gebracht zu haben. Wie sollte er jetzt vorgehen?

In seiner Not rief er Curd Dessau an. Nachdem er mit ihm ein längeres Telefongespräch geführt und erfahren hatte, welche Sicherungsmaßnahmen für de Bor ergriffen werden sollten, wanderte er eine halbe Nacht ruhelos durch seine Räume.

Im ersten Augenblick hatte er vorgehabt, die Baronessa anzurufen und zu bitten, zu ihm zu kommen. Doch dann sagte er sich: Sie wird vom Mißlingen des Anschlages gehört haben und würde mißtrauisch werden, wenn ich sie noch heute sprechen will. Ich muß warten, bis sie sich meldet.

Die Nacht wurde zur Qual. Er fieberte ihrem Anruf entgegen. Seine Geduld wurde auf eine harte Probe gestellt. Erst am nächsten Mittag rief sie ihn an.

»Gibt es etwas Besonderes?« erkundigte sie sich.

Er zwang sich ruhig zu antworten: »Außer dem täglichen Kleinkram nichts. Aber wie geht es deinem Mann? Ich hörte, daß er von einem Auto angefahren sein soll.«

»Antonio?« schrie sie auf. »Davon weiß ich ja nichts.«

»Hat man dich nicht verständigt?«

»Kein Mensch hat mich informiert. Wo ist er?«

»Das hab' ich noch nicht herausgefunden. In spätestens einer Stunde werde ich es aber wissen. Ich lass' gerade in allen Krankenhäusern und Sanatorien nachfragen.«

»Er ist verletzt?«

»Angeblich soll ihm ein Bein gebrochen sein. Ich hätte dich angerufen, sobald ich klarsehe.«

»Mein Gott, wie schrecklich!«
»Bist du in Mailand?«
»Nein, in Moltrasio. Aber ich komme sofort zu dir.«
»Wie du willst.«
»In spätestens fünf Minuten fahr' ich los.«
»Komm ins Amt. Bis du hier bist, weiß ich, wo er sich aufhält.«
Endlich, dachte er, als das Gespräch beendet war. Am liebsten hätte er seine Wut an ihr abreagiert. Doch er mußte umsichtig vorgehen. Nachdenklich bereitete er sich auf das Treffen mit Zsaga de Bor vor.
Als sie bei ihm erschien, rief sie theatralisch: »Ich bin völlig aufgelöst!«
»Das verstehe ich«, erwiderte er und erhob sich. »Komm, leg ab.«
»Es ist doch unglaublich, mir nicht Bescheid zu sagen.«
Er half ihr aus dem Mantel, hängte ihn an einen Haken und nahm ihre Handtasche an sich, die sie auf seinen Schreibtisch gelegt hatte.
»Was soll das?« fragte sie irritiert.
Veit Küster hob die Tasche und ließ sie an ihrem Bügel baumeln.
»Gib sie mir zurück.«
»Warum? Ich finde sie hübsch. Sie ist nur ein bißchen schwer.«
Ihre Augen verengten sich.
Er öffnete die Handtasche und entnahm ihr einen Lippenstift. »Den brauchst du nicht mehr. Und dieses Schießeisen«, er zog eine kleine Pistole heraus, »ebenfalls nicht.«
»Bist du verrückt geworden?«
»Sehe ich so aus?« Er reichte ihr die Tasche zurück. »Es war nur ein kleiner Scherz.«
»Dann gib mir einen Cognac.«
»Eine gute Idee«, sagte der Standartenführer, öffnete das Seitenfach seines Schreibtisches, legte die Waffe hinein und förderte eine Flasche und ein Glas zu Tage. »Ein Cognac ist in schweren Augenblicken ein wahres Labsal.« Er schenkte ein, hob das Glas und trank.
Zsaga de Bor wurde blaß.

Veit Küster zündete sich eine Zigarette an. »Ich warte darauf, daß du dich über mich empörst.«

Ihre Augen verfärbten sich. Sie glich einer auf der Lauer liegenden Katze.

Er blies ihr den Qualm ins Gesicht. »Schnupper nur! Zigaretten und Cognac wirst du so bald nicht mehr bekommen.«

Ihr Herz klopfte schneller. »Darf ich fragen ...?«

»Selbstverständlich!« unterbrach er sie. »Du bist verhaftet!«

»Ich ...?«

»Ja, wegen Diebstahls!«

Sie starrte ihn ungläubig an.

Er nahm ein Foto, das verdeckt auf seinem Schreibtisch lag. »Hier ist der Beweis! Du kniest vor meiner Truhe und klaust – man sollte es nicht für möglich halten – Pfundnoten, die in Deutschland gedruckt wurden und die nach dem Krieg übrigens absolut wertlos sind.«

Wie betroffen die Baronessa auch war, seine Worte gaben ihr neue Hoffnung. Wenn er nichts anderes gegen sie vorbringen konnte ... »Deshalb willst du mich einsperren lassen?«

Der Standartenführer lachte. »Hältst du mich für blöd?«

Sie trat die Flucht nach vorne an. »Habe ich das je getan?«

»Was weiß ich?« entgegnete er und hob seine Stimme: »Täusche dich aber nicht! Ich bezichtige dich nur einer Lappalie unter deinen Sünden, damit du bei Kriegsende nicht die Möglichkeit hast, dich als ›Widerstandskämpferin‹ auszugeben. Als gemeine Diebin sollst du dastehen!«

Seine Worte erschreckten sie. Dann aber sagte sie sich: Meine erste Befürchtung trifft nicht zu. Den Grund von Claudios Verhaftung scheint er nicht zu kennen. Wenn der Krieg zu Ende ist, werde ich erklären, die Pfundnoten den Partisanen übergeben zu haben. Bardo Tollani wird mir schon helfen und bezeugen ...

Veit Küster unterbrach ihre Gedanken; es war, als hätte er in sie hineinschauen können. »Gib dich keinen Illusionen hin! Du hast dir viele Feinde geschaffen. Bardo Tollani, zum Beispiel. Er hat inzwischen erfahren, daß Barone de Bor dein Mann ist. Kein Geringerer als Conte Valdeloni hat ihm die Augen geöffnet!«

Ihre Verwirrung war vollständig.

»Der Conte wurde zu deinem Gegner Numero eins! Er ist der künftige Eigentümer des gesamten Vermögens deines Mannes, das rechtmäßig übertragen wird. Keinen Centesimo sollst du besitzen, wenn du aus der Zelle herauskommst. Als vorbestrafte Diebin wirst du durchs Leben laufen müssen. Einen Barone de Bor gibt es dann nicht mehr«, log er hinzu. »Er liegt im Sterben. Aber noch bevor er sein Leben aushaucht, unterzeichnet Curd Dessau, der eine Generalvollmacht erhalten hat, einen Vertrag, demzufolge Conte Valdeloni der rechtmäßige Eigentümer des gesamten derzeitigen Hab und Gutes deines Mannes wird. Wie gefällt dir das?«

Ihre Lippen klafften auseinander. »Du Schwein!« keuchte sie.

»An deiner Seite bin ich wohl wirklich im Morast gelandet«, erwiderte er gelassen. »Ich wurde aber nicht dreckig genug ...«

Den Satz konnte Veit Küster nicht beenden. Zsaga de Bor war aufgesprungen, ergriff die Cognacflasche und schlug sie ihm auf den Kopf.

Er taumelte. Vor seinen Augen tanzten Kreise. Er tastete nach seinem Schreibtisch, um einen unter der Platte befindlichen Alarmknopf zu betätigen.

Die Baronessa kannte die Sicherungseinrichtung und schlug ein zweites Mal zu.

Ihm schwanden die Sinne.

Sie handelte mit einer Schnelligkeit und Umsicht, als hätte sie sich auf diesen Augenblick vorbereitet. Ohne Veit Küster eines Blickes zu würdigen, griff sie in das Seitenfach des Schreibtisches und nahm ihre Pistole heraus. Einen Augenblick zögerte sie, als sie die Waffe in der Hand hielt. Es sah aus, als zwinge sie sich dazu, nicht zu schießen. Dann steckte sie die Pistole in die Handtasche, schlüpfte in ihren Mantel und verließ den Raum.

Als wäre nichts geschehen, schritt sie über den Korridor und stieg die Treppen hinab. Niemand hätte auf den Gedanken kommen können, einen flüchtenden Menschen vor sich zu haben. Ihr Herz aber klopfte beängstigend. Würde Veit Küster besinnungslos bleiben, bis sie die Wache passiert hatte? Wenn ja: Wieviel Zeit würde ihr noch zur Verfügung stehen, um sich in Sicherheit zu bringen?

Sie erreichte den Ausgang. Ein vor dem Wachraum stehender Oberscharführer lächelte sie an.

Ihr war es, als fiele ein Sonnenstrahl auf sie. Ohne sich dessen bewußt zu sein, machte sie einen Scherz.

Der Posten lachte. »Leider hab' ich keine Zeit.«

Sie trat auf die Straße und beschleunigte ihre Schritte. Die letzten Meter bis zu ihrem Wagen lief sie. Im Geiste hörte sie schon die Alarmglocken. Würden ihr noch einige Minuten zur Verfügung stehen?

Sie riß die Wagentür auf. Ihre Hand zitterte, als sie den Zündschlüssel in das Schloß steckte und den Anlasser betätigte. Der Motor sprang an. Sein Klang gab ihr neue Kraft. Sie gab Vollgas. Die Reifen quietschten. Sie jagte die Via Brera entlang und bog in die nächste Seitenstraße ein.

Das Schlimmste war geschafft. Aber wohin jetzt?

Sie überholte ein Taxi und wußte plötzlich, was sie tun mußte. Ihren Wagen durfte sie nicht lange benutzen. Doch wo konnte sie unauffällig umsteigen? Ein Gedanke durchzuckte sie. In ihrer Stadtwohnung würde sie niemand vermuten. Ebenfalls nicht am Bahnhof. Bestimmt würde Veit Küster sich sagen: Das sind Plätze, die sie wie die Pest meiden wird, weil sie weiß, daß sie da sofort geschnappt werden würde. Dort werden wir uns später umsehen. Zunächst sind alle Ausfallstraßen abzusperren. Erst dann beginnt das Kesseltreiben.

Ihr Entschluß stand fest. Sie fuhr zu ihrer Mailänder Wohnung und ließ den Wagen bedenkenlos vor dem Haus stehen. Sie hielt sich allerdings nur so lange in ihren Räumen auf, wie sie benötigte, um eine Schmuckschatulle und alles Geld an sich zu nehmen, das in einem Wandsafe lag. Dann band sie sich ein Kopftuch um, das ihre roten Haare verbarg, kehrte zu ihrem Wagen zurück und fuhr zum Bahnhof, wo sie unmittelbar vor dem Haupteingang ausstieg und in die weitläufige Halle eilte, als befürchte sie, jemanden nicht mehr anzutreffen. In Wirklichkeit strebte sie dem Portal entgegen, vor dem die Taxis standen. Und hier wurde sie tollkühn. »Zur Piazza della Scala!« rief sie und warf sich in den zuvorderst stehenden Wagen.

Der Fahrer drehte den Hebel des Taxameters nach unten und fuhr an.

Zsaga de Bor schloß für einen Moment die Augen. War es nicht zu riskant, sich zur Piazza della Scala fahren zu lassen? Hundert Meter davon entfernt saß Veit Küster in seinem Büro und setzte wahrscheinlich gerade alle Hebel in Bewegung, um sie zu fangen. Frechheit siegt, sagte sie sich. Unmittelbar vor seiner Nase wird er mich nicht vermuten und nicht suchen lassen.

Eine merkwürdige Sicherheit kam über sie. Wenn der Fahrer nicht gerade vor der Scala anhielt, brauchte sie die Straße nicht zu überqueren. Sie zog einen 500-Lire-Schein aus ihrer Handtasche, legte ihn auf den vorderen Sitz und sagte: »Halten Sie an der Galeria.«

»Va bene.«

Minuten später ging sie durch die glasüberdachte Geschäftspassage, in der Hunderte von Menschen promenierten. Sie beschleunigte ihre Schritte, verließ die Galeria auf der Südseite, überquerte die Piazza del Duomo und trat in die Kathedrale ein.

Wohltuende Kühle schlug ihr entgegen. Das gedämpfte Licht hatte etwas Beruhigendes. Sie durchquerte das Mittelschiff und verließ den Dom durch den hinteren Nebenausgang. Dort befand sie sich fast schon in der Straße, die zum Feinschmekkerlokal Bella Napoli führte. Kurz vor dem Restaurant bog sie in eine Seitengasse ein und stieg aufatmend die Treppe zu der Kellerbar hinab, in der sie oftmals mit Veit Küster gesessen hatte.

Die Baronessa war am Ziel ihrer Wünsche. Der Inhaber der Bar und der Türsteher sollten in dem verwegenen Plan, den sie blitzschnell gefaßt hatte, eine entscheidende Rolle spielen.

Der goldstrotzende Portier zog seine Mütze und griff nach der kupferbeschlagenen Tür. »Welche Ehre, Sie um diese Zeit ...«

Zsaga de Bor unterbrach ihn mit einer herrischen Geste. »Ist jemand vom Amt in der Bar?«

»Nein!« antwortete er verwundert.

»Dann kommen Sie mit! Ich muß Sie und Signore Caproni sprechen.«

»Sehr wohl, Baronessa!« Ricardo Domati öffnete die Tür und dachte: So war sie noch nie. Bestimmt gibt es Ärger.

»Sind viele Besucher da?«

»Nur einige Passanten. Keine Stammgäste.«

»Gehen Sie voraus! Und machen Sie kein Aufhebens. Führen Sie mich direkt ins Privatkontor.«

Ich hab's geahnt, ging es dem Portier durch den Kopf. Dicke Luft! Hätte ich mich doch nie darauf eingelassen, Informationen zu geben.

Es sollte schlimmer kommen, als er vermutete. Kaum hatten sie das Büro betreten, sagte Zsaga de Bor mit gefährlich klingender Stimme: »Signore Caproni! Ist Ihnen bekannt, daß die Partisanen, also die echtesten und tapfersten Söhne unseres Landes, Ihr Lokal als die Hochburg der SS-Führung bezeichnen? Und daß diese Hochburg in die Luft gejagt werden soll?«

Der Italiener wurde blaß. »Meine Bar ...? Ich verstehe Sie nicht, Baronessa.«

Sie wies auf den Türsteher. »Bedanken Sie sich bei dem da!«

Das Gesicht des Portiers wirkte plötzlich eingefallen. Auf seiner Stirn bildeten sich Schweißtropfen.

»Was hast du getan?« rief der Inhaber der Bar und ging auf Ricardo Domati los.

Zsaga de Bor erkannte, daß Caproni handgreiflich werden wollte. »Keine Unbesonnenheit!« rief sie. »Es geht nicht nur um Ihr Lokal, sondern um unser aller Leben!«

Der Inhaber zwang sich, die Ruhe zu bewahren. »Was hat Ricardo getan?«

»Das Schlimmste, was er tun konnte. Er hat Partisanen verpfiffen! Dadurch schweben Sie, und leider auch ich, in höchster Gefahr! Ihr sauberer Ricardo Domati ist Agent der SS! Er arbeitet für Standartenführer Küster, für den Chef des deutschen Sicherheitsdienstes!«

Alfonso Caproni starrte sie ungläubig an. »Signore Küster ist Standartenführer ...?«

Die Baronessa wandte sich herausfordernd an den Türsteher. »Wenn etwas von dem, was ich sagte, nicht stimmen sollte, dürfen Sie mich ruhig korrigieren.«

Ricardo Domati senkte den Kopf.

Auch der Inhaber der Bar schien die Sprache verloren zu haben.

Zsaga de Bor nutzte dies aus. »Sie sind in eine furchtbare Lage geraten«, behauptete sie kaltschnäuzig. »Sie ahnen ja nicht, wie viele Ihrer Gäste SS-Führer beziehungsweise Geheimagenten sind. Ihr Lokal wurde zur wichtigsten Umschlagstelle für alle, die für den deutschen Sicherheitsdienst arbeiten. Und der da«, sie wies auf den Portier, »ist der Weichensteller. Die Partisanen haben herausbekommen, was hier gespielt wird, und wollen Vergeltung üben.«

Alfonso Caproni raufte sich die Haare. »Zehn Jahre hab' ich geschuftet, um diese Bar erwerben zu können. Und dann kommt so'n Schwein ...« Er rang nach Luft. »Was soll ich machen?«

»Zunächst einmal nicht so schreien«, antwortete die Baronessa mit stoischer Ruhe.

»Sie haben gut reden.«

»Ich?« Es schien ihr an der Zeit zu sein, eine rührselige Geschichte aufzutischen. »Glauben Sie etwa, ich säße nicht in der Tinte? Ich will Ihnen mal was sagen, Signore Caproni! Im Auftrage der Partisanen wurde ich SS-Agentin und Vertraute des Herrn Küster. Alles, aber auch alles habe ich meinem Auftraggeber gemeldet. Nur dieses Lokal hab' ich verschwiegen. Ich weiß selber nicht, warum. Wahrscheinlich, weil es mir so gut gefiel und ... weil ich mich hier in den Standartenführer verliebt habe. Es ist schrecklich, ich weiß, aber so ist das Leben.«

Der Portier schien etwas sagen zu wollen, doch sein Chef kam ihm zuvor. »Wissen das die Partisanen?«

»Ja! Und sie scheinen zu glauben, daß ich auf zwei Schultern getragen habe. Aber das stimmt nicht. Ich hätte es schnell beweisen können, doch noch bevor ich eine Möglichkeit fand, hatte man den Spieß umgedreht und mich beim Sicherheitsdienst angeschwärzt, der nun hinter mir her ist.«

»Was geht mich das an?« ereiferte sich Alfonso Caproni. »Ich will wissen, wie ich aus der Patsche herauskomme, in die mich dieser verdammte Domati gebracht hat. Ich hab' von dem Ganzen doch nichts gewußt. Das kann ich beschwören!«

»Danach fragen die Widerstandskämpfer nicht. Die handeln einfach. Ihr Laden wird auseinandergenommen werden.«

Der Inhaber der Bar wollte sich auf den Portier stürzen.

Zsaga de Bor war schneller und verstellte ihm den Weg. »Ich bin noch nicht fertig! Oder glauben Sie, ich sei grundlos zu Ihnen gekommen? Ich habe eine Idee, die uns alle retten kann.«

Die Männer sahen sie erwartungsvoll an.

»Mein Plan basiert darauf, daß die Angelegenheit schnell geklärt wäre, wenn ich mit den Untergrundkämpfern sprechen könnte. Denn ich kann beweisen, daß man mir Unrecht tut. Und dann wäre es auch ein leichtes für mich, klarzustellen, daß Sie mit der Sache nichts zu tun haben.«

Alfonso Caproni hob flehend die Hände. »Baronessa, sprechen Sie mit den Partisanen!«

»Das ist leichter gesagt als getan. Mein Auftraggeber sitzt nicht in Mailand. Und ich kann die Stadt nicht verlassen, weil die SS hinter mir her ist.«

Der Inhaber der Bar stöhnte.

Ricardo Domati wischte sich den Schweiß von der Stirn. Die Baronessa wandte sich an ihn. »Sie sind verheiratet, nicht wahr?«

»Ja.«

»Haben Sie Kinder?«

»Eine Tochter.«

»Sie sind sich hoffentlich darüber im klaren, daß Sie einiges gutzumachen haben.«

Der Portier schluckte. Sein Adamsapfel wippte. »Gewiß.«

Zsaga de Bor blickte zum Inhaber der Bar hinüber. »Sie gehen sofort in seine Wohnung und holen Frau und Tochter. Sobald die hier sind, schicken wir ihn zum Como-See, um einen guten Kameraden von mir zu holen, der für alles weitere sorgen wird. Auf Ricardo Domati werden wir uns verlassen können, wenn er weiß«, sie entnahm ihrer Handtasche die Pistole, »daß seine Frau und Tochter dran glauben müssen, falls er sich Dummheiten erlaubt. Erledigt er den Auftrag zur Zufriedenheit, dann sind wir unsere Sorgen los und wollen ihm verzeihen. Einverstanden?«

Alfonso Caproni ergriff ihre Hand.

Der Türsteher stammelte: »Baronessa! Meine Frau und Tochter brauchen Sie gar nicht erst holen zu lassen. Ich erledige den Auftrag auch so. Bestimmt, Sie können sich auf mich verlassen.«

Das weiß ich, dachte sie zufrieden. Sollte sie ihn vorsorglich noch etwas zappeln lassen? Wozu? Das Herz war ihm ohnehin in die Hose gerutscht. »Gut«, sagte sie, »ich nehme Sie beim Wort. Aber das Leben Ihrer Angehörigen ist verwirkt, wenn Sie Ihre Zusage nicht halten.«

Zsaga de Bor hatte lediglich gewußt, daß der Portier ein kleiner Zuträger war, ein völlig belangloser Spitzel, der Veit Küster über dieses und jenes informierte. Meistens nur über das Verhalten eigener Kameraden, die in der Bar verkehrten. Was aber hatte sie aus diesem Wissen gemacht! Der Wirt zitterte um seine Existenz, und sie konnte sich, solange sie wollte, in seinem hinter der Bar gelegenen Büro aufhalten. Damit war sie dem Zugriff der SS fürs erste entronnen. Und Ricardo Domati würde ihr den Mann holen, den sie dringend benötigte. Es war der junge Widerstandskämpfer aus Làglio, den Bardo Tollani ihr vor kurzem geschickt hatte. An den Partisanenführer selbst konnte sie sich nicht mehr wenden. Ein Glück, daß Veit Küster ihr noch alles erzählt hatte.

Wie ihr der junge Mann weiterhelfen sollte, wußte sie allerdings noch nicht. Das mußte sich ergeben. Die Richtung aber, die sie einzuschlagen gedachte, ließ ihr Auftrag an den Türsteher erkennen. Sie übergab ihm zwanzigtausend Lire und sagte: »Dieses Geld übergeben Sie dem Mann, dessen Namen und Anschrift auf diesem Zettel notiert sind. Sagen Sie ihm, die Dame, mit der er kürzlich nach Mailand gefahren ist, um einen älteren Herrn zu überwachen, bitte darum, sofort zu ihr zu kommen. Meinen Aufenthaltsort geben Sie aber nicht bekannt! Erklären Sie ihm, daß Sie ihn zu mir führen sollen und daß er viel Geld verdienen könne. Die Zwanzigtausend seien lediglich eine kleine Anzahlung.«

Zsaga de Bor war recht zuversichtlich, als Ricardo Domati sich auf den Weg gemacht hatte. Eine gewisse Unruhe blieb freilich in ihr. Es bestand durchaus die Möglichkeit, daß der verängstigte Portier Veit Küster in die Arme lief. Bestimmt war inzwischen eine Zugkontrolle angeordnet worden, da ihr am Bahnhof stehender Wagen glauben machen mußte und sollte, sie meide die Chaussee und benutze öffentliche Verkehrsmittel.

Niemals hätte Zsaga de Bor es für möglich gehalten, daß ihr Lancia von dem inzwischen eingesetzten Streifendienst nicht entdeckt werden würde. Stundenlang stand er vor dem Hauptportal des Central-Bahnhofs. Die Taxifahrer ärgerten sich darüber, weil er sie bei der Anfahrt behinderte. Erst als ein Chauffeur das zuständige Wachlokal anrief und sich beschwerte, kam die Polizeimaschinerie in Gang, und es wurde ermittelt, daß es sich um den Wagen der gesuchten Baronessa handelte.

So kam es, daß Veit Küster, der schon wenige Minuten nach Zsaga de Bors Fortgang die Besinnung wiedererlangt und Alarm geschlagen hatte, erst nach fast vier Stunden erfuhr, daß sich der Wagen am Bahnhof befand.

»So ein Aas!« entfuhr es dem Standartenführer, als ein Untergebener ihm die Nachricht brachte. »Ich wette tausend gegen eins, daß sie angenommen hat, ihr auffälliger Lancia würde sofort entdeckt werden. Was ja eigentlich auch der Fall hätte sein müssen«, fügte er vorwurfsvoll hinzu. »Der Wagen wurde abgestellt, um mich auf eine falsche Fährte zu bringen. Ich soll annehmen, sie benützt die Bahn.«

»Und in Wirklichkeit ist sie mit einem anderen Wagen, vielleicht mit einem Taxi, aus Mailand herausgefahren.«

Veit Küster schüttelte den Kopf. »Das steht noch nicht fest.« Er strich sich über die Stirn, die eine Platzwunde aufwies. Ihm brummte der Schädel. »Meines Erachtens gibt es zwei Möglichkeiten. Entweder sie ist tatsächlich – eventuell nur ein kurzes Stück – mit der Bahn gefahren, weil sie sich sagt, daß ich auf den Trick mit dem Wagen nicht hereinfallen werde, oder sie hat die Stadt überhaupt nicht verlassen. Und letzteres glaube ich. Irgendwo hier in Mailand wird sie untergeschlüpft sein.«

»Dann werden wir sie so schnell nicht finden.«

Der Standartenführer nickte. »Lassen Sie die angelaufene Aktion morgen früh um sechs Uhr abblasen. Unsere Männer sind nicht dazu da, eine Stecknadel in der Wüste zu suchen.«

»Und was soll unternommen werden?«

»Vorerst nichts. Wir müssen auf der Lauer liegen und darauf warten, daß ihr ein Fehler unterläuft. Den macht sie garantiert, wenn sie spürt, daß draußen Ruhe herrscht.«

Eine halbe Stunde später fuhr Veit Küster zum Hotel Principe e Savoia und ließ sich beim Conte Valdeloni melden, nachdem er festgestellt hatte, daß dieser sich nicht in der Hotelbar aufhielt. Der Italiener lehnte es jedoch ab, ihn zu empfangen.

Dem Standartenführer stieg das Blut in den Kopf, als der Portier ihm dies meldete. Er hatte sich aber gleich wieder gefangen und bat darum, telefonisch mit dem Zimmer des Conte verbunden zu werden.

Das Gespräch kam zustande, doch Valdeloni erklärte unmißverständlich: »Sie täuschen sich, Signore Küster, wenn Sie glauben, daß ich das Bedürfnis verspüre, mich nochmals mit Ihnen zu unterhalten.«

»Und ich würde nicht die Taktlosigkeit besitzen, Sie aufzusuchen, wenn es nicht im Interesse des Barone erforderlich wäre, Sie zu konsultieren«, entgegnete der Standartenführer. »Zsaga de Bor ist auf freiem Fuß! Ihr Mann ist in Gefahr!«

»Ich komme ins Foyer«, sagte der Conte.

Als er erschien, stutzte er über die Wunde an Veit Küsters Stirn. »Ein Andenken an Ihre frühere Mitarbeiterin?«

»Man kann es so nennen«, erwiderte der Standartenführer steif.

»Die Baronessa scheint in einer guten Schule gewesen zu sein. Ist sie Ihnen persönlich entwischt?«

Veit Küster überging die Frage.

»Und nun erwarten Sie von mir, daß ich helfe?«

»Ich wäre Ihnen dankbar.«

»Daraus wird nichts«, erklärte der Conte hart. »Wenn ein Schüler seinem Lehrer über den Kopf wächst, muß dieser damit fertig werden. Fangen Sie Ihre Agentin gefälligst selber wieder ein. Mich interessiert nur die Sicherheit des Barone. Was gedenken Sie für ihn zu tun?«

»Darüber habe ich noch nicht nachgedacht.«

»Aber ich!« stellte Conte Valdeloni mit Nachdruck fest. »Der Weg von meinem Zimmer zu Ihnen war lang genug, um verschiedene Überlegungen anzustellen. Barone de Bor muß schnellstens verschwinden. Ich werde mich noch heute mit Signore Dessau in Verbindung setzen und ihn bitten, den alten Herrn mit nach Deutschland zu nehmen. Denn nun droht zweifache Gefahr! Die eine von Zsaga de Bor, die etwas gegen ihren Mann unternehmen könnte. Die andere von der Staatsanwaltschaft.«

»Das verstehe ich nicht.«

»Ja, glauben Sie, daß die Baronessa unter den gegebenen

Umständen im anstehenden Prozeß erscheinen wird? Was meinen Sie, wie die Richter reagieren werden, wenn es heißt, daß die Frau des Angeklagten nicht mehr aufzufinden ist?«

»Das würde allerdings fatale Rückschlüsse zur Folge haben.«

»Also muß der Barone verschwinden, wenn er nicht größten Belastungen ausgesetzt werden soll. Der Prozeß könnte ihm den Rest geben. Die gestellte Kaution müssen wir in den Schornstein schreiben, die Ehre werden wir zu gegebener Zeit wiederherstellen.«

Veit Küster bewunderte die Entschlossenheit des Conte.

Der sah ihn spöttisch an. »Es war ein ziemlich einseitiges Gespräch. Ich bin Ihnen aber dankbar dafür, daß Sie mich informiert haben. Mich würde nur noch interessieren, wann Zsaga de Bor Ihnen durch die Lappen gegangen ist.«

»Vor gut fünf Stunden. Sie weiß übrigens alles.«

Der Italiener horchte auf. »Was wollen Sie damit sagen?«

»Ich habe sie über die vorgesehene Transaktion des Vermögens de Bors in Kenntnis gesetzt. Sie wird sich somit keinen Illusionen mehr hingeben. Und daß Bardo Tollani ins rechte Bild gesetzt wurde, habe ich ihr ebenfalls gesteckt.«

Conte Valdeloni war außer sich. »Und wie wollen Sie Zsaga de Bor hinter Gitter bringen, nachdem Sie sie so prächtig gewarnt haben?«

Veit Küster biß sich auf die Lippen.

Der Conte schüttelte den Kopf. »Wenn Sie nicht im anderen Lager stünden, würden Sie mir jetzt leid tun.« Er deutete eine Verneigung an. »Guten Abend, Signore.«

Nach den aufregenden Ereignissen des Tages konnte Zsaga de Bor im Privatbüro der Kellerbar, in dem ihr eine bequeme Couch zur Verfügung stand, keinen Schlaf finden. Sorgen aber machte sie sich nicht. Der Türsteher war ein Feigling und würde sich hüten, sie zu verpfeifen. Etwas ganz anders quälte sie: das Wissen, nicht mehr an das Vermögen ihres Mannes herankommen zu können. Bedingt durch die Flucht, war ihr dies zunächst nicht recht bewußt geworden. Erst als sie Gelegenheit fand, alles in Ruhe zu überdenken, wurde ihr klar, daß sie nichts anderes mehr besitzen würde als das, was sie bei sich trug. Gewiß, mit den

Brillanten, die sie noch aus ihrer Wohnung geholt hatte, ließ sich schon einiges anfangen. Das große Leben aber, das sie geführt hatte und in noch größerem Rahmen hatte führen wollen, war in weite Ferne gerückt. Doch sie ließ den Kopf nicht hängen. Irgendwie würde sie wieder auf die Beine fallen. Das wichtigste war jetzt, sich in Sicherheit zu bringen. Und dann würde sie Abrechnung halten: mit Veit Küster, Curd Dessau und diesem unverschämten Conte Valdeloni, der sich das Vermögen ihres Mannes unter den Nagel gerissen hatte.

An alle dachte sie in dieser schlaflosen Nacht. Nur nicht an Barone de Bor. Sein Tod hatte ihre Rachegelüste zunichte gemacht. Keine Sekunde kam ihr der Gedanke, daß Veit Küsters Behauptung, der Barone liege im Sterben, eine Lüge sein könnte, mit der er sie hatte verwirren wollen. Für sie war ihr Mann ebenso tot wie sein Sohn Claudio. Erledigt. Aus.

Am nächsten Vormittag vertrieb sie ihre Zeit damit, den Inhaber der Bar atemlos zu machen. Hatte sie eben noch einen Cognac verlangt, wünschte sie in der nächsten Minute Zigaretten. Dann wieder einen Campari-Soda, einen Espresso, ein Magazin oder was ihr sonst gerade in den Sinn kam. Gegen Mittag schrie sie dann plötzlich: »Wenn Ihr verdammter Portier Dummheiten machen sollte, schieß' ich Sie über den Haufen!«

Alfonso Caproni war der Verzweiflung nahe. Nie zuvor hatte er so aufregende Stunden erlebt wie seit dem Augenblick, da die Baronessa bei ihm Unterschlupf gesucht hatte. Wenn er nicht der festen Überzeugung gewesen wäre, daß die Partisanen ihn für einen mit der SS verbündeten Verräter hielten, würde er sich hilfesuchend an die Polizei gewandt haben.

Um so größer war seine Erleichterung, als Ricardo Domati gegen Abend mit einem jungen Mann erschien, der trotz seiner dürftigen Kleidung einen vertrauenserweckenden Eindruck machte. Er wollte den beiden entgegengehen, doch ein unmißverständlicher Blick des Widerstandskämpfers, der auf das Büro zuging, als kenne er die Bar seit Jahren, hielt ihn zurück.

Der Portier strahlte seinen Arbeitgeber an, als habe er eine grandiose Leistung vollbracht. »Der Auftrag ist erfüllt«, sagte er händereibend. »Jetzt wird alles gut.«

»Wir rechnen noch miteinander ab«, fuhr ihn Alfonso Caproni an. »Zieh die Uniform an und mach, daß du vor die Tür kommst!«

Ricardo Domati schlich davon.

Indessen begrüßte die Baronessa den jungen Mann aus Làglio mit übertriebener Wärme und steuerte geradenwegs auf ihr Ziel los. »Ich bin in eine schwierige Lage geraten«, sagte sie und bot ihm eine Zigarette an. »Die SS ist hinter mir her! Ich muß schnellstens die Stadt verlassen!«

Der Partisan grinste. »Es wird uns ein Vergnügen sein, Sie herauszuholen. Am besten rufe ich gleich mal Bardo Tollani an.«

»Nicht so schnell, Carlo!« Zsaga de Bor nahm ihn bei der Hand und setzte sich mit ihm auf die Couch. »Vorher hab' ich Ihnen etwas zu sagen, das jedoch unter uns bleiben muß. Zumindest zunächst«, schränkte sie ein. »Kann ich mich auf Sie verlassen?«

»Selbstverständlich.«

»Also ...«, sie zog an ihrer Zigarette, »es geht nicht so einfach, wie Sie sich das denken. Bardo Tollani darf von der Sache nichts erfahren. Wir müssen es ohne ihn schaffen.«

Der junge Mann schaute verwundert auf. »Aber warum ...?«

»Weil ich Veranlassung habe, Ihrem Chef nicht mehr zu trauen.«

Carlo lachte aus vollem Halse. »Wer hat Ihnen den Floh ins Ohr gesetzt?«

»Urteilen Sie selbst«, antwortete sie unbeirrt. »Zuvor muß ich Ihnen allerdings sagen, daß ich im Auftrage Tollanis Agentin des deutschen Sicherheitsdienstes wurde.«

»Sie?«

»Ja, ich! Sie werden sich denken können, warum ich diese Aufgabe übernehmen sollte.«

»Klarer Fall.«

»Alles klappte auch tadellos«, log Zsaga de Bor skrupellos weiter. »Bis ich eines Tages große Geschäfte zwischen den Deutschen und uns einleitete. Wir liefern bekanntlich Socken, Schuhe, Unterwäsche und so weiter, und erhalten dafür Geld, das wir zum Einkauf von Lebensmitteln benötigen.«

»Ich weiß Bescheid.«

»Und nun kommt der üble Teil meiner Geschichte. Seit jener Zeit klappt alles andere nicht mehr. Ich kann Bardo Tollani melden, was ich will – es geschieht nichts. Kürzlich avisierte ich den Transport von zwanzig Lastwagen mit Verpflegung für die deutsche Wehrmacht. Was geschah? Die Lastwagen erreichten Varese, ohne von uns überfallen worden zu sein. Und das, obwohl ich schon zwei Tage vorher eine eindeutige Nachricht gegeben hatte.«

»Das gibt's doch nicht!« empörte sich der Partisan.

»Es kommt noch schlimmer«, fuhr die Baronessa fort. »Ich meldete einen Munitionszug. Er fuhr auf die Minute genau über die von mir genannte Strecke, ohne daß auch nur der Versuch gemacht wurde, ihn in die Luft zu jagen. In meiner Wut rief ich Tollani an und drohte ihm, Krach zu schlagen. Mit welchem Erfolg? Zwei Stunden später wußten die Deutschen, daß ich für euch arbeite. Ich wurde verhaftet. Nur einem Glücksumstand ist es zu verdanken, daß ich flüchten und mich hier verstecken konnte.«

Carlo war entsetzt. »Sie meinen, daß Tollani Sie angezeigt hat?«

»Beschwören kann ich es nicht«, fiel sie ihm ins Wort. »Es ist durchaus möglich, daß ich mich täusche. Ich weiß aber nicht mehr, woran ich bin. Auf keinen Fall kann ich mich in dieser Situation an Bardo Tollani wenden. Sehen Sie das ein?«

»Natürlich.« Der junge Mann blickte nachdenklich vor sich hin. »Sind die Leute hier echt?«

Zsaga de Bor schüttelte den Kopf. »Nein. Passieren kann jedoch nichts. Die Gründe dafür kann ich Ihnen jetzt nicht auseinandersetzen. Damit Sie aber Bescheid wissen, auf welchem Boden wir uns hier befinden: in dieser Bar verkehren alle höheren SS-Offiziere.«

»Und da lassen Sie mich holen?«

»Es war notwendig! Ich kann mich hier höchstens noch vierundzwanzig Stunden aufhalten. Und damit komme ich zu meinem Anliegen. Können Sie mir einen Partisanenführer nennen, den Sie für besonders scharf halten? Er sollte natürlich nicht gerade mit Tollani befreundet sein.«

Der Widerstandskämpfer nagte an seinen Lippen. »Ich weiß

nicht so recht … Zippa ist ein großer Draufgänger. Und ich hab' mal gehört, er und Tollani seien über Kreuz. Ob's stimmt …?«

»Wo sitzt dieser Zippa?«

Er grinste. »Nehmen Sie es mir nicht übel, aber das darf ich nicht sagen.«

Die Baronessa schlug sich vor die Stirn. »Wo war ich mit meinen Gedanken? Aber könnten Sie mich zu ihm führen, wenn ich aus Mailand heraus wäre und mich irgendwo mit Ihnen träfe?«

»Sie wollen es alleine riskieren?«

»Mir bleibt nichts anderes übrig. Ich muß innerhalb der nächsten zwei Tage mit einem Partisanenführer sprechen. Wenn mir das gelingt, kann heute in vier Tagen ein Munitionszug von vierzig Waggons in die Luft gesprengt werden.«

Der junge Partisan war begeistert.

Zsaga de Bor log nicht einmal in diesem Augenblick. Sie wußte wirklich, wann und auf welchen Strecken Munitionstransporte durchgeführt wurden. Und sie war bereit, sich ihre Freiheit durch Verrat zu erkaufen.

Es sah so aus, als wollte die Göttin des Glücks, die Veit Küster schon so oft beigestanden hatte, auch an diesem Abend ihr Füllhorn wieder über ihm ausschütten. Denn ausgerechnet zu der Zeit, da die Baronessa mit dem jungen Mann im Büro der Kellerbar saß und ihre Flucht besprach, stieg er die Treppe zu dem Lokal hinunter.

Der Türsteher starrte ihn entgeistert an.

»Was ist mit Ihnen?« fragte der Standartenführer verwundert.

Ricardo Domati war drauf und dran, in die Knie zu sinken und Farbe zu bekennen. Seine Gesichtsmuskeln arbeiteten.

Veit Küster stutzte. »Was glotzen Sie so komisch?«

Der Portier wies auf die Stirnwunde. »Sie sind verletzt?«

»Ach so! Hat Sie das erschreckt?«

»Sì, signore!«

Der Standartenführer klopfte ihm auf die Schulter. »Sie können unbesorgt sein. Gibt's was Besonderes?«

»Nein.«

Veit Küster betrat die Bar und wunderte sich nunmehr über

den Inhaber, der sich zwischen seinen Flaschen plötzlich wie ein Vogel verhielt, der in eine Wohnung eingeflogen ist und den Weg zurück in die Freiheit nicht finden kann. »Hat Sie ‘ne Wespe gestochen?« frotzelte er amüsiert.

Alfonso Caproni lachte gequält. »Mir ist gerade eingefallen ... Entschuldigen Sie mich einen Moment. Ich muß dringend ...« Er verließ den Bartisch und eilte in sein Büro.

Die Baronessa lag instinktiv auf der Lauer, als der Wirt in den Raum stürzte.

Er legte den Finger auf die Lippen. »Signore Küster ist gekommen!«

»Und da erscheinen Sie hier?«

»Wer ist Signore Küster?« fragte der junge Mann.

»Der Standartenführer!«

Alfonso Caproni rang nach Luft. »Er sitzt am Bartisch! Ausgerechnet ...«

»Gehen Sie auf der Stelle zurück!« fuhr ihn Zsaga de Bor an. »Behaupten Sie, soeben festgestellt zu haben, daß Ihnen Geld gestohlen wurde. Das erklärt Ihre Aufregung!«

Blitzartig hatte die Baronessa eine Geschichte erfunden, die das hektische Verhalten des Wirtes verständlich machen konnte.

Es war ihre Rettung. Der Standartenführer überlegte bereits, was Capronis Aufregung zu bedeuten haben mochte. Als der Wirt aber zurückkehrte und ihm anvertraute, ihm seien fünfzigtausend Lire gestohlen worden, war ihm dessen Verwirrtheit verständlich.

Wenige Tage später konnte er es sich nicht verzeihen, daß er auf das Gerede des Italieners hereingefallen war. Wäre er hellhöriger gewesen, würde ihm manches erspart geblieben sein.

Zsaga de Bor hatte nicht gelogen, als sie dem jungen Mann aus Làglio erklärte, daß ein aus vierzig Waggons bestehender Munitionszug in die Luft gesprengt werden könnte, wenn sie in spätestens zwei Tagen in die Lage versetzt werde, mit einem namhaften Partisanenführer zu sprechen. Selbstverständlich ging es ihr nicht darum, die deutsche Truppe zu schädigen. Ihr war es völlig gleichgültig, wer wen umbrachte. Sie wollte nur freikommen und Veit Küster beweisen, daß sie sich nicht irgendwo versteckt hielt, sondern tätig war und gegen ihn arbeitete. Flog der Zug in die Luft, dann wußte er: Das ist ihr Werk!

Darüber hinaus wollte sie die Gunst des Partisanenführers Zippa erringen. Wenn ihr Plan gelang, war es nicht schwer, im Distrikt dieses Anführers zur ›persona grata‹ aufzusteigen. Und dann würde nach Kriegsende nochmals sehr intensiv über das von Conte Valdeloni erworbene Vermögen ihres Mannes gesprochen werden.

Die Baronessa war bereits wieder obenauf. Sie sah neue Möglichkeiten, dem Schicksal in die Speichen zu greifen, schöpfte daraus Kraft und entwickelte ein Fluidum, das jede Gefahr zu bannen schien. Unbekümmert und auf einfache Weise brachte sie ihre Flucht aus Mailand zuwege. Als Bäuerin verkleidet hockte sie sich auf einen Lastwagen, der mit Gemüse beladen in die Stadt gefahren war und am Nachmittag einen Teil der Landbevölkerung, die auf dem Markt gewesen war, wieder mitnahm.

In Gallarate verließ sie das Fahrzeug und ging auf einen kleinen Topolino zu, der vor der Kirche stand.

Am Steuer saß der junge Mann aus Làglio. Er grinste sie an. »Sie sehen ja großartig aus.«

Sie rümpfte die Nase und stieg in den Wagen. »Ich werde den Himmel preisen, wenn ich diese Kleidung von mir reißen kann. Wo sind meine Sachen?«

»Kurz vor Stresa in der Wohnung eines Kameraden. Bis dahin müssen Sie sich gedulden.«

Über Sesto fuhren sie zum Lago Maggiore, dann am See entlang bis hinter Belgirate. Hier hielt der Partisan, der die ganze Strecke erstaunlich langsam gefahren war, neben einem am Straßenrand sitzenden alten Mann.

Der sah ihn kurz an, tippte an seine Baskenmütze und nickte.

Carlo hob die Hand und fuhr weiter.

Zsaga de Bor fragte erstaunt: »Was hat das zu bedeuten?«

Er grinste. »Erst jetzt wissen wir mit Gewißheit, daß Sie allein sind und uns niemand folgt.«

»Sie haben mir mißtraut?«

»Das wäre zuviel gesagt. Zippa kennt Sie nicht und ordnete eine Kontrolle an. Vorsicht ist besser als Nachsicht.«

»Da gebe ich Ihnen recht.«

Wenige Minuten später hielt der Italiener vor einem alleinstehenden Haus. »Gehen Sie hinein. Die Frau meines Kameraden gibt Ihnen Ihre Kleidung.«

Die Baronessa tat einen Seufzer und verschwand in dem Haus. Nicht lange hielt sie sich darin auf. Dann kehrte sie sichtlich erleichtert zurück. »Jetzt sieht die Welt schon wieder anders aus.«

Er schnupperte. »Sie riecht auch anders.«

Zsaga de Bor lachte. »Gott sei Dank!«

Über Pallanza ging es weiter nach Villadóssola. Hier bogen sie in ein finster anmutendes Seitental ein, in dem sich ein ungepflasterter Pfad an einem Wildbach entlangschlängelte. Der kleine Topolino ächzte in allen Fugen.

»Ist es noch weit?« fragte die Baronessa erschöpft.

Der junge Mann schüttelte den Kopf. »Nur noch zwei Kilometer.«

Ihr graute schon jetzt vor der Rückfahrt. Insgeheim hoffte sie, daß Zippa ihr einen besseren Wagen zur Verfügung stellen würde. Sie war schließlich eine Frau und kein verwilderter Partisan. Ohne sich etwas dabei zu denken, griff sie nach ihrer Puderdose und versuchte sich zurechtzumachen, so gut es in dem holpernden Topolino ging. Den Zweck der Fahrt schien sie völlig vergessen zu haben. Während sie sich im Spiegel der Dose betrachtete, fragte sie wie nebenbei: »Sieht er eigentlich gut aus?«

»Sie meinen Zippa?«

»Ja.«

Carlo lachte. »Wie man's nimmt. Er ist groß und hat eine ungewöhnlich stattliche Figur. Wer ihn einmal gesehen hat, wird ihn nicht vergessen. Und stark ist er ...! Gegen den kommt keiner an.«

Das höre ich gerne, dachte die Baronessa und sah im Geiste einen athletischen Hünen vor sich.

Um so betroffener war sie, als der junge Partisan nach einer scharfen Kurve plötzlich bremste und auf eine Gestalt wies, die auf einem Felsblock stand und im Gebirgswasser angelte. »Da ist er.«

Fassungslos betrachtete sie den Mann. Er war riesengroß und erinnerte in seiner Haltung an einen Gorilla. Sie wäre nicht erstaunt gewesen, wenn er sich auf die Brust geschlagen und Urlaute ausgestoßen hätte. Seine Augenbrauen waren buschig. Er trug einen Vollbart. Aus seinem geöffneten Hemd quoll ein Büschel Haare. In seinen Augen aber lag etwas, das alles Beängstigende und Klobige vergessen ließ. Er warf seine Angel aus und rief in das pfeifende Geräusch der Schnur hinein: »Kommen Sie her!«

Die Baronessa glaubte nicht richtig zu hören. Was war das für ein Ton? Sie kam nicht als Bittstellerin, sondern hatte etwas zu bieten!

»Nun gehen Sie schon«, zischte der junge Mann und stieß die Wagentür auf. »Wenn Sie 'nen Absatz verlieren, nageln wir ihn wieder an.«

Sie preßte die Lippen aufeinander und schwor sich: Das nächste Mal wird dieser Gorilla zu mir kommen!

Als sie den Felsbrocken erreichte, auf dem der Partisanenführer stand, blickte er sich kurz um und sagte: »Setzen Sie sich irgendwohin. Ich unterhalte mich gern im Stehen. Zumal es den Vorteil hat, daß ich weiterangeln kann.« Er schaute nochmals zurück und betrachtete sie abschätzend. »Ich hab' mir schon gedacht, daß Sie so oder so ähnlich aussehen. Bin deshalb hierher gegangen. Meine Jungens könnten sonst verrückt spielen.« Er lachte polternd. »Packen Sie aus! Wo und wann können wir an den Zug heran?«

Zsaga de Bor verlor die Beherrschung. »Sollten wir nicht versuchen, zunächst in Kontakt miteinander zu kommen?«

Zippa drehte den Kopf langsam zurück. Sein Stiernacken trat hervor. »Jetzt hören Sie mal gut zu«, brüllte er unbeherrscht. »Von dem Mist, den Sie Carlo über Tollani erzählt haben, glaube ich vorerst kein Wort. Und so lange wünsche ich auch keinen Kontakt mit Ihnen. Ich hab' Sie holen lassen, um die Sache zu prüfen und Ihnen Gelegenheit zu geben, Ihre Mitarbeit unter Beweis zu stellen. Bis dahin betrachten Sie sich als mein unter Arrest gestellter Gast.«

Die Baronessa war ratlos.

»Und jetzt sagen Sie mir kurz und bündig, wann und wo wir einen Munitionstransport hochgehen lassen können. Danach lasse ich Sie in Ihr Quartier bringen.«

Zsaga de Bor gab sich keinen Illusionen mehr hin. Ihr blieb nichts anderes übrig, als zu berichten, was sie wußte. Und das war in wenigen Minuten geschehen.

Der Partisanenführer nickte ihr zu. »Sie sind in Gnaden entlassen. Wir werden uns zu gegebener Zeit wiedersehen.«

Empört kehrte sie zum Topolino zurück, neben dem nun nicht der junge Carlo, sondern ein ruppiger Soldat stand. Seinem Aussehen nach hatte er sich schon lange nicht mehr gewaschen. Feixend forderte er sie auf, in den Wagen einzusteigen.

Noch ist nicht aller Tage Abend, dachte sie aufgebracht. Ich werde euch schon zeigen, mit wem ihr es zu tun habt! Aus der Hand werdet ihr mir fressen!

Die Baronessa war nicht unterzukriegen. Sie schmiedete bereits wieder Rachepläne und überbrückte so die Depression, die über sie gekommen war.

Der Soldat brachte sie in eine alte Hütte. Muffiger Geruch schlug ihr entgegen. Außer einem Feldbett und einer Decke gab es nur etwas Käse und Brot, zwei Fiasco Wein und eine Kanne Wasser.

Als Zsaga de Bor allein war, heulte sie vor Wut. Doch das half ihr nicht. Drei Tage und Nächte blieb sie allein. Ununterbrochen erscholl das Tosen des Wildwassers. Nicht einen Menschen bekam sie zu sehen. Wo sich der Soldat aufhielt, wußte sie nicht. Ins Freie konnte sie nicht gehen. Die Tür war verriegelt. Ihr war es manchmal, als existiere außer ihr niemand auf der Erde.

Das änderte sich erst am Mittag des vierten Tages, als plötzlich das Geräusch von Motoren und das blecherne Schlagen von Wagentüren zu hören war. Gleich darauf vernahm sie schwere Schritte. Der Türriegel wurde fortgeschoben und der Partisanenführer trat in den Raum: klobig und ungeschlacht. Er hielt sich gebückt, da die Decke für ihn zu niedrig war. Seine Augen aber strahlten.

»Kommen Sie«, sagte er mit völlig veränderter, fast weich klingender Stimme. »Jetzt ist es auch mein Wunsch, daß wir in Kontakt miteinander kommen. Und Sie sollen für den Raum hier weitgehend entschädigt werden.«

Ihre Nasenflügel blähten sich. »Es hat geklappt?«

»Sogar großartig! Ihre Angaben stimmten auf die Minute!«

Ein Seufzer entrang sich ihren Lippen. Sie hatte gesiegt! Im Bruchteil einer Sekunde verrauchte ihr Zorn. »Ihre Tat ist mir Entschädigung genug«, sagte sie stolz. »Mehr wollte ich nicht.«

Zippa reichte ihr die Hand. »Ich mache Sie zu unserer Schutzpatronin!«

Nicht schlecht, dachte sie zufrieden. Dann wird es mir leicht gelingen, Veit Küster in die Ewigen Gründe zu schicken. Wofür habe ich den Schlüssel zu seinem Haus?

Als der gelungene Anschlag auf den Munitionszug Veit Küster gemeldet wurde, ballte er die Fäuste, daß die Knöchel seiner Finger weiß wurden. »Das geht auf mein Konto!« stöhnte er verzweifelt.

»Wieso?« fragte sein Adjutant erstaunt.

»Denken Sie nach!« Der Standartenführer sprang auf. »Wessen Werk kann das gewesen sein? Doch nur Zsaga de Bors! Außer uns hatte lediglich sie Zugang zu den Plänen.«

Der Adjutant hielt den Atem an.

»Und jetzt, wo sich eine Chance bietet, die Baronessa zu fangen, ist mir die Möglichkeit genommen, notwendige Schritte einzuleiten.«

»Das verstehe ich nicht.«

»Seien Sie nicht so schwer von Begriff! Der Anschlag muß von Partisanen ausgeführt sein, bei denen Zsaga de Bor Unterschlupf gefunden hat; davon bin ich überzeugt. Bardo Tollani kommt nicht in Frage. Er hätte sie hochgenommen, wenn sie bei ihm erschienen wäre. Also sitzt sie in einem anderen Lager. Und es gibt nur einen Menschen, der herausfinden könnte, in welchem: Conte Valdeloni!«

»An ihn wollen Sie sich nicht nochmals wenden?«

»In dieser Sache wäre das verfehlt. Er würde mir, anstatt zu helfen, eine erneute Abfuhr erteilen. Im Fall des Barone war das etwas anderes. Da ging es um persönliche Dinge. Der Anschlag auf einen Munitionszug aber ist eine militärische Angelegenheit, ausgeführt von Widerstandskämpfern, die dem Conte in irgendeiner Form unterstehen. Daß wir ihm nichts nachweisen können, steht auf einem anderen Blatt.«

»Und wenn Sie darauf hinweisen, daß der Barone so lange gefährdet ist, wie seine Frau sich auf freiem Fuß befindet?«

Veit Küster seufzte. »Sie wissen noch nicht alles. Zsaga de Bor hab' ich weisgemacht, ihr Mann liege im Sterben. Sie wird ihn jetzt für tot halten. Und damit sie seinen Weg in absehbarer Zeit nicht zufällig nochmals kreuzt und er keinesfalls den Belastungen des in Kürze anlaufenden Prozesses ausgesetzt wird, hat mein Klassenkamerad ihn mit nach Deutschland genommen. Im Einvernehmen mit dem Conte! Der weiß also, daß Zsaga de Bor dem Barone nichts mehr anhaben kann, und er wird sich hüten, in eine Sache einzusteigen, die Partisanen bloßstellen könnte.«

Der Adjutant rieb sich die Nase. »Was wollen Sie unternehmen?«

Veit Küster hob die Schultern. »Im Moment bin ich ratlos. Nur Glück kann uns noch helfen.«

Er ahnte nicht, daß Fortuna bereits auf dem Weg zu ihm war. Sie kam zwar nicht direkt, sondern wählte Flugkapitän Dessau als Zwischenträger.

Dieser hatte mit einigen Herren des Ministeriums für Rüstung und Kriegsproduktion nach Mailand fliegen müssen und war enttäuscht darüber, daß er Conte und Contessa Valdeloni nicht im Hotel Principe e Savoia antraf. Er hatte gehofft, mit ihnen einen angenehmen Abend zu verbringen, und wußte nichts mit sich anzufangen, als er vom Hotelportier erfuhr, daß seine neuen Freunde für einige Tage verreist seien.

»In die Schweiz«, wie der Portier verstohlen hinzugefügt hatte.

Da Curd Dessau in Mailand niemand anderen kannte und vor allen Dingen auch erfahren wollte, ob Zsaga de Bor inzwischen festgenommen worden war, rief er Veit Küster an und fragte ihn, ob er Lust habe, mit ihm zu Abend zu essen.

Dem Standartenführer schien der Vorschlag wie gerufen zu kommen; denn er erklärte spontan: »Mensch, prima! Ich bin gleich bei dir. Im Hotel trinken wir einen Aperitif, danach gehen wir ins Bella Napoli.«

Er scheint eine gute Nachricht zu haben, dachte der Flugkapitän, als er den Hörer auflegte. So aufgekratzt hatte er Veit Küster seit langem nicht mehr erlebt. Auf die Idee, daß dieser hoffte, ihn zu einem Gespräch mit Conte Valdeloni bewegen zu können, kam er nicht und konnte er nicht kommen, weil er den Barone in Sicherheit wußte und der Fall für ihn einen vorläufigen Abschluß gefunden hatte.

Für den Standartenführer war es eine große Enttäuschung, als er erfuhr, daß der Conte die Stadt verlassen hatte. Er ließ sich jedoch nichts anmerken und unterhielt sich angelegentlich mit Curd Dessau. Dadurch achtete er weniger auf seine Umgebung, als es sonst seine Art war. Ihm entging, daß ihnen beim Verlassen des Hotels ein junger Mann folgte, der in einen seitlich vom Portal abgestellten Wagen einstieg und bis zum Bella Napoli hinter ihnen herfuhr. Dort hielt er in angemessenem Abstand und wartete, bis er festgestellt hatte, daß Veit Küster und sein Begleiter das Feinschmecker-Restaurant aufsuchten. Dabei schmunzelte er, als würde er denken: Nun hab' ich Zeit. Das Lokal werden die beiden so schnell nicht wieder verlassen.

Tatsächlich hielten sich der Standartenführer und Curd Dessau bis kurz vor elf Uhr in dem Restaurant auf. Da sie dem Wein mächtig zugesprochen hatten, waren sie in animierter Stimmung, als sie auf die Straße traten.

Veit Küster hakte sich bei dem Klassenkameraden ein. »Jetzt kommst du noch mit zu mir.«

»Ich finde, wir sollten Schluß machen.«

»Blödsinn! Wir können den Abend doch nicht so abrupt beenden. Ich hab' mich selten so wohl gefühlt wie heute.«

»Und das, obwohl die Baronessa dir das Kriegsbeil vor die Füße geschmissen hat?«

»Keine Sticheleien jetzt! Kommst du mit?«

»Ja, du Quälgeist. Aber nur auf einen Drink.«

Zehn Minuten später schloß der Standartenführer die Tür zu seinem Haus auf. Gewohnheitsgemäß griff er nach dem Schalter für die Dielenbeleuchtung, ließ die Hand aber im selben Moment sinken und trat einen Schritt zurück.

»Was hast du?« fragte der Flugkapitän überrascht.

»Pssst!« zischte Veit Küster, schob den Kameraden nach draußen und zog die Tür hinter sich zu. »Zu blöd!« schimpfte er überlaut. »Ich hab' was Wichtiges vergessen. Komm, fahr mit. Ich muß nur schnell eine Akte holen. Wir sind gleich wieder zurück.«

Curd Dessau spürte, daß etwas nicht stimmte und erwiderte geistesgegenwärtig: »Ich sag's ja immer: Was man nicht im Kopf hat, muß man in den Beinen haben.«

Sie stiegen in den Wagen.

Der Standartenführer fuhr an und fluchte, kaum daß sie hundert Meter fort waren: »So eine Sauerei! Bestimmt steckt Zsaga dahinter. Sie hat ja den Hausschlüssel.«

»Wenn du dich etwas klarer ausdrücken würdest, wäre ich dir dankbar.«

»Es war jemand im Haus. Vielleicht steckt er auch noch drin.«

»Woraus schließt du das?«

»Ich habe eine unauffällige Sicherung einbauen lassen, die nur ich kenne. Der Schalter in der Diele hat ein winziges Loch, hinter dem sich eine kleine blaue Birne befindet, die aufleuchtet und nicht erlischt, wenn die Tür geöffnet wird, ohne gleichzeitig auf einen nicht sichtbaren Knopf zu drücken. Die Lampe brannte! Also war jemand in der Wohnung oder ist noch drin.«

»Was willst du machen?«

»Meine Männer alarmieren und das Haus umstellen lassen. Dann gehen wir hinein. Natürlich mit der Waffe in der Hand. Ist jemand da, wird rücksichtslos geknallt. Wenn niemand zu finden ist, lass' ich das Haus durchsuchen. Dann dürfte irgendwo ein ›Bömbchen‹ versteckt sein.«

»Du machst mir Spaß.«

»Schiß?«

»Das nicht gerade. Ich kenne aber angenehmere Gefühle.«

»Von mir aus kannst du zurückbleiben.«

»Red kein dummes Zeug.«

Im Büro des Sicherheitsdienstes führte Veit Küster eine kurze Unterredung mit dem wachhabenden Offizier, und wenige Minuten später jagten acht SS-Männer in zwei Personenwagen davon.

Die beiden Klassenkameraden warteten noch eine Zigarettenlänge, bevor auch sie sich auf den Weg machten.

Als sie sich der Villa näherten, sagte der Standartenführer: »Achte darauf, ob einer meiner Leute zu sehen ist.«

Der Flugkapitän konnte keinen entdecken. Seine Hände aber waren feucht, als sie das Haus erreichten und den Wagen verließen.

»So«, sagte Veit Küster laut vernehmbar. »Da wären wir wieder.«

Wie verabredet folgte ihm Curd Dessau bewußt langsam. »Einen Mordsdurst hab' ich bekommen«, redete der Standartenführer weiter, öffnete die Haustür, schaltete blitzschnell das Dielenlicht ein und stieß die Tür voll auf.

Es war niemand zu sehen.

Er drückte gegen die Tür.

Sie ließ sich bis zum Anschlag bewegen.

»Wenn jemand hier wäre und einen Überfall plante, hätte er hinter der Tür stehen müssen«, sagte er und gab das Zeichen, ihm zu folgen. »Scheint niemand im Haus zu sein. Sonst hätte es bereits geknallt.«

Veit Küster behielt recht. Eine schnelle Kontrolle zeigte ihnen, daß sich kein Fremder in der Villa aufhielt. »Komm raus!« rief er. »Falls ein Sprengkörper mit Zeitzünder versteckt wurde, kann er jeden Moment losgehen.« Er lief ins Freie und stieß einen Pfiff aus.

Von allen Seiten erschienen SS-Männer.

»Die Räume so schnell wie möglich durchsuchen! Vermutlich wurde ein ›Knallbonbon‹ versteckt!«

Im Nu hatten sich die Angehörigen des Sicherheitsdienstes verteilt.

Der Standartenführer wandte sich an Curd Dessau. »Du bleibst draußen!«

»Und was war, als ich vorhin mit dir ins Haus ging?«

»Da war es aus optischen Gründen nicht zu umgehen, daß du mitkamst. Es hätte uns ja jemand beobachten können.« Er drückte ihm eine Schachtel Zigaretten in die Hand. »Vertreib dir die Zeit.«

Der Pilot brauchte nicht lange zu warten. Schon nach wenigen Minuten stürzten plötzlich alle SS-Männer aus dem Haus.

»Unter dem Bett des Chefs liegt ein Paket, in dem es tickt!« rief einer von ihnen.

Curd Dessau schaute in die Runde. »Und wo ist der Standartenführer?«

»Er telefoniert mit dem Sprengmeister.«

Veit Küster erschien im Hauseingang. »Die Hälfte von euch kann abhauen. Laßt euch in der Kantine 'ne Flasche Schnaps geben.«

Die Männer bedankten sich.

Er ging auf den Klassenkameraden zu. »Jetzt kannst du mir die Zigaretten wiedergeben. Nach der Aufregung brauch' ich dringend eine.«

Der Flugkapitän reichte ihm die Schachtel.

»Was sagst du zu der Sache?«

»Ein tolles Ding!«

»Ich hab' gleich vermutet, daß Zsaga dahintersteckt. Der Hausschlüssel muß sie furchtbar gejuckt haben.«

»Hättest du früher auf mich gehört, wäre dir vieles erspart geblieben.«

»Verschone mich mit Vorwürfen. Ich mach' mir selber genug.«

»Es muß doch eine Möglichkeit geben, das Biest hinter Schloß und Riegel zu bringen.«

»Sie ist mit allen Wassern gewaschen und läßt sich so leicht nicht fangen. Du siehst ja: sie greift sogar an!«

Die Hoffnungslosigkeit, die über Veit Küster gekommen war und ihn in dieser Minute keinen Weg erkennen ließ, den er hätte einschlagen können, wich in dem Moment, da ihm der herbeigeeilte Sprengmeister meldete, das Paket enthalte eine Bombe, deren mechanischer Zeitzünder auf vier Uhr eingestellt sei.

»Das ist die Chance!« rief der Standartenführer impulsiv.

Der Sprengmeister, der die Zusammenhänge nicht kannte, sah ihn fragend an.

Veit Küster wurde lebhaft. »Was würde das Ding angerichtet haben, wenn wir es nicht gefunden hätten?«

»Sie lebten dann nicht mehr.«

»Das kann ich mir denken. Was hätte es aber sonst noch angerichtet?«

»Genau kann man das nicht sagen. In Ihrem Raum wäre natürlich nichts heil geblieben. Türen und Fenster wären durch die Gegend geflogen. Die Wände hätten Risse bekommen, und die Decke würde wahrscheinlich heruntergepurzelt sein.«

»Das Haus wäre nicht eingestürzt?«

»Ach wo. So schnell geht das nicht.«

»Dann bringen Sie das Ding augenblicklich wieder an seinen Platz zurück. Aber nicht entschärfen! Es soll explodieren!«

Der Sprengmeister lachte hölzern. »Soll das ein Witz sein?«

Veit Küster legte ihm die Hand auf die Schulter. »Tun Sie, was ich gesagt habe!«

Curd Dessau schüttelte den Kopf. »Ich verstehe nichts mehr.«

»Begreifst du denn nicht, worauf ich hinaus will? Vielleicht komme ich auf diese Weise an Zsaga de Bor heran. Bestimmt wird hier gegen vier Uhr jemand herumlungern, um festzustellen, ob das unter mein Bett praktizierte ›Pralinchen‹ auch ordnungsgemäß auseinanderplatzt. Diesen Burschen möchte ich mir ansehen!«

»Das könntest du auch, ohne die Bombe explodieren zu lassen.«

»Gewiß. Wenn dann aber aus dem Kerl nichts herauszuholen ist, und damit müssen wir rechnen, bleibt uns nichts anderes übrig, als ihn laufenzulassen. Soll er dann erzählen, daß nichts passiert ist? Damit ein zweiter Anschlag vorbereitet wird? Nein, mein Lieber, da ist es besser, tot zu spielen und sich der Hoffnung hinzugeben, daß Zsaga de Bor, ermutigt durch ihren Erfolg, aus ihrer Höhle herauskommt und einen Fehler macht.«

Der Flugkapitän wiegte bedenklich den Kopf.

»Möglich, daß ich mich täusche. Ich muß aber irgend etwas unternehmen. Vielleicht hab' ich Glück.«

Veit Küster hatte es. Bereits gegen halb vier stieß einer der sorgsam versteckten Posten auf einen jungen Mann, den er aufforderte, ihm die Ausweispapiere zu zeigen.

Der Italiener gehorchte willig. Er wußte, daß sein Paß in Ordnung war.

Der Angehörige des Sicherheitsdienstes betrachtete das Dokument eine Weile und sagte schließlich weisungsgemäß: »Es tut mir leid, Sie müssen mitkommen.«

»Warum?« empörte sich der junge Mann.

»Der Stempel ist nicht in Ordnung«, behauptete der Posten, steckte den Ausweis in die Tasche und führte den Italiener ab.

Eine halbe Stunde später explodierte der Sprengkörper, und bald darauf ließ Veit Küster den jungen Mann nach allen Regeln der Kunst verhören.

Der vernehmende Offizier erklärte dem Festgenommenen ohne Umschweife, er sei verdächtig, den Chef des SS-Sicherheitsdienstes, der nahe der Stelle gewohnt habe, wo er aufgegriffen worden sei, durch einen heimtückischen Bombenanschlag ins Jenseits befördert zu haben.

Der Italiener ließ sich nicht einschüchtern. Er blieb bei dem, was er gleich zu Anfang ausgesagt hatte: »Ich habe nur meine in Mailand wohnende Freundin besucht. Als man mich festnahm, befand ich mich auf dem Weg zum Bahnhof, da ich mit dem ersten Zug nach Como und von dort mit dem Schiff nach Làglio fahren wollte, wo ich wohne und arbeite.«

Der Standartenführer wurde hellwach, als ihm berichtet wurde, daß der junge Mann aus einem Ort kam, der in der Nähe Moltrasios lag. »Haben Sie seine Angaben überprüft?« fragte er den mit der Vernehmung beauftragten Offizier.

»Selbstverständlich! Zug und Schiff gehen genau zu den Zeiten, die er nannte. Und seine Freundin wohnt tatsächlich ganz in der Nähe Ihres Hauses. Ich habe sie sofort holen lassen. Sie schwört Stein und Bein, daß ihr ›Carlo‹ sie seit gestern abend sieben Uhr nicht eine Minute verlassen habe und heute morgen gegen halb vier gegangen sei, um pünktlich wieder nach Làglio zu kommen.«

»Carlo also heißt die Kanaille! Das Ganze ist mir zu fugenlos. Bestimmt eine abgekartete Sache! Wie sieht der Junge aus?«

»Nicht unsympathisch.«

»Haben Sie ihm gesagt, ich sei tot?«

»Natürlich.«

»Wie reagierte er?«

»Überhaupt nicht. Im ersten Moment bildete ich mir zwar ein, daß seine Augen für den Bruchteil einer Sekunde aufblitzten. Aber das war wohl eine Täuschung. Jedenfalls ließ er sich sonst nichts anmerken und nahm die Nachricht gleichgültig auf.«

Veit Küster schlug mit der Faust auf den Tisch. »Und das nennen Sie: Er hat überhaupt nicht reagiert? Sie sind ein Hornochse! Los, zwiebeln Sie den Kerl. Schlagen Sie ihn von mir aus windelweich. Bestimmt hat er was mit dem Anschlag zu tun.«

Der Vernehmungsoffizier hatte keinen Erfolg. Der junge Mann blieb bei seiner Erklärung, und der Standartenführer konnte nichts anderes tun, als Weisung zu geben, ihn zu entlassen.

Unzufrieden und mit Gott und der Welt hadernd traf Curd Dessau den Klassenkameraden an, als er ihn am nächsten Abend im Amt aufsuchte. »Immer noch nicht weitergekommen?« fragte er ahnungsvoll.

»Um keinen Deut. Dabei bin ich der festen Überzeugung, daß dieser Carlo nicht grundlos an meinem Haus vorbeigegangen ist.«

»Warum hast du ihn dann laufenlassen?«

»Mir blieb keine andere Wahl. Ihm war nichts nachzuweisen. Aber so ist das immer. Typen wie er reden erst, wenn sie damit rechnen müssen, daß ihnen die Rübe abgeschlagen wird. Dann schalten sie um, und es kommt ihnen nur noch darauf an, das Kriegsende mit Kopf zu überleben.«

Der Flugkapitän betrachtete Veit Küster prüfend. »Und was geschieht mit deinem Kopf, wenn's soweit ist?«

»Der bleibt drauf.«

»Weißt du das so bestimmt?«

»Das ist so sicher wie das Amen in der Kirche. Ich hab' schließlich nicht grundlos mit der Gegenseite ...« Er unterbrach sich und machte eine wegwerfende Bewegung. »Reden wir von etwas anderem.«

»Du machst es dir ganz schön bequem. Fühlst dich sicher wie einst im Mai und denkst keine Minute daran, daß du andere, zum Beispiel mich, in die Patsche gebracht hast.«

»Wieso?«

»Kann ich, wenn wir den Krieg verlieren – und es sieht ganz danach aus –, etwa leugnen, für den SD tätig gewesen zu sein?«

»Das brauchst du doch niemandem auf die Nase zu binden. Du hast zwei Flüge für uns durchgeführt, aber nicht gewußt, welchem Zweck sie dienten. Dein Name ist Hase. Aus!«

»Du magst den Nerv haben, dich so zu verhalten, ich nicht. Ich würde um meiner eigenen Ruhe willen zugeben, daß ich Bescheid gewußt habe. Übrigens hatte ich dich schon durchschaut, als wir am ersten Abend in die Kellerbar gingen und du dich auf recht merkwürdige Weise mit dem goldstrotzenden Türsteher unterhieltest. Da wußte ich: der Kerl ist ein Nachrichtenübermittler.«

Der Standartenführer grinste. »Hast du das damals schon gemerkt?«

»Nicht nur das. Ich habe mir auch Gedanken gemacht und mich gefragt: Wie kann man einem Menschen, dem die Feigheit ins Gesicht geschrieben steht, so viel Vertrauen schenken? Wie lang wird es dauern, bis der Bursche Verrat übt?«

Veit Küster starrte den Flugkapitän an, als sehe er ein Gespenst. Im Geiste sah er das schreckverzerrte Gesicht des Portiers an jenem Abend, da er nach Zsaga de Bors Flucht die Bar aufgesucht hatte. Auch erinnerte er sich an das seltsame Verhalten des Wirtes, der zunächst wie ein aufgescheuchter Vogel geflattert und später behauptet hatte, ihm seien fünfzigtausend Lire gestohlen worden. Dies hatte er erst gesagt, nachdem er in seinem Büro gewesen war.

»Ja, war ich denn mit Blindheit geschlagen?« stöhnte der Standartenführer und griff sich an den Kopf. »Damals muß Zsaga im Büro gewesen sein!«

»In welchem Büro?« fragte Curd Dessau verblüfft.

Veit Küster überhörte die Frage und griff zum Telefon. »Sturmführer Tengelmann soll sofort zu mir kommen!« Er knallte den Hörer auf die Gabel. »Mensch, Curd, jetzt fange ich die Baronessa! Du hast mich auf die richtige Fährte gebracht!«

»*Ich* ...? Wieso?«

»Das erzähl' ich dir später.«

Ein SS-Offizier trat in den Raum.

Der Standartenführer ging ungestüm auf ihn zu. »Sie sind mir verantwortlich dafür, daß ich Ricardo Domati, den Türsteher der Kellerbar, in spätestens einer Viertelstunde hier habe! Und zwar ohne daß er vorher mit seinem Chef gesprochen hat. Holen Sie ihn direkt vom Eingang weg. Der Wirt darf nichts merken. Den angeln Sie sich, sobald Domati abtransportiert ist. Stecken Sie Caproni in einen zweiten Wagen und sperren Sie ihn ein, bis ich ihn sprechen will. Alles klar?«

»Jawohl, Standartenführer!«

»Ich bring' Sie um, wenn etwas schiefgeht!«

Als der Sturmführer gegangen war, erzählte Veit Küster dem Flugkapitän vom merkwürdigen Verhalten des Portiers und des Inhabers der Kellerbar am Tage nach Zsaga de Bors Flucht.

»Und du meinst, daß sie sich in Capronis Büro versteckt gehalten hat?«

»Ich bin davon überzeugt.«

»Eine reichlich phantastische Kombination.«

»Warten wir es ab. In einer Viertelstunde wissen wir mehr.«

Es dauerte fast eine halbe Stunde, bis der Adjutant den völlig aufgelösten und in Angstschweiß gebadeten Ricardo Domati in den Arbeitsraum des Standartenführers stieß.

Um so schnell wie möglich zum Ziel zu kommen, ging Veit Küster auf ihn los, als wollte er ihm an die Kehle springen.

»Wo ist die Baronessa?« schrie er wutschnaubend.

Die Augen des Türstehers quollen aus den Höhlen. Er rang nach Luft. »Ich weiß es nicht«, antwortete er verdattert.

Ein Schlag ins Gesicht ließ ihn taumeln.

Der Portier sank in die Knie. »Signore, ich schwöre, daß ich nicht weiß, wo sie ist.«

»Wirklich nicht?« Der Standartenführer wandte sich an seinen Adjutanten. »Geben Sie mir Ihren Leibriemen!«

»Nicht schlagen!« bettelte Ricardo Domati zitternd. »Ich werde Ihnen alles sagen.«

Es dauerte nur Minuten, bis Veit Küster restlos im Bilde war. »Und wie hieß der junge Mann, den du holen mußtest?«

»Carlo Lombardi. Er wohnt in Làglio.«

Der Standartenführer warf seinem Mitarbeiter einen triumphierenden Blick zu. »Was sagen Sie dazu? Carlo Lombardi! Der Kreis beginnt sich zu schließen. Wir hatten den Richtigen geschnappt. Aber wir werden ihn uns wiederholen. Und dann ...« Er wies auf den Portier, dessen Lippen bebten. »Raus mit ihm! Einsperren!«

Eine Ordonnanz führte Ricardo Domati ab.

Veit Küster meldete ein Gespräch nach Como an und gab dem Sturmführer den Auftrag, seinen Wagen vollzutanken.

»Sie wollen selbst ...?«

»Noch heute!«

»Wäre es nicht besser, zunächst in Ruhe einen Schlachtplan zu entwerfen?«

»Ohne das Terrain zu kennen?« Der Standartenführer lachte verächtlich und entnahm seinem Schreibtisch eine Flasche Cognac und drei Gläser. »Oder wissen Sie, wo sich das Weibsbild zur Zeit aufhält?«

Der Adjutant verneinte.

»Na, also!« Veit Küster schenkte ein. »Jetzt muß nicht überlegt, sondern gehandelt werden.« Er hob sein Glas. »Prost! Auf daß ich die Baronessa noch einmal in meinem Wagen sitzen sehe.«

»Komischer Ehrgeiz«, kommentierte Curd Dessau.

Das Telefon klingelte.

Der Standartenführer griff nach dem Hörer. Die Präfektur von Como war am Apparat. Er sagte dem diensttuenden Offizier, daß er in spätestens einer Stunde bei ihm sein werde und bat darum, zwei zuverlässige Männer in Zivil bereitzuhalten.

Als das Gespräch beendet war, schaute er auf seine Armbanduhr. »Um halb acht bin ich dort. Wenn ich Glück habe ...« Er wandte sich an seinen Klassenkameraden. »Hast du Lust mitzukommen?«

Curd Dessau winkte ab. »Mein Bedarf ist gedeckt. Ich möchte nicht nochmals zusehen müssen, wie du einem Wehrlosen ins Gesicht schlägst.«

Veit Küster rümpfte die Nase. »Hätte ich mir Glacéhandschuhe anziehen sollen?«

»Laß es gut sein«, erwiderte der Flugkapitän und reichte die Hand. »Servus, Veit!«

»Du bist noch wie vor zwanzig Jahren.«

»Danke für das Kompliment.«

Auf der Fahrt nach Como konzentrierte sich Veit Küster auf die vor ihm liegende Aufgabe. Wenn es ihm gelang, Carlo Lombardi zu erwischen, dann war der Weg zur Baronessa frei.

Bei der Präfektur hielt er sich nur kurz auf. Mit den bereits auf ihn wartenden Männern jagte er über Gernobbio und Moltrasio nach Làglio, wo es ihm gelang, ohne Aufsehen zu erregen, den schon inhaftiert gewesenen, aber wieder freigelassenen jungen Mann festzunehmen. Mit ihm kehrte er auf schnellstem Wege nach Como zurück.

Wie sollte er nun vorgehen? Er entschloß sich, mit der ›weichen Tour‹ zu beginnen.

Carlo Lombardi gab sich gelassen und übersah die Zigarettenschachtel, die der Standartenführer vor ihn hinlegte.

Du wirst schon noch zu Kreuze kriechen, dachte Veit Küster und zündete sich eine Zigarette an. »Um es vorwegzunehmen: was wir beide bereden, kann, soll und wird unter uns bleiben, sofern Sie mir helfen, eine bestimmte Sache aufzuklären. Sie müßten sich allerdings sehr schnell entscheiden. Denn sonst«, er machte eine wohlberechnete Pause, »könnte Ihr Kopf noch heute nacht ins Körbchen fallen.«

Der junge Mann blieb die Ruhe selbst. »Wollen Sie wieder behaupten, ich hätte den Bombenanschlag auf Ihren Chef angezettelt?«

Der Standartenführer erhob sich, öffnete die Tür zum Nebenraum und bat den dort sitzenden Sturmführer zu sich. »Nennen Sie diesem Herrn meinen Dienstgrad und Namen.«

Der Offizier nahm Haltung an. »Standartenführer Küster!«

Carlo Lombardi erstarrte.

»Ich danke Ihnen«, sagte Veit Küster an den Sturmführer gewandt und schloß die Tür. »Nun? Jetzt 'ne Zigarette gefällig?«

Die Augen des Italieners blickten gehetzt. »Sie können mir nichts nachweisen.«

»Doch! Nämlich versuchten Mord, der, ebenso wie Mord, mit dem Tode bestraft wird. Aber warum darüber reden? Ich deutete bereits an, daß Ihnen nichts geschieht, wenn Sie mir in einer bestimmten Sache helfen. Sie sind dann frei, und niemand wird Sie verfolgen. Das ist auch der Grund, weshalb ich mit

Ihnen ohne Zeugen rede. Kein Mensch dieser Präfektur kennt Ihren Namen. Vielleicht wollen Sie jetzt doch rauchen?«

Der junge Mann kämpfte mit sich.

»Ich erzähle Ihnen dabei eine kleine Geschichte. Sie beginnt in einer Mailänder Kellerbar. Dort ist ein gewisser Ricardo Domati tätig. Im Auftrag einer Zsaga de Bor, die sich im Büro des Lokals versteckt hielt, holte besagter Türsteher eines Tages einen jungen Mann aus Làglio. Sein Name spielt keine Rolle. Möglicherweise kennen Sie ihn.«

Carlo Lombardi griff nach der Zigarettenschachtel.

Veit Küster reichte ihm Feuer. »Soll ich weitererzählen?«

Der Italiener war aschfahl geworden. »Was wollen Sie von mir?«

»Lediglich wissen, wo sich Zsaga de Bor aufhält! Wenn Sie mir das verraten, und zwar noch in dieser Stunde, sind Sie frei. Mein Ehrenwort! Andernfalls erleben Sie den morgigen Tag nicht mehr! Dann beschuldige ich Sie des versuchten Mordes und der Mittäterschaft am Anschlag auf einen Munitionstransport. Und beides werde ich beweisen. Oder meinen Sie, die Aussagen Domatis und Capronis würden nicht genügen?«

Es dauerte nicht mehr lange, bis der Standartenführer wußte, was er wissen wollte: die Baronessa hielt sich in der Nähe von Pallanza in einer Villa auf, die unmittelbar am Lago Maggiore lag.

»Hat sie dort Telefon?«

»Ja.«

»Steht ihr ein Wagen zur Verfügung?«

Der Italiener nickte.

»Bis wohin wird die Hauptstraße von Partisanen kontrolliert?«

»Bis zum Südzipfel des Lago.«

Veit Küster ließ sich eine Landkarte bringen und betrachtete sie eingehend. »Kennen Sie in Gallarate eine Bar oder Taverne, in der man sich treffen könnte?«

Der junge Mann atmete schwer. »Direkt am Marktplatz.«

»Geben Sie sich keinen Illusionen hin!« warnte ihn der Standartenführer. »Ich lasse Sie nicht aus den Augen! Wir gehen jetzt zu einer Telefonzelle, aus der Sie Zsaga de Bor anrufen und ihr in scheinbar großer Erregung sagen: ›Ich muß Sie sofort sprechen. Sie sind in größter Gefahr!‹ Wenn sie dann fragt, wieso und so weiter, sagen Sie: ›Standartenführer Küster lebt! Unser Gebiet wird heute nacht umstellt! Fahren Sie sofort nach Gallarate. Ich bin dort in der Bar am Marktplatz. Ich muß Schluß machen.‹ Und dann hängen Sie ein und sagen keinen Ton mehr. Verstanden?«

Carlo Lombardi glich einem Nervenbündel. Seine Hände zitterten.

»Sie bekommen eine Kugel in den Bauch, wenn Sie irgendeine Warnung aussprechen«, fuhr Veit Küster unbarmherzig fort. »Denn Sie fahren mit uns nach Gallarate und werden zwischen den beiden Männern sitzen, die uns begleitet haben. Ich habe sie angewiesen, Sie umzulegen, wenn irgend etwas schiefgeht. Dann sind Sie eben auf der Flucht erschossen worden. Einen Ausweg gibt es nicht für Sie!«

Der Italiener war am Ende seiner Kraft. Er sah keine Chance mehr, mit heiler Haut davonzukommen, und rief Zsaga de Bor kurz vor neun Uhr an.

Die Baronessa geriet in eine Panikstimmung, als sie erfuhr, daß Veit Küster den Bombenanschlag lebend überstanden hatte und das Gebiet, in dem sie wohnte, noch in dieser Nacht umstellen lassen wollte. Ob ihr Entsetzen allerdings groß genug war, um sie zu bewegen, ihre Wohnung sofort zu verlassen und in die Taverne zu kommen, stand dahin. Der junge Mann konnte es nicht sagen, da er das Telefongespräch weisungsgemäß abrupt beendet hatte.

Der Standartenführer war nervös, als er nach einer maßlosen Hetzfahrt Gallarate erreichte und vor der Bar anhielt, die Carlo Lombardi der Baronessa genannt hatte. Vorsorglich schickte er einen seiner Männer in das Lokal, um zu eruieren, ob Zsaga de Bor bereits eingetroffen sei.

Der SS-Mann meldete: »Sie ist noch nicht da. In der Bar ist aber ein günstig gelegener Tisch frei, den wir besetzen sollten. Von ihm aus ist der Eingang gut zu übersehen.«

Veit Küster deutete auf den Italiener. »Gehen Sie mit ihm hinein und setzen Sie ihn so, daß der erste Blick auf ihn fällt, wenn man das Lokal betritt. Ihr Kamerad soll sich in der Nähe der

Tür postieren und die Waffe bereithalten. Nach welcher Seite geht die Tür auf?«

»Nach beiden Seiten. Es ist eine in der Mitte geteilte Pendeltür.«

»Sie bleiben rechts«, wies der Standartenführer den zweiten SS-Mann an. »Ich gehe nach links.«

Die Männer nahmen Carlo Lombardi in die Mitte und gingen zur Bar hinüber.

Veit Küster stellte seinen Wagen in einer nahegelegenen Seitenstraße ab und folgte ihnen.

Er trat in ein kleines, unbedeutendes Lokal, wie es in allen italienischen Städten und Dörfern anzutreffen ist. Nur wenige Tische waren besetzt. Die meisten Besucher standen an der Theke und palaverten. Aus einem Lautsprecher knallte Marschmusik.

Die Bar ist günstig, dachte der Standartenführer. Carlo Lombardi sieht man gleich beim Eintreten. Das Licht ist mies. Das Verdunklungspapier an den Fenstern verhindert einen Einblick von außen.

Er nahm an einem Tisch hinter der Tür Platz, bestellte sich einen Campari-Soda und zündete sich lässig eine Zigarette an.

Was folgte, war fast banal. Die Tür öffnete sich, und Zsaga de Bor trat in den Raum. Ohne sich umzusehen, ging sie auf Carlo Lombardi zu.

Veit Küster erhob sich und folgte ihr.

Sie bemerkte es nicht.

Der junge Mann stand auf. Er war kreidebleich.

»Was ist mit Ihnen?« fragte sie. »Ist Ihnen schlecht?«

Der Italiener war nicht fähig zu antworten. Seine Augen aber blickten schuldbewußt.

Die Baronessa spürte, daß etwas nicht stimmte. Sie wollte sich umdrehen, um zu flüchten, doch da wurde ihr die Handtasche aus der Hand gerissen.

»Gib's auf«, sagte der Standartenführer. »Das Spiel ist aus.«

Curd Dessau hebt wie entschuldigend die Hände und sagt dem Carabiniere, der ihn seit Tagen vernommen hat: »Es war ein unerwartetes und undramatisches Ende. Daß ausgerechnet der Barone am Steuer des Wagens saß, unter dessen Rädern Zsaga de Bor den Tod fand, mutet fast wie höheres Walten an.«

»Schicksalhaft auch, daß es Ihr Wagen war!«

Der ehemalige Flugkapitän blickt vor sich hin. »Hätte mir das jemand prophezeit, würde ich ihn für verrückt erklärt haben.«

»Das glaub' ich Ihnen gerne.« Der Polizeibeamte nimmt den Ausweis Barone de Bors, alias Antonio Vallese, von einem Stapel Akten, der vor ihm liegt. »Jetzt müssen Sie mir noch einige Fragen beantworten. Warum lebte der alte Herr bis heute unter falschem Namen? Und woher hat er den Paß?«

»Den gab ihm Conte Valdeloni. Wir benötigten einen unverfänglichen Ausweis, weil de Bor, den ich mit nach Deutschland genommen hatte, in dem von seiner Frau eingefädelten Sittlichkeitsprozeß zu zwei Jahren Gefängnis verurteilt worden war. Wir befürchteten, Italien könnte seine Auslieferung beantragen, und beschworen ihn, den Namen Vallese anzunehmen, dessen Alter sich in etwa mit dem seinen deckte. Und da das Paßbild einen Herrn mit Spitzbart zeigte, ließ er sich einen solchen wachsen.«

»Für diese Irreführung wird er sich noch verantworten müssen.«

Curd Dessau lacht. »Ich schätze, daß sich das mit einer Ordnungsstrafe erledigen läßt. Zumal der Barone im Einvernehmen mit der Witwe des bei einem Bombenangriff ums Leben gekommenen Antonio Vallese handelte. Er unterstützt sie seitdem.«

Der Carabiniere legt den Paß zu den Akten. »Schon eine tolle Geschichte, die Sie erlebt haben. Kennen Sie übrigens den Weg, den Zsaga de Bor nach dem Krieg ging?«

»Nein.«

»Ich hab' hier einen Auszug aus ihrem Register. Anfang 1945 erhielt sie aufgrund einer Anzeige des Standartenführers zwei Jahre wegen Diebstahls, wurde aber anläßlich der Amnestie vorzeitig entlassen. 1946 setzte man sie wegen Opiumschmuggels fest. Sie war von einem Komplizen, der auf frischer Tat ertappt wurde, ›verzinkt‹ worden. Damals lebte sie in Rom und hatte eine kleine Rauschgiftbande um sich versammelt. Sie erhielt drei

Jahre. 1949 wurde sie entlassen. 1950 tauchte sie in Firenze als Prostituierte auf und hatte das Pech, in eine Messerstecherei verwickelt zu werden. Man konnte ihr aber nichts nachweisen. Sie kam daraufhin nach Mailand, wo sie sich im Oktober 1951 als ›Gewerbsmäßige‹ einschreiben ließ. Seitdem hatten wir sie am Hals. Dauernd größere und kleinere Delikte.«

Der Flugkapitän schüttelt den Kopf. »Überrascht bin ich nicht. Kreaturen wie Zsaga de Bor können sich nur in Kriegszeiten behaupten. Im Frieden landen sie in der Gosse.«

Der Beamte nickt. »Und wann kehrte der Barone nach Italien zurück?«

»Acht Monate nach Kriegsende. Trotz Hilfestellung Conte Valdelonis war es nicht möglich, ihn vorher hierher zu bringen.«

»Lebt er seitdem in Moltrasio?«

»Ja. Die Contessa hat dafür gesorgt, daß in seinem Heim nichts an Zsaga de Bor erinnert. Und da der Barone trotz seines Spitzbartes nach wie vor Angst vor der Rache seiner Frau hatte, fiel es uns nicht schwer, ihn zu bewegen, weiterhin als Antonio Vallese in der Villa zu wohnen. Am Tor befindet sich allerdings das Schild: Conte Valdeloni. Wozu einen neuen Prozeß aufrollen und Aufregungen verursachen, die nicht zu vermeiden gewesen wären, wenn Zsaga de Bor von seiner Existenz erfahren hätte. Womöglich hätte sie noch Ansprüche geltend gemacht. Wir hatten genug von diesem Weib und trauten ihr zu, daß sie den Barone zu guter Letzt doch noch umbringen würde.«

»Hat sie nie versucht, den Vertrag mit dem Conte anzufechten?«

»Merkwürdigerweise nicht. Ihr schlechtes Gewissen hielt sie wahrscheinlich davon ab.«

»Diese Tatsache spricht für die Richtigkeit Ihres Berichtes. Sind Sie damit einverstanden, daß wir uns zur Überprüfung an Conte Valdeloni wenden?«

»Selbstverständlich!«

»Auch an Signore Küster?«

Curd Dessau antwortet nicht gleich. »Wenn's unbedingt sein muß ... Ich befürchte jedoch, daß es ihm nicht ganz recht sein wird.«

»Wieso?«

»Nun ... Er war damals ein ›big man‹, wie die Amerikaner es nennen. Und der ist er auch heute wieder. Sein Job ist nur bedeutender geworden. Da erinnert er sich nicht gerne an frühere Zeiten. Aus schwierigen Lebenslagen kann man sich wohl nur mit Frechheit retten.«

Umwelthinweis:
Dieses Buch wurde auf chlor- und
säurefreiem Papier gedruckt

1. Auflage 2010

Lektorat und Korrektorat: Catrin Stankov, Bernau

Titelfoto: © tommyS / PIXELIO
www.digitalfotovision.de
Titelgestaltung: Heinz Kasper, Frontera

Satz: Heinz Kasper, www.printundweb.com

Druck und Verarbeitung: E. Kurz + Co., Druck und
Medientechnik GmbH, Stuttgart www.e-kurz.de
Printed in Germany
ISBN: 978-3-938719-28-2

www.swb-verlag.de